Guy de Maupassant
Meistererzählungen

*Ausgewählt, übertragen
und mit einem Nachwort von
Walter Widmer*

Diogenes

Diese Auswahl erschien erstmals
1963 unter dem Titel
›Mamsell Fifi‹
im Diogenes Verlag

Alle Rechte vorbehalten
Copyright © 1963, 1977
by Diogenes Verlag AG Zürich
200/77/ U/1
ISBN 3 257 00965 8

Inhalt

7 Der Regenschirm
23 Das Freudenhaus
81 Die Hand
95 Auf dem Wasser
107 Mein Freund Patience
117 Mamsell Fifi
143 Ganz im Vertrauen
155 Schmalzpummel
239 Die Ehrenlegion
251 Eine Vendetta
261 Die Mitgift
271 Das Bett 29
291 Rose
303 Die Missgeburten
317 Das Geständnis
327 Die Mutter Sauvage
341 Gerettet
353 Ein Mörder
365 Die Maske
381 Madame Baptiste
393 Wer weiss?
417 Der Horla

469 *Nachwort*

Der Regenschirm

Madame Oreille war eine haushälterische Frau. Sie kannte den Wert eines Groschens und verfügte über ein ganzes Arsenal strenger Grundsätze zur Vermehrung des Geldes. Ihr Dienstmädchen hatte es bestimmt nicht leicht, heimlich vom Haushaltungsgeld etwas in die eigene Tasche verschwinden zu lassen, und Herr Oreille erhielt sein Taschengeld nur mit grösster Müh und Not. Dabei lebten sie in guten Verhältnissen und waren kinderlos. Aber Madame Oreille empfand echten Schmerz, wenn sie sehen musste, wie die Silberstücke ihr Haus verliessen. Es schnitt ihr ins Herz, und jedesmal, wenn sie eine grössere, wenn auch unvermeidliche Ausgabe hatte, schlief sie die Nacht darauf sehr schlecht.

Oreille predigte seiner Frau unaufhörlich:

»Du solltest wirklich nicht so knickern. Wir verzehren ja nie auch nur unsere Einkünfte.«

Sie hielt ihm entgegen:

»Man kann nie wissen, was noch kommt. Besser, man hat zuviel als zuwenig.«

Sie war eine kleine Frau, vierzigjährig, lebhaft, voller Runzeln und Fältchen, immer blitzsauber und oft launisch und gereizt.

Ihr Mann klagte alle Augenblicke über die Sparmassnahmen, die sie ihm aufnötigte. Es waren Einschränkungen darunter, die ihm besonders peinlich waren, weil sie ihn in seiner Eitelkeit trafen.

Er war Kanzleivorsteher im Kriegsministerium und behielt diesen Posten einzig aus Fügsamkeit gegen seine Frau bei, um zu ihrem nie aufgebrauchten Zinseinkommen noch zusätzlich etwas zu verdienen.

Nun kam er aber seit zwei Jahren mit dem gleichen geflickten Regenschirm in die Kanzlei, und das erregte bei seinen Kollegen täglich grösste Heiterkeit. Schliesslich hatte er ihre Hänseleien satt und verlangte von seiner Frau gebieterisch, sie müsse ihm einen neuen Schirm kaufen. Sie erstand einen für acht Franken fünfzig, den Reklameartikel eines grossen Warenhauses. Als die andern Beamten diesen Ramsch zu Gesicht bekamen, der zu Tausenden in Paris verschleudert wurde, machten sie sich erst recht über ihn lustig, und Oreille stand grässliche Qualen aus. Der Schirm war wertlose Schundware. Nach drei Monaten war er nicht mehr zu gebrauchen, und das ganze Ministerium lachte sich krumm. Jemand machte sogar ein Spottliedchen darauf, und man hörte es von früh bis spät, bald unten, bald oben in dem riesigen Gebäude.

Oreille geriet ausser sich und befahl seiner Frau, ihm ein neues Regendach aus reiner Seide für zwanzig Franken zu besorgen und ihm die Rechnung als Beleg zu unterbreiten.

Sie kaufte einen für achtzehn Franken und erklärte, als sie ihn ihrem Mann überreichte, krebsrot vor Erregung:

»Der muss es dir jetzt aber für die nächsten fünf Jahre tun!«

Oreille triumphierte und trug in der Kanzlei einen wahren Erfolg davon.

Als er abends nach Hause kam, warf seine Frau einen besorgten Blick auf den Schirm und sagte:

»Du solltest ihn nicht so zusammenrollen und das Gummiband drumlassen, sonst bricht die Seide. Darauf musst du jetzt selber achten, denn ich werde dir nicht so bald wieder einen neuen kaufen.«

Sie nahm ihn, hakte den Ring aus und schüttelte die Falten aus. Doch da hielt sie auf einmal entsetzt inne. Ein rundes Loch, so gross wie ein Centimestück, wurde mitten im Schirm sichtbar. Irgendwer hatte mit einer Zigarre ein Loch hineingebrannt.

Sie stammelte:

»Was hat er denn da?«

Ihr Gatte gab gelassen, ohne hinzublicken, zur Antwort:

»Wer? Was? Was meinst du?«

Der Zorn würgte sie jetzt; sie konnte nicht mehr sprechen.

»Du... du... hast... deinen... Schirm... angesengt! Aber... bist... du... denn... verrückt?... Du willst uns an den Bettelstab bringen?«

Er wandte sich um und fühlte, wie er bleich wurde.

»Was sagst du?«

»Was ich sage? Deinen Regenschirm hast du angesengt. Da, schau...!«

Sie fuhr auf ihn los, als wollte sie ihn schlagen, und streckte ihm das kleine, kreisrunde Brandloch unter die Nase.

Angesichts dieses Loches verlor er völlig den Kopf und stotterte:

»Das... das... Was ist das? Weiss ich's denn? Ich habe nichts daran gemacht, gar nichts, das schwöre ich dir. Ich weiss nicht, was mit ihm los ist, dem Regenschirm.«

Sie schrie jetzt:

»Ich will wetten, dass du damit in der Kanzlei Possen getrieben hast. Sicher hast du den Hanswurst gespielt, hast ihn aufgespannt und herumgezeigt.«

Er hielt ihr entgegen:

»Ich habe ihn ein einziges Mal aufgespannt, weil ich zeigen wollte, wie schön er ist. Sonst nichts. Ich schwöre es dir.«

Aber sie stampfte und trampelte vor Wut und machte ihm eine von jenen ehelichen Szenen, die für einen friedliebenden Mann den häuslichen Herd zu einem schreckensvolleren Ort werden lassen als ein Schlachtfeld mit seinem Kugelregen.

Sie setzte einen Flicken darauf, ein Stück Seide, das sie aus dem alten Regenschirm schnitt, der eine ganz andere Farbe hatte. Und am nächsten Morgen ging Oreille höchst belämmert mit seinem geflickten Schirm ins Amt. Dort stellte er ihn in seinen Schrank und dachte nicht weiter daran, wie man eben eine unangenehme Erinnerung gerne vergisst.

Kaum aber war er abends wieder zu Hause, riss ihm seine Frau den Schirm aus den Händen, spannte ihn auf, um seinen Zustand zu prüfen, und der Atem stockte ihr, als sie sah, welch ein nicht wiedergutzumachendes Unheil geschehen war. Er war wie ein Sieb durchlöchert, unzählige kleine Löchlein waren zu sehen, die offenkundig hineingebrannt worden waren, wie wenn jemand die Asche einer brennenden Pfeife darauf ausgeleert hätte. Er war hin, rettungslos hin.

Sie sah sich die Bescherung an, ohne ein Wort zu sagen; ihre Entrüstung war zu gross, als dass ein Laut sich ihrer Kehle hätte entringen können. Auch er stellte den Schaden fest und stand wie vor den Kopf geschlagen, entsetzt, niedergedonnert davor.

Dann blickten sie einander an, und er schlug die Augen nieder. Und auf einmal traf ihn der lädierte Schirm mitten ins Gesicht; sie hatte in überschäumender Wut ihre Stimme wiedergefunden und keifte:

»Aha, du Schuft! Du Lump! Du hast es mit Absicht gemacht! Aber das sollst du mir büssen! Du kriegst nie wieder einen neuen...«

Und der Krach ging von neuem los. Nachdem

das Ungewitter eine volle Stunde getobt hatte, konnte er endlich zu Worte kommen. Er beteuerte hoch und heilig, er verstehe nicht, wie das gekommen sei; es könne nur böser Wille oder ein Racheakt dahinter stecken.

Ein Klingeln erlöste ihn. Ein Freund, der bei ihnen speisen sollte, kam.

Madame Oreille legte ihm den Fall vor. Sie denke nicht im Traum daran, ihm einen neuen Schirm zu kaufen, damit sei es aus und vorbei – ihr Mann bekomme keinen neuen mehr.

Der Freund redete ihr vernünftig zu:

»Dann wird er doch seine Kleider verderben, Madame, und die sind sicher mehr wert.«

Die kleine Frau war immer noch wütend und erwiderte:

»Soll er meinetwegen einen Küchenschirm nehmen, ich kaufe ihm jedenfalls keinen neuen seidenen mehr.«

Bei dieser Vorstellung brauste Oreille heftig auf.

»Dann trete ich von meinem Amte zurück! Mit einem Küchenschirm gehe ich nicht ins Ministerium.«

Der Freund legte sich ins Mittel und schlug vor:

»Lasst doch den da frisch überziehen. Das kostet nicht sehr viel.«

Doch Madame Oreille stammelte bleich vor Schrecken:

»Neu überziehen? Das kostet mindestens acht

Franken! Acht Franken und achtzehn, das macht sechsundzwanzig. Sechsundzwanzig Franken für einen Schirm, das ist ja heller Wahnsinn! Das ist Irrsinn!«

Da kam dem Freund, der in bescheidenen Verhältnissen lebte, ein rettender Gedanke:

»Lasst ihn doch von der Versicherung bezahlen. Die Gesellschaften ersetzen verbrannte Gegenstände, vorausgesetzt, dass der Schaden in Ihrer Wohnung entstanden ist.«

Auf diesen Rat hin beruhigte sich die Frau augenblicklich; sie überlegte eine Weile und sagte dann zu ihrem Mann:

»Bevor du morgen ins Ministerium gehst, sprichst du in der ›Maternelle‹ vor, lässt den Zustand deines Regenschirms feststellen und verlangst Schadenersatz.«

Herr Oreille fuhr entsetzt auf.

»Nie im Leben werde ich das über mich bringen! Dann sind eben achtzehn Franken futsch, was ist schon dabei? Wir werden nicht daran sterben.«

Und er ging am nächsten Morgen mit einem Spazierstock aus. Zum Glück war schönes Wetter.

Als Madame Oreille allein zu Hause sass, konnte sie sich nicht über den Verlust der achtzehn Franken trösten. Der Schirm lag auf dem Tisch im Esszimmer, und sie ging lange darum herum, ohne einen Entschluss fassen zu können.

Der Gedanke an die Versicherung stieg immer

wieder in ihr auf, aber sie wagte auch nicht, den spöttischen Blicken der Herren entgegenzutreten, die sie empfangen würden, denn sie war schüchtern vor fremden Leuten, errötete für nichts und wieder nichts und geriet in Verlegenheit, sobald sie mit Unbekannten sprechen musste.

Aber die achtzehn Franken reuten sie, und sie litt unter dem Verlust wie an einer schmerzenden Wunde. Sie wollte nicht mehr daran denken, und doch quälte sie die Erinnerung an die Einbusse unaufhörlich. Doch was war zu tun? Die Stunden verrannen; sie kam zu keinem Entschluss. Plötzlich aber – wie Feiglinge, die sich kopfvoran in die Gefahr stürzen – entschloss sie sich.

»Ich gehe, und dann werden wir ja sehen!«

Aber zuerst musste sie den Schirm noch zurichten, damit der Schaden auch wirklich endgültig aussah und ihre Sache leichter zu vertreten war. Sie nahm vom Herd ein Streichholz und brannte damit zwischen den Stäben ein handgrosses Loch. Hierauf rollte sie behutsam zusammen, was noch von der Seide übrig war, sicherte es mit dem Gummibändchen, hängte ihren Schal um, setzte den Hut auf und ging eiligen Schrittes nach der Rue de Rivoli, wo die Versicherungsgesellschaft ihren Sitz hatte.

Doch je näher sie ihrem Ziel kam, um so langsamer ging sie. Was sollte sie sagen? Was würde man ihr antworten?

Sie sah nach den Hausnummern. Noch achtundzwanzig Häuser lagen dazwischen. Sehr schön! So konnte sie noch überlegen. Sie ging immer langsamer. Plötzlich schrak sie zusammen. Da war die Tür, und darüber stand in glänzenden Goldbuchstaben: ›La Maternelle‹, Versicherungsgesellschaft gegen Feuerschaden. Schon! Sie blieb einen Augenblick stehen, angstvoll und verlegen, ging dann vorbei und machte aufs neue kehrt.

Schliesslich sagte sie sich:

Hineingehen muss ich ja doch. Besser also jetzt gleich, statt erst später.

Als sie aber das Haus betrat, spürte sie, dass ihr Herz wild klopfte.

Sie gelangte in einen grossen, weiten Raum mit Schaltern ringsum, und hinter jedem Schalter gewahrte man den Kopf eines Herrn, dessen Körper durch Gitterstäbe verdeckt war.

Ein Herr mit einem Bündel Papier in der Hand erschien. Sie blieb stehen und fragte mit leiser, schüchterner Stimme:

»Verzeihung, könnten Sie mir sagen, wohin man sich wegen Schadenersatz für verbrannte Gegenstände wenden muss?«

Er gab ihr brummig zur Antwort:

»Erster Stock links. Abteilung Brandfälle.«

Diese Auskunft schüchterte sie noch mehr ein, und sie wäre am liebsten weggelaufen, hätte gar nichts gesagt und auf ihre achtzehn Franken verzichtet. Aber der Gedanke an diese Summe gab ihr wieder ein wenig Mut, und sie stieg ausser Atem und auf jeder Stufe verschnaufend die Treppe empor.

Im ersten Stock stiess sie auf eine Tür und klopfte an. Eine helle Stimme rief: »Herein!«

Sie trat ein und sah sich in einem grossen Zimmer, in dem drei feierliche Herren mit Ordensbändchen standen und miteinander sprachen.

Einer von ihnen fragte:

»Was wünschen Sie, Madame?«

Sie fand keine Worte, stammelte:

»Ich komme... ich komme... wegen... wegen eines Brandfalls.«

Der Herr deutete höflich auf einen Stuhl.

»Wollen Sie bitte Platz nehmen. Ich stehe sofort zu Ihrer Verfügung.«

Er trat zu den andern Herren zurück und nahm das Gespräch wieder auf.

»Meine Herren, die Gesellschaft ist der Ansicht, sie hafte Ihnen gegenüber für nicht mehr als viermalhunderttausend Franken. Wir können Ihre Forderung von hunderttausend Franken darüber hinaus, die Sie von uns bezahlt haben wollen, nicht anerkennen. Die Schätzung hat übrigens...«

Einer der beiden andern Herren fiel ihm ins Wort:

»Danke, das genügt. Das Gericht wird darüber entscheiden. Wir haben hier nichts mehr verloren.«

Und sie gingen nach ein paar förmlichen Verbeugungen hinaus.

Oh, wenn sie sich getraut hätte, mit ihnen fortzugehen, sie hätte es getan. Sie wäre weggelaufen und hätte alles im Stich gelassen. Aber konnte sie es denn noch? Der Herr kam wieder herein und fragte mit einer Verbeugung:

»Womit kann ich Ihnen dienen, Madame?«

Sie brachte mühsam hervor:

»Ich komme wegen... wegen dieser Sache da.«

Der Direktor beugte sich mit unverhohlenem Staunen über den Gegenstand, den sie ihm hinstreckte.

Mit zitternder Hand versuchte sie das Gummiband loszumachen. Nach längerem Zerren und Reissen gelang es ihr, und sie öffnete plötzlich das zerfetzte Skelett des Regenschirms.

Der Herr meinte in mitfühlendem Ton:

»Er scheint mir recht mitgenommen.«

Sie erklärte zögernd:

»Er hat mich zwanzig Franken gekostet.«

Er tat höchst erstaunt und meinte ungläubig:

»Wahrhaftig? So viel?«

»Ja, es war ein Prachtstück. Ich wollte von Ihnen seinen Zustand begutachten lassen.«

»Natürlich, ja, ich sehe schon. Aber ich werde nicht klug, inwiefern das mich betreffen kann.«

Eine schreckliche Unruhe befiel sie. Vielleicht vergütete diese Gesellschaft kleinere Schäden gar nicht. Sie sagte:

»Aber... er ist verbrannt...«

Der Herr bestritt das nicht.

»Das sehe ich allerdings.«

Sie blieb mit offenem Mund sitzen und wusste nicht mehr, was sie sagen sollte. Und auf einmal wurde sie sich bewusst, dass sie ja das Wichtigste vergessen hatte, und sie setzte schleunig hinzu:

»Ich bin Madame Oreille. Wir sind bei der ›Maternelle‹ versichert, und ich möchte mir von Ihnen diesen Schaden vergüten lassen.«

Und aus Angst vor einem abschlägigen Bescheid fügte sie hastig hinzu:

»Ich verlange nur, dass Sie ihn neu überziehen lassen.«

Der Direktor erklärte betreten:

»Aber... Madame... wir sind doch keine Schirmhändler. Wir können uns mit solchen Reparaturen nicht befassen.«

Die kleine Frau fühlte, wie sie ihre Sicherheit wiedergewann. Ohne Kampf ging es nicht ab. Gut, sie wollte also kämpfen! Ihre Angst war völlig vergangen, und sie sagte:

»Ich verlange ja nur den Preis für die Reparatur. Alles Weitere kann ich dann schon selbst besorgen.«

Der Herr war sichtlich verlegen.

»Sie haben recht, Madame, es handelt sich um eine ganz geringfügige Angelegenheit. Sonst verlangt man von uns nie Vergütung für so nichtige Schadenfälle. Sie müssen doch zugeben: wir können unmöglich Taschentücher, Handschuhe, Besen, Hausschuhe und dergleichen Kleinkram vergüten, der täglich Gefahr läuft, Feuer zu fangen und dadurch beschädigt zu werden.«

Sie wurde rot, denn sie fühlte, wie der Zorn in ihr aufstieg.

»Aber ich muss doch sehr bitten – wir haben im vergangenen Dezember einen Kaminbrand gehabt, der uns für mindestens fünfhundert Franken Schaden gebracht hat. Mein Mann hat keinerlei Schadenersatzforderung an die Gesellschaft gestellt. Darum dünkt es mich nur billig, dass mir heute mein Schirm vergütet wird!«

Der Direktor durchschaute den Schwindel und erwiderte lächelnd:

»Sie müssen doch zugeben, Madame, dass es recht befremdlich ist, wenn Herr Oreille damals für einen Schaden von fünfhundert Franken keinerlei Schadenersatz beanspruchte, während er heute kommt und für einen Regenschirm fünf oder sechs Franken ersetzt haben will.«

Sie liess sich aber nicht verwirren und entgegnete:

»Na, hören Sie mal! Die fünfhundert Franken Schaden betrafen meinen Mann, und er musste sie aus seiner Tasche bezahlen, wohingegen diese achtzehn Franken mich selbst angehen und aus meiner Börse bezahlt werden müssten, und das sind zwei Paar Stiefel.«

Da sah er ein, dass er sie nicht so rasch loswerden konnte, und wenn er auch einen ganzen Tag drangäbe, und so fragte er gottergeben:

»Würden Sie mir bitte einmal erzählen, wie sich das zugetragen hat?«

Sie fühlte, dass sie Oberwasser hatte, und fing an zu erzählen:

»Das kam so: Ich habe in einem Vestibül so ein Ding aus Bronze, in das man Schirme und Stöcke stellt. Neulich nun, als ich nach Hause kam, stellte ich diesen Regenschirm da hinein. Sie müssen noch wissen, dass gerade oben drüber ein Brettchen angebracht ist, auf dem Kerzen und Streichhölzer bereitstehen. Ich langte hinauf und nahm vier Zündhölzer. Ich reibe eines an; es brennt nicht. Ich will ein zweites anzünden; es flammt auf und erlischt sofort wieder. Ich reibe ein drittes, und wieder brennt es nicht.«

Der Direktor unterbrach sie, um eine geistreiche Bemerkung anzubringen:

»Es waren offenbar staatliche Zündhölzer?«

Sie begriff den Witz nicht und fuhr fort:

»Das kann schon sein. Auf alle Fälle brannte das vierte, und ich zündete meine Kerze an. Dann ging ich ins Schlafzimmer und legte mich ins Bett. Doch nach einer Viertelstunde war mir, es rieche brenzlig. Ich habe mich seit jeher vor Feuer gefürchtet. Oh, wenn es bei uns je brennen sollte, dann bin ich bestimmt nicht dran schuld! Zumal seit dem Kaminbrand, von dem ich Ihnen erzählt habe, lebe ich dauernd in Unruhe. Ich stehe also wieder auf, suche, schnüffle überall herum wie ein Jagdhund und entdecke schliesslich, dass mein Schirm brennt. Vermutlich war ein Streichholz hineingefallen. Sie sehen ja, wie er zugerichtet ist...«

Der Direktor hatte nun einen Entschluss gefasst. Er fragte:

»Wie hoch schätzen Sie den Schaden?«

Sie antwortete nicht sogleich, denn sie wagte nicht recht, eine bestimmte Summe anzugeben. Dann aber sagte sie grosszügig:

»Lassen Sie ihn selbst reparieren. Ich möchte das ganz Ihnen überlassen.«

Doch er ging nicht darauf ein.

»Nein, Madame, das kann ich nicht. Sagen Sie mir, wieviel Sie haben wollen.«

»Nun... mir scheint... Ja, wissen Sie was? Ich möchte ja an Ihnen nichts verdienen... Wir machen es so: Ich bringe meinen Schirm in ein Geschäft, dort lasse ich ihn mit Seide, mit dauerhafter Seide frisch überziehen und bringe Ihnen dann die Rechnung. Ist Ihnen das recht?«

»Aber natürlich, Madame, abgemacht. Hier haben Sie eine Anweisung für die Kasse. Man wird Ihnen Ihre Auslagen vergüten.«

Er überreichte Madame Oreille eine Karte; sie nahm sie entgegen, stand auf und bedankte sich und ging dann schleunig fort, denn sie hatte es eilig wegzukommen, fürchtete sie doch, er könnte es sich noch anders überlegen.

Sie ging nun muntern Schrittes durch die Strasse,

auf der Suche nach einem Schirmgeschäft, das ihr elegant genug schien. Als sie einen Laden gefunden hatte, der vornehm aussah, trat sie ein und sagte mit fester Stimme:

»Hier, dieser Regenschirm muss neu überzogen werden, mit Seide, mit bester Seide. Nehmen Sie das Beste, was Sie haben. Auf den Preis kommt es mir nicht an.«

Das Freudenhaus

I

Abend für Abend gegen elf Uhr ging man dorthin, ganz selbstverständlich, wie man ins Café geht.

Da fanden sie sich jeweils ihrer sechs oder acht ein, immer die gleichen, durchaus nicht etwa Lebemänner oder gar Wüstlinge, vielmehr ein Stammkreis von ehrenwerten Herren, lauter Kaufleute und sonst junge Männer. Sie nippten gemütlich an ihrem Chartreuse und schäkerten ein wenig mit den Mädchen oder sassen in ein ernsthaftes Gespräch vertieft bei der Inhaberin, der jedermann mit gebührender Achtung begegnete. Dann gingen sie noch vor Mitternacht nach Hause und zu Bett. Zuweilen blieben die jungen Leute noch da.

Das Haus war ganz klein und anspruchslos; die Gäste fühlten sich wie daheim. Es lag, ein gelbgestrichener Bau, an der Ecke einer Strasse hinter der Stephanskirche. Aus den Fenstern sah man das Hafenbecken mit den vielen Schiffen und Kähnen, die hier gelöscht wurden, den grossen salzhaltigen Sumpf, die ›Bracke‹ genannt, und dahinter den Muttergotteshügel mit seiner altersgrauen Kapelle.

Die Inhaberin, kurzweg ›Madame‹ gerufen, stammte aus einer angesehenen Bauernfamilie, die im Eure-Departement ansässig war, und hatte diesen Beruf genauso selbstverständlich ergriffen, wie sie etwa Modistin oder Weissnäherin geworden wäre. Das entehrende Vorurteil, das der Prostitution anhaftet und sich in den Städten so heftig und nachhaltig auswirkt, besteht in ländlichen Gegenden in der Normandie überhaupt nicht. Der Bauer sagt sich: Das ist ein einträgliches Geschäft, und lässt seine Tochter unbesorgt ziehen. Mag sie seinethalben ein Freudenhaus auftun; das ist ihm gleichviel, wie wenn sie ein Mädchenpensionat leiten wollte.

Übrigens hatte sie das Haus von einem alten Onkel geerbt. Madame und ihr Mann, die bis dahin in der Nähe von Yvetot ein Wirtshaus führten, hatten, ohne lange zu fackeln, alles verkauft, da sie der Ansicht waren, das Geschäft in Fécamp sei fraglos gewinnbringender für sie. Sie waren eines schönen Morgens angefahren gekommen und hatten die Leitung des Unternehmens übernommen, das, herrenlos geworden, nur mässig lief.

Sie waren beide wackere und verlässliche Leute, die bald bei ihrem Personal und den Nachbarsleuten beliebt waren. Der Mann starb leider schon zwei Jahre später an einem Hirnschlag. Da sein neuer Beruf ihn zur Untätigkeit, zu weichlichem Nichtstun und zur Bewegungslosigkeit genötigt hatte, war er unmässig dick geworden und vor lauter strotzender Gesundheit buchstäblich erstickt.

Madame wurde seit ihrem Witwentum von allen Stammgästen des Hauses vergeblich umworben. Aber es hiess, sie sei vollkommen unzugänglich und es sei nichts bei ihr zu machen, und nicht einmal ihre Pensionärinnen hatten irgendwann einen Seitensprung feststellen können.

Sie war eine stattliche, füllige und zuvorkommende Frau. Ihre Gesichtsfarbe war im Halbdunkel hinter den stets geschlossenen Fensterläden des Hauses bleich geworden und glänzte wie unter einer fettigen Lackschicht. Eine dünne, schüttere Garnitur von falschen, gelockten Härchen umrahmte ihre Stirn und verlieh ihr ein jugendliches Aussehen, das zu ihren reifen, füllig Formen so gar nicht passte. Sie war jederzeit guter Laune und fröhlich gestimmt, hatte ein offenes Gesicht, war stets zu Scherzen und Witzen aufgelegt, wenn auch mit einer gewissen Zurückhaltung, die sie ihrem neuen Beruf zum Trotz immer noch nicht abgelegt hatte. Zoten oder unanständige Reden stiessen sie stets ein wenig ab, und wenn ein schlechterzogener Gast den Betrieb, dem sie vorstand, unverblümt beim rechten Namen nannte, wurde sie böse und war richtig empört. Kurz, sie besass viel Gemüt und Feingefühl, und wenn sie auch ihre Mädchen als Freundinnen behandelte, so betonte sie doch oft und gern, sie seien eben nicht ›aus dem gleichen Teig gemacht‹.

Zuweilen fuhr sie wochentags mit einem Teil ihrer Mädchen in einer Mietskutsche spazieren;

man fuhr ans Ufer des kleinen Bachs, der hinten im Valmonttal dahinfliesst, und tobte sich dort im Gras so recht von Herzen aus. Dann tollten sie herum wie Schüler, wenn sie die Schule schwänzen, sie liefen wie närrisch um die Wette, machten allerlei kindliche Spiele, waren ausgelassen und übermütig, wie es nur junge Geschöpfe sein können, die sonst immer eingesperrt und von der freien Luft abgeschlossen leben müssen. Sie assen Aufschnitt, lagerten sich gemütlich auf dem Rasen und fuhren erst bei einbrechender Nacht wieder heimwärts, köstlich müde und in gerührter, weich-wehmütiger Stimmung. Und während der Wagenfahrt umarmten sie Madame und küssten sie dankbar ab wie eine herzensgute Mutter, die voll Seelengüte ihren Kindern alles zuliebe tut.

Das Haus hatte zwei Eingänge. An der Strassenecke stand am Abend eine Art verdächtig-anrüchiger Kneipe, halb Kaffeehaus, halb Kaschemme, den Arbeitern und Matrosen offen. Zwei von den Mädchen, denen es oblag, sich besonders mit diesem Teil des Geschäftes abzugeben, waren ausschliesslich mit der Bedienung dieser Kundschaft betraut. Sie servierten mit Hilfe des Kellners, eines kleinen, blonden und bärenstarken Burschen namens Frédéric, die Schöppchen Wein und die Bierseidel auf den wackligen Marmortischchen, schlangen ihre Arme um den Hals der Zecher, setzten sich ihnen auf den Schoss und animierten sie zum Trinken.

Die andern drei Damen – sie waren insgesamt nur ihrer fünf – bildeten eine Art Aristokratie und blieben zur Verfügung der Gesellschaft des ersten Stockwerks, wofern man sie nicht unten benötigte und der Oberstock leer war.

Der Jupiter-Salon, wo sich die Bürger des Ortes zusammenfanden, war blau tapeziert und mit einer grossen Zeichnung geschmückt, die Leda, unter dem Schwan hingestreckt, darstellte. An diesen Ort gelangte man über eine Wendeltreppe, die von der Strasse aus durch eine schmale, unscheinbare Tür zu erreichen war. Darüber leuchtete die ganze Nacht hindurch in einer vergitterten Nische eine kleine Lampe, ähnlich denen, die man noch in manchen Städten zu Füssen der Madonnenstatuen in ihren Nischen anzündet.

Das Gebäude war feucht und altersmorsch; es roch darin leicht nach Schimmel und Moder. Zuweilen strich ein Schwall von Kölnischwasser durch die Gänge hin, oder es ging unten irgendwo eine Tür auf, und wie ein unvermuteter Donnerschlag dröhnte das pöbelhafte Gegröle der Männer, die im Erdgeschoss rund um die Tische sassen, durch das ganze Haus, worauf die Herren im ersten Stock eine beunruhigte und leicht angewiderte Miene aufsetzten.

Madame verkehrte mit ihren Kunden auf vertraulichem, ja freundschaftlichem Fuss; sie blieb unentwegt und beharrlich im Salon und hatte nur

Ohr für den Stadtklatsch, den sie ihr jeweils zutrugen. Ihre ernst-feierliche Art, ein Gespräch zu führen, stach augenfällig von dem unzusammenhängenden Geplapper der drei Mädchen ab. Sie war gewissermassen der ruhende Pol in dem zotig-ausgelassenen Geschäker der schmerbäuchigen Schwerenöter, die sich da allabendlich die ehrbare und harmlose Ausschweifung leisteten, in Gesellschaft von öffentlichen Dirnen ein Gläschen süssen Schnaps zu kippen.

Die drei Damen, die im ersten Stock wirkten, hiessen Fernande, Raphaele und Rosa, genannt ›das Ross‹.

Da das Personal auf diese paar wenigen Mädchen beschränkt war, hatte man darauf geachtet, dass tunlichst jede einzelne von ihnen sozusagen ein Muster, den Inbegriff eines Frauentyps darstellte, damit jeder Kunde wenigstens einigermassen die Verwirklichung seines Ideals finden konnte.

Fernande vertrat den Typ der ›schönen Blondine‹. Sie war grossgewachsen, füllig, beinah fett, üppig und mollig, ein Mädchen vom Land, mit Sommersprossen, die einfach nicht wegzubringen waren, und hellblondem, fast farblosem Haar, das, strähnig und kurz, an gekämmten Hanf gemahnte und den Kopf nur unzureichend bedeckte.

Raphaele, aus Marseille gebürtig, war eine derbe Strassenhure, wie sie in den Hafenstädten ihr Unwesen treiben. Sie spielte die unerlässliche Rolle der ›schönen Jüdin‹; sie war ein mageres, ausgezehrtes Geschöpf mit vorspringenden Backenknochen, die knallrot geschminkt waren. Ihr rabenschwarzes, mit Ochsenmark spiegelglänzend eingefettetes Haar bildete über ihren Schläfen zwei angepappte Ringellöckchen. Ihre Augen hätten für schön gelten können, wäre nicht das rechte durch einen weissen Fleck verunstaltet gewesen. Ihre Hakennase bog sich über ein stark hervortretendes Gebiss herab, in dem zwei neue Zähne im Oberkiefer gegen die untern Zähne grell abstachen; diese hatten mit zunehmendem Alter eine dunkelgelbe Färbung wie von altem Holz angenommen.

Rosa, das Ross, war eine knirpsige Fleischkugel, die aus nichts als einem riesigen Bauch und zwei winzigen Beinchen zu bestehen schien. Sie sang den lieben langen Tag von früh bis spät mit einer heiseren Stimme unanständige Couplets oder gefühlvolle Lieder, erzählte nichtendenwollende und nichtssagende Geschichten und hörte mit dem Schwätzen lediglich auf, wenn sie essen wollte, und ebenso mit dem Essen nur wieder, um aufs neue mit ihrem Geschwätz loszulegen. Sie war immerzu in Bewegung und blieb keinen Augenblick ruhig, flink und behende wie ein Eichhörnchen, ungeachtet ihres Fettes und ihrer winzigen Beinchen. Und ihr Lachen, ein Sturzbach schrill gellender Schreie, erklang ununterbrochen bald hier, bald da, in einem Zimmer, auf dem Dachboden, im Café, überall und ohne jeden Anlass.

Die beiden Mädchen im Erdgeschoss, Louise, zubenannt ›die Henne‹, und Flora, mit dem Spitznamen ›die Wippe‹, weil sie leicht hinkte, waren wunderlich aufgetakelt: die eine immer als personifizierte ›Freiheit‹ mit einem trikolorefarbenen Gürtel, die andere als Spanierin in einem Phantasiekostüm mit Kupferzechinen im Haar, die bei jedem ihrer Humpelschritte in ihrem rübenroten Schopf auf und nieder tanzten. Sie sahen alle beide aus wie zwei Küchenmädchen, die sich für einen Maskenball aufgedonnert haben. Sie waren wie alle Frauen aus dem gemeinen Volk, nicht hässlicher und auch nicht schöner, so richtige Wirtshauskellnerinnen. Im Hafenviertel waren sie unter dem Spitznamen ›die zwei Pumpen‹ bekannt.

Ein eifersuchtsvoller Frieden, der nur selten gestört wurde, herrschte zwischen den fünf Frauen – dank der versöhnenden Klugheit der Inhaberin und ihrer unversieglichen guten Laune.

Das Unternehmen, einzig in seiner Art in der kleinen Stadt, erfreute sich eines stetigen regen Zuspruchs. Madame hatte es verstanden, ihm einen so gediegenen, so untadeligen Anstrich zu geben, sie zeigte sich so liebenswürdig, so zuvorkommend gegen jedermann, ihr gutes Herz war so allgemein bekannt, dass man ihr weit herum Achtung und Respekt entgegenbrachte. Die Stammkunden stürzten sich ihretwegen in Unkosten und frohlockten, wenn sie ihnen unmissverständliche und unverkennbare Beweise ihrer freundschaftlichen Bevorzugung gab. Und wenn sie einander tagsüber geschäftlich trafen, sagten sie zueinander: »Heute abend also? Sie wissen ja, wo!«, wie man etwa sonst sagt: »Im Café, nicht wahr, nach dem Abendessen!«

Kurzum, das Haus Tellier war ein vielseitig brauchbarer Treffpunkt, und nur selten fehlte jemand bei den täglichen Zusammenkünften.

Eines Abends nun, gegen Ende Mai, fand der erste Besucher, Herr Poulin, Holzhändler und ehemaliger Bürgermeister, die Tür verschlossen. Das Lämpchen hinter dem Gitter brannte nicht. Kein Laut war in dem Haus zu vernehmen, es schien ausgestorben. Er klopfte ans Tor, zuerst nur leise, dann stärker. Niemand gab ihm Antwort. Nun stapfte er langsam die Gasse hinauf bis zum Marktplatz, und als er dorthin kam, begegnete ihm Herr Duvert, der Schiffsreeder, der dem gleichen Ziel zustrebte. Sie kehrten zusammen dorthin zurück, jedoch ohne mehr zu erreichen. Mit einem Mal ging ganz in ihrer Nähe ein gewaltiges Gelärme los, und als sie um das Haus bogen, erblickten sie eine Schar englischer und französischer Matrosen, die sich da zusammengerottet hatten und nun mit den Fäusten auf die geschlossenen Fensterläden loshämmerten.

Die beiden biederen Bürger ergriffen alsbald die Flucht, denn sie wollten nicht ins Gerede kommen.

Da liess sie ein leises ›Pst!‹ stillestehen. Herr Tourneveau, der Fischhändler, hatte sie erkannt und angerufen. Sie erzählten ihm die Neuigkeit, und er war darüber um so betroffener, als er verheiratet, Familienvater und streng überwacht war und darum jeweils nur am Samstag kommen konnte, ›securitatis causa‹, wie er sich auszudrücken pflegte. Damit spielte er auf eine gesundheitspolizeiliche Massnahme an, deren periodisch wiederkehrende Anwendung ihm sein Freund, Doktor Borde, einmal verraten hatte. Heute war ausgerechnet sein freier Abend, und nun sollte er also die ganze Woche auf sein Vergnügen verzichten.

Die drei Herren machten einen grossen Umweg bis zur Uferstrasse, trafen unterwegs noch den jungen Herrn Philippe, den Sohn des Bankiers, einen regelmässigen Stammgast, und Herrn Pimpesse, den Steuereinnehmer. Daraufhin gingen sie alle miteinander durch die Judengasse zurück, um noch ein letztes Mal ihr Glück zu versuchen. Aber die Matrosen schäumten mittlerweile vor Wut und waren aus Rand und Band; sie belagerten das Haus, warfen Steine und grölten und johlten. Und da machten die fünf Kunden des ersten Stockwerks kehrt und verschwanden, so schnell sie konnten. Ziellos und aufs Geratewohl irrten sie durch die Strassen.

Sie begegneten noch Herrn Dupuis, dem Versicherungsagenten, dann Herrn Vasse, dem Richter am Handelsgericht, und sie unternahmen miteinander einen langen Spaziergang, der sie zunächst bis zur Mole führte. Sie setzten sich in einer Reihe auf die steinerne Brüstung und schauten zu, wie die Wellen sich kräuselten und schäumten. Der Gischt auf den Wogenkämmen warf in der Dunkelheit weißschimmernde Lichtflecken, die, kaum waren sie aufgeblitzt, schon wieder erloschen, und das eintönige Tosen des Meeres, das sich an den Felsen brach, klang die ganze Küste entlang durch die Nacht. Als die trübsinnigen Nachtschwärmer eine Zeitlang dort gesessen hatten, erklärte Herr Tourneveau: »Vergnüglich ist das ja nun nicht.« – »Wahrhaftig nicht«, versetzte darauf Herr Pimpesse. Und so machten sie sich langsam wieder auf den Weg.

Sie bummelten die Küstenstrasse entlang, kamen dann über die Holzbrücke wieder zur ›Bracke‹ zurück, gingen an der Bahnlinie vorüber und gelangten schliesslich auf den Marktplatz, wo unversehens ein Streit zwischen dem Steuereinnehmer, Herrn Pimpesse, und dem Fischhändler, Herrn Tourneveau, wegen eines essbaren Pilzes ausbrach, von dem einer von ihnen behauptete, er habe ihn neulich in der näheren Umgebung der Stadt gefunden.

Da sie sich langweilten und die Gemüter deshalb erregt und gereizt waren, wäre es vielleicht gar noch zu Tätlichkeiten gekommen, wenn sich die andern nicht ins Mittel gelegt hätten. Herr Pimpesse war fuchsteufelswild und ging wutschnaubend nach Hause. Und im nächsten Augenblick schon erhob sich eine neuerliche heftige Auseinandersetzung zwischen dem ehemaligen Bürgermeister, Herrn Poulin, und dem Versicherungsagenten, Herrn Dupuis, über das Einkommen, das der Steuereinnehmer bezog, und die Nebeneinkünfte und zusätzlichen Gewinne, die er einstecken mochte. Es hagelte nur so Beleidigungen auf beiden Seiten, als ein wüstes Geschrei losbrach und die Matrosenrotte, die es müde geworden war, vor einem geschlossenen Puff sich die Beine in den Bauch zu stehen, auf den Platz gezogen kam. Sie hatten sich zwei und zwei untergefasst, bildeten eine lange Prozession und johlten und brüllten wie die Wilden. Das Grüppchen der biederen Bürger drückte sich unter einen Torbogen, und die grölende Horde verschwand in Richtung des Klosters. Lange noch hörte man ihr Gebrüll, das langsam abschwoll wie ein abziehendes Gewitter, und dann wurde es wieder still.

Herr Poulin und Herr Dupuis, die masslos zornig aufeinander waren und vor Wut kochten, gingen nach Hause, jeder in seiner Richtung, ohne sich zu grüssen.

Die andern vier machten sich wieder auf den Weg und gingen instinktiv hinunter zum Haus Tellier. Es war immer noch geschlossen, stumm und geheimnisvoll still. Ein Betrunkener klopfte, beharrlich und wortlos, ununterbrochen mit kurzen Schlägen an den Rolladen des Cafés, hielt dann ein Weilchen inne und rief halblaut den Kellner Frédéric. Als er schliesslich merkte, dass ihm niemand Antwort gab, hockte er sich kurz entschlossen auf die Steinschwelle vor der Tür und wartete ab, was sich noch ereignen würde.

Eben wollten die Bürger heimwärts ziehen, als die lärmende Horde der Seeleute wieder in die Strasse einbog. Die französischen Matrosen grölten die Marseillaise, die Engländer ihr ›Rule Britannia‹. Die ganze Meute rannte gegen die Hauswände an, dann wogte die pöbelnde Bande weiter dem Hafen zu, wo eine allgemeine Keilerei zwischen den Seeleuten der beiden Nationen losging. Im Handgemenge brach ein Engländer den Arm, und einem Franzosen wurde die Nase eingeschlagen.

Der Betrunkene, der vor der Tür sitzengeblieben war, flennte jetzt, wie Säufer und kleine Kinder schluchzen, denen man nicht ihren Willen tut, wild und hemmungslos.

Schliesslich gingen die Bürger jeder seines Wegs.

Nach und nach trat in der aufgestörten Stadt wieder Ruhe ein. Dann und wann, bald da und bald dort, hörte man noch lärmende Stimmen aufflackern, dann verlor sich das Grölen und Toben in der Ferne.

Nur ein Mann irrte nach wie vor durch die Strassen: Herr Tourneveau, der Fischhändler. Er konnte und konnte es nicht fassen, dass er nun bis zum nächsten Samstag warten musste. Immer noch hoffte er auf irgendeinen glücklichen, unvorhergesehenen Zufall; er wollte es einfach nicht begreifen und konnte sich nicht trösten, ja, er ärgerte sich schliesslich masslos über die Polizei, die es zuliess, dass ein so gemeinnütziges Unternehmen, das sie überwachte und unter Aufsicht hielt, ohne weiteres schloss.

So ging er noch einmal dorthin zurück, strich wie ein Spürhund rund ums Haus und suchte herauszubringen, was an dem Ereignis schuld sein könnte. Und da sah er, dass am Vordach ein Zettel befestigt war. Rasch zündete er ein Wachsstreichholz an und las darauf die folgenden, mit grosser, ungelenker Handschrift hingemalten Worte: ›Wegen Erstkommunion geschlossen‹.

Dann ging er nach Hause, denn er sah ein, dass es aus und vorbei war.

Der Betrunkene lag jetzt lang ausgestreckt quer vor der ungastlichen Tür und schlief.

Und am nächsten Morgen fanden sämtliche Stammgäste, einer nach dem andern, einen Vorwand, unter dem sie – mit allerlei Papieren im Arm, um sich einen geschäftigen Anstrich zu geben – auf der Strasse vorbeigehen und einen verstohlenen Blick auf den Anschlagzettel werfen konnten. Und jeder las darauf die rätselhafte Mitteilung: ›Wegen Erstkommunion geschlossen‹.

II

Madame hatte nämlich einen Bruder, der sich in Virville, im Eure-Departement, als Tischler niedergelassen hatte. Zur Zeit, als Madame noch Wirtsfrau in Yvetot gewesen war, hatte sie die Tochter dieses Bruders über das Taufbecken gehalten und ihr den Namen Constance gegeben, Constance Rivet. Denn Madame war eine geborene Rivet. Der Schreiner wusste, dass seine Schwester in geordneten Verhältnissen lebte und wohlhabend war, und so hatte er sie nie aus den Augen verloren, obschon sie einander nur selten sahen, da sie beide vollauf von ihrem Beruf in Anspruch genommen waren und zudem viel zu weit voneinander entfernt wohnten. Als aber das Mädchen zwölf Jahre alt wurde und zur Erstkommunion gehen sollte, nahm er diese Gelegenheit zu einer neuerlichen Annäherung wahr und schrieb seiner Schwester, er rechne bestimmt mit ihrer Anwesenheit bei der Feier. Ihre Eltern waren hochbetagt gestorben, sie konnte also ihrem Patenkind den Wunsch nicht gut abschlagen und sagte zu. Ihr Bruder hinwiederum, Joseph mit Namen, hoffte, sie mit vielem Schöntun und einiger Ausdauer dahin zu bringen, dass sie ihr Testament zugunsten der Kleinen machte. Madame hatte nämlich keine Kinder.

Das Gewerbe seiner Schwester bereitete ihm keinerlei Bedenken, und im übrigen wusste rings in der Gegend kein Mensch etwas davon. Wenn die Rede auf sie kam, so hiess es immer nur: ›Madame Tellier ist eine wohlsituierte Bürgerin in Fécamp‹, und das liess den Schluss zu, dass sie von ihren Renten lebte. Von Fécamp bis Virville waren es mindestens zwanzig Meilen, und zwanzig Meilen Wegs sind für einen Bauern schwieriger zu überwinden als der weite Ozean für einen Städter. Weiter als bis nach Rouen waren die Leute von Virville noch gar nie gekommen, und nichts lockte die Bewohner von Fécamp in ein so winziges Nest, das kaum fünfhundert Familien zählte, mitten im Flachland lag und zudem zu einem andern Departement gehörte. Kurzum, es war nichts ruchbar geworden.

Als aber die Zeit der heiligen Kommunion herannahte, geriet Madame in arge Verlegenheit. Sie hatte keine Wirtschafterin und dachte nicht im Traum daran, das Haus auch nur für einen Tag ohne Aufsicht zu lassen. Sämtliche Eifersüchteleien und Rivalitäten zwischen den Damen im obern Stock und denen unten würden unweigerlich zum Ausbruch kommen, Frédéric würde sich ganz bestimmt einen Rausch antrinken, und wenn er erst einmal betrunken war, schlug er um nichts und wieder nichts den ersten besten ohne weiteres nieder. Zuletzt entschloss sie sich, ihr gesamtes Personal mitzunehmen, ausser dem Kellner, dem sie bis zum übernächsten Tag freigab.

Der Bruder, bei dem angefragt wurde, erhob

keinen Einspruch und übernahm es, die ganze Gesellschaft für eine Nacht zu beherbergen. So führte denn an einem Samstagmorgen der Acht-Uhr-Schnellzug Madame und ihre Begleiterinnen in einem Zweitklasswagen in die Welt hinaus.

Bis Beuzeville waren sie allein im Abteil und schwatzten munter drauflos wie die Elstern. An diesem Bahnhof aber stieg ein Ehepaar ein. Der Mann, ein altes Bäuerlein in einer blauen Bluse mit gefälteltem Kragen und weiten Ärmeln, die am Handgelenk zusammengebunden und mit einer feinen weissen Stickerei verziert waren, auf dem Kopf einen altmodischen hohen Hut, dessen vor Alter rötlich schimmernder Haarfilz gleichsam struppig-gesträubt aussah, hielt in der einen Hand ein ungeheuerliches grünes Regendach und in der andern einen geräumigen Henkelkorb, aus dem die verängstigten Köpfe von drei Enten herausragten. Die Frau, steif wie eine Bohnenstange in ihrem ländlichen Gewand, hatte das Gesicht einer Gluckhenne mit einer Nase, die spitzig war wie ein Schnabel. Sie setzte sich ihrem Mann gegenüber und blieb mucksmäuschenstill sitzen, ohne sich zu rühren, so beeindruckt war sie von der vornehmen Gesellschaft, in die sie geraten war.

In dem Abteil blitzte und leuchtete es aber auch nur so von grellbunten Farben. Madame war von Kopf bis Fuss in knallblaue Seide gekleidet und trug darüber einen Schal aus imitiertem französischem

Kaschmir, ein feuerrotes, schreiend grelles Stück, das den Augen wehtat. Fernande ächzte in einem Schottenkleid. Ihre Kolleginnen hatten ihr das Mieder so eng geschnürt, dass nun ihr schwabbliger Busen in einer doppelten Wölbung darüber hervorquoll und unter dem Stoff wie eine flüssige Masse auf und nieder wogte. Raphaele trug zu einem federbesetzten Hut, der ein Nest voller Vöglein darstellen sollte, ein lilafarbenes Kleid mit Goldplättchen, etwas Orientalisches, das zu ihren jüdischen Zügen gar nicht übel passte. Rosa, das Ross, sah in ihrem rosa Rock mit den breiten Volants aus wie ein allzu dickes Kleinkind, eine fettsüchtige Zwergin. Die beiden ›Pumpen‹ schliesslich schienen sich ihren absonderlichen Aufputz aus alten Gardinen zurechtgeschneidert zu haben, aus jenen grossgeblümten Vorhängen, wie sie in der Zeit der Restauration Mode waren.

Sobald sie nicht mehr allein im Abteil waren, nahmen die Damen eine ernst-feierliche Haltung an und fingen ein Gespräch über allerlei gehobene Themen an, um einen guten Eindruck zu erwecken. In Bolbec indessen stieg ein Herr mit blondem Backenbart, mit Ringen an den Fingern und einer dicken Goldkette ein. Er verstaute mehrere mit Wachstuch umwickelte Pakete im Gepäcknetz zu seinen Häupten. Allem Anschein nach war er ein Spassvogel und ein gutmütiger Kerl. Er verbeugte sich grüssend, lächelte und fragte ungezwungen:

»Die Damen wechseln die Garnison?« Diese Frage versetzte das ganze Schärlein in verlegene Bestürzung. Schliesslich fasste sich Madame wieder und gab ihm kurz angebunden und eisig zur Antwort: »Sie könnten auch höflicher sein!«, um die Ehre ihres Standes zu retten. Er entschuldigte sich: »Verzeihung, ich meinte natürlich: das Kloster!« Madame fand darauf keine treffende Erwiderung oder erachtete vielleicht auch die Berichtigung für ausreichend, jedenfalls nickte sie würdig und von oben herab, mit verkniffenen Lippen.

Nun begann der Herr, der zwischen Rosa, das Ross, und das alte Bäuerlein zu sitzen kam, den drei Enten zuzuzwinkern, deren Köpfe aus dem Henkelkorb herausschauten. Als er dann merkte, dass er damit bei seinem Publikum Anklang fand, begann er die Tiere unter dem Schnabel zu kraulen und zu kitzeln und gab dazu allerlei drollige Sprüche zum besten: »Da haben wir nun unsern kleinen Weiher verlassen – wä! wä! wä! Und möchten gern mit dem kleinen Bratspiess Bekanntschaft schliessen – wä! wä! wä!« Die unglücklichen Tiere verdrehten die Hälse nach allen Seiten und suchten seinen streichelnden Händen zu entgehen; sie machten verzweifelte Anstrengungen, um ihrem Weidenkerker zu entrinnen, und dann, auf einmal, stiessen sie alle drei miteinander ein jämmerliches Wehgeschrei aus: »Wä! wä! wä! wä!«

Da brachen die Damen in ein schallendes Gelächter aus. Sie beugten sich vor, schubsten und drängten einander, um besser sehen zu können. Alle interessierten sich wie närrisch für die Enten, und der Herr strengte sich doppelt an, den liebenswürdigen, geistreichen und neckischen Schwerenöter zu spielen.

Da griff Rosa ein, beugte sich über die Beine ihres Nachbarn und küsste die Tiere auf den Schnabel. Nun wollte natürlich jedes von den Mädchen sie ebenfalls küssen. Und der Herr setzte die Dämchen auf seine Knie, liess sie darauf hopsen, kniff sie herzhaft, und plötzlich duzte er sie.

Die beiden Bauersleutchen waren noch weit verängstigter als ihr Federvieh und rollten wie besessen die Augen, wagten aber nicht zu mucksen; auf ihren alten, verhutzelten Gesichtern sah man kein Lächeln, keine Miene verzog sich.

Nun wollte der Herr, ein Handelsreisender, wie sich herausstellte, den Damen witzigerweise unbedingt Hosenträger schenken; er holte eines von seinen Paketen herunter und schnürte es auf. Er hatte nur Spass gemacht; sie enthielten Strumpfbänder.

Da waren blauseidene, rotseidene, solche aus rosa Seide, aus violetter, malvenfarbener und hochroter Seide mit Metallschnallen, die zwei ineinander verschlungene goldene Putten darstellten. Die Mädchen stiessen einen Freudenschrei aus, dann schauten sie sich die Muster begutachtend an, ernsthaft und gründlich und mit der angeborenen, beinahe feierlichen Umständlichkeit, die Frauen eigen ist, sobald sie Wäsche oder andere Kleidungsstücke befühlen und befingern. Sie warfen einander fragende oder verständnisinnige Blicke zu, besprachen sich im Flüsterton, gaben einander leise Winke, und sogar Madame drehte begehrlich und voll Verlangen ein Paar orangegelb gefärbte Strumpfbänder, die breiter und imposanter waren als die übrigen, in den Fingern herum. Es waren Strumpfbänder, wie gemacht für eine Geschäftsinhaberin.

Der Herr wartete geduldig; er hatte seinen heimlichen Plan. »Und jetzt, meine herzigen Kätzchen«, sagte er, »müsst ihr sie aber auch anprobieren!« Ein Sturm entrüsteter Protestschreie brach los, ein empörtes Sträuben und Verwahren, und sie klemmten ihre Röcke zwischen die Beine, als fürchteten sie, man wolle ihnen Gewalt antun. Er wartete seelenruhig den rechten Augenblick ab. Dann erklärte er: »Ihr wollt nicht? Gut, dann packe ich sie wieder ein.« Nach einer Weile setzte er pfiffig-schlau hinzu: »Jeder von euch, die anprobiert, schenke ich ein Paar, sie kann auswählen, was ihr Herz begehrt.« Aber sie wollten immer noch nicht und taten betont würdevoll, hielten sich steif und sassen hochaufgerichtet da. Die beiden ›Pumpen‹ allerdings machten ein derart unglückliches Gesicht, dass er sein Angebot ein zweites Mal vorbrachte. Zumal Flora, die Wippe, zögerte sichtlich, von heftigem Verlangen qualvoll gepeinigt. Da liess er ihr keine

Ruhe mehr und drängte: »Los doch, Kindchen, los! Nur ein bisschen Mut, nimm dir ein Herz! Schau, das lila Paar passt gut zu deinem Kleid.« Da endlich entschloss sie sich, hob ihren Rock auf und liess die dicken Beine einer Kuhmagd sehen, die in groben, schlechtsitzenden Strümpfen steckten. Der Herr bückte sich und hakte das Strumpfband zuerst unterm Knie und dann darüber ein; und dabei kitzelte er sie, bis sie schrie und quietschte. Als er mit dem Anlegen der lila Strumpfbänder fertig war, schenkte er sie ihr und fragte dann: »Wer kommt nun an die Reihe?« Und alle schrien miteinander: »Ich! Ich!« Zuerst kam Rosa, das Ross, dran; sie entblösste ein unförmiges Ding, ein völlig rundes Bein ohne sichtbare Knöchel, eine wahre Blutwurst, wie Raphaele spottete. Fernande bekam von dem Handelsreisenden allerlei Komplimente zu hören; ihre mächtigen Fleischsäulen hatten ihn sichtlich in Begeisterung versetzt. Die mageren Waden der schönen Jüdin dagegen hatten geringeren Erfolg. Louise, die Henne, stülpte dem Herrn zum Spass ihren Rock über den Kopf, und Madame sah sich genötigt, einzuschreiten, um diesem unschicklichen Scherz ein Ende zu machen. Schliesslich streckte Madame selbst ihr Bein hin, ein schönes normannisches Bein, fleischig-mollig und muskulös. Und der Handelsreisende zog, überrascht und hingerissen, galant seinen Hut und erwies als echter ritterlicher Franzose dieser Prachtwade seine Reverenz.

Die beiden Bauersleute waren starr vor Verblüffung und Entsetzen und blickten ganz verstört zur Seite. Und sie glichen so zum Verwechseln zwei verängstigten Hühnern, dass der Herr mit dem blonden Backenbart, als er sich wieder aufrichtete, ihnen ein schmetterndes ›Kikeriki!‹ mitten ins Gesicht krähte. Darauf brach erneut ein Orkan ausgelassener Heiterkeit los.

Die Alten stiegen in Motteville aus, mitsamt ihrem Henkelkorb, ihren Enten und dem Regendach, und man hörte noch, wie die Frau im Davongehen zu ihrem Mann sagte: »Das sind schon wieder solche Schlampen, die in das sündige Paris fahren.«

Der lustige Handelsreisende selbst stieg in Rouen aus, nachdem er zu guter Letzt noch so unanständig zudringlich geworden war, dass ihn Madame hatte energisch zurechtweisen müssen. Und sie zog daraus die moralische Nutzanwendung: »Das soll uns eine Lehre sein, uns noch einmal mit dem erstbesten einzulassen!«

In Oissel mussten sie umsteigen, und an der nächsten Station war Joseph Rivet am Bahnhof. Er holte sie mit einem grossen Karren ab, der mit Stühlen vollgestellt und mit einem Schimmel bespannt war.

Der Tischler umarmte alle die Damen höflich der Reihe nach und half ihnen beim Einsteigen. Drei nahmen auf den drei Stühlen hinten im Wagen

Platz; Raphaele, Madame und ihr Bruder setzten sich auf die drei Vordersitze, und Rosa, für die kein Stuhl mehr da war, hockte sich, so gut es ging, der grossen Fernande auf die Knie. Dann setzte sich das Fuhrwerk in Fahrt. Aber kaum waren sie unterwegs, da schüttelte der ruckartige Trab des Gauls das Gefährt so arg durcheinander, dass die Stühle anfingen zu wackeln und zu tanzen. Die Insassen wurden in die Luft geschnellt, nach rechts, nach links geschwenkt, sie zappelten wie Hampelmänner, krallten sich mit verzerrten Gesichtern fest und kreischten verzweifelt, bis ein neuerlicher, noch heftigerer Stoss sie zum Schweigen brachte. Die Hüte rutschten ihnen nach hinten auf den Rücken, hingen ihnen auf die Nase hinab oder baumelten schief auf den Schultern. Der Schimmel aber zokkelte unentwegt weiter, mit vorgerecktem Kopf und gestrecktem Schweif, einem kurzen, haarlosen Rattenschwänzchen, mit dem er sich von Zeit zu Zeit die Weichen peitschte. Joseph Rivet hatte einen Fuss auf die Wagendeichsel gestellt, den anderen unter sein Hinterteil geschoben und hielt mit hocherhobenen Ellenbogen die Zügel. Seiner Kehle entquoll alle paar Augenblicke ein glucksendes Schnalzen, und jedesmal, wenn der Gaul das hörte, spitzte er die Ohren und griff rascher aus.

Zu beiden Seiten der Landstrasse dehnten sich weithin die grünen Wiesen und Äcker aus. Da und dort lagen blühende Rapsfelder mitten darin wie grosse, grellgelbe, wogende Tücher und strömten einen gesunden, starken Duft aus, einen durchdringenden süsslichen Geruch, der vom Winde weit und breit über die Gegend hingetragen wurde. Der Roggen stand schon hoch, und zwischen den Halmen guckten die kleinen blauen Blütenköpfchen der Kornblumen hervor. Die Mädchen hätten gar zu gern einen Strauss gepflückt, aber Rivet wollte nicht anhalten. Dann und wann kam man an Feldern vorbei, die mit Blut übergossen schienen, so dicht stand hier der Mohn. Und mitten durch diese farbenfrohe und blumengeschmückte weite Landschaft rumpelte der Karren, von dem trabenden Schimmel gezogen, und schien selber einen Blumenstrauss mit noch bunteren und satteren Farben mitzuführen. Gelegentlich verschwand er hinter den hohen Bäumen eines Gehöftes, tauchte dann wieder aus dem Laubgrün auf und trug aufs neue durch die gelben und grünen, rot und blau gesprenkelten Felder diese grellbunte Fuhre voller Frauenzimmer unter der stechenden Sonne dahin.

Es schlug ein Uhr, als man vor dem Haus des Tischlers ankam.

Die Damen waren zum Umfallen müde und ganz blass vor Hunger, hatten sie doch seit ihrer Abfahrt nichts mehr gegessen. Madame Rivet kam herausgestürzt, half ihnen nacheinander beim Aussteigen und schloss sie, kaum standen sie auf dem Boden, eine wie die andere in die Arme. Sie konnte ihre Schwägerin nicht genug abküssen, denn es lag ihr sehr viel daran, sie für sich einzunehmen. Man ass in der Werkstatt, aus der bereits für das morgige Festmahl die Hobelbänke ausgeräumt waren.

Eine schmackhafte Omelette, auf die eine gebratene Leberwurst folgte, all dies mit prickelndem Apfelwein begossen, versetzte die Tafelrunde in fröhlichste Stimmung. Rivet hielt ein Glas in der Hand und stiess mit allen der Reihe nach an, seine Frau setzte die Schüsseln vor, sah nach der Küche, brachte das Essen, trug die leeren Platten wieder ab, nötigte zum Zugreifen und flüsterte einer nach der andern den Damen ins Ohr: »Haben Sie auch alles, was Sie gerne möchten?« Ganze Stösse von gegen die Wand gelehnten Brettern und Haufen von zusammengekehrten Hobelspänen in den Winkeln verbreiteten einen unverkennbaren Geruch nach frischem Holz, den eigenartigen, typischen Tischlereiduft, die harzhaltige, scharfe, würzige Luft, die einem bis zuinnerst in die Lungen dringt.

Nun wollten alle die Kleine sehen; aber sie war noch in der Kirche und kam erst am Abend nach Hause.

Daraufhin unternahm die Gesellschaft einen Rundgang durch die nähere Umgebung, einen Verdauungs- und Erholungsspaziergang.

Es war ein ganz kleines Dorf, mitten hindurch führte die Hauptstrasse. Ein knappes Dutzend Häuser, die längs dieser einzigen Strasse in einer Reihe standen, beherbergten die handeltreibenden Einwohner des Ortes, den Metzger, den Krämer, den Schreiner, den Gastwirt, den Schuster und den Bäcker. Die Kirche, ganz am Ende dieser Häuserzeile, war von einem kleinen Friedhof umgeben. Vier mächtige Linden erhoben sich vor ihrem Eingang und hüllten sie völlig in Schatten. Sie war aus behauenem Sandstein erbaut, ohne jede Eigenart und ohne ausgeprägten Stil, das niedere Schiff von einem schiefergedeckten Kirchturm überragt. Hinter dem Gotteshaus begannen wieder das freie Feld, die Wiesen, Matten und Äcker, nur hie und da sah man vereinzelte Baumgruppen daraus aufragen, hinter denen versteckt die Gehöfte lagen.

Aus Höflichkeit und in einer feierlich umständlichen Förmlichkeit hatte Rivet, obschon er sein Arbeitsgewand trug, seiner Schwester den Arm geboten und führte sie nun voll grossartiger Gewichtigkeit spazieren. Seine Frau, von dem goldschimmernden Kleid Raphaeles tief beeindruckt und erregt, hatte sich zwischen sie und Fernande gezwängt. Die rundlich-mollige Rosa trippelte mit Louise, der Henne, und Flora, der Wippe, hintendrein. Diese konnte vor Müdigkeit kaum mehr weiter und hinkte mühsam nach.

Die Dorfleute traten unter die Türen, die Kinder hörten zu spielen auf, ein Vorhang wurde hochgehoben, und man gewahrte einen Kopf unter einer buntgeblümten baumwollenen Haube. Eine halbblinde Alte, die an Krücken ging, bekreuzigte sich wie vor einer Prozession. Und wo immer sie vorbeikamen, schaute alles lange und staunend diesen schönen Stadtdamen nach, die von so weit her zur ersten Kommunion der Kleinen des Joseph Rivet gekommen waren. Und der Tischler gewann ungeheuer an Ansehen und Beliebtheit.

Als sie an der Kirche vorüberkamen, hörten sie Kinderstimmen singen. Es war ein frommes Kirchenlied, das von hellen, hohen Stimmchen zum Himmel emporgesandt wurde. Madame war jedoch dagegen, dass man hineinging; man dürfe die Engelchen nicht in ihrem Lobgesang stören.

Nach einem Rundgang durch die umliegenden Felder, nachdem er die hauptsächlichsten Besitztümer aufgezählt und gezeigt, ihren Ertrag und auch den Viehbestand genannt hatte, führte Rivet seine Damen wieder nach Hause und brachte sie, so gut es ging, in seiner Wohnung unter.

Es war nicht viel Platz vorhanden, und so mussten sie je zwei und zwei mit den Stuben vorliebnehmen.

Rivet konnte für diese eine Nacht in der Werkstatt auf den Hobelspänen schlafen; seine Frau wollte ihr Bett mit ihrer Schwägerin teilen, und in der Kammer nebenan sollten Fernande und Raphaele übernachten. Louise und Flora waren in der Küche auf einer Matratze untergebracht, die man auf dem Fussboden ausgebreitet hatte. Rosa schliesslich bewohnte ganz allein ein kleines, finsteres Kämmerchen über der Treppe, gegenüber dem Eingang zum Hängeboden, wo für diese Nacht die Kommunikantin schlafen sollte.

Als die Kleine endlich nach Hause kam, wurde sie mit einer Flut von Küssen überschüttet. Die Damen wollten sie alle liebkosen, wollten ihr angestautes Zärtlichkeitsbedürfnis an ihr auslassen, das ihnen zur berufsmässigen Gewohnheit geworden war und sie schon in der Eisenbahn bewogen hatte, sogar die Enten abzuküssen. Eine nach der andern setzte das Kind auf ihre Knie, strich über seine feinen blonden Haare, drückte es in einer jähen Anwandlung heftiger und plötzlich aufwallender Zärtlichkeit an sich. Die Kleine liess es artig geschehen und hielt geduldig und achtungsvoll still, noch ganz durchdrungen von frommen Gefühlen, gleichsam unzugänglich verschlossen durch die erhaltene Absolution.

Da für alle der Tag anstrengend und mühevoll gewesen war, ging man gleich nach dem Abendessen ins Bett. Die tiefe, grenzenlose Stille der Felder hüllte das Dorf ein, ein friedsames, allgegenwärtiges Schweigen, das bis zu den Sternen hinaufreichte. Die Mädchen, an die lärmerfüllten Abende in ihrem öffentlichen Haus mit seinem geräuschvollen und rastlosen Betrieb gewöhnt, fühlten sich ergriffen und erhoben von der stummen Ruhe des schlafenden Landes. Ein Schauer überlief sie, nicht vor Kälte, vielmehr vor dem Alleinsein, vor dem Einsamkeitsgefühl, das aus ihren unruhvollen und verwirrten Herzen aufstieg.

Kaum lagen sie in ihren Betten, zwei und zwei paarweise nebeneinander, so kuschelten sie sich eng zusammen, umschlangen einander krampfhaft, als müssten sie sich vor dem ruhigen und tiefen Schlaf der Erde schützen, der sie beschlich. Rosa jedoch, das Ross, die allein in ihrem stockfinstern Kämmerchen lag und nicht gewohnt war einzuschlafen, ohne jemanden in ihren Armen zu spüren, fühlte sich von einer vagen, lästigen und widerwärtigen Erregung gepackt. Sie wälzte sich auf ihrem Lager hin und her und konnte nicht zur Ruhe kommen; da hörte sie zu ihren Häupten hinter der dünnen Holzwand jemanden leise schluchzen. Es klang, als weine da ein kleines Kind. Erschrocken rief sie halblaut etwas hinüber, und ein dünnes, von Schluchzen unterbrochenes Stimmchen gab ihr Antwort. Es war das kleine Mädchen, das sonst immer bei seiner Mutter im gleichen Zimmer schlief und sich nun in seinem engen, dunklen Hängeboden halb zu Tode fürchtete.

Hocherfreut kroch Rosa aus den Federn, schlich leise, um ja niemanden aufzuwecken, hinüber und holte das Kind zu sich. Sie nahm es in ihr schön warmes Bett, drückte es an ihre Brust, herzte und küsste, tröstete und hätschelte es und hüllte es in ihre Zärtlichkeit ein, die sich überschwenglich und übertrieben äusserte. Dann schlief auch sie beruhigt und zufrieden ein. Und bis zum andern Morgen ruhte das Köpfchen der Kommunikantin auf der nackten Brust des Freudenmädchens.

Schon um fünf Uhr in der Frühe weckte das Angelus-Geläute der kleinen Glocke in der Kirche die Damen, die sonst gewöhnlich den ganzen Morgen verschliefen und sich von den Strapazen der arbeitsreichen Nacht ausruhten. Die Leute im Dorf waren schon auf den Beinen. Die Bäuerinnen gingen bereits geschäftig von Tür zu Tür, führten laute und aufgeregte Gespräche und brachten vorsichtig und behutsam kurze Musselinröckchen an, die so steif gestärkt waren, dass sie wie aus Pappe angefertigt aussahen, oder riesiglange Kerzen mit goldgefranster Seidenschlaufe in der Mitte und Ausbuchtungen im Wachs, die anzeigten, wo man sie anfassen musste. Die Sonne stand schon strahlend hoch am klarblauen Himmel, der am Horizont noch leicht rosarot gefärbt war, ein letzter schwacher Abglanz der Morgenröte. Ganze Scharen von Hühnern stolzierten vor ihren Ställen auf und ab, und dann und wann hob ein schwarzer Hahn mit glänzendem Halsgefieder seinen Kopf mit dem purpurroten Kamm, schlug mit den Flügeln und schmetterte sein sieghaftes ›Kikeriki‹ hinaus, in das alle andern Hähne rundherum einfielen.

Nun kamen verschiedene Wagen aus den Nachbargemeinden an und setzten vor den Häusern hochgewachsene Normanninnen ab in ihren dunklen Kleidern mit den über der Brust gekreuzten Busentüchern, die von jahrhundertealten silbernen Schmucknadeln festgehalten wurden. Die Männer hatten ihre blauen Blusen über den neuen Gehrock oder den alten grünen Frack gezogen, dessen Schösse darunter hervorschauten.

Als die Pferde im Stall untergebracht waren, stand längs der ganzen Strasse zu beiden Seiten eine Reihe von ländlichen Fuhrwerken, zweirädrige Karren, Kabrioletts, Tilburys, Kremser, Wagen jeder Gattung und jeden Alters, die zum Teil vornüber auf der Nase lagen oder mit dem Hinterteil zu Boden gekippt waren und die Deichseln gen Himmel streckten.

Das Haus des Tischlers war erfüllt von der emsigen Betriebsamkeit eines Bienenstocks. Die Damen, in Bettjäckchen und Unterröcken, mit offenem Haar, das ihnen über den Rücken herabhing, spärlichen, kurzen Strähnen, die glanzlos und brüchig geworden waren vom vielen Zurechtmachen, waren damit beschäftigt, das Kind einzukleiden.

Die Kleine stand auf einem Tisch und rührte sich nicht, während Madame Tellier die Bewegungen ihres fliegenden Bataillons lenkte. Man wusch und säuberte, kämmte, frisierte und kleidete sie, und unter Zuhilfenahme einer Unmenge von Nadeln legten die Damen die Falten des Kleides zurecht, steckten die viel zu weite Taille enger, ordneten das

Ganze gefällig und kunstgerecht und – wie sie meinten und fanden – hochvornehm an. Als dann das alles vollbracht war, hiess man die Kleine, die mit Lammesgeduld ausgeharrt hatte, sich auf einen Stuhl setzen und schärfte ihr dringend ein, sich ja nicht zu rühren. Hierauf lief die aufgeregte Frauenschar auseinander, um sich selbst zu putzen.

Das Kirchlein fing wieder an zu läuten. Das dünne Gebimmel seiner armseligen Glocke stieg zum Himmel empor und verlor sich schnell, gleich einer allzu schwachen Stimme, die in der unendlichen blauen Weite rasch verklingt.

Die Kommunikanten kamen überall aus den Haustüren und schritten auf das Gemeindehaus zu, in dem die beiden Schulklassen und das Bürgermeisteramt untergebracht waren. Es lag am einen Ende des Dorfes, während das Gotteshaus am andern Ende stand.

Die Eltern und Angehörigen im Sonntagsstaat, mit verlegenen, starren Gesichtern und den linkischen Bewegungen von Leuten, die immerfort körperliche Arbeit verrichten und über ihr Tagewerk gebeugt schuften müssen, stapften hinter ihren Kindern her. Die kleinen Mädchen verschwanden unter einer Wolke von schneeigem Tüll, der aussah wie Schlagsahne, während die Knaben mit ihren pomadisierten Köpfen wirkten wie nicht ganz ausgewachsene Kaffeehauskellner. Behutsam und ängstlich darauf bedacht, ihre schwarzen Hosen nicht zu beschmutzen, stelzten sie spreizbeinig einher.

Es war eine Ehre für eine Familie, wenn recht viele Verwandte von auswärts gekommen waren und dem Kind nun das Geleit gaben. So schoss denn auch der Tischler bei weitem den Vogel ab, und sein Triumph war unbestritten. Das Regiment Tellier, Madame an der Spitze, schritt hinter Constance einher. Der Vater hatte seiner Schwester den Arm gereicht, die Mutter ging neben Raphaele, Fernande an Rosas Seite, und die beiden ›Pumpen‹ machten Arm in Arm den Schluss. So entfaltete sich das Trüppchen majestätisch wie ein Generalstab in Galauniform.

Die Wirkung im ganzen Dorf war durchschlagend.

Vor dem Schulhaus scharten sich die Mädchen rund um die Ordensschwester, die Knaben um den Lehrer, einen schönen, stattlichen Mann, der ›etwas vorstellte‹, dann stimmten alle ein Kirchenlied an, und los ging's.

Die Knaben an der Spitze zogen in zwei langen Reihen zwischen den beiden Zeilen der ausgespannten Wagen dahin, die Mädchen folgten in der gleichen Ordnung. Und da alle Dorfleute den Damen aus der Stadt ehrerbietig und achtungsvoll den Vortritt liessen, kamen sie unmittelbar hinter den kleinen Mädchen, und die Doppelreihe der Prozession wurde dadurch noch länger. Ihre bunten, grellfarbigen Kleider wirkten in dem feierlichen Zug wie ein lichtsprühendes Feuerwerk.

Ihr Einzug in die Kirche versetzte die Gemeinde in hellen Aufruhr. Es gab ein arges Gedränge, die Leute in den vorderen Reihen drehten sich um, man stiess und schubste sich, um besser sehen zu können. Ja, ein paar fromme Weiber redeten sogar ganz laut miteinander, so überwältigt waren sie von dem Anblick, den diese aufgedonnerten Damen in ihren farbenprächtigen Kleidern boten. Die waren ja noch bunter und reicher als die Gewänder der Kirchensänger! Der Bürgermeister bot ihnen zuvorkommend seinen Platz an, die erste Bank rechts gleich beim Chor; Madame Tellier liess sich mit ihrer Schwägerin dort nieder, und Fernande und Raphaele setzten sich zu ihnen. Rosa, das Ross, und die beiden ›Pumpen‹ nahmen mit dem Schreiner auf der zweiten Bank Platz.

Das Chor der Kirche war angefüllt mit knienden Kindern, auf der einen Seite die Mädchen, auf der andern die Knaben, und die langen Wachskerzen, die sie in den Händen hielten, sahen aus wie Speere, die nach allen Richtungen starrten.

Vor dem Chorpult standen drei Männer und sangen aus voller Kehle. Sie zogen die Silben des sonoren lateinischen Textes endlos in die Länge, das A des ›Amen‹ wollte und wollte kein Ende nehmen, und der Serpentbläser lieferte mit einem langgedehnten Muhen, das er seinem weitmäuligen kupfernen Instrument entlockte, die Untermalung dazu. Die helle, hohe Stimme eines Kindes setzte respondierend ein, und von Zeit zu Zeit erhob sich ein Priester mit einem viereckigen Barett auf dem Kopf aus einer der Chorstühle, brummelte ein paar unverständliche Worte vor sich hin und setzte sich wieder, während die drei Sänger aufs neue anfingen, die Augen unverwandt und starr auf ein dickes Notenbuch geheftet, das aufgeschlagen vor ihnen lag, getragen von den ausgebreiteten Schwingen eines hölzernen Adlers, der auf einem Ständer sass.

Dann wurde es still. Die ganze andächtige Gemeinde fiel auf die Knie, und der Pfarrer erschien, ein betagter, weisshaariger, ehrwürdiger Greis, über den Kelch gebeugt, den er in der Linken trug. Ihm voraus schritten die beiden Messdiener in roten Gewändern, und dahinter kamen scharenweise die Kirchensänger in ihren plumpen Schuhen und stellten sich zu beiden Seiten des Chores auf. Mitten in die feierliche Stille klingelte ein Glöckchen. Die heilige Messe begann. Langsam bewegte sich der Priester vor dem Altar hin und her, beugte ein um das andere Mal das Knie und psalmodierte mit seiner brüchigen, zitternden Greisenstimme die einleitenden Gebete. Kaum war er verstummt, so fielen alle Sänger und das Serpent schlagartig ein; auch ein paar Männer in der Kirche sangen mit, nicht so laut, vielmehr gedämpft, demütig und zurückhaltend, wie es sich für eine andächtige Gemeinde geziemt.

Plötzlich aber schallte dröhnend aus aller Herzen und Mund das ›Kyrie eleison‹ zum Himmel empor. Staub und Holzmehl rieselten von der altersmorschen Decke herunter, so hatte sie dieser donnerähnliche Ausbruch erschüttert. Die Sonne brannte senkrecht auf das Schieferdach hernieder, und das Innere des kleinen Gotteshauses verwandelte sich allgemach in einen Backofen. Eine tiefe Erregung, eine angstvolle Erwartung erfüllte die Herzen der Kinder mit Bangnis, als das unaussprechliche Wunder nahte, und auch ihren Müttern war die Kehle wie zugeschnürt.

Der Priester hatte sich für ein Weilchen hingesetzt; nun trat er wieder vor den Altar und leitete barhaupt, im Glanz seines silberweissen Haars, mit zitternden Händen die heilige Handlung ein.

Er kehrte sich zu den Gläubigen um, breitete die Hände aus und sprach: »Orate, fratres – betet, Brüder!« Alle beteten. Dann flüsterte der alte Pfarrer ganz leise die geheimnisvollen, erhabenen Worte. Das Glöckchen klingelte mehrmals, die kniende Menge rief ihren Gott an, und die Kinder waren vor massloser, banger Ergriffenheit halb ohnmächtig.

Da übermannte Rosa, die ihre Stirn in die aufgestützten Hände gelegt hatte, die Erinnerung an ihre Mutter, an die Kirche ihres Heimatdorfes, an ihre eigene erste Kommunion. Es war ihr, als sei sie in jene Zeit, an jenen Tag zurückversetzt, als sie noch so klein war und in ihrem weissen Kleidchen fast verschwand, und sie fing an zu weinen. Zuerst weinte sie ganz leise, ganz still vor sich hin: langsam tropften Tränen unter ihren Wimpern hervor, dann, als die Erinnerungen immer lebendiger auf sie einstürmten und ihre Erregung immer grösser wurde, würgte sie das Elend in der Kehle, ihre Brust wogte, und sie schluchzte wild los. Sie hatte ihr Schnupftuch hervorgekramt, wischte sich die Augen, hielt sich Nase und Mund zu, um nicht laut herauszuschreien. Doch nichts wollte helfen. Ein röchelndes Stöhnen entrang sich ihrer Kehle, und zwei andere tiefe, herzzerreissende Seufzer gaben ihr Antwort. Ihre beiden Banknachbarinnen, Louise und Flora, die hingegeben an ihrer Seite knieten, litten qualvoll unter den gleichen weit zurückliegenden Erinnerungen und wurden ebenfalls von Tränenströmen überwältigt.

Da aber Tränen ansteckend wirken, dauerte es nicht lange, und Madame spürte ihrerseits, wie ihre Augen feucht wurden, und als sie sich zu ihrer Schwägerin umwandte, sah sie, dass die ganze Bankreihe mit ihr in Tränen aufgelöst dasass.

Der Priester vollzog nun die heilige Wandlung. Die Kinder konnten keinen Gedanken mehr fassen, sie lagen in inbrünstigem Gebet auf den Fliesenboden hingestreckt, und da und dort in der Kirche fühlte sich eine Frau, eine Mutter oder eine Schwester von der eigenartigen Ansteckungskraft beklemmender, überstarker Erregung so gepackt und zudem durch das Verhalten dieser schönen Damen aus der Stadt, die bebend auf den Knien lagen und von Schluchzen und krampfhaftem Weinen geschüttelt wurden, derart beeindruckt, dass sie, die linke Hand auf ihr wild klopfendes Herz gepresst, in ihr gewürfeltes Baumwollschnupftuch weinte, bis es tropfnass war.

Wie ein Funke ein ganzes reifes Ährenfeld in Flammen setzen kann, so steckten Rosas Tränen und das Weinen ihrer Gefährtinnen im Handumdrehen die ganze versammelte Gemeinde an. Männer, Frauen, Greise und sogar die jungen Burschen in ihren neuen Blusen, kurz, alle schluchzten herzzerbrechend, und über ihren Häuptern schien etwas Überirdisches zu schweben, sich über sie auszugiessen, der wundersame Odem eines unsichtbaren und allmächtigen Wesens.

Jetzt war im Chor des Kirchleins ein trockener, harter Schlag zu vernehmen. Die Schwester hatte auf ihr Buch geklopft und damit das Zeichen zum Beginn der Kommunion gegeben. Zitternd und erschauernd wie in einem himmlischen Fieber, traten die Kinder an den Tisch des Herrn.

Eine ganze Reihe kniete miteinander nieder. Der alte Pfarrer, in der Hand das Ciborium aus vergoldetem Silber, ging vor ihnen entlang und bot jedem zwischen zwei Fingern die geweihte Hostie dar, den Leib Christi, die Erlösung von der Welt Sünden. Sie öffneten den Mund unter krampfartigen, nervösen Verrenkungen, mit geschlossenen Augen und totenbleichen Gesichtern. Und das lange weisse Tuch, das unter ihrem Kinn ausgebreitet war, zitterte wie sich kräuselndes Wasser.

Mit einemmal lief durch die ganze Kirche eine Art Wahnsinn, ein Raunen wie von einer erregten, ausser Rand und Band geratenen Volksmenge, ein Stürmen und Tosen von wildem Schluchzen und erstickten Schreien. Es fegte durch das Gotteshaus hin wie ein jäher Windstoss, der die Bäume im Walde zu Boden biegt. Der Priester stand hochaufgerichtet da, regungslos, mit einer Hostie in der Hand, wie gelähmt vor tiefer Erschütterung, und flüsterte verzückt vor sich hin: »Gott weilt in unserer Mitte! Gott tut uns kund, dass er gegenwärtig ist, dass er auf meinen Ruf zu seinem Volke herniedergestiegen ist, das vor ihm auf den Knien liegt!« Und er stammelte inbrünstige, verstörte Gebete, für die er keine Worte fand, Gebete, die er nur mit seiner zutiefst ergriffenen Seele sprach, in leidenschaftlicher, ekstatischer Verzückung zum Himmel emporsandte.

Er führte die Kommunion in einem derartigen Zustand hochgradiger Erregung und übersteigerter Gläubigkeit zu Ende, dass ihm die Beine den Dienst versagten, und als er selbst das Blut seines Herrn und Heilands getrunken hatte, versenkte er sich in ein inbrünstiges, tief empfundenes Dankgebet.

Nach und nach beruhigte sich die Gemeinde hinter ihm wieder. Die Sänger in ihren weissen Chorhemden erwachten zu neuem Leben und Tun und stimmten mit noch nicht ganz sicheren, immer noch vor Tränen leise zitternden Stimmen einen Lobgesang an. Und auch das Serpent schien heiser, als hätte es mitgeweint.

Dann hob der Priester beide Hände und gebot ihnen Schweigen. Er schritt zwischen den beiden Gruppen der Kommunikanten hindurch, die noch in glückseliger Verzücktheit auf den Knien lagen, und trat bis ans Gitter des Chors.

Die Gemeinde hatte sich unter allgemeinem Stühlerücken gesetzt, und alles schneuzte sich jetzt geräuschvoll und kräftig. Sobald man des Pfarrers ansichtig wurde, wurde es still, und er hob an zu sprechen, ganz leise, zögernd und mit verschleierter Stimme: »Meine lieben Brüder und Schwestern, liebe Kinder, ich danke euch allen aus übervollem Herzen. Ihr habt mir die grösste Freude meines Lebens geschenkt. Ich habe Gott gespürt, wie er auf meinen Ruf zu uns herniederstieg. Er ist zu uns gekommen, er war zugegen, hier unter uns, er erfüllte eure Herzen, liess eure Augen überfliessen. Ich bin der älteste Priester des Bistums – jetzt bin ich auch der glücklichste. Ein Wunder ist mitten unter uns geschehen, ein echtes, grosses, ein herrliches

Wunder! Dieweil Jesus Christus, unser Heiland und Erlöser, zum erstenmal einging in den Leib dieser Kinder, ist der Heilige Geist, die Himmelstaube, Gottes heiliger Atem, auf euch herniedergefahren, hat von euch Besitz ergriffen, hat euch erfasst und zur Erde gebeugt, wie ein Windhauch das Schilf niederbiegt.«

Dann wandte er sich zu den beiden Bänken, wo die Gäste des Tischlers sassen, und sagte mit erhobener Stimme: »Dank vor allem sei euch gesagt, meine lieben Schwestern, die ihr von weit her gekommen seid, ihr, deren Gegenwart in unserer Mitte, deren so sichtbarer Glaube und lebendige Frömmigkeit uns allen ein heilsames Vorbild gewesen sind. Ihr habt meiner ganzen Gemeinde ein erbauliches Beispiel gegeben, eure innere Bewegung hat die Herzen erwärmt. Wäret ihr nicht gewesen, dieser hohe Tag hätte vielleicht nicht diesen wahrhaft göttlichen Verlauf genommen. Mitunter genügt ein einziges auserwähltes Schäflein, um den himmlischen Herrn zu bewegen, dass er zu seiner Herde niedersteigt.«

Die Stimme versagte ihm. Er schloss: »Die Gnade Gottes sei mit euch. Amen.« Dann stieg er zum Altar empor, um den Gottesdienst zu Ende zu führen.

Nun hatten es alle eilig, fortzukommen. Sogar die Kinder wurden unruhig; diese lange seelische Anspannung hatte sie erschöpft, und überdies waren sie hungrig. Die Eltern und Angehörigen brachen nach und nach auf, ohne das Schlussevangelium abzuwarten, weil sie noch die letzten Zurüstungen zum Festmahl treffen mussten.

Ein lärmendes Drängen und Hasten erhob sich am Anfang, ein wirres Durcheinander von Stimmen im singenden normannischen Tonfall. Die Leute bildeten zu beiden Seiten der Kirchentür Spalier, und als die Kinder erschienen, stürzte sich jede Familie auf ihren Sprössling.

Constance wurde im Nu von der ganzen Frauenschar mit Beschlag belegt, umringt und abgeküsst. Rosa vor allem wurde nicht müde, sie immer und immer wieder zu umarmen und an ihr Herz zu drücken. Schliesslich nahm sie das Kind bei der einen Hand, Madame Tellier ergriff die andere; Fernande und Raphaele hoben das lange Musselinröckchen der Kleinen auf, damit es nicht im Staub nachschleifte, und Louise und Flora beschlossen den Zug mit Madame Rivet. Inmitten dieses Ehrengeleites machte sich das Kind, in frommer Andacht und durchdrungen vom Bewusstsein, den Leib des Herrn empfangen zu haben, auf den Heimweg.

Das Festmahl wurde in der Werkstatt auf langen Brettern aufgetragen, die auf Böcke gelegt waren.

Durch die sperrangelweit offenstehende Tür, die auf die Strasse hinausging, drang der Freudenlärm und die frohe Feststimmung des ganzen Dorfes herein. Überall tat man sich an leckeren Gerichten gütlich. Durch jedes Fenster konnte man sonntäglich gekleidete Menschen um den Tisch sitzen sehen, und lautes Gelächter und fröhliches Geschrei ertönten aus allen Häusern. Die Bauern sassen in Hemdsärmeln da, tranken unverdünnten Apfelwein aus vollen Gläsern, und mitten in jeder Tischgesellschaft gewahrte man zwei Kinder, hier zwei Knaben, dort zwei Mädchen, die mittafelten. Ab und zu rollte in der schwülen, mittäglichen Gluthitze ein Wagen, von einem alten Gaul im Zockeltrab gezogen, durch den Ort, und der Bauer in seiner blauen Bluse, der das Gefährt lenkte, warf einen neidvollen Blick auf all diesen Überfluss an Leckerbissen und herrlichen Dingen, der da ausgebreitet war.

Im Haus des Schreiners war die Heiterkeit etwas gedämpfter, die morgendliche Ergriffenheit wirkte noch nach. Einzig Rivet war so richtig in Stimmung und trank im Übermass. Madame Tellier sah alle paar Augenblicke auf die Uhr, denn wenn sie nicht zwei Tage hintereinander feiern wollten, mussten sie den Zug um 3 Uhr 55 nehmen, der sie gegen Abend nach Fécamp bringen sollte.

Der Tischler tat sein möglichstes, um seine Schwester von ihrem Vorhaben abzubringen und seine Gäste bis zum nächsten Tag dazubehalten. Doch Madame liess sich nicht ablenken. Wenn es sich um ihr Geschäft handelte, verstand sie keinen Spass.

Sobald der Kaffee getrunken war, befahl sie ihren

Mädchen, sich schleunig fertigzumachen. Darauf wandte sie sich an ihren Bruder: »Du spannst jetzt sogleich an«, und dann ging sie selbst, um ihre letzten Vorbereitungen zu treffen.

Als sie wieder herunterkam, wartete ihre Schwägerin auf sie. Es gab da noch allerlei wegen der Kleinen zu besprechen, und es fand eine lange Unterredung statt, in der jedoch nichts Genaues vereinbart wurde. Die Bäuerin redete mit gemachter Rührseligkeit darum herum und klopfte auf den Busch, doch Madame Tellier, die das Kind auf ihren Knien hielt, verpflichtete sich zu gar nichts und wollte nichts Bestimmtes versprechen. Es werde schon für das Kind gesorgt werden, sagte sie, es habe ja noch so lange Zeit, ausserdem werde man sich bestimmt wieder einmal sehen.

Doch der Wagen kam und kam nicht, und auch die Mädchen liessen sich immer noch nicht blicken. Von droben ertönte statt dessen lautes Gelächter, ein Gepolter, Gekreisch und lautes Händeklatschen. Während nun die Frau des Tischlers in den Stall hinausging, um nachzusehen, ob das Fuhrwerk nicht bald angespannt sei, stieg Madame schliesslich ins obere Stockwerk hinauf.

Rivet war völlig betrunken, halb nackt und versuchte, freilich ohne Erfolg, Rosa zu vergewaltigen, die vor Lachen kaum mehr Widerstand zu leisten vermochte. Die beiden ›Pumpen‹ hatten ihn an den Armen gepackt und zerrten ihn von ihr weg oder suchten ihn wenigstens zu beruhigen; dieser Auftritt nach der schönen, ergreifenden Feier am Vormittag ekelte sie an. Aber Raphaele und Fernande hetzten und reizten ihn immer wieder auf, sie bogen sich und hielten sich die Seiten vor Lachen; jedesmal, wenn der Betrunkene aufs neue einen vergeblichen Vorstoss unternahm, kreischten sie gellend auf. Der Mann war puterrot vor Wut, seine Kleider hatte er sich fast gänzlich vom Leib gerissen, und während er verzweifelt die beiden Frauen abzuschütteln suchte, die sich an ihm festgeklammert hatten, zerrte und riss er aus Leibeskräften an Rosas Rock und maulte mit schwerer Zunge in einem fort: »Du Schlampe, du willst nicht?« Empört lief Madame hinzu, packte ihren Bruder bei den Schultern und stiess ihn so heftig zur Tür hinaus, dass er an die Wand flog.

Nicht lange nachher hörte man, wie er sich drunten im Hof am Brunnen Wasser über den Kopf pumpte, und als er bei seinem Wagen auftauchte, war er schon wieder ganz nüchtern. Wie tags zuvor nahm alles Platz, und das Schimmelchen trabte flink und munter auf der Strasse dahin.

In der sengend heissen Sonne brach nun die während des Festmahls zurückgehaltene Fröhlichkeit ungehindert hervor. Diesmal hatten die Mädchen ihre helle Freude am Holpern und Stossen des Fuhrwerks, sie rüttelten sogar mit Absicht an den Stühlen ihrer Nachbarinnen, lachten alle Augenblicke laut auf und waren überhaupt, nicht zuletzt dank Rivets vergeblichen Versuchen, Rosa zu vergewaltigen, in höchst übermütiger Stimmung.

Die Felder lagen in glastender, blendender Helligkeit da, in einem Licht, das vor den Augen flimmerte, und die Räder wirbelten zwei Staubschwaden auf, die noch lange hinter dem Wagen auf der Landstrasse herzogen.

Unvermittelt bat Fernande, die gern Musik hörte, Rosa, ein Lied zum besten zu geben. Diese stimmte keck und unverfroren das Lied vom ›Dicken Pfaffen zu Meudon‹ an. Doch Madame gebot ihr sofort Schweigen; sie fand diesen Text an einem solchen Tag höchst unpassend. »Sing uns lieber etwas von Béranger«, setzte sie hinzu. Rosa zögerte eine Weile, überlegte, und als sie dann ihre Wahl getroffen hatte, begann sie Bérangers ›Grossmütterchen‹ zu singen:

Grossmütterchen war jüngsthin gut gelaunt:
An ihrem Wiegenfest, wie sich's zuweilen gibt,
Hat sie zu tief ins Glas geguckt. ›Ja, ja, ihr staunt!‹
Lacht sie darauf verschmitzt. ›Auch ich war einst
verliebt!

Ach, wie bitter tut's mir leid
um den drallen Arm, um meine
wohlgestalten, strammen Beine
und um die versäumte Zeit!‹

Und die Mädchen fielen im Chor ein, von Madame selbst angeführt:

Ach, wie bitter tut's mir leid
um den drallen Arm, um meine
wohlgestalten, strammen Beine
und um die versäumte Zeit!

»Ja, das heiss' ich mir ein Lied ganz nach meinem Herzen!« erklärte Rivet, dem der Rhythmus in die Beine gefahren war.

Und sofort setzte Rosa mit der zweiten Strophe ein:

Was hör' ich da? Mama, du warst nicht immer brav?
Nein, wahrlich nicht! Mit knappen fünfzehn Jahren
Fand ich des Nachts im Bett gar oftmals keinen Schlaf!
Ich war sehr aufgeklärt und wohlerfahren...

Und alle grölten aus vollem Hals den Kehrreim. Rivet stampfte mit dem Absatz auf seine Deichsel und schlug mit den Zügeln auf dem Rücken seines Schimmelchens den Takt. Und das Pferd fiel in eine schnellere Gangart, als sei es ebenfalls von dem schmissigen Rhythmus hingerissen; es schlug einen so stürmischen, so verrückten Galopp an, dass die Damen im Wagen alle übereinanderpurzelten.

Unter ausgelassenem Gelächter rappelten sie sich wieder auf. Und dann ging der Gesang weiter, sie gellten das Lied aus vollem Hals über die Gegend hin, unter dem glutheissen Himmel und umgeben von den reifenden Erntefeldern, während das Schimmelchen davongaloppierte, was es nur hergeben konnte. Sooft der Kehrreim wieder angestimmt wurde, ging der Gaul durch und gab, zum grossen Gaudium der Wageninsassen, seine hundert Meter Galopp zum besten.

Hie und da hob ein Steinklopfer am Wegrand den Kopf und gaffte durch seine Drahtmaske dem wildgewordenen und grölenden Fuhrwerk nach, das in eine Staubwolke gehüllt von dannen holperte.

Als sie vor dem Bahnhof ausstiegen, war der Tischler regelrecht zu Tränen gerührt. »Wie jammerschade, dass ihr schon abreist!« meinte er. »Wir hätten es so lustig haben können!«

Madame aber wies ihn verständig und sachlich zurecht: »Jedes Ding hat seine Zeit. Man kann nicht alle Tage Feste feiern und lustig sein!« Da dämmerte in Rivets Kopf ein hoffnungsvoller Gedanke. »Dass ich daran nicht gedacht habe!« sagte er. »Ich besuche euch ganz einfach kommenden Monat in Fécamp.« Und dabei schaute er Rosa schlau-verschmitzt und mit glänzenden, lüstern blitzenden Augen an. »Lass jetzt gut sein«, machte Madame dem Auftritt ein Ende, »wir müssen vernünftig sein. Meinetwegen kannst du kommen, wenn du willst. Aber Dummheiten wirst du mir keine machen.«

Er gab ihr darauf keine Antwort, und da man bereits den Zug pfeifen hörte, fing er alsbald an, der Reihe nach alle zu umarmen. Als Rosa an der Reihe war, wollte er sie unbedingt auf den Mund küssen; aber sie kniff beharrlich die Lippen zusammen und wandte sich jedesmal flink zur Seite, so dass er danebentraf. Er hielt sie in seinen Armen, konnte aber nicht an sein Ziel gelangen, weil ihn auch seine lange Peitsche behinderte, die er immer noch in der Hand trug und mit der er nun, während er sich abmühte und abzappelte, verzweifelt hinter dem Rücken des Mädchens herumfuchtelte.

»Fahrgäste nach Rouen, alles einsteigen!« rief da der Schaffner. Die Frauen kletterten in den Wagen.

Ein kurzer Pfiff ertönte, dem sofort das laute, schrille Gepfeife der Lokomotive antwortete; zischend und fauchend spie sie ihren ersten Rauchschwall aus dem Schornstein, während sich die Räder mit sichtlicher Anstrengung langsam zu drehen anfingen.

Rivet verliess das Bahnhofsgebäude und rannte, so schnell er konnte, an die Barriere, um Rosa noch einmal zu sehen. Und als der Wagen mit seiner Menschenfracht an ihm vorbeifuhr, knallte er wie rasend mit seiner Peitsche, hüpfte und hopste umher und sang dazu aus Leibeskräften:

> *Ach, wie bitter tut's mir leid*
> *um den drallen Arm, um meine*

*wohlgestalten, strammen Beine
und um die versäumte Zeit!*

Dann schaute er lange einem weissen Taschentüchlein nach, das winkend in der Ferne verschwand.

III

Sie schliefen bis zur Ankunft den friedlichen Schlaf des ruhigen Gewissens. Und als sie erfrischt und wohlausgeruht für die allnächtliche Arbeit nach Hause kamen, konnte sich Madame nicht enthalten zu bemerken: »Und wenn's auch noch so schön war – ich hatte doch schon Sehnsucht nach daheim.«

Das Abendessen war rasch erledigt, und als die Mädchen dann ihre Kriegsgewänder angelegt hatten, wartete alles auf die Stammgäste. Und das Lämpchen, das kleine Madonnenlämpchen, verkündete aufs neue jedem, der vorbeikam, dass die Herde wieder in ihren Stall heimgekehrt sei.

Im Nu hatte sich die Neuigkeit herumgesprochen, irgendwie und durch irgendwen. Herr Philippe, der Sohn des Bankiers, war sogar so liebenswürdig, Herrn Tourneveau, der im Schoss seiner Familie regelrecht gefangen sass, durch einen Eilboten benachrichtigen zu lassen.

Der Fischhändler hatte, wie jeden Sonntag, gerade einige Vettern zum Abendessen zu Gast, und man war bereits beim Kaffee angelangt, als ein Mann mit einem Brief in der Hand erschien. Aufgeregt riss Herr Tourneveau den Umschlag auf und erblasste. Da standen nur die mit Bleistift hingekritzelten Worte: »Ladung Stockfische wiedergefunden. Schiff in den Hafen eingelaufen. Gutes Geschäft für Sie. Kommen Sie rasch.«

Er kramte in seinen Taschen, gab dem Überbringer zwanzig Centimes, wurde dann plötzlich rot bis hinter die Ohren und sagte: »Ich muss noch fort.« Damit reichte er seiner Frau das lakonische, geheimnisvolle Briefchen hin. Er klingelte, und als das Dienstmädchen hereinkam, befahl er: »Meinen Überzieher, schnell, und meinen Hut!« Kaum stand er auf der Strasse, so setzte er sich in Trab und pfiff vergnügt ein Liedchen vor sich hin. Der Weg kam ihm noch einmal so lang vor, so gross war seine Ungeduld.

Im Unternehmen der Madame Tellier herrschte Feststimmung. Im Erdgeschoss vollführten die Hafenarbeiter mit ihren krakeelenden Stimmen einen ohrenbetäubenden Lärm. Louise und Flora wussten nicht mehr, wo ihnen der Kopf stand, wo sie zuerst Antwort geben sollten. Sie tranken bald mit dem einen, bald mit dem andern und verdienten mehr denn je zuvor ihren Spitznamen ›die beiden Pumpen‹. Von allen Seiten rief man zur gleichen Zeit nach ihnen, schon jetzt konnten sie nicht mehr allen Ansprüchen gerecht werden, und es sah ganz danach aus, als werde die Nacht für sie beide hart und arbeitsreich werden.

Die bessere Gesellschaft im oberen Stock war bereits um neun Uhr vollzählig beisammen. Herr Vasse, der Richter am Handelsgericht, der unbestrittene und anerkannte, wenn auch nur platonische Anbeter Madames, sass mit ihr, in ein leise geführtes Gespräch vertieft, abseits in einer Ecke. Beide lächelten, als stehe eine Einigung unmittelbar bevor. Herr Poulin, der ehemalige Bürgermeister, hatte Rosa rittlings auf seinen Knien, und Wange an Wange mit dem alten Schwerenöter, streichelte und kraulte sie mit ihren gedrungenen Patschhänden seinen schlohweissen Backenbart. Ein Stück ihres nackten Oberschenkels blitzte unter dem hochgerutschten gelbseidenen Rock hervor und hob sich weiss schimmernd gegen den schwarzen Stoff seiner Hose ab, und ihre roten Strümpfe waren mit blauen Strumpfbändern festgemacht, dem Geschenk des Handelsreisenden in der Eisenbahn.

Die grosse Fernande lag längelang auf dem Sofa und hatte ihre beiden Beine Herrn Pimpesse, dem Steuereinnehmer, auf den Bauch gelegt. Der Oberkörper aber ruhte auf der Weste des jungen Herrn Philippe, dessen Hals sie mit der rechten Hand umschlungen hielt, während sie in der Linken eine Zigarette zum Munde führte.

Raphaele stand offensichtlich mit Herrn Dupuis,

dem Versicherungsagenten, in Unterhandlungen und schloss die Unterredung mit den Worten: »Ja, mein Schatz, heute abend will ich gern.« Dann wirbelte sie im Walzerschritt geschwind einmal rund um den Salon und rief: »Heute nacht kann man von mir alles haben, was man will!«

Plötzlich ging die Tür auf, und Herr Tourneveau trat herein. Ein begeistertes Jubelgeschrei brach los: »Hoch, Tourneveau!« Und Raphaele, die immer noch herumwirbelte, sank ihm an die Brust. Er umfasste sie stürmisch, hob sie, ohne ein Wort zu sagen, leicht wie eine Feder vom Boden, trug sie durch den Salon zur Tür und verschwand mit seiner lebenden Last auf der Treppe, die zu den Zimmern emporführte. Begeistertes Beifallklatschen und -geschrei begleiteten ihn.

Rosa, die den ehemaligen Bürgermeister aufstachelte, ihn ein ums andere Mal küsste und ihn gleichzeitig an beiden Bartseiten gepackt hielt, damit er den Kopf nicht verdrehte, machte sich Tourneveaus Beispiel zunutze. »Komm doch, mach's wie er!« ermunterte sie ihren Anbeter. Da raffte sich der Alte auf, zupfte seine Weste zurecht und wackelte hinter dem Mädchen drein, während er in der Tasche nach Geld kramte.

Nun blieben Fernande und Madame allein mit den vier Herren zurück. Auf einmal rief Herr Philippe: »Ich spendiere Champagner. Madame Tellier, lassen Sie drei Flaschen holen.« Da fiel ihm

Fernande um den Hals, umarmte ihn heiss und
flüsterte ihm ins Ohr: »Spiel uns doch ein Tänzchen. Tu's doch, bitte, bitte!« Er stand auf, setzte
sich an das uralte Spinett, das unbenützt in einer
Ecke schlummerte, und entlockte dem verstimmten, wimmernden Instrument einen Walzer, einen
heiseren, tränenseligen, sentimentalen Walzer. Das
grosse Mädchen legte seinen Arm um den Steuereinnehmer, Madame überliess sich dem Handelsrichter, und nun drehten sich die beiden Paare im
Tanz und küssten sich dabei immer wieder. Herr
Vasse, der früher öfters in den besseren Gesellschaftskreisen das Tanzbein geschwungen hatte, tanzte
geziert und geschraubt wie ein Salongeck, und
Madame himmelte ihn verliebt an, mit Augen, die
›ja‹ sagten, ein ›Ja‹, das verhaltener, weniger laut
und darum köstlicher war als ein Wort!

Frédéric brachte den Champagner. Der erste
Pfropfen knallte, und Herr Philippe spielte die Einleitung zu einer Quadrille.

Die vier Tänzer führten sie gemessenen Schrittes
aus, feierlich und würdevoll, wie es sich geziemte,
mit allerlei Mätzchen und gezierten Bewegungen,
mit Verneigungen, gravitätischen Verbeugungen
und zierlichen Knicksen.

Hierauf ging man ans Trinken. Und nun tauchte
auch Herr Tourneveau befriedigt, erleichtert und
strahlend wieder auf. »Ich weiss nicht, was heute
nacht mit Raphaele los ist«, krähte er vergnügt,

»aber sie ist diesmal einfach grossartig!« Man reichte ihm ein volles Glas, und er leerte es in einem Zug und brummte: »Donnerwetter, treibt ihr einen Luxus!«

Nun stimmte Herr Philippe kurzerhand eine muntere Polka an, und Herr Tourneveau stürmte mit der schönen Jüdin los. Er schwang sie hoch in die Luft, so dass ihre Füsse den Boden gar nicht mehr berührten. Herr Pimpesse und Herr Vasse tanzten ebenfalls wieder, von neuem Eifer erfüllt. Von Zeit zu Zeit blieb eines der Paare beim Kamin stehen und stürzte ein Kelchglas voll schäumenden Sekts hinunter, und es sah ganz so aus, als sollte dieser Tanz kein Ende nehmen. Auf einmal öffnete sich die Tür, und Rosa erschien. Sie hatte eine Kerze in der Hand, ihr Haar hing ihr unordentlich und aufgelöst über die Schultern, an den Füssen trug sie Hauspantöffelchen, und sonst hatte sie nichts an als ihr Hemd. Sie war in angeregter Stimmung und ganz rot im Gesicht. »Ich will auch tanzen!« rief sie. »Und dein Alter?« fragte Raphaele. Rosa lachte hell heraus. »Der? Der schläft schon. Er schläft immer nachher gleich ein.« Mit einem Ruck zog sie Herrn Dupuis vom Diwan hoch, wo er bisher untätig gesessen hatte, und die Polka ging von neuem los.

Inzwischen waren aber die Flaschen leer geworden. »Ich spendiere noch eine!« erklärte Herr Tourneveau. »Ich auch!« verkündete Herr Vasse. »Und ich gleichfalls!« schloss Herr Dupuis. Alle klatschten beifällig in die Hände.

Nun wurde es erst richtig lebhaft, der reinste Ball. Dann und wann kamen sogar Louise und Flora für einen Augenblick herauf, tanzten ein paarmal im Walzerschritt um das Zimmer, während ihre Kunden unten im Café ungeduldig auf sie warteten. Darauf gingen sie schleunigst wieder in ihre Kneipe hinunter, voll Bedauern und Wehmut im Herzen.

Um Mitternacht wurde immer noch getanzt. Zuweilen verschwand eines von den Mädchen, und wenn man es suchte, weil eine Partnerin beim Tanzen fehlte, entdeckte man jeweils, dass auch einer von den Herren nicht mehr da war.

»Wo kommt ihr eigentlich her?« fragte zum Spass Herr Philippe, als Herr Pimpesse gerade mit Fernande wieder hereinkam. »Wir haben geschaut, wie Herr Poulin schläft«, gab der Steuereinnehmer zur Antwort. Der Witz hatte durchschlagenden Erfolg. Alle gingen nun der Reihe nach mit dem einen oder andern von den Mädchen hinauf, um zu schauen, wie Herr Poulin schlief. Die Damen waren die ganze Nacht ganz besonders entgegenkommend und fügsam. Madame drückte beide Augen zu; und sie führte insgeheim und abseits lange Zwiegespräche mit Herrn Vasse, als gelte es, noch die letzten Einzelheiten einer bereits beschlossenen Sache abzusprechen.

Um ein Uhr endlich erklärten die beiden verheirateten Herren, Herr Tourneveau und Herr Pimpesse, sie müssten jetzt nach Hause gehen und wollten ihre Rechnung begleichen. Man liess sie lediglich den Champagner zahlen, und auch für den nur sechs Franken je Flasche, anstatt zehn, wie sonst üblich. Und als sie sich über so viel Grosszügigkeit wunderten, meinte Madame strahlend: »Es ist nicht alle Tage ein Fest!«

Die Hand

Alle Gäste drängten sich aufs höchste gespannt in einem dichten Kreis um den Untersuchungsrichter Bermutier und bestürmten ihn, er müsse sich unbedingt zu dem rätselhaften Fall äussern, der sich unlängst in Saint-Cloud ereignet hatte. Seit bald einem Monat versetzte nun dieses geheimnisvolle, unerklärliche Verbrechen ganz Paris in panische Angst, und es war bis auf den heutigen Tag nicht gelungen, Licht in diese Sache zu bringen. Die ganze Welt stand vor einem Rätsel.

Mit dem Rücken an den Kamin gelehnt, stand Bermutier lässig da und redete, erläuterte und zählte auf, was an Beweismaterial vorlag, erörterte die verschiedenen einander widerstreitenden Meinungen, hütete sich aber wohlweislich, daraus irgendwelche Schlussfolgerungen zu ziehen.

Mehrere Damen waren von ihren Stühlen aufgestanden und näher zu ihm herangetreten. Nun standen sie bei dem Justizbeamten und starrten auf seinen glattrasierten Mund, aus dem so schwerwiegende Worte zu vernehmen waren. Sie schauerten, bebten und zitterten; halb Angst, halb Neugier hatte sie gepackt, sie waren besessen von jenem gierigen, unersättlichen Bedürfnis nach Spannung und

Entsetzen, das die Frauen unablässig quält, unstillbar wie der Hunger.

Eine Dame war totenbleich geworden und platzte mitten in die Redepause hinein:

»Das ist ja furchtbar!« rief sie, »das grenzt ja ans Übersinnliche! Nie und nimmermehr wird man dieses Rätsel lösen können.«

Der Richter wandte sich zu ihr und sagte:

»Gewiss, wahrscheinlich wird man des Rätsels Lösung nie ergründen. Sie sagten eben, das grenze ans Übersinnliche. Mich will bedünken, dieses Wort sei hier fehl am Platz. Wir stehen vor einem Verbrechen, das ungewöhnlich raffiniert ausgeheckt, überaus geschickt ausgeführt worden ist, vor einem Kriminalfall, der so geheimnisumwittert vor uns steht, dass wir ihn ganz unmöglich durchschauen noch aus dem ganzen verwickelten Drum und Dran herausschälen können, das ihn umgibt. Aber ich hatte persönlich einmal einen Fall zu bearbeiten, bei dem tatsächlich das Übersinnliche hineinzuspielen schien. Wir mussten ihn übrigens unerledigt und ungeklärt aufgeben. Es fehlten alle Beweismittel, alle Möglichkeiten, darin Klarheit zu schaffen.«

Da baten mehrere Damen wie aus einem Munde:

»O bitte, erzählen Sie uns das!«

Bermutier lächelte ernst und gewichtig, wie es sich für einen Untersuchungsrichter geziemt, und fuhr dann fort:

»Glauben Sie beileibe nicht etwa, ich hätte auch nur augenblickslang hinter diesem Erlebnis irgend etwas Unfassbares, Übernatürliches gesucht! Ich glaube nur an normale Ursachen! Würde man, anstatt immerzu von übersinnlichen Vorgängen zu faseln, wenn wir das ausdrücken wollen, was wir einfach nicht fassen und begreifen können, ganz schlicht das Wort ›unerklärlich‹ dafür einsetzen, so würde uns das weit besser bekommen. Jedenfalls haben mich bei dem Fall, den ich Ihnen nun erzählen will, vor allem die Begleitumstände und die Vorgeschichte tief beeindruckt.

Damals amtete ich als Untersuchungsrichter in Ajaccio, einer kleinen Stadt mit lauter grellweissen Häusern, die sich an den Gestaden eines von hohen Bergen umsäumten, wunderschönen Meerbusens ausbreitet.

Ich hatte mich dort vornehmlich mit den zahllosen Fällen von Blutrache zu befassen. Es gibt darunter grossartig erhabene, denkbar dramatische, wilde und blutrünstige, und dann wieder Fälle, die beinah heroisch sind. Wir begegnen da den herrlichsten Rachemotiven, die wir uns nur erträumen können, wir stossen auf jahrhundertealten Hass, der zwar für eine Zeitlang befriedet wird, nie aber gänzlich erlischt. Wir finden abscheuliche Hinterlist, Meuchelmorde, die zu wahren Blutbädern ausarten und fast als ruhmreiche Heldentaten gepriesen werden.

Zwei Jahre lang sah und hörte ich nichts anderes als von Blutvergiessen, das seine Sühne finden muss. Diese abergläubische Unsitte, die auf Korsika im Schwang ist, erlittenes Unrecht an dem Beleidiger zu rächen, und nicht nur an ihm allein, sondern auch an seinen Kindern und Kindeskindern, seinen nächsten Verwandten und Angehörigen, begegnete mir fast täglich. So habe ich mit eigenen Augen mitangesehen, wie man alte Männer und kleine Kinder, irgendwelche Angehörige und Verwandte, umbrachte. Ich hatte den Kopf voll lauter solcher Greuelgeschichten.

Da hörte ich eines Tags, ein Engländer habe kürzlich auf mehrere Jahre ein kleines Landhaus ganz zuhinterst in der Bucht gemietet. Er hatte einen französischen Diener mitgebracht, den er auf der Durchreise in Marseille eingestellt hatte. Es dauerte nicht lange, und jedermann gab sich mit diesem Sonderling ab, der mutterseelenallein da draussen hauste und seine Wohnung nur verliess, wenn er auf die Jagd ging oder fischen wollte. Er sprach mit keinem Menschen, kam nie in die Stadt, und allmorgendlich übte er sich eine oder zwei Stunden lang im Pistolenschiessen oder trainierte mit seinem Karabiner.

Man munkelte mancherlei über ihn. So wollten die einen wissen, er sei eine hochgestellte Persönlichkeit, die ihre Heimat aus politischen Gründen fluchtartig habe verlassen müssen. Dann wieder hiess es, er müsse sich verborgen halten, weil er ein entsetzliches, ruchloses Verbrechen auf dem Gewissen habe. Es wurden sogar ausnehmend grausige Einzelheiten herumgeboten. Ich wollte in meiner Eigenschaft als Untersuchungsrichter einige Erkundigungen über den Mann einziehen. Aber ich konnte unmöglich etwas Näheres in Erfahrung bringen. Angeblich hiess er Sir John Rowell.

Ich liess es also dabei bewenden, ihn genau zu überwachen. Man konnte mir jedoch gar nichts Verdächtiges über ihn melden.

Weil aber das Gerede und Gemunkel über den Fremden kein Ende nehmen wollte, da sich die Gerüchte mehrten und mählich in der ganzen Bevölkerung umliefen, entschloss ich mich, den Versuch zu wagen, persönlich mit ihm Bekanntschaft zu schliessen, und so ging ich von nun an regelmässig in der Gegend rings um sein Besitztum auf die Jagd.

Lange lauerte ich auf eine Gelegenheit. Sie bot sich in Gestalt eines Rebhuhns, das ich dem Engländer gerade vor der Nase wegschoss. Mein Hund apportierte mir das Wild; aber ich nahm es ihm sofort weg und ging damit zu Sir John Rowell, entschuldigte mich bei ihm für mein unhöfliches Betragen und bat ihn schliesslich, den Vogel als Geschenk anzunehmen. Er war ein grossgewachsener Mann mit rotem Haarschopf und feuerrotem Bart, ein breitschultriger Riese, der überaus friedfertig und höflich wirkte. Er hatte so gar nichts englisch

Steifes an sich und dankte mir aufs herzlichste für meine Aufmerksamkeit, in einem Französisch mit unverkennbar englischem Akzent. Im Laufe des folgenden Monats kamen wir dann wohl an die fünf, sechs Male miteinander ins Gespräch.

Eines Abends ging ich von ungefähr an seinem Hause vorbei und gewahrte ihn, wie er rittlings auf einem Stuhl in seinem Garten sass und seine Pfeife schmauchte. Ich grüsste ihn, und er lud mich daraufhin ein, hereinzukommen und ein Glas Bier mit ihm zu trinken. Das liess ich mir nicht zweimal sagen.

Er empfing mich mit der ganzen umständlichen Höflichkeit des Engländers und fing dann begeistert von Frankreich und Korsika an zu erzählen und erklärte, er hege eine grosse Liebe zu *diesem* Land und *diesem* Gestade.

Nunmehr brachte ich ganz behutsam und dem Anschein nach aus lebhafter Anteilnahme an seinem Ergehen ein paar vorsichtige Fragen über sein vergangenes Leben an und erkundigte mich nach seinen Zukunftsplänen. Er gab mir ganz unbefangen Auskunft, erzählte, er sei viel auf Reisen gewesen, in Afrika, in Indien und Amerika. Dann setzte er lachend hinzu:

›Ich viele Abenteuer erlebt haben, o yes!‹

Hierauf ging unser Gespräch wieder auf allerhand Jagdgeschichten über, und er wusste erstaunliche Dinge über die Art zu berichten, wie Nashörner, Tiger, Elefanten und sogar Gorillas erlegt werden.

›Alle diese Bestien sind äusserst gefährliche, ja fürchterliche Gegner!‹ meinte ich.

Lächelnd erwiderte er:

›Oh, no! Der schlimmste ist der Mensch!‹

Dann lachte er mit einemmal auf, schallend und herzlich, wie nur ein selbstsicherer, mit sich selber zufriedener Engländer, der mit sich und der Welt im reinen ist, lachen kann, und sagte:

›Ich habe auch öfters auf Menschenjagd gegangen.‹

Danach liess er sich über Schusswaffen aus und forderte mich auf, mit ihm ins Haus zu kommen, damit er mir Gewehre der verschiedensten Modelle zeigen könne.

Sein Wohnzimmer war ganz mit schwarzem Stoff, schwarzem, golddurchwirktem Seidenstoff, ausgespannt. Grosse, goldgelbe Blumen waren überall darauf gestickt und glitzerten und flimmerten wie Feuersglut.

›Das sein ein japanischer Stoff‹, erklärte er.

Aber auf dem breitesten Wandstück, gerade in der Mitte, zog ein befremdlicher Gegenstand meine Blicke auf sich. Auf einem viereckigen Stück roten Samts hob sich ein schwarzes Ding ab. Ich trat näher heran. Es war eine Hand, eine Menschenhand. Nicht etwa die weisse, saubere Knochenhand eines Skeletts, sondern eine schwarze, ausgedörrte, vertrocknete Hand mit gelblichen Fingernägeln, mit blossgelegten Sehnen, auf denen noch Spuren eingetrockneten Blutes zu sehen waren, Blut, das aussah wie eine schwärzliche Schmutzkruste, die auf den glatt abgeschlagenen Knochen klebte. Es machte den Anschein, als habe man die Hand in der Mitte des Vorderarms mit einem Beil abgehackt.

Rund um das Handgelenk war eine ungeheuerlich dicke Eisenkette angebracht, mit der dieses ekelerregende Glied an der Wand festgeschmiedet, ja angenietet war an einem eisernen Ring, der stark genug gewesen wäre, um einen Elefanten daran festzubinden.

›Was ist denn das?‹ fragte ich erstaunt.

Gemütsruhig gab mir der Engländer Aufschluss:

›Das sein mein bestgehasster Feind gewesen. Er gekommen aus Amerika. Er zuerst mit dem Säbel abgehauen worden, dann die Haut mit einem scharfen Kieselstein abgezogen und acht Tage lang an der Sonne getrocknet. Ach, sehr gut für mich, der da!‹

Ich tippte mit dem Finger vorsichtig an dieses Überbleibsel eines Menschen, der früher einmal ein wahrer Koloss gewesen sein musste. Die Finger waren unmässig lang und hingen an riesigen Sehnensträngen, die stellenweise von Hautfetzen und -streifen zusammengehalten wurden. Die Hand, enthäutet und geschunden wie sie war, bot einen grauenhaften Anblick, und der Gedanke an eine barbarische Blutrache stellte sich ganz von selber ein.

›Der Mann war bestimmt riesenstark«, äusserte ich.

Da entgegnete der Engländer ruhig und sachlich:

›Oh, yes, aber ich war stärker als er. Ich habe diese Kette angebracht, um ihn festzuhalten.‹

Ich glaubte zunächst, er mache Spass, und sagte:

›Jetzt ist aber die Kette nicht mehr vonnöten, die Hand wird ja nicht von alleine fortlaufen.‹

Sir John Rowell aber gab mir ernst zur Antwort:

›Sie wollte immer wieder auf und davon. Die Kette musste sein!‹

Mit einem raschen, prüfenden Seitenblick auf sein Gesicht stellte ich mir die Frage, ob ich es hier am Ende mit einem Wahnsinnigen zu tun hatte, oder ob er bloss ein übler Spassvogel war.

Doch sein Gesicht war und blieb undurchdringlich ruhig, und ein verbindliches Lächeln spielte um seine Lippen. Ich brachte das Gespräch auf andere Dinge und drückte meine Bewunderung für seine Flinte aus.

Es fiel mir indessen auf, dass drei geladene Revolver auf den Möbeln herumlagen, als lebte dieser Mann in ständiger Angst vor einem Überfall.

Ich ging später noch ein paarmal zu ihm. Schliesslich aber gab ich meine Besuche auf. Man hatte sich allmählich an den Fremden gewöhnt, und seine Anwesenheit fiel nicht mehr weiter auf. Er selbst war den Leuten gleichgültig geworden.

Ein ganzes Jahr verstrich. Da weckte mich eines

Morgens, gegen Ende des Novembers, mein Bedienter und meldete mir, Sir John Rowell sei in der vergangenen Nacht ermordet worden.

Eine halbe Stunde später betrat ich, zusammen mit dem Oberkommissar und dem Polizeihauptmann, die Wohnung des Engländers. Vor der Tür kauerte der Diener, gänzlich verstört und in Tränen aufgelöst. Zuerst hatte ich diesen Burschen im Verdacht, er könnte vielleicht der Täter sein. Aber er war unschuldig.

Den Mörder hat man nie gefunden.

Als ich das Wohnzimmer Sir Johns betrat, sah ich auf den ersten Blick schon den Leichnam daliegen. Er lag mitten im Zimmer auf dem Rücken.

Die Weste war in Fetzen. Ein Ärmel hing abgerissen herunter. Alles deutete darauf hin, dass ein verzweifelter Kampf stattgefunden hatte.

Der Engländer war zu Tode gewürgt worden! Sein schwarzes, grauenvoll aufgedunsenes Gesicht war entsetzlich anzusehen. Es war, als schreie eine fürchterliche Todesangst daraus. Zwischen den zusammengebissenen Zähnen hielt der Tote etwas fest gepackt, und der Hals, der fünf tiefe Löcher wie von eisernen Spitzen aufwies, war über und über mit Blut besudelt.

Ein Arzt war herbeigerufen worden. Er untersuchte gründlich und eingehend die Fingereindrücke auf dem Fleisch und äusserte schliesslich etwas, was mich sehr befremdete.

›Es sieht ganz danach aus, als hätte ihn ein Skelett erwürgt‹, meinte er.

Ein Schauer lief mir über den Rücken, und ich warf einen Blick auf die Wand, auf die Stelle, wo ich damals die enthäutete Hand hatte hängen sehen. Sie war nicht mehr vorhanden. Die Kette war entzweigerissen und baumelte herunter.

Da bückte ich mich zu dem Toten nieder und entdeckte in seinem verzerrten Mund einen Finger der verschwundenen Hand. Er war abgebissen oder vielmehr von den Zähnen beim zweiten Fingerglied abgesägt.

Nun schritt man zu einem Augenschein, fand aber keinerlei Anhaltspunkte. Nirgendwo war ein Fenster eingedrückt worden, keine Tür, kein Möbelstück war erbrochen.

Der Diener sagte folgendes aus:

Seit einem Monat war sein Herr offensichtlich sehr aufgeregt. Er hatte zahlreiche Briefe erhalten und sie jedesmal sofort verbrannt.

Öfters hatte er eine Reitpeitsche hervorgeholt und in einem Wutausbruch, der an einen Wahnsinnsanfall grenzte, wildwütend auf die getrocknete Hand losgeschlagen, die da an der Wand festgeschmiedet gewesen und nun, kein Mensch wusste wie, genau im selben Augenblick, in dem das Verbrechen verübt wurde, verschwunden war.

Er pflegte sehr spät zu Bett zu gehen und schloss sich dann jeweils sorgsam ein. Immer hatte er Waffen in

Reichweite. Oft in der Nacht redete er laut, und es klang, als hätte er sich mit jemandem herumgestritten.

In der Nacht, da das Verbrechen geschah, hatte er zufälligerweise keinerlei Laut von sich gegeben, und erst als der Diener zu ihm ins Zimmer hineinging und die Fenster öffnen wollte, hatte er Sir John ermordet daliegen gesehen. Er selbst hatte gegen niemanden irgendwelchen Verdacht.

Ich erstattete über alles, was ich von dem Toten wusste, einen Bericht an die Gerichtsbehörden und die Polizei, und man suchte die ganze Insel gründlich ab und fahndete allerorts nach dem mutmasslichen Mörder, aber man fand rein gar nichts.

Eines Nachts aber, etwa ein Vierteljahr nach dem Mord, hatte ich einen schaurigen, grauenvollen Alptraum. Es war mir, als sähe ich die Hand, die scheussliche Hand, wie sie, gleich einem Skorpion oder einer Riesenspinne, über die Vorhänge und Wände meines Zimmers hinlief. Dreimal schreckte ich aus dem Schlaf auf. Dreimal schlief ich wieder ein. Dreimal sah ich das widerwärtige, ekelhafte Wesen rund um mein Zimmer rasen. Es lief auf den Fingern, als wären sie seine Beine.

Am nächsten Morgen brachte mir jemand die Hand. Er hatte sie auf dem Friedhof gefunden. Dort hockte sie auf dem Grabe Sir John Rowells, der hier bestattet war. Seine Angehörigen waren nämlich nicht aufzufinden gewesen. Der Zeigefinger fehlte an der Hand.

Nun, meine Damen, so lautet meine Geschichte. Mehr weiss ich nicht darüber.«

Verstört, totenbleich und vor Entsetzen schaudernd sassen die Damen da. Eine von ihnen rief:

»Das ist aber doch gar kein richtiger Schluss. Und damit ist auch nichts erklärt. Wir werden alle unmöglich Schlaf finden, wenn Sie uns nicht sagen, was sich da, Ihrer Ansicht nach, abgespielt hat.«

Da lächelte der Richter grimmig und streng und sprach:

»Oh, meine verehrlichen Damen, da werde ich Ihnen aber alle die erschrecklichen Dinge, die Sie sich zusammengeträumt haben, gründlich zerzausen. Ich glaube nämlich ganz einfach, dass der rechtmässige Besitzer der Hand gar nicht tot war, dass er vielmehr hergekommen ist und sie sich mit seiner gesunden Hand wiedergeholt hat. Wie er es aber angestellt hat, das kann ich Ihnen wahrhaftig nicht sagen. Eine Art Vendetta, ein Fall von Blutrache, so viel ist sicher.«

Doch eine von den Frauen sagte halblaut vor sich hin:

»Nein, so war es bestimmt nicht...«

Und der Untersuchungsrichter schloss, immer noch lächelnd:

»Ich hatte Ihnen ja gesagt, meine Erklärung werde Ihnen nicht zusagen.«

Auf dem Wasser

Vergangenen Sommer hatte ich ein kleines Landhaus am Ufer der Seine, mehrere Meilen von Paris entfernt, gemietet; ich ging jeden Abend hin und blieb regelmässig über Nacht dort. Schon nach wenigen Tagen schloss ich Bekanntschaft mit einem meiner Nachbarn, einem Mann zwischen Dreissig und Vierzig, der wohl der eigenartigste Sonderling war, dem ich je begegnet bin. Er war ein alter Kahnsportler, aber ein regelrecht versessener, fanatischer Bootfahrer, der ununterbrochen am Wasser, immer auf dem Wasser und meist im Wasser lebte. Höchstwahrscheinlich war er in einem Boot zur Welt gekommen, und ganz bestimmt wird er auf seiner letzten Kahnfahrt sterben.

Als wir eines Abends am Ufer der Seine dahinschlenderten, bat ich ihn, aus seinem Kahnfahrerleben ein paar Geschichten zum besten zu geben. Mit einem Schlag war er wie umgewandelt, er bekam Leben, wurde beredt, ja fast poetisch. In seinem Herzen lebte eine grosse, verzehrende, unwiderstehliche Leidenschaft: der Fluss.

»Ah!« sagte er, »wie manche Erinnerung ist in mir lebendig, was weiss ich nicht alles über den

Fluss, den Sie dort an uns vorbeifliessen sehen! Ihr Städter kennt ja nur eure Strassen, ihr ahnt nicht, was der Fluss ist. Aber hört einmal zu, wenn ein Fischer dieses Wort ausspricht! Für ihn ist er etwas Geheimnisvolles, Tiefes, Unbekanntes, ein Land voller Phantasmagorien und Sinnestäuschungen. Da sieht man zur Nachtzeit Dinge, die wesenlos sind, man hört Laute, die man nicht kennt, man ängstigt sich und weiss nicht warum, wie wenn man über einen Friedhof geht. Und tatsächlich ist er ja auch der unheimlichste Friedhof, einer, auf dem man weder Grab noch Leichenstein hat.

Für den Fischer hat das Land seine Grenzen, und im Dunkeln, wenn der Mond nicht scheint, ist der Fluss unbegrenzt. Ein Seemann empfindet nicht das gleiche dem Meer gegenüber. Es ist oft bösartig und erbarmungslos, das ist wahr, aber es brüllt und heult, es ist ehrlich, das grosse Meer, während der Fluss still und tückisch ist. Er grollt nicht, er fliesst immer lautlos dahin, und diese ewige Strömung des dahinfliessenden Wassers hat für mich etwas weit Schreckenerregenderes als die haushohen Wogen des Ozeans.

Es gibt Träumer, die behaupten, das Meer berge in seinem Schosse unermessliche bläulich dämmernde Länder, wo die Ertrunkenen zwischen den grossen Fischen hintreiben, in seltsamen Wäldern und kristallenen Grotten. Der Fluss hat nur schwarze Tiefen, wo man im Schlamm vermodert. Und doch ist er schön, wenn er im Licht der aufgehenden Sonne glitzert und leise zwischen seinen von murmelndem Schilf bestandenen Böschungen plätschert.

Nun, ich glaube, die Geschichten, die mit ihren leisen Stimmchen die Schilfrispen einander zuraunen, sind noch schauriger als die unheimlichen Dramen, die uns das brüllende Tosen der Meereswogen erzählt.

Ich soll Ihnen also ein paar von meinen Erinnerungen erzählen? Gut, ich will Ihnen ein ganz seltsames Erlebnis anvertrauen, das mir hier vor ungefähr zehn Jahren zugestossen ist.

Ich bewohnte, wie auch heute noch, das Häuschen der Mutter Lafon, und einer meiner besten Freunde, Louis Bernet, der seither allerdings den Kahnsport, seinen Glanz und sein ungezwungenes Naturleben aufgegeben hat und in den Staatsrat eingetreten ist, hatte sich im Dorf C..., zwei Meilen flussabwärts, niedergelassen. Wir speisten täglich zusammen, bald bei ihm, bald in meiner Wohnung.

Als ich eines Abends ganz allein und ziemlich müde heimwärts ruderte und mühsam mein grosses Boot, einen zwölf Fuss langen ›Océan‹, den ich nachts immer benützte, flussaufwärts lotste, hielt ich für ein paar Augenblicke dort vorne bei der Spitze des Schilfriedes, etwa zweihundert Meter vor der Eisenbahnbrücke, um zu verschnaufen. Das Wetter war prachtvoll; der Mond schien strahlend hell, der Fluss glimmerte und funkelte, die Luft war windstill und mild. Diese Ruhe verlockte mich; ich sagte mir, es müsste doch eigentlich genussvoll sein, an diesem Ort eine Pfeife zu rauchen. Gedacht, getan; ich nahm meinen Anker und warf ihn aus.

Das Boot wurde von der Strömung flussabwärts getragen, es fierte seine Kette bis ans Ende und blieb dann stehen. Ich setzte mich im Heck auf mein Schaffell und machte es mir so bequem wie möglich. Ringsum war alles still; man hörte nichts, rein gar nichts. Manchmal nur glaubte ich ein fast unmerkliches, leises Plätschern des Wassers gegen das Ufer zu vernehmen, und ich gewahrte hier und dort ein Schilfbüschel, das über das Ried hinausragte und seltsame Gestalten annahm oder sich von Zeit zu Zeit zu bewegen schien.

Der Fluss war vollkommen ruhig, aber ich fühlte mich durch die lautlose Stille, die mich rings umgab, sonderbar erregt. Alle Tiere, die Frösche und Kröten, die nächtlichen Sänger der Moore, schwiegen. Mit einmal quakte ein Frosch zu meiner Rechten, ganz nahe. Ich schrak zusammen; er verstummte, ich hörte nichts mehr, und ich beschloss, ein wenig zu rauchen und mich so abzulenken. Doch obschon ich es als Pfeifenraucher mit jedem aufnehmen kann, bekam es mir diesmal nicht; schon beim zweiten Zug drehte sich mir der Magen um, und ich musste aufhören. Ich begann vor mich hin zu singen, aber der Klang meiner eigenen Stimme machte mir Unbehagen, und so streckte ich mich zuletzt auf dem Boden des Bootes aus und schaute in den Himmel hinauf. Eine Zeitlang blieb ich ruhig liegen, doch bald störte mich das leichte Schaukeln der Barke. Es war mir, als schwinge sie in gewaltigen, weit ausladenden Schwüngen hin und her und berühre bald die eine, bald die andere Uferböschung. Dann wieder hatte ich das Gefühl, ein unsichtbares Wesen oder eine geheimnisvolle Kraft ziehe sie auf den Grund des Wassers hinab und hebe sie dann hoch empor, um sie erneut niederfallen zu lassen. Ich wurde hin und her geworfen wie in einem wilden Sturm. Rings um mich her vernahm ich allerlei Geräusche; ich schnellte hoch, setzte mich auf: das Wasser glitzerte, alles war ruhig.

Nun wurde mir klar, dass meine Nerven ein wenig angegriffen waren, und ich beschloss weiterzufahren. Ich zog an der Ankerkette; das Boot setzte sich in Bewegung, dann spürte ich Widerstand; ich zog stärker, doch der Anker kam nicht hoch. Er hatte sich auf dem Grund des Wassers in irgend etwas festgehakt, und ich konnte ihn nicht losmachen. Ich riss von neuem an der Kette, doch es half nichts. Da drehte ich mit meinen Rudern das Boot und fuhr ein Stück aufwärts, um die Lage des Ankers zu verändern. Umsonst; er gab nicht nach. Ich geriet in Zorn und rüttelte wie rasend an der Kette. Nichts rührte sich. Entmutigt setzte ich mich wieder hin und dachte über meine Lage nach. Ich konnte nicht daran denken, die Kette zu zerreissen oder sie vom Schiff loszulösen; sie war sehr dick und am Bug in einem mehr als armdicken Stück Holz festgenietet. Doch das Wetter blieb auch weiterhin schön, und so konnte ich bestimmt damit rechnen, dass ich voraussichtlich binnen kurzem einem Fischer begegnen würde, der mir Hilfe bringen konnte. Mein Missgeschick hatte mich beruhigt; ich setzte mich und konnte endlich meine Pfeife rauchen. Ich hatte eine Flasche Rum bei mir; davon trank ich zwei, drei Gläser, und nun musste ich über meine dumme Lage lachen. Es war sehr warm, so dass ich schlimmstenfalls die Nacht unter freiem Himmel verbringen konnte, ohne üble Folgen zu gewärtigen.

Plötzlich erklang ein leiser Schlag gegen die Bootswand. Ich fuhr auf, und kalter Schweiss überlief mich vom Kopf bis zu den Füssen. Das Geräusch rührte vermutlich von einem Stück Holz her, das auf dem Wasser trieb, aber das hatte genügt, und ich fühlte, wie mich erneut eine rätselhafte, nervöse Erregung befiel. Ich packte die Ankerkette und zog mit äusserster, verzweifelter Kraft daran. Der Anker liess sich nicht von der Stelle bewegen. Erschöpft setzte ich mich wieder hin.

Währenddessen hatte sich der Fluss nach und nach mit einem dicken weissen Nebel bedeckt, der

ganz tief über dem Wasser dahinkroch, so dass ich
aufrecht im Boot stehend den Fluss nicht mehr sah,
auch nicht meine Füsse und die Barke, nur mehr
die Spitzen der Schilfrispen und darüber hinweg,
weiter hinten, die Ebene, die im Mondschein in
bleiches Licht getaucht dalag, und darauf ein paar
grosse tiefschwarze Flecken, die himmelan ragten,
gebildet von vereinzelten Gruppen italienischer
Pappeln. Ich war bis zum Gürtel wie in eine dicke
Schicht eigenartig weisser Baumwolle eingehüllt,
und phantastische Sinnestäuschungen suchten mich
heim. Ich bildete mir ein, man versuche in mein
Boot zu klettern, das ich nicht mehr unterscheiden
konnte, und der Fluss, der in dem undurchsichtigen
Nebel verborgen war, müsse von unheimlichen
Wesen wimmeln, die um mich her schwammen.
Ich verspürte ein grauenhaftes Unbehagen, einen
grässlichen Druck auf den Schläfen, und mein Herz
klopfte so wild, dass ich kaum mehr zu atmen vermochte.
Schon wollte ich den Kopf verlieren und
spielte mit dem Gedanken, mich schwimmend in
Sicherheit zu bringen. Dann liess mich diese Vorstellung
alsbald vor Entsetzen erschauern. Ich sah
mich schon verirrt, aufs Geratewohl in dieser dichten
Nebeldecke umherschwimmen und gegen die
Gräser und Schilfstauden ankämpfen, in denen ich
mich ja unweigerlich verfangen musste; ich sah,
wie ich vor Angst keuchte und röchelte, weil ich
den Uferhang nicht sehen, mein Boot nicht mehr

finden konnte, und es war mir, als würde ich an den Füssen hinab bis auf den Grund dieses schwarzen Wassers gezogen.

Tatsächlich hätte ich mindestens fünfhundert Meter gegen die Strömung schwimmen müssen, ehe ich eine Stelle gefunden hätte, die frei von Binsen und Schilf war, so dass ich hätte Fuss fassen können, und darum war zehn gegen neun zu wetten, dass ich in diesem Nebel die Richtung verlieren und ertrinken würde, so gut ich auch schwimmen konnte.

Ich versuchte, mir selber Vernunft zu predigen. Ich fühlte in mir den festen Willen, mich nicht zu fürchten; aber da war in meinem Innern noch etwas anderes als mein Wille, und dies andere hatte Angst. Ich fragte mich, was ich denn eigentlich fürchten könnte. Mein beherztes Ich lachte mein verzagtes Ich aus, und niemals mehr habe ich wie in jener Nacht den Zwiespalt zweier Wesen in unserem Innern gefühlt, eines zur Tat drängenden und eines widerstrebenden, die beide abwechselnd die Oberhand gewannen.

Dieses dumme, unerklärliche Grauen wuchs fort und fort und wurde allmählich zum panischen Entsetzen. Ich verharrte regungslos, mit weit aufgerissenen Augen und gespitzten Ohren, und wartete. Worauf? Ich wusste es nicht, aber es musste etwas Grauenhaftes sein. Ich glaube, wenn ein Fisch aus dem Wasser aufgesprungen wäre, wie es ja häufig vorkommt, so hätte es nicht mehr gebraucht und ich wäre bewusstlos hingeschlagen.

Durch eine heftige Willensanstrengung gelang es mir indessen schliesslich, meiner entgleitenden Vernunft wieder einigermassen Herr zu werden. Ich nahm aufs neue meine Rumflasche hervor und trank in langen Zügen. Da kam mir ein guter Gedanke: ich begann zu schreien, was meine Lungen hergeben konnten, und drehte mich dabei nach allen Himmelsrichtungen. Als meine Kehle vollkommen lahmgeschrien war, lauschte ich. – Ein Hund heulte in weiter Ferne.

Ich trank noch ein paar Schlücke und streckte mich dann längelang auf dem Boden des Bootes aus. So blieb ich vielleicht eine Stunde liegen, ohne zu schlafen, mit offenen Augen, rings von Schreckbildern umgeben. Ich wagte nicht, mich aufzurichten, und wünschte es doch inbrünstig. Von Minute zu Minute schob ich es hinaus. Immer wieder sagte ich mir: ›Vorwärts, steh auf!‹ und hatte doch Angst, eine Bewegung zu machen. Zuletzt richtete ich mich ganz, ganz vorsichtig auf, als hätte mein Leben vom leisesten Geräusch abgehangen, das ich gemacht hätte, und blickte über den Bootsrand hinaus.

Das wundersamste, das erstaunlichste Schauspiel, das man sich denken kann, bot sich meinen geblendeten Augen. Es war wie eine jener Zauberlandschaften aus dem Feenreich, eines jener Gesichte, von denen Reisende erzählen, die aus fernen Ländern heimkehren und denen wir lauschen, ohne ihnen Glauben zu schenken.

Der Nebel, der zwei Stunden vorher dicht über dem Wasser hintrieb, hatte sich nach und nach verzogen und auf den Ufern zusammengeballt. Nun liess er den Fluss völlig frei und bildete dafür auf beiden Ufern einen zusammenhängenden, sechs oder sieben Meter hohen Hügelzug, der im Mondlicht schneeweiss leuchtete. Nichts anderes sah man mehr als den feuerdurchwirkten Fluss zwischen diesen beiden weissen Bergen, und oben über meinem Haupt stand, voll und riesenhaft, der grosse, alles mit seinem Glanz überflutende Mond mitten an einem bläulichen, milchig schimmernden Himmel.

Alles Getier im Wasser war wieder erwacht. Die Frösche quakten wie wild, während ich alle paar Augenblicke, bald rechts, bald zu meiner Linken den kurzen, eintönigen Klagelaut vernahm, den die helle Stimme der Kröten zu den Sternen emporsendet. Seltsam: ich fürchtete mich nicht mehr. Es umgab mich eine so zauberhafte Landschaft, dass selbst die unwahrscheinlichsten Wunderdinge mich nicht hätten erstaunen können.

Wie lange dies dauerte, weiss ich nicht, denn ich war schliesslich eingeschlafen. Als ich die Augen wieder aufschlug, war der Mond untergegangen, der Himmel stark bewölkt. Das Wasser gluckste unheimlich, der Wind blies heftig, es war kalt und stockfinstere Nacht.

Ich trank meinen Rum vollends aus, dann horchte ich schlotternd auf das Rauschen des Schilfs und das dumpfe Brausen des Flusses. Ich spähte angestrengt in die Finsternis, konnte jedoch mein Boot nicht erkennen, ja nicht einmal meine Hände, obwohl ich sie dicht vor die Augen hielt.

Allmählich lichtete sich indessen die pechschwarze Dunkelheit. Plötzlich war mir, als gleite ein Schatten ganz nahe an mir vorbei. Ich stiess einen Schrei aus. Eine Stimme gab Antwort. Es war ein Fischer. Ich rief ihn an, er ruderte zu mir heran, und ich erzählte ihm mein Missgeschick. Nun steuerte er sein Boot so, dass es Bord an Bord mit dem meinen lag, und wir zogen beide mit vereinten Kräften an der Kette. Der Anker rührte sich nicht vom Fleck. Der Tag graute, düster, grau, regnerisch, eiskalt. Wer hat solche Tage, die nur Traurigkeit und Unglück mit sich bringen, nicht schon erlebt? Ich bemerkte ein anderes Boot; wir riefen es zu Hilfe. Der Mann, der es lenkte, vereinte seine Anstrengungen mit den unsern, und jetzt gab der Anker allmählich nach. Er kam hoch, aber ganz, ganz langsam und mit einem beträchtlichen Gewicht beschwert. Endlich gewahrten wir eine schwarze Masse und zogen sie an Bord.

Es war die Leiche einer alten Frau. Sie hatte einen grossen Stein am Hals.«

Mein Freund Patience

»Weisst du, was aus Leremy geworden ist?«
»Er ist Rittmeister bei den Sechser-Dragonern.«
»Und Pinson?«
»Unterpräfekt.«
»Racollet?«
»Gestorben.«
Wir suchten nach anderen Namen, die uns junge Gesichter unter dem goldgalonierten Käppi in Erinnerung riefen. Später hatten wir ein paar von diesen Kameraden wiedergesehen. Da hatten sie Bärte oder Glatzen, waren verheiratet und Väter mehrerer Kinder, und dieses Wiedersehen mit den ganz veränderten Freunden hatte uns jedesmal angewidert und masslos enttäuscht. Wir sahen daraus, wie kurz das Leben, wie vergänglich alles ist, wie alles sich wandelt.

Mein Freund fragte: »Und Patience, der dicke Patience?«

Ich stiess ein wahres Indianergeheul aus.

»Oh, über den... Hör nur. Ich war vor vier oder fünf Jahren auf einer Inspektionsreise in Limoges und wartete, bis es Zeit zum Abendessen war. Ich sass vor dem grossen Café auf der Place du Théâtre und langweilte mich grässlich. Die Handelsherren kamen zu zweit, zu dritt oder zu viert, tranken ihren Absinth oder Wermut, verhandelten mit lauter Stimme ihre eigenen oder andere Geschäfte, lachten schallend oder tuschelten miteinander, wenn sie sich etwas Wichtiges oder Delikates mitteilen wollten.

Ich überlegte: Was fange ich nur nach dem Essen an? Und ich dachte an den langen Abend in dieser Provinzstadt, an den langsamen, trübseligen Bummel durch die unbekannten Strassen, an die bedrükkende, traurige Stimmung, die für den ortsfremden, einsamen Reisenden von den vorbeihastenden Leuten ausgeht. Sie sind ihm fremd und unvertraut in allem und durch alles, durch den kleinstädtischen Zuschnitt des Rocks, die Form des Hutes, die Machart der Hosen, durch ihr ganzes Gebaren und ihre Sprache, die den Ortsansässigen verrät. Wie trostlos, wie quälend wirken auch die Häuser, die Läden, die Gefährte mit ihren eigentümlichen Formen, die alltäglichen Geräusche, die man nicht gewohnt ist. All dies setzt einem mit einer qualvollen Traurigkeit zu, man beschleunigt mehr und mehr seine Schritte, als wäre man verloren in einem gefährlichen Land, man fühlt sich beklommen, sehnt sich nach dem Hotel, dem hässlichen Hotel mit dem ungemütlichen Zimmer, in dem noch tausend verdächtige Gerüche hängen, dessen Bett so wenig Einladendes hat, in dessen Waschschüsseln noch ein Haar auf dem verstaubten Boden liegt.

An das alles dachte ich, während ich zuschaute, wie die Gaslaternen angezündet wurden. Ich fühlte, wie meine Verlassenheit, meine Herzensnot mit dem Hereinsinken der Dunkelheit noch wuchs, Was sollte ich nach dem Abendessen anfangen? Ich war allein, ganz allein, jammervoll verlassen.

Da nahm am Nebentisch ein dicker Mann Platz und bestellte mit dröhnender Stimme: ›Kellner, *meinen* Bittern!‹

Das ›mein‹ schallte in dem Satz wie ein Kanonenschuss. Mir war sofort klar, dass alles auf der Welt ihm gehörte, ihm allein, und keinem anderen, dass er ›seinen‹ Charakter besass – Herrgott noch einmal! –, ›seine‹ Hosen, dass alles, was es auch sein mochte, ›sein‹ und nur ›sein‹ war, auf ›seine‹ eigene, unumschränkte Weise, dass ihm alles weit vollständiger gehörte als sonst wem auf der Welt. Dann blickte er sich selbstzufrieden um. Man brachte ihm seinen Bittern, und er rief: ›*Meine* Zeitung!‹

Welches ist wohl seine Zeitung? fragte ich mich. Der Kopf konnte mir sicher über seine Weltanschauung, seine Theorien und Grundsätze, seine Marotten, seine Naivität Aufschluss geben.

Zu meiner Überraschung brachte der Kellner den *Temps*. Warum ausgerechnet den *Temps*, dieses würdige, graue, doktrinäre, wohlabgewogene Blatt? Ich sagte mir: Also ist er ein wohlanständiger Mann, sein Lebenswandel seriös, in geregelten Verhältnissen, kurz, ein guter Bürger.

Er setzte eine goldene Brille auf, lehnte sich behaglich zurück und warf noch einmal einen prüfenden Blick in die Runde, bevor er zu lesen begann. Dabei bemerkte er mich und starrte von da an beharrlich und auf eine geradezu peinliche Weise zu mir herüber. Eben wollte ich ihn fragen, warum er mich denn so anstarre, da rief er mir von seinem Platz aus zu: ›Donnerwetter, das ist doch Gontran Lardois!‹

Ich erwiderte: ›Jawohl, der bin ich.‹

Da sprang er plötzlich auf und kam mit ausgestreckten Händen auf mich zu.

›Na, altes Haus, wie geht's dir?‹

Ich war immer noch in grösster Verlegenheit, denn ich erkannte ihn mit dem besten Willen nicht. So stammelte ich: ›Ja, sehr gut... und Ihnen?‹

Er lachte hellauf.

›Ich wette, du kennst mich nicht mehr?‹

›Nein, nicht so recht... mir scheint... aber...‹

Er schlug mich auf die Schulter. ›Ach was, mach keine Witze. Ich bin Patience, Robert Patience, dein Schulkamerad, dein Jugendfreund.‹

Nun erkannte ich ihn wieder. Ja, er war Robert Patience, mein Schulkamerad. Ganz richtig. Ich drückte die dargebotene Hand.

›Und du?... wie geht es dir?‹

›Mir? Grossartig.‹

Sein Lächeln verkündete Triumph.

Er fragte: ›Was willst du denn hier?‹

Ich erklärte ihm, ich sei Finanzinspektor und auf einer Dienstreise.

Er deutete auf mein Ordensbändchen und fragte:

›Du hast es also weit gebracht?‹

›Ja, ordentlich weit, und du?‹

›Oh, ich kann auch nicht klagen.‹

›Was treibst du denn?‹

›Ich bin geschäftlich tätig.‹

›Du verdienst dabei Geld?‹

›Viel sogar. Ich bin sehr reich. Aber komm doch morgen zum Essen zu mir, mittags, Rue du Coqqui-chante 17. Du wirst ja sehen, wie ich hause.‹

Er schien einen Augenblick zu zögern, dann fuhr er fort: ›Du bist noch immer der gleiche Schwerenöter wie früher?‹

›Ja... ich hoffe es!‹

›Ledig, nicht wahr?‹

›Ja, natürlich.‹

›Um so besser. Und du bist immer noch Liebhaber von Lust und Bratkartoffeln?‹

Ich fand ihn nachgerade erbärmlich gewöhnlich. Trotzdem erwiderte ich: ›Natürlich.‹

›Und die hübschen Mädchen?‹

›Was die anbelangt, ja.‹

Er lachte gutmütig und befriedigt.

›Um so besser, um so besser. Weisst du noch – unser erster Jux in Bordeaux, das Souper im ›Roupie‹? Da ging's hoch her, nicht?‹

Ich erinnerte mich allerdings noch gut an die tolle Nacht, und diese Erinnerung stimmte mich heiter. Dann kamen mir weitere Jugendstreiche in den Sinn, noch einer und noch einer. Wir wärmten unsere Erlebnisse aus alten Tagen wieder auf.

›Weisst du noch, wie wir damals den Pauker im Keller des alten Latoque eingesperrt haben?‹

Er lachte los, hieb mit der Faust auf den Tisch und fuhr fort: ›Ja… ja… ja… und weisst du noch, was der Geographielehrer Marin für ein blödes Gesicht gemacht hat, als wir einen Knallfrosch hinter der Weltkarte losgehen liessen, gerade wie er im schönsten Zug war und sich lang und breit über die wichtigsten Vulkane der Erde ausliess?‹

Doch ich wechselte das Thema und fragte: ›Und du, bist du eigentlich verheiratet?‹

›Seit zehn Jahren, mein Lieber‹, dröhnte er, ›und ich habe vier Kinder, erstaunliche Rangen. Aber du wirst sie ja mit ihrer Mutter noch sehen.‹

Wir sprachen laut; die Gäste ringsum wandten sich um und schauten uns erstaunt an.

Plötzlich sah mein Freund auf die Uhr, einen unmässig grossen Chronometer, und rief: ›Donnerwetter, wie ärgerlich! Aber ich muss gehen. Abends bin ich nie frei.‹

Er stand auf, fasste mich an beiden Händen und drückte sie, als wollte er mir die Arme ausreissen; dann sagte er: ›Auf Wiedersehen morgen mittag, abgemacht?‹

›Abgemacht.‹

Ich arbeitete den ganzen Vormittag im Finanzamt. Der Vorsteher wollte mich zum Mittagessen einladen, aber ich erklärte, ich sei mit einem Freund verabredet. Da er auch noch einen Gang zu machen hatte, begleitete er mich.

Ich fragte ihn: ›Wissen Sie, wo die Rue du Coqui-chante liegt?‹

›Natürlich‹, gab er zur Antwort, ›fünf Minuten von hier. Ich habe nichts Wichtiges vor und kann Sie gern begleiten.‹

Wir machten uns auf den Weg.

Bald hatten wir die gesuchte Strasse erreicht, eine breite, recht schöne Strasse auf der Grenze zwischen Stadt und offenem Feld. Ich liess meine Blicke über die Häuser hinwandern und fand auch bald die Nummer 17. Es war ein stattliches Haus mit einem Garten dahinter. Die Fassade, mit Fresken nach italienischer Art geschmückt, dünkte mich reichlich geschmacklos. Man sah darauf Göttinnen mit schief gehaltenen Urnen und andere, deren heimliche Schönheiten hinter einer Wolke verborgen waren. Zwei steinerne Putten hielten die Hausnummer.

Ich sagte zum Vorsteher des Finanzamtes: ›Da wären wir.‹

Ich bot ihm die Hand und wollte mich verabschieden. Er prallte plötzlich und auffällig zurück, sagte jedoch nichts, sondern drückte meine dargebotene Hand.

Ich klingelte. Ein Dienstmädchen öffnete. Ich fragte: ›Herr Patience wohnt doch hier?‹

Sie antwortete: ›Gewiss, mein Herr... Wünschen Sie ihn persönlich zu sprechen?‹

›Ja, natürlich.‹

Auch das Vestibül war mit Malereien ausgeschmückt, die sichtlich ein ortsansässiger Künstler hingepinselt hatte. Paul und Virginie waren mehrmals dargestellt und umarmten sich unter Palmen, die in rosarotem Licht schwammen. Eine greuliche orientalische Lampe hing von der Decke herab. Mehrere Türen, mit bunten Vorhängen verdeckt, gingen auf diesen Vorraum hinaus.

Was mir aber vor allem auffiel, war der Geruch. Ein aufdringlicher, ekelerregender Mief, der an Reispuder und schimmlige Keller erinnerte. Ein schwer zu bezeichnender Duft in einer drückend schwülen Atmosphäre, beklemmend wie in einem Schwitzbad, wo Menschenleiber geknetet werden. Ich stieg hinter dem Mädchen eine Marmortreppe hinauf, die mit einem orientalisch gemusterten Läufer belegt war, und wurde in einen prunkvollen Salon geführt.

Als ich allein war, schaute ich mich um.

Das Gemach war reich ausgestattet, aber wie für einen Parvenü, der Liebhaber von schlüpfrigen Zweideutigkeiten war. Da hingen – übrigens recht schöne – Stiche aus dem letzten Jahrhundert, auf denen Frauen mit hohen gepuderten Frisuren halbnackt in verfänglichen Stellungen von galanten Herren überrascht wurden. Eine andere Dame lag in einem breiten, zerwühlten Bett und neckte mit dem Fuss ein Hündchen, das in den Bettlaken kauerte. Eine andere sträubte sich halb willfährig gegen ihren Liebhaber, der ihr unter die Röcke griff. Auf einer Zeichnung waren vier Füsse zu sehen, deren dazugehörige Körper hinter einem Vorhang verborgen waren. Ringsum standen längs den Wänden des geräumigen Zimmers schwellende Ruhebetten, und überall entströmte ihm der widerliche, fade Geruch, der mir schon beim Eintreten entgegengeschlagen war. Wände und Stoffe, der ganze übertriebene Luxus, alles hatte etwas Verdächtiges.

Ich trat ans Fenster und schaute in den Garten hinaus. Schon vorher waren mir die schönen Bäume aufgefallen. Er war sehr gross, schattig, prächtig unterhalten. Ein breiter Weg lief rund um einen Rasenplatz, auf dem ein Springbrunnen sein Wasser in die Luft verspritzte, führte dann durch dichtes Gebüsch und kam weiter hinten wieder heraus. Und plötzlich erschienen ganz im Hintergrund zwischen zwei Sträuchergruppen drei Frauen. Sie gingen langsam, Arm in Arm, in lange weisse, spitzenbesetzte Morgenröcke gehüllt, spazieren. Zwei waren blond, die dritte brünett. Gleich danach verschwanden sie wieder unter den Bäumen. Ich war lebhaft beeindruckt, ja entzückt von dieser kurzen, bezaubernden Erscheinung, die in mir eine ganze Welt voll Poesie erweckte. Ich hatte sie in dem dämmerigen Licht des Laubdaches hinten in dem verschwiegenen, anmutigen Park nur rasch vorbeihuschen sehen, und es war mir gewesen, als sähe ich auf einmal die schönen Damen vergangener Zeiten unter den Hagebuchenlauben lustwandeln, jene schönen Damen, deren leichtfertige Liebschaften die galanten Stiche an den Wänden wiederaufleben liessen. Ich dachte an die glückliche Zeit, die blühende, geistvolle, zärtliche Zeit, in der die Sitten noch so nachsichtig und die Lippen so kussfroh waren...

Da liess mich eine grobe Stimme auffahren. Patience war eingetreten und streckte mir strahlend die Hand entgegen.

Er schaute mir tief in die Augen mit der verschmitzten Miene, mit der man seine Liebesabenteuer zum besten gibt; dann wies er mit einer weitausholenden napoleonischen Gebärde rundum auf seinen prunkvollen Salon, seinen Park, die drei Frauen, die hinten im Garten wieder auftauchten, und sagte mit triumphierender Stimme, aus der sein ganzer Stolz klang: ›Und dabei habe ich mit nichts angefangen... nur mit meiner Frau und meiner Schwägerin.‹«

Mamsell Fifi

Der preussische Kommandant, Major Graf von Pfarlsberg, hatte gerade seine Post zu Ende gelesen. Er rekelte sich lässig in einem mächtigen, gobelinbespannten Armstuhl und hatte beide Füsse, die in schweren Reitstiefeln staken, auf den zierlichen Marmorkaminsims gestreckt. Im Laufe des Vierteljahres, seit die Preussen das Schloss Uville besetzt hielten, hatten seine Sporen zwei tiefe Löcher eingekratzt, und mit jedem neuen Tag wurden sie ein wenig grösser und tiefer.

Eine Tasse Kaffee dampfte auf einem reich eingelegten Tischchen, das mit Likörflecken verschmiert, mit Sengspuren von brennenden Zigarren übersät und vom Messer des fremden Offiziers angekerbt und zerschnitzt war; denn hie und da hielt er mitten im Bleistiftspitzen inne und kritzelte auf das zierliche Möbelstück irgendwelche Zahlen oder Zeichnungen, wie es ihm seine wurstige Stimmung, seine müssige Laune gerade eingaben.

Als er seine Briefschaften fertig gelesen und auch die deutschen Zeitungen durchflogen hatte, die ihm seine Postordonnanz vorhin gebracht hatte, stand er auf, warf drei oder vier mächtige Scheite grünes Holz ins Feuer – denn die Herrschaften holzten nach und nach den ganzen Park kahl und verheizten ihn – und trat ans Fenster.

Der Regen goss wie mit Kübeln; es war ein richtiger normannischer Landregen, der niederprasselte, als hätte ihn eine wütende Hand ausgegossen, ein schräg fallender Regen, dicht wie ein Vorhang, der eine Art schräggestreifte Wand bildete, ein peitschender, spritzender, alles ersäufender Regen, ein Platzregen, wie er nur in der Gegend von Rouen, diesem Nachtgeschirr Frankreichs, niedergehen kann.

Lange starrte der Offizier auf die überschwemmten Rasenflächen hinab und weiter hinten auf die Andelle, die Hochwasser führte und über die Ufer trat; er trommelte eben auf der Scheibe einen Rheinländer Walzer, als ihn ein Geräusch aufhorchen liess. Er wandte sich um. Vor ihm stand sein Stellvertreter, der Baron von Kelwingstein, der den Rang eines Hauptmanns bekleidete.

Der Major war ein breitschultriger Hüne mit einem langen, wallenden Prachtbart, der fächerförmig auf seine Brust herabhing und sie völlig verdeckte. Und seine ganze mächtige und feierliche Person erweckte die Vorstellung von einem uniformierten Pfau, einem Pfau, der das Rad schlug, dieses Rad jedoch unter dem Kinn herumtrug. Er hatte blaue, kalte, stille Augen, und eine Wange hatte ihm im Österreichischen Krieg ein Säbelhieb aufgeschlitzt. Es hiess allgemein, er sei ein ebenso wackerer Mann, wie er ein tapferer Offizier war.

Der Hauptmann, ein kleiner, untersetzter, rothaariger Bursche mit einem Schmerbäuchlein, das er gewaltsam einschnürte, trug sein brandrotes Haar nahezu kahl geschoren, und wenn man seine feuerroten Borsten in einer bestimmten Beleuchtung sah, wirkte sein Gesicht, als hätte man es mit Phosphor eingerieben. In einer tollen, nächtlichen Orgie hatte er, wie, wusste er nicht mehr genau, zwei Zähne eingebüsst, und nun spuckte er einen unausgesetzten, nicht immer verständlichen Wortschwall durch die Zahnlücken heraus. Sein Schädel war nur ganz zuoberst auf dem Scheitel kahl, fast wie die Tonsur eines Mönchs, und um diese kreisrunde Glatze wuchs ein Vlies von kurzen, goldblonden und leuchtenden Kraushärchen.

Der Kommandant schüttelte ihm die Hand, und während er sich den Rapport seines Untergebenen über die dienstlichen Vorkommnisse anhörte, leerte er in einem Zug seine Kaffeetasse – die sechste seit dem Morgen. Dann traten beide wieder ans Fenster, starrten in den strömenden Regen hinaus und erklärten, vergnüglich sei das wahrhaftig nicht. Der Major, ein stiller, ruhiger Mann, der zu Hause eine Frau allein zurückgelassen hatte, fand sich mit allem ab; aber der Hauptmann, Baron von Kelwingstein, ein hartgesottener Lebemann, Stammgast in allerlei üblen Spelunken und Freudenhäusern, ein rabiater Schürzenjäger und eingefleischter Weiberheld, ertrug nur mit stiller, zähneknirschender Wut die erzwungene Keuschheit, die dieser abgelegene Posten seit einem Vierteljahr notgedrungen mit sich brachte.

Es klopfte leise an die Tür, der Kommandant rief »Herein!«, und im Türrahmen erschien ein Mann, einer von ihren Soldaten, die wie Automaten wirkten, und kündete durch seine blosse Gegenwart an, dass das Mittagessen bereit sei.

Im Speisesaal fanden sie die drei Offiziere niedrigeren Grades vor, einen Oberleutnant, Otto von Grossling, zwei Leutnants, Fritz Scheunauburg und den Freiherrn Wilhelm von Eyrik, einen blondschopfigen Knirps, der seine Mannschaften hochfahrend und brutal behandelte, mit den Besiegten hart umsprang, jähzornig und aufbrausend wie eine Feuerwaffe.

Seit er französischen Boden betreten hatte, nannten ihn seine Kameraden nur noch Mamsell Fifi. Diesen Spitznamen hatte ihm sein geziertes Auftreten eingetragen, seine überschlanke Taille, die aussah, als sei sie in ein Korsett eingezwängt, sein blasses Gesicht, in dem das keimende Schnurrbärtchen kaum sichtbar war, und auch die Gewohnheit, die er angenommen hatte, seiner höchsten Missachtung allen Wesen und Dingen gegenüber dadurch Ausdruck zu verleihen, dass er jeden Augenblick und bei jeder Gelegenheit die französische Redensart ›Fi, fi donc‹ anzuwenden liebte und jedesmal, wenn er das sagte, leise durch die Zähne pfiff.

Der Speisesaal im Schloss Uville war ein langes und prunkvolles Gemach, dessen Wandspiegel aus altem Kristall überall Einschüsse von Kugeln aufwiesen, während die hohen flandrischen Wandbehänge, von Säbelhieben arg mitgenommen, stellenweise in Fetzen herunterhingen. All dies zeigte zur Genüge, wie Mamsell Fifi seine Mussestunden zu verbringen und seine freie Zeit totzuschlagen pflegte.

An den Wänden hingen drei Familienbildnisse, ein schwergepanzerter Kriegsmann, ein Kardinal und ein Präsident, und alle drei rauchten lange Porzellanpfeifen, die man ihnen in den Mund gesteckt hatte, während in ihrem Rahmen, dessen Vergoldung vor Alter abgeblättert und verschabt war, eine adlige Dame mit Schnürbrust hochnäsig und arrogant einen grossmächtigen Schnurrbart zur Schau trug, den man ihr mit Kohle angemalt hatte.

Das Mittagsmahl der Offiziere verlief beinahe schweigend in diesem schandbar zugerichteten Raum, der bei dem strömenden Regen noch dunkler und düsterer wirkte, der durch sein Aussehen, dem man unschwer ansah, dass hier die Sieger hausten, bedrückte, dessen altes Eichenparkett schmierig wie ein Wirtshausboden geworden war.

Als das Essen vorbei war und die Herren anfingen, zu rauchen und zu trinken, kam das Gespräch, wie alle Tage, alsbald auf ihr eintöniges und abwechslungsloses Leben zurück. Die Kognak- und

Likörflaschen gingen von Hand zu Hand reihum, und alle lehnten sich auf ihren Stühlen zurück und tranken in kleinen, hastigen Schlücken, wobei sie unentwegt im Mundwinkel das lange, gekrümmte Rohr mit dem Pfeifenkopf aus Porzellan behielten, das bei allen grellbunt bemalt war, als gelte es, ganze Hottentottenstämme in Begeisterung zu versetzen.

Kaum war ihr Glas leer, so füllten sie es aufs neue mit einer gottergebenen und müden Gebärde. Aber Mamsell Fifi schlug alle Augenblicke sein geleertes Trinkglas in Scherben, und dann brachte ihm ein Soldat unverzüglich ein neues.

Ein dicker Nebel von beissendem Tabakdunst hüllte sie ein, und es sah aus, als versänken sie in dösende und trübselige Trunkenheit, in die trostlose, öde und sture Sauferei der Leute, die nichts zu tun haben.

Doch mit einemmal fuhr der Hauptmann hoch. Eine jähe Empörung schüttelte ihn, und er fluchte: »Herrgott noch einmal! So kann's nicht weitergehen! Irgend etwas müssen wir uns endlich ausdenken!«

Wie aus einem Munde fragten der Oberleutnant Otto und Leutnant Fritz, zwei urdeutsche Recken mit typisch deutschen, wuchtigen und ernsten Gesichtern: »Was denn, Herr Hauptmann?«

Er dachte eine Weile nach, dann setzte er hinzu: »Was? Ei, man müsste ein Fest veranstalten, wenn der Herr Major nichts dagegen hat.«

Der Major nahm die Pfeife aus dem Mund und fragte: »Was denn für ein Fest, Herr Hauptmann?«

Der Hauptmann trat zu ihm heran. »Ich übernehme alles, Herr Major. Ich schicke meine Ordonnanz nach Rouen; der Bursche soll uns ein paar Dämchen herbringen. Ich weiss schon, wo ich sie herbekommen kann. Hier bereitet man inzwischen ein Souper vor, und so können wir wenigstens einen vergnügten Abend verbringen.«

Graf von Pfarlsberg zuckte lächelnd die Achseln. »Sie sind ja nicht bei Trost, mein Lieber.«

Aber die Offiziere waren alle aufgesprungen, umstanden im Kreis ihren Vorgesetzten und bettelten: »Lassen Sie doch den Hauptmann gewähren, Herr Major! Es ist so öde und trübselig hier!«

Schliesslich gab der Major nach. »Meinetwegen denn«, sagte er. Und im nächsten Augenblick liess der Freiherr auch schon seine Ordonnanz rufen, einen bejahrten Unteroffizier, den noch keiner je hatte lachen sehen, der aber ohne zu überlegen und mit geradezu fanatischer Pünktlichkeit alle Befehle seiner Vorgesetzten ausführte, sie mochten lauten, wie sie wollten.

Er stand stramm und nahm mit unbewegtem Gesicht die Weisungen des Freiherrn entgegen. Dann machte er rechtsum kehrt, ging hinaus, und fünf Minuten später rollte ein grosser Militär-Trainwagen, bedeckt mit einer Plache, die darüber ausgespannt war, von vier Pferden im Galopp gezogen, in den unausgesetzt niederprasselnden Regen hinaus.

Daraufhin war es, als durchzucke ein Schauer des Erwachens alle Gemüter; die hingelümmelten Gestalten rafften sich, richteten sich auf, die Gesichter belebten sich, und alle fingen an, munter und vergnügt miteinander zu plaudern.

Obschon der sintflutartige Regen mit unverminderter Wut herniedergoss, erklärte doch der Major allen Ernstes, es sei bereits nicht mehr so dunkel und düster, und Otto, der Oberleutnant, verkündete im Brustton der Überzeugung, der Himmel werde sich nun bald aufhellen. Mamsell Fifi litt es anscheinend nicht lange am gleichen Platz. In einem fort stand er auf und setzte sich dann wieder hin. Seine hellen, harten Augen suchten etwas, was er in Stükke schlagen konnte. Unvermittelt zog er, mit einem vielsagenden Blick auf die schnurrbärtige Edelfrau, seinen Revolver. »Das sollst du nicht mit ansehen!« grinste er und zielte, ohne von seinem Sessel aufzustehen. Zwei Schüsse krachten, und zwei Kugeln durchbohrten beide Augen des Bildnisses.

Dann grölte er: »Lassen wir eine Mine los!«

Und mit einem Schlag verstummten alle Gespräche, als hätte eine gewaltige und neuartige Spannung alle Anwesenden gepackt.

Das Minen-Springenlassen war eine Erfindung von ihm, so frönte er jeweils seiner Zerstörungswut. Es war sein liebster Zeitvertreib.

Als der rechtmässige Besitzer, Graf Fernand d'Amoys d'Uville, sein Schloss verliess, hatte er nicht mehr Zeit, irgend etwas mitzunehmen oder zu verstecken. Nur sein Silber hatte er in einem Mauerloch verbergen können. Da er aber ein schwerreicher Mann war und grossen Prachtaufwand liebte und trieb, bot sein grosser Empfangssalon, dessen Tür auf den Speisesaal hinausführte, vor der überstürzten Flucht des Schlossherrn den Anblick einer Museumsgalerie.

An den Wänden hingen wertvolle Gemälde, Zeichnungen und Aquarelle, während auf den Möbeln und Tischchen und in den zierlichen Vitrinen tausenderlei Nippsachen, chinesische Vasen, Statuetten, Meissener Figürchen und Götzenbilder, alte Elfenbeinschnitzereien und venezianische Gläser herumstanden und den weiten Raum mit ihrer kostbaren und bizarren Menge bevölkerten.

Jetzt waren nicht mehr viele übrig. Nicht etwa, dass geplündert worden wäre. Das hätte der Major, Graf Pfarlsberg, keinesfalls erlaubt. Aber von Zeit zu Zeit liess Mamsell Fifi wieder eine Mine platzen, und dann verbrachten an diesem Tag die Offiziere fünf wirklich vergnügte Minuten.

Nun ging der kleine Baron in den Salon hinüber und holte alles, was er dazu benötigte. Er brachte eine ganz entzückende Teekanne aus chinesischem Rosa-Porzellan mit herein, füllte sie mit Schiesspulver und führte durch den Schnabel vorsichtig ein langes Stück Zündschnur ein. Das zündete er an, rannte geschwind ins Zimmer nebenan und stellte die Höllenmaschine hinein.

Dann kam er schleunig zurück und schloss die Tür. Alle Deutschen waren aufgestanden und warteten gespannt; ihre Gesichter leuchteten in kindlicher Neugier, und sobald die Explosion das Schloss erschüttert hatte, stürmten sie alle miteinander auf die Türe zu.

Mamsell Fifi war als erster hineingerannt und stand nun begeistert vor einer Terrakotta-Venus, der endlich der Kopf abgesprengt worden war, und klatschte wie verrückt in die Hände. Und jeder las ein paar Porzellanscherben auf, bestaunte die sonderbar gezahnten Splitter, untersuchte die neuerdings angerichteten Schäden, und bei manchen Verheerungen erhob sich ein heftiger Wortstreit, ob sie nicht schon von der vorhergehenden Explosion herrührten. Und der Major schaute mit väterlich nachsichtigem Schmunzeln über den geräumigen Salon hin, in dem von dieser eines Nero würdigen Knallerei alles in einem tollen Durcheinander herumlag und der mit Trümmern von wertvollen Kunstgegenständen übersät war. Er verliess als erster den Salon und erklärte im Hinausgehen gutmütig: »Diesmal hat es aber tadellos geklappt.«

Aber ein so dicker Qualm von Pulverrauch war in den Speisesaal eingedrungen und hatte sich mit den Rauchschwaden der Zigarren vermischt, dass man kaum mehr atmen konnte. Der Major riss das Fenster auf, und alle Offiziere, die ihm nachgekommen waren und ein letztes Glas Kognak trinken wollten, traten gleichfalls herzu.

Die feuchte Luft strömte ins Zimmer und brachte eine Art Wasserstaub mit, der die Bärte bestäubte, und es roch nach überschwemmtem Erdreich. Sie schauten auf die mächtigen Bäume hinaus, die unter dem Sturzregen wie erdrückt dastanden, auf das breite Tal, das in diesen Wasserfluten, die aus den finsteren, niedrigen Wolken heruntergossen, wie in einem Dunstnebel eingehüllt dalag, und auf den Turm der Kirche, der in weiter Ferne wie eine graue Spitze in den prasselnden Regen aufstach.

Seit ihrer Ankunft hatten seine Glocken nicht mehr geläutet. Das war im übrigen der einzige Widerstand, dem die Eroberer im ganzen umliegenden Lande begegnet waren. Der Kirchturm war und blieb verstummt. Der Pfarrer hatte sich zwar nicht im geringsten geweigert, preussische Soldaten ins Quartier zu nehmen und zu verpflegen; er hatte sogar mehrmals eine Einladung zu einer Flasche Bier oder Bordeaux beim feindlichen Kommandanten angenommen, der ihn des öftern als wohlwollenden Mittelsmann verwendete. Aber man durfte an ihn nicht das Ansinnen stellen, auch nur ein einziges Mal seine Glocke zu läuten; lieber hätte er sich erschiessen lassen. Das war so seine Art, gegen die Besetzung zu protestieren, ein friedlicher, schweigender Protest, der einzige, der sich, wie er sagte, für einen Priester geziemt, der ja ein Mann der Sanftmut und nicht des Blutvergiessens sei. Und zehn Meilen im Umkreis rühmte ein jeder die unbeugsame Festigkeit und den Heldenmut des Abbé Chantavoine, der es wagte, die allgemeine Trauer kundzutun und sie durch das hartnäckige Stummbleiben seiner Kirche zu proklamieren.

Das ganze Dorf war hell begeistert über diesen Widerstand und bereit, seinen Seelenhirten durch dick und dünn und bis zum letzten zu unterstützen, denn die Leute sahen in diesem stummen Widerstand eine Rettung der nationalen Ehre. Es kam den Bauern vor, als hätten sie sich besser um das Vaterland verdient gemacht als Belfort und Strassburg, als hätten sie jedenfalls ein ebenbürtiges Beispiel gegeben; sie waren überzeugt, der Name ihres Weilers werde dadurch unsterblich werden, und davon abgesehen verweigerten sie den siegreichen Preussen nichts, rein gar nichts.

Der Kommandant und seine Offiziere lachten miteinander über diesen harmlosen Heldenmut, und da sich das ganze Land sonst entgegenkommend, dienstbereit und gefügig zeigte, duldeten sie seinen stummen Patriotismus und drückten beide Augen zu.

Einzig der kleine Freiherr Wilhelm hätte die Glocke gerne zum Läuten gezwungen. Er fuhr fast aus der Haut, wenn er mit ansah, wie nachgiebig und nachsichtig sein Vorgesetzter den Geistlichen behandelte, und täglich lag er dem Kommandanten in den Ohren, er möge doch die Glocken ›bimbam machen‹ lassen, einmal nur, ein einziges Mal bloss, nur zum Spass. Und er bettelte darum wie ein rechtes Schmeichelkätzchen, strich ihm um den Bart wie eine Frau, die etwas durchsetzen will, seine Stimme bekam etwas Flötendes, Girrendes, er konnte sich einschmeicheln und schöntun wie eine Geliebte, die von einem unwiderstehlichen Gelüste gequält wird. Aber der Kommandant gab nicht nach, und Mamsell Fifi tröstete sich über den Fehlschlag seiner Hoffnungen, indem er im Schloss Uville Minen springen liess.

Die fünf Männer blieben ein paar Minuten dicht nebeneinander am Fenster stehen und atmeten in tiefen Zügen die feuchte Luft ein. Schliesslich stiess der Leutnant Fritz ein grölendes Lachen aus und meinte: »Die Fräuleinchen werden entschieden kein schönes Wetter für ihre Lustpartie haben.«

Daraufhin trennte man sich, und jeder ging seinem Dienst nach. Auch der Hauptmann hatte alle Hände voll zu tun mit den Vorbereitungen und Zurüstungen zum Nachtessen.

Bei Einbruch der Dunkelheit fanden sie sich alle wieder zusammen und mussten lachen, als sie sahen, wie geschniegelt und aufgeputzt sie alle einherkamen, als müssten sie an einer glänzenden Truppenschau paradieren, pomadisiert, parfümiert und frisch hergerichtet, einer wie der andere. Die Haare des Kommandanten schienen weniger grau als am Morgen, und der Hauptmann hatte sich rasiert und nur den Schnurrbart stehen lassen, der flammendrot unter seiner Nase leuchtete.

Trotz dem Regen liess man das Fenster offen, und von Zeit zu Zeit ging einer hin und lauschte in die Regennacht hinaus. Um zehn Minuten nach sechs Uhr meldete der Freiherr ein weit entferntes Rollen. Alle stürzten ans Fenster, und nicht lange währte es, so fuhr der mächtige Wagen mit seinen vier immer noch im gestreckten Galopp daherspringenden Pferden ein, die bis zum Rücken hinauf mit Kot bespritzt waren und dampften und keuchten.

Und fünf Frauen stiegen auf die Freitreppe aus, fünf schöne Mädchen, die aufs sorgfältigste von einem Kameraden des Hauptmanns ausgesucht worden waren. Die Ordonnanz hatte ihm eine Karte seines Vorgesetzten überbracht.

Sie hatten sich nicht lange bitten lassen, waren sie doch sicher, dass man sie gut bezahlen würde. Ausserdem kannten sie die Preussen schon, seit einem Vierteljahr waren sie ja ihre regelmässigen Kunden, und so fanden sie sich eben mit den Menschen ab, wie sie sich auch immer in die Verhältnisse zu schicken pflegten. »Das bringt unser Beruf mit sich«, sagten sie sich unterwegs als Antwort auf ein heimliches Zwicken eines letzten Restes ihres Gewissens.

Man begab sich geradewegs in den Speisesaal. Nun, da er erleuchtet war, wirkte er noch gottverlassener und unheimlicher in seiner jammervollen Verwahrlosung. Und der Tisch mit Speisen aller Art, mit kostbarem Porzellan und Silbergeschirr gedeckt, das in der Mauer, wo es der Besitzer versteckt hatte, wiedergefunden worden war, verlieh diesem Ort den Anblick einer Räuberschenke, in der nach einer geglückten Plünderung geschmaust und gezecht wird. Der Hauptmann strahlte über das ganze Gesicht und belegte gleich die Frauen mit Beschlag, als wären sie sein angestammtes Besitztum. Er schätzte sie ab, umarmte und küsste, beschnupperte und betastete sie, begutachtete sie sozusagen auf ihren Wert als Freudenmädchen hin, und als die drei jungen Männer jeder eines davon mitnehmen wollten, widersetzte er sich dem mit allem Nachdruck und behielt sich vor, die Verteilung selber vorzunehmen, und zwar streng gerecht, dem Grad entsprechend, damit ja nicht gegen die geheiligte Stufenleiter der Armee irgendwie verstossen würde.

Um jede weitere Erörterung, jeden Einwand und jede Verdächtigung, er könnte dabei parteiisch verfahren, ein für allemal zu vermeiden, stellte er sie der Grösse nach in einer Reihe auf und fragte dann die grösste im Kommandoton: »Dein Name?«

»Pamela«, gab sie im Kasernenhofton zur Antwort.

Da verkündete er: »Nummer Eins, Pamela genannt, dem Kommandanten zugeteilt.«

Daraufhin umarmte er Blondine, die zweitgrösste, zum Zeichen der Besitznahme und bot dem Oberleutnant Otto die dicke Amanda an, Eva, ›die Tomate‹, dem Leutnant Fritz und die kleinste von allen, Rachel, ein blutjunges brünettes Ding, mit Augen schwarz wie Tintenkleckse, eine Jüdin, deren Stupsnase die Regel bestätigte, die ihrer ganzen Rasse sonst krumme Nasen zuschreibt, dem schmächtigen Freiherrn Wilhelm von Eyrik.

Sie waren im übrigen alle fünf hübsch und üppig im Fleisch, ohne eigentlich ausgeprägte Züge; infolge der täglichen Liebesbetätigungen und durch das gemeinsame Leben in öffentlichen Häusern hatten sie sich aneinander angeglichen.

Die drei jungen Männer wollten ihre Dämchen ohne Verzug mit sich fortschleppen, vorgeblich, um ihnen Seife und Bürste zu verschaffen, damit sie sich säubern konnten. Doch der Hauptmann gebot dem vorsichtigerweise Einhalt. Die Mädchen seien sauber genug, um zu Tisch zu gehen, erklärte er, und wenn einer schon hinaufgehe, dann wolle er beim Herunterkommen Abwechslung haben, und das stifte dann nur Verwirrung und wirke störend auf die andern Paare. Seine Erfahrung siegte. Die Mädchen wurden nur herzhaft abgeküsst und geknutscht; jeder nahm sich ein paar erwartungsvolle Vorschussküsse.

Plötzlich bekam Rachel einen Erstickungsanfall, hustete, bis ihr die Tränen kamen, und blies Rauch aus der Nase. Der Freiherr hatte getan, als wolle er sie küssen, und ihr dabei einen ganzen Schwaden Tabakqualm in den Mund geblasen. Sie schien nicht weiter böse darüber, sagte auch kein Wort, aber sie starrte ihren Besitzer scharf und durchdringend an, während tief in ihren schwarzen Augen ein jäh erwachter Groll aufblitzte.

Man ging zu Tisch. Sogar der Kommandant war anscheinend höchlich entzückt. Er setzte Pamela zu seiner Rechten, Blondine links neben sich und erklärte, während er seine Serviette entfaltete: »Da haben Sie wirklich einen ganz reizenden Einfall gehabt, Herr Hauptmann!«

Die beiden Leutnants, Otto und Fritz, behandelten ihre Mädchen höflich und zuvorkommend, als wären sie Damen der vornehmen Gesellschaft, und schüchterten damit ihre Tischnachbarinnen ein wenig ein. Der Freiherr von Kelwingstein aber war in seinem Element; er liess seiner lasterhaften Laune die Zügel schiessen, machte schlüpfrige und anzügliche Witze und schien buchstäblich Feuer und Flamme zu sein, mit seinem Kranz von brandroten Haaren. Er spielte den Schwerenöter in seinem Rheinländer-Französisch, und seine plumpen, zu täppischen Kneipenkoseworte, die er durch die Lücken seiner zwei schadhaften und ausgebrochenen Zähne hervorzischelte, trafen die Mädchen mitten in einem Sprühregen von Speicheltröpfchen.

Sie verstanden übrigens nichts, und ihr Verständnis schien erst zu erwachen, als er unanständige Witze hervorzuspucken anfing, unzweideutige Schweinereien, die sein Akzent erst noch verballhornte. Da brachen sie alle miteinander in ein tolles Gelächter aus, sie lachten wie Irrsinnige, bogen sich auf die Bäuche ihrer Nachbarinnen herab, sagten dem Freiherrn die unflätigen Wörter nach, die er nun absichtlich zu verdrehen und zu entstellen anfing, um die Mädchen Schweinigeleien sagen zu lassen. Sie gaben zotige Ausdrücke zum besten, soviel er wollte, noch und noch, denn schon nach den ersten Flaschen Wein waren sie beschwipst, ja völlig betrunken, und wurden wieder ganz sie selber, sie taten sich nicht länger Zwang an, liessen sich gehen, wie sie's gewöhnt waren. Sie teilten Küsse links und rechts auf die Schnurrbärte aus, kniffen die Offiziere in die Arme, kreischten gellend auf, tranken aus allen Gläsern, sangen französische Couplets und abgerissene Stücke aus deutschen Liedern, die sie in ihrem täglichen Umgang mit dem Feind aufgeschnappt hatten.

Es ging nicht lange, so berauschten sich auch die Männer an diesem Weiberfleisch, das sich da vor ihren Nasen und unter ihren Händen verlockend und willig darbot, sie verloren den Kopf, wurden toll und wild, brüllten und grölten, schlugen das

Geschirr in Scherben, während hinter ihrem Rücken ihnen Soldaten mit unbeteiligten und starren Mienen aufwarteten.

Einzig der Kommandant bewahrte eine gewisse Haltung.

Mamsell Fifi hatte Rachel auf seine Knie genommen. Sachlich und ohne jede innere Beteiligung entzündete er sich an ihr, küsste bald wild-brünstig die ebenholzschwarzen Flaumlöckchen auf ihrem Hals, sog heiss atmend durch den schmalen Zwischenraum zwischen Kleid und Haut die linde Wärme ihres Leibes und den ganzen Duft ihrer Person ein. Dann wieder kniff er sie durch den Stoff ihres Kleides hindurch wildwütend bis aufs Blut, so dass sie laut aufschrie. Eine tobsüchtige Gewalttätigkeit und Quälgier hatte ihn gepackt, sein leidiger Zerstörungstrieb liess ihm keine Ruhe. Zuweilen auch umschlang er sie mit beiden Armen und drückte sie gierig an sich, als wollte er sie in sich hineinpressen und sich einverleiben. Dann presste er lange seine Lippen auf den frischen Mund der Jüdin und küsste sie, dass ihr der Atem verging. Auf einmal aber biss er sie so tief, dass ein dünnes Blutbächlein über das Kinn des Mädchens bis hinab in ihren Ausschnitt rieselte.

Wiederum starrte sie ihm mitten ins Gesicht, wusch die Wunde aus und murmelte: »Das muss bezahlt werden!« Er brach in ein hartes Lachen aus. »Ich werde zahlen«, sagte er.

Man war beim Nachtisch angelangt. Champagner wurde eingeschenkt. Der Kommandant erhob sich und brachte im gleichen Ton, in dem er auf die Gesundheit der Kaiserin Augusta angestossen hätte, einen Trinkspruch aus: »Auf unsere Damen!«

Und nun hob eine ganze Reihe von Trinksprüchen an, plumpe Galanterien von Kriegsleuten und versoffenen Lebemännern vermischt mit unflätigen und zotigen Witzen, die infolge ihrer Unkenntnis der Sprache noch gemeiner und roher klangen.

Einer nach dem andern standen sie auf, zerbrachen sich den Kopf nach einem geistreichen Witz, mühten sich ab, etwas Lustiges vorzubringen, und die Frauen, die sinnlos betrunken waren, klatschten mit blickleeren Augen und teigigen Lippen jedesmal wie rasend Beifall.

Der Hauptmann, der offenkundig der Orgie einen galanten Anstrich geben wollte, hob erneut sein Glas und sagte: »Auf unsere Siege über die Herzen!«

Da sprang der Leutnant Otto, ein bärenhafter Hüne aus dem Schwarzwald, in heller Begeisterung und schwer betrunken auf und brüllte in einem plötzlichen Anfall von Suffpatriotismus: »Auf unsere Siege über Frankreich!«

So stockbetrunken die Frauen auch waren, jetzt wurden sie auf einmal ganz still, und Rachel wandte sich zusammenschaudernd nach ihm um und keuchte: »Weisst du, ich kenne Franzosen, in deren Gegenwart du das nicht sagen würdest!«

Aber der kleine Freiherr, der sie immer noch auf den Knien hielt, lachte in seiner feuchtfröhlichen Stimmung schallend heraus und lallte: »Hahaha! Ich habe jedenfalls noch keinen gesehen. Kaum tauchen wir auf, so machen sie sich schleunigst dünn!«

Da schrie ihm das Mädchen in massloser Erbitterung wutschäumend ins Gesicht: »Du lügst, du Saukerl!«

Sekundenlang richtete er seine hellen Augen auf sie, wie er jeweils die Bilder anstierte, denen er mit Revolverschüssen die Augen auszuschiessen pflegte. Dann lachte er aufs neue los. »Ach ja, schönes Kind! Was du nicht sagst! Wären wir denn überhaupt hier, wenn sie so tapfer wären?« Er redete sich immer hitziger in Eifer und Hitze. »Wir sind ihre Herren und Meister! Uns gehört Frankreich!«

Da sprang sie mit einem heftigen Ruck von seinem Knie herab und plumpste auf ihren Stuhl zurück. Er fuhr auf, streckte sein Glas bis zur Mitte der Tafel und grölte: »Uns gehört Frankreich und die Franzosen, die Wälder, Felder und Häuser Frankreichs!«

Nun packte auch die andern, die samt und sonders stockbesoffen waren, eine plötzlich überwallende soldatische Begeisterung, eine Siegesstimmung, wie sie viehisch betrunkene Männer zuweilen überkommt; sie ergriffen ihre Gläser und brüllten aus vollem Halse: »Hoch lebe Preussen!« und tranken sie dann in einem Zug leer.

Die Mädchen erhoben keinen Einspruch, sie verhielten sich wohl oder übel still und warteten verängstigt ab. Auch Rachel schwieg, sie war ausserstande, etwas darauf zu erwidern.

Da stellte der kleine Freiherr seinen frischgefüllten Champagnerkelch der Jüdin auf den Kopf und schrie: »Uns gehören auch alle Frauen Frankreichs!«

Da zuckte sie so schnell auf, dass das Kristallglas umkippte und den goldgelben Wein über ihr schwarzes Haar ergoss, als sei eine Taufe im Gang, und dann fiel es herab und zerschellte am Boden. Mit bebenden Lippen starrte sie trotzig dem Offizier ins Gesicht. Er lachte immer noch, und da stammelte sie mit wuterstickter Stimme: »Das ist nicht wahr! Das... das ist eine Lüge! Frankreichs Frauen werdet ihr nie bekommen, nie, nie!«

Er musste sich niedersetzen, so schüttelte ihn das Lachen. Er bog und wand sich vor Lachen und radebrechte in gesucht saloppem Pariser Akzent: »Guter Witz! Sehr guter Witz! Was aber treibst denn eigentlich du hier, Kleine?«

Ganz verdutzt brachte sie zunächst kein Wort heraus, und in ihrer Verwirrung verstand sie nicht recht, was er meinte. Sobald sie aber begriff, was er gesagt hatte, schrie sie ihm empört und in leidenschaftlicher Wildheit ins Gesicht: »Ich? Ich bin doch keine Frau! Eine Hure bin ich! Etwas Besseres sind die Preussen gar nicht wert!«

Sie hatte noch nicht ausgeredet, da ohrfeigte er

sie auch schon mit aller Kraft. Doch als er noch ein zweites Mal in rasender Wut ausholte, packte sie ein kleines Obstmesser mit silberner Klinge, das auf dem Tische lag, und stiess es ihm so rasch, dass man zuerst gar nichts sah, mitten in den Hals, gerade in die Höhlung, wo die Brust beginnt.

Ein Wort, das er eben aussprechen wollte, wurde ihm in der Kehle abgeschnitten, und er erstarrte mit weit offenem Mund und grässlich verdrehten Augen.

Alle Umsitzenden sprangen mit tierischem Brüllen auf. Doch sie warf dem Leutnant Otto ihren Stuhl zwischen die Beine, so dass er längelang hinschlug, dann rannte sie zum Fenster, riss es auf, bevor man sie noch einholen konnte, und sprang in das Nachtdunkel, in den strömenden Regen hinaus.

Zwei Minuten später war Mamsell Fifi tot. Da zogen Fritz und Otto blank und wollten die Frauen, die sich an ihre Knie klammerten, niederstechen. Der Major verhinderte nur mühsam diese Metzelei und liess die vier entsetzensbleichen Mädchen unter der Obhut zweier seiner Leute in ein Zimmer einsperren. Hernach, als stelle er seine Soldaten zu einem Gefecht auf ihre Posten, organisierte er die Verfolgung der Flüchtigen. Dass er sie wieder einfangen konnte, war ihm selbstverständlich und klar.

Fünfzig Mann, mit den nötigen Drohungen befeuert, wurden in den Park hinausgehetzt, zweihundert weitere suchten die Wälder ab und durchstöberten alle Häuser im ganzen Tal.

Der Tisch war im Augenblick abgeräumt und diente nun als Totenbahre. Und die vier Offiziere blieben ernüchtert, stumm und starren Gesichtes, mit dem harten, ehernen Antlitz des Kriegsmanns im Dienst, an den Fenstern stehen und spähten in die stockdunkle Nacht hinaus.

Der sintflutartige Platzregen dauerte an. Ein unablässiges Plätschern erfüllte die Finsternis, ein immerfort und unabgesetzt vernehmliches Gemurmel von Wasser, das niederfällt, und von Wasser, das rinnt, von Wasser, das tropft, und von Wasser, das aufspritzt.

Plötzlich krachte ein Schuss, dann ein zweiter weit weg, und nun vernahm man volle vier Stunden lang von Zeit zu Zeit nahe oder entfernte Schüsse und Rufe, mit denen die Leute untereinander Fühlung suchten, fremdartige Worte, die von kehligen Stimmen in die Nacht hinausgerufen wurden.

Als der Morgen dämmerte, rückten die Leute alle wieder ein. Zwei Soldaten waren erschossen, drei andere von ihren Kameraden in der Hitze der Verfolgungsjagd und in der Aufregung der nächtlichen Fahndung verwundet worden.

Rachel hatte man nicht gefunden.

Nun wurden die Dorfbewohner unter Druck gesetzt und schikaniert, in den Wohnungen wurde das Unterste zuoberst gekehrt, die ganze Gegend wurde abgesucht, durchschnüffelt, ausgekundschaftet, regelrecht durchgekämmt. Es sah aus, als hätte die Jüdin auf ihrer Flucht keine Spur hinterlassen.

Der General wurde verständigt und gab Befehl, die Angelegenheit niederzuschlagen, um kein schlechtes Beispiel im Heer zu geben, und er verhängte eine disziplinarische Strafe über den Kommandanten, der seinerseits wieder seine Untergebenen bestrafte. »Man führt nicht Krieg zu seinem Vergnügen und um sich mit Freudenmädchen die Zeit zu vertreiben!« hatte der General erklärt, und Graf von Pfarlsberg, aufs äusserste erbost, beschloss, sich an der Dorfschaft zu rächen.

Da er einen Vorwand brauchte, um ohne jede Rücksicht seine Wut an der Bevölkerung auslassen zu können, liess er den Pfarrer kommen und befahl ihm, bei der Beerdigung des Freiherrn von Eyrich die Glocken zu läuten.

Wider alles Erwarten zeigte sich der Priester gefügig, unterwürfig, verständnisvoll. Und als der Leichnam Mamsell Fifis, von Soldaten getragen, vorne, zu beiden Seiten und hinten von Soldaten begleitet, die mit geladenem Gewehr mitmarschierten, aus dem Schloss Uville hinausgebracht und auf den Friedhof übergeführt wurde, da erklang das Sterbegeläute der Kirchenglocke so munter und lustig, als hätte sie eine befreundete Hand liebkost.

Sie läutete auch am Abend wieder und am nächsten Tag desgleichen, und von nun an alle Tage. Sie erklang hell und fröhlich, soviel das Herz begehrte. Des Nachts fing sie sogar mitunter ganz von selbst an zu läuten und warf ganz leise zwei, drei sanfte Klänge in die Dunkelheit, als hätte sie ein eigenartiger mutwilliger Übermut gepackt, als wäre sie aus irgendeinem unerfindlichen Anlass erwacht. Nun behaupteten alle Bauern im Dorf, sie sei verhext, und ausser dem Pfarrer und dem Mesner getraute sich kein Mensch mehr in die Nähe des Kirchturms.

Dort oben aber hauste ein armes, verängstigtes Mädchen in Furcht und Einsamkeit, und die beiden Männer versorgten sie insgeheim mit Essen und Trinken.

Sie blieb dort bis zum Abzug der deutschen Truppen. Eines Abends entlieh sich dann der Pfarrer das Break des Bäckers und führte seine Gefangene persönlich bis vor das Tor von Rouen. Dort angelangt, umarmte und küsste sie der Priester. Sie stieg ab und lief geschwind zu Fuss in das öffentliche Haus, dessen Besitzerin sie bereits für tot gehalten hatte.

Einige Zeit später holte sie ein vorurteilsloser Patriot dort heraus. Er hatte sie wegen ihrer beispielhaften Tat liebgewonnen; nachher liebte er sie auch um ihrer selbst willen, heiratete sie und machte aus ihr eine Dame, die zumindest soviel wert war wie alle andern auch.

Ganz im Vertrauen

Die kleine Baronesse Grangerie schlummerte auf ihrem Ruhebett, als auf einmal die Marquise Rennedon wie ein Wirbelwind hereingestürmt kam. Sie sah reichlich aufgeregt aus. Ihr Kleid war zerknittert und zerknüllt, der Hut sass ihr schief auf dem Kopf. Atemlos sank sie auf einen Stuhl und keuchte:

»Uff! Jetzt ist es soweit!«

Ihre Freundin wusste, wie ausgeglichen, ruhig und sanft sie sonst gewöhnlich war. Darum richtete sie sich überrascht und bestürzt auf und fragte:

»Was ist soweit? Was hast du denn gemacht?«

Anscheinend konnte die Marquise einfach nicht ruhig an einem Ort bleiben. Sie sprang wieder auf und wanderte im Zimmer auf und ab, dann sank sie auf das Bett, auf dem ihre Freundin ruhte, ergriff ihre beiden Hände und sagte:

»Höre, Liebste, schwöre mir, dass du nie, nie und nimmermehr einer Menschenseele weitersagst, was ich dir jetzt im Vertrauen erzähle!«

»Ich schwöre es dir.«

»Bei deinem ewigen Seelenheil?«

»Bei meinem ewigen Seelenheil!«

»Gut. Ich habe soeben an Simon Rache geübt.«

Die Baronin strahlte über diese Eröffnung.

»Was du nicht sagst!« rief sie hocherfreut. »Recht geschieht ihm!«

»Du findest doch auch? Stell dir nur vor: seit einem halben Jahr war er noch unausstehlicher als je zuvor. Aber wirklich unausstehlich, was man unausstehlich heisst! Als ich ihn heiratete, da wusste ich ja, dass er hässlich ist. Aber ich meinte, er sei wenigstens ein gutherziger, ein guter Mensch. Gott, wie ich mich in ihm getäuscht hatte! Gewiss und wahrhaftig, er hatte sich eingebildet, ich liebe ihn um seiner selbst willen, mit seinem dicken Schmerbauch und seiner roten Rübennase. Und er fing an, wie ein Täuberich zu gurren und zu turteln. Begreifst du, das lächerte mich einfach, und darum taufte ich ihn ›Täubchen‹. Die Männer haben wahrhaftig recht komische Ansichten über sich selber! Als er schliesslich einsah, dass ich nichts als nur freundschaftliche Gefühle für ihn aufbrachte, da wurde er argwöhnisch und fing an, mir bittere Vorwürfe zu machen und mir allerhand abgeschmackte Narreteien an den Kopf zu werfen, nannte mich ein gefallsüchtiges Weib, ein lasterhaftes Frauenzimmer, und was weiss ich noch alles. Und dann wurde es Ernst, nach... nach... Ach, es ist so schwer zu sagen... Nun, er war so schrecklich verliebt in mich... ganz toll verliebt... und er bewies es mir oft... gar zu oft. O meine Liebe, es ist eine grässliche Qual, wenn man von einem so abstossend hässlichen Mann... geliebt wird! Nein, tatsächlich, ich konnte einfach nicht mehr... einfach nicht... Es ist genau so, wie wenn man einem jeden Abend, Nacht für Nacht, einen Zahn auszieht... Es ist sogar noch ärger, weit schlimmer! Kurz, stell dir unter deinen Bekannten irgendeinen Mann vor, der über alle Massen lächerlich ist, abschreckend hässlich, entsetzlich widerwärtig und ekelhaft, mit einem dicken Tonnenbauch – das ist das Allerscheusslichste dabei! – und mit dicken, haarigen Waden. Kannst du dir so etwas vorstellen? Und dann denke dir, dieser widerliche Kerl sei dein Mann... und... jeden Abend, Nacht für Nacht... verstehst du, was ich meine? Nein, es ist grauenhaft, widerlich!... Es machte mir einfach übel, speiübel... so übel, dass ich mich übergeben musste. Wirklich und wahrhaftig, ich hielt es nicht mehr aus. Es müsste eigentlich so etwas wie ein Gesetz geben, das die Frauen in einem solchen Falle schützt. – Aber stell dir das vor, Abend um Abend... Puh! Wie schmutzig und ekelhaft das ist!

Glaub nur ja nicht etwa, ich habe verstiegenen Träumen von überirdisch verklärter Liebe nachgehangen. Nein, niemals... So etwas gibt es nicht mehr. Alle Männer in unsern Kreisen sind Stallknechte oder dann Bankiers. Nichts interessiert sie ausser Pferden oder Geld. Und wenn sie Frauen mit ihrer Liebe beehren, dann lieben sie unsereinen wie ihre Gäule, nur damit sie mit uns in den Salons

Eindruck machen können – sie wollen mit uns prunken, wie man auf der Promenade ein Pärlein Schweissfüchse vorführt. Nichts weiter. Das Leben ist heutzutage so, dass Gefühle, echte Gefühle, keinen Platz mehr darin haben.

Wir müssen uns darein finden und als praktische und gewitzte Frauen dahinleben, als Frauen, denen nichts mehr gar zu nahe geht. Sogar Liebesverhältnisse sind ja nichts anderes mehr als regelmässige Zusammenkünfte, bei denen man immer dieselben, immer die ewigen gleichen Dinge aufs neue macht. Für wen könnte man denn überhaupt eine Spur Zuneigung oder gar Zärtlichkeit empfinden? Die Männer, unsere Männer, sind doch gemeinhin nichts als lauter korrekte, tadellose Puppen, denen jede Intelligenz und jegliches Zartgefühl vollkommen abgehen. Möchten wir ein wenig Geist finden, so wie man etwa in der Wüste nach Wasser dürstet und sucht, dann nehmen wir unsere Zuflucht zu den Künstlern. Und dann kommen sie daher, die Künstler, und sind unausstehliche Wichtigtuer und Poseure oder schlecht erzogene Tunichtgute und Bohemelumpen. Ich aber suche einen Mann, einen echten Menschen, wie seinerzeit Diogenes, einen einzigen wirklichen Mann in der ganzen Pariser Gesellschaft. Aber schon jetzt bin ich ganz sicher, ich werde ihn niemals finden, und es geht nicht mehr lange, so werde ich mein Laternchen ausblasen. Doch wieder zurück zu meinem Mann. Weil es mich jedesmal richtig krank macht und ich regelrechte Zustände bekam, wenn ich ihn in Hemd und Unterhose in mein Schlafzimmer hereinkommen sah, habe ich alle erdenklichen Mittel, verstehst du? alle Kniffe und Ränke angewendet, um ihn fernzuhalten und ihm... vor mir Ekel einzuflössen. Zuerst war er wütend, und dann wurde er eifersüchtig. Er bildete sich ein, ich betrüge ihn. In der ersten Zeit begnügte er sich damit, mich zu überwachen und zu belauern. Alle Männer, die zu uns ins Haus kamen, schaute er mit wahren Tigeraugen an, so eifersüchtig war er. Und dann fing er an, mir nachzustellen, mich zu verfolgen. Überallhin folgte er mir. Ganz abscheuliche, gemeine Mittel hat er angewendet, um mich zu überraschen und zu erwischen. Dann hat er mich mit keinem Mann mehr reden lassen. Gingen wir auf einen Ball, so blieb er unentwegt hinter mir stehen und streckte seinen dicken Hundekopf dazwischen, sobald ich nur ein Wort sagte. Er begleitete mich zum Büfett, verbot mir, mit dem oder jenem zu tanzen, holte mich mitten aus einem Kotillon heraus, machte mich vor allen Leuten lächerlich, stellte mich dumm hin und brachte es fertig, dass man mich für ich weiss nicht was ansah. Da gab ich's auf, weiterhin in Gesellschaft zu gehen.

Zu Hause wurde es nur noch ärger. Stell dir vor, der Elende beschimpfte mich... Ich traue mich gar nicht, das Schimpfwort auszusprechen, das er mir ins Gesicht schleuderte... Er nannte mich eine Dirne!

Liebste!... Am Abend fragte er mich manchmal: ›Mit wem hast du heute... geschlafen?‹ Und dann musste ich weinen, und er war zufrieden, ja geradezu entzückt.

Und dann kam es noch schlimmer. Letzthin einmal ging er mit mir in die Champs-Elysées. Da wollte es der Zufall, dass Baubignac am Nebentisch sass. Und nun trat mir Simon ein übers andere Mal aus Leibeskräften auf die Füsse, und dazu knurrte er über den Tisch hinweg: ›Du hast ihn herbestellt, du Drecksau! Warte nur!‹ Und dann... nein, du kannst dir unmöglich vorstellen, was er dann tat! Er zog ganz sachte meine Hutnadel heraus und stach mich damit in den Arm. Ich stiess einen lauten Schrei aus. Die Leute kamen herbeigelaufen. Und da führte er eine abscheuliche, widerwärtige Szene auf, als täte es ihm schrecklich leid. Verstehst du?

In diesem Augenblick sagte ich mir: Ich muss mich rächen, und zwar auf der Stelle. Was hättest denn du getan?«

»Oh, ich hätte mich bestimmt gerächt!...«

»Also gut! Jetzt ist es soweit.«

»Wie denn?«

»Begreifst du denn nicht?«

»Aber, meine Liebe... Aber... nun, ja...«

»Was: nun, ja?... Denk doch nur einmal an seinen Kopf. Kannst du ihn dir vorstellen, nicht wahr, mit seinem feisten Gesicht, mit seiner feuerroten Nase und seinem Backenbart, der herunterhängt wie zwei Hundeohren?«

»Ja.«

»Und dazu musst du dir noch denken, er ist eifersüchtig wie ein Tigermännchen.«

»Ja.«

»Gut also. Ich habe mir gesagt: Ich will mich rächen, für mich ganz allein, und dann noch Marie zuliebe – denn dir wollte ich es unbedingt sagen, aber sonst, ausser dir, natürlich keinem Menschen. Denk an sein Gesicht, und dann stell dir vor, dass er... dass er... dass er jetzt...«

»Was? Du hast ihm...«

»Oh, Liebste! Vor allem darfst du's keinem Menschen weitersagen. Das musst du mir noch einmal schwören!... Aber denk doch, wie urkomisch er ist! Denk einmal... Seitdem kommt er mir ganz verändert vor... Und dann lache ich mich halbtot, ganz allein für mich... ganz allein... Denk doch an seinen Kopf...!!!«

Die Baronin blickte ihre Freundin an, und ein unbezwingliches Gelächter stieg in ihr hoch und brach aus ihr hervor. Sie fing an zu lachen, zu lachen, zu lachen, als hätte sie eine Nervenkrise erlitten. Sie presste beide Hände auf die Brust und beugte sich mit verzerrtem Gesicht vor. Ihr Atem ging stossweise, und sie neigte sich vornüber, wie wenn sie hätte auf die Nase hinfallen wollen.

Da platzte auch die kleine Marquise los und wollte beinah ersticken vor Lachen. Und immer wieder zwischen zwei Sturzbächen von Gelächter, stammelte sie:

»Denk doch nur... denk doch nur... Ist das nicht komisch?... Sag... Denk an seinen Kopf!... Stell dir seinen Backenbart vor!... Seine Nase!... Stell dir bloss vor... Ist das nicht urkomisch?... Aber vor allem... sag es keinem Menschen... sag... es... nicht weiter... niemals...!«

Sie rangen alle beide nach Atem und brachten kein Wort mehr heraus. Sie weinten wirkliche, echte Tränen in ihrem Anfall von närrischer Ausgelassenheit, von nicht enden wollendem Gelächter.

Die Baronin beruhigte sich zuerst wieder. Sie bibberte und schüttelte noch am ganzen Leibe, als sie sagte:

»Oh... Erzähle mir doch, wie du das angefangen hast... Erzähl mir, bitte... Es ist so komisch... so lustig...!«

Doch ihre Freundin konnte immer noch nicht sprechen. Sie stammelte:

»Als ich meinen Entschluss gefasst hatte... sagte ich mir... Jetzt rasch... Es muss auf der Stelle sein... Und dann habe ich es... heute... gemacht...«

»Heute?...«

»Ja, gerade vorhin... Und ich habe Simon gesagt, er soll mich hier bei dir abholen, damit wir etwas zum Lachen haben... Er kommt gleich... Jetzt dann bald... Er kommt... Denk... denk... denk an seinen Kopf, wenn du ihn anschaust...«

Die Baronin hatte sich einigermassen beruhigt, sie atmete heftig, wie nach einem raschen Lauf. Dann fuhr sie fort:

»Oh, sag mir doch, wie du's gemacht hast... Sag es mir.«

»Ganz einfach... Ich habe mir gesagt: Er ist auf Baubignac eifersüchtig. Gut, so werde ich ihn eben mit Baubignac betrügen. Der ist zwar strohdumm, aber sehr anständig, er wird es auf gar keinen Fall weitererzählen. Und so bin ich zu ihm gegangen, in seine Wohnung, heute nach dem Mittagessen...«

»Du bist bei ihm in seiner Wohnung gewesen? Unter was für einem Vorwand?«

»Eine Kollekte... für die Waisenkinder...«

»Erzähle... geschwind... erzähle doch...«

»Als er mich sah, war er zunächst so erstaunt, dass er kein Wort herausbrachte. Und dann hat er mir zwei Louisdors für meine Kollekte gegeben. Und dann, als ich aufstand und wieder gehen wollte, fragte er mich, wie es meinem Mann gehe. Da hab' ich ihm eine kleine Komödie vorgespielt und getan, als könne ich mich nicht länger beherrschen, und dann habe ich ihm alles erzählt, was mich bedrückte. Ich habe ihn noch viel schwärzer geschildert, als er ohnehin ist, das kannst du dir ja denken!... Baubignac hat sich schrecklich aufgeregt, er war ganz erschüttert und suchte nach Mitteln und Wegen, wie er mir helfen könnte... Und ich habe angefangen zu weinen... so wie man weint, wenn man's darauf abgesehen hat... Er hat mich getröstet, hat mir zugeredet... Dann nötigte er mich zum Sitzen... und als ich mich einfach nicht beruhigen konnte, hat er mich geküsst... Ich sagte in einem fort nichts als: ›O mein lieber Freund!... Mein lieber Freund!‹ Und er sagte immer, immer wieder: ›Meine liebste Freundin!... Meine liebe Freundin!‹ – und dabei küsste er mich immerzu... immerzu... bis es soweit war... So, jetzt weisst du's!

Nachher bekam ich dann einen furchtbaren Anfall von Verzweiflung und machte ihm schreckliche Vorwürfe. – Oh, ich habe ihn behandelt wie den verworfensten, allergemeinsten Menschen... Und dabei hatte ich doch eine wahnsinnige Lust, loszuplatzen, zu lachen... Ich stellte mir Simon vor, seinen Kopf, seinen Backenbart!... Denk doch nur!... Auf der Strasse, unterwegs zu dir, konnte ich nicht länger an mich halten. Aber so denk doch nur!... Es ist jetzt soweit!... Was nun auch kommen mag, es ist vollbracht! Und er hatte so schreckliche Angst davor! Jetzt können Kriege ausbrechen, Erdbeben, Pestilenzen und Epidemien kommen, wir alle können sterben... Es ist doch passiert!!! Nichts kann es mehr verhindern!!! Denk nur an seinen Kopf... und dann sag dir: Jetzt ist es geschehen!«

Die Baronin erstickte fast vor Lachen; dann fragte sie:

»Wirst du Baubignac wiedersehen?«

»Nein. Nie wieder! Wo denkst du hin?... Ich habe genug... Er wäre auch nicht besser als mein Mann...«

Und dann fingen sie beide wieder an zu lachen, so fassungslos, so irrsinnig, dass sie in Zuckungen verfielen, als wären sie fallsüchtig.

Da läutete es. Ihr Lachen versiegte.

Die Marquise murmelte:

»Er ist es... Schau ihn dir an...«

Die Tür ging auf, und ein dicker Mann trat ein, ein beleibter, feister Mann mit einem roten Gesicht, mit dicken wulstigen Lippen und einem herabhängenden Backenbart. Wütend und gereizt rollte er die Augen.

Die beiden Frauen blickten ihn eine kleine Weile lang an, und dann sanken sie wieder auf das Ruhebett zurück und lachten, lachten so toll, so wahnsinnig, dass sie stöhnten und ächzten, wie man nur tut, wenn man grässliche Schmerzen leidet.

Und der Mann sagte immer nur mit dumpfer Stimme:

»Was ist denn los? Seid ihr eigentlich verrückt?... Seid ihr verrückt geworden?... Seid ihr denn verrückt?...«

Schmalzpummel

Mehrere Tage nacheinander waren versprengte Armeeteile auf der Flucht in wilder Unordnung durch die Stadt gezogen. Was da vorbeikam, war keine Truppe mehr, es waren aufgelöste Horden. Die Männer hatten tagealte, schmutzstarrende Bärte, sie trugen zerlumpte Uniformen und schlurften schlapp und ohne Haltung, ohne Fahne, in ungeordneten Haufen ihres Weges. Alle schauten niedergeschlagen, vollkommen erledigt und todmüde aus, man sah ihnen an, dass sie keinen Gedanken, geschweige denn einen Entschluss fassen konnten, dass sie nur noch gewohnheitsmässig weitermarschierten und vor Müdigkeit umsanken, sobald sie anhielten. Man sah vor allem felddiensttauglich erklärte Nationalgardisten, friedfertige Leute und ruheliebende Rentner, die unter der Last des Gewehres gebeugt einhergingen. Ferner kleine, flinke Mobilgardisten, Leute, die leicht in Schrecken und Todesangst und ebenso rasch in Begeisterung gerieten, zum Angriff wie zur Flucht bereit. Und mitten unter ihnen gewahrte man vereinzelte rote Hosen, Überreste einer Division, die in einer grossen Schlacht aufgerieben worden war. Auch Artilleristen waren darunter in dunklen Waffenröcken, in Reih und Glied mit diesen zusammengestückelten Infanteristen. Dann und wann blitzte der Helm eines Dragoners auf, der schweren Schrittes vorwärtsstampfte und nur mühsam mit den behenderen Liniensoldaten Schritt halten konnte.

Legionen von Freischärlern mit heroisch klangvollen Namen: ›Die Rächer der Niederlage‹ – ›die Bürger des Grabes‹ – ›die todbringende Schar‹, so hiessen sie – zogen gesondert vorüber, mit wildverwegenen Banditenmienen.

Ihre Anführer, ehemalige Krämer, die mit Tuch oder Sämereien gehandelt, mit Talg oder Seife Geschäfte gemacht hatten, Gelegenheitskrieger, die ihren Offiziersrang ihren Talern oder ihrem langen Schnauzbart verdankten, schritten waffenstarrend, mit Goldlitzen übersät und vorsorglich in Flanell gehüllt, vorbei, redeten mit mannhaft dröhnender Stimme, ereiferten sich über Feldzugspläne, die sie mit gewichtiger Sachkenntnis zerpflückten, und gaben sich überhaupt als die eigentlichen Retter des in den letzten Zügen liegenden Vaterlands, das einzig noch auf ihren Schultern ruhte. Doch war diesen Prahlhänsen zuweilen vor ihren eigenen Soldaten angst und bange, einer Bande von todesmutigen und tollkühnen Galgenstricken, die bei aller Tapferkeit doch jederzeit zum Plündern und zu Ausschreitungen aller Art bereit waren.

Es hiess, die Preussen würden demnächst in Rouen einmarschieren.

Die Nationalgarde, die seit zwei Monaten mit äusserster Vorsicht die umliegenden Wälder durchstreifte und sie nach feindlichen Truppen absuchte, hie und da ihre eigenen Wachtposten niederknallte und sich zum Kampf rüstete, wenn irgendwo ein Kaninchen im Unterholz raschelte, hatte sich nach Hause verzogen. Ihre Waffen, ihre Uniformen, der ganze mörderische Aufzug, mit dem sie noch kürzlich auf drei Meilen im Umkreis die Wegsteine der Landstrassen in Angst und Schrecken versetzt hatte, war mit einemmal verschwunden.

Die letzten französischen Nachzügler hatten endlich die Seine überschritten und suchten über Saint-Sever und Bourg-Achard Pont-Audemer zu erreichen. Und hinter dem ganzen flüchtenden Heer ging als letzter, zu Fuss und zwischen zwei Offizieren, der General, verzweifelt, weil er mit diesen kunterbunt zusammengewürfelten Trümmern einer zerschlagenen Armee nichts unternehmen, nichts wagen konnte, selber aufs äusserste entmutigt und ratlos in dem allgemeinen Zusammenbruch eines sieggewohnten Volkes, das trotz seiner legendären Tapferkeit vernichtend geschlagen worden war.

Dann hatte tiefe Stille, eine entsetzensbange, schweigende Spannung auf der Stadt gelastet. Manch ein schmerbäuchiger verspiesster Bürger, dessen Mannesmut im Krämergeist verkommen und erstickt war, sah mit ängstlicher Erwartung den Siegern entgegen, in zitternder Furcht, seine Bratspiesse und grossen Küchenmesser könnten als Waffen angesehen werden.

Es war, als stehe das Leben still. Die Kaufläden waren geschlossen, die Strassen stumm und öde. Ab und zu stahl sich ein verängstigter Einwohner, von dieser Totenstille eingeschüchtert, hastig den Hauswänden entlang.

Die angstvolle Spannung wurde so unerträglich, dass man schliesslich das Anrücken des Feindes eigentlich herbeisehnte.

Im Laufe des Nachmittags am Tag nach dem Abzug der französischen Truppen sprengte ein Trupp Ulanen, die unerwartet, und niemand wusste woher, aufgetaucht waren, in scharfem Trab durch die Stadt. Ein wenig später strömte dann eine schwarze Masse vom Sainte-Catherine-Hügel herab, während zwei weitere flutartig andringende Kolonnen auf den nach Darnétal und Bois-Guillaume führenden Landstrassen auftauchten. Die Vorhuten der drei Truppenkörper trafen genau zur selben Zeit auf dem Rathausplatz ein. Und nun drang durch alle anliegenden Strassen das deutsche Heer in die Stadt und ergoss seine Bataillone, unter deren hartem, strammem Marschtritt das Pflaster dröhnte, über Gassen und Plätze.

Kommandorufe ertönten, eine unvertraute, kehlige Stimme brüllte knappe Befehle, und diese Rufe stiegen den Häusern entlang hoch, die ausgestorben und verödet schienen. Doch hinter den geschlossenen Fensterläden spähten lauernde Augen hinab auf die sieggewohnten Männer, die nun kraft des Kriegsrechts Herren der Stadt, Herren über ihr Hab und Gut und über Leib und Leben waren. Die Einwohner, in ihren verdunkelten Zimmern eingesperrt, erlagen, von namenlosem Entsetzen gepackt, der lähmenden Todesangst, die bei gewaltigen Naturkatastrophen, bei verheerenden Erdbeben, gegen die alle Klugheit und Kraft machtlos sind, Mensch und Tier befallen. Denn die gleiche Erscheinung tritt jedesmal auf, wenn die althergebrachte Ordnung der Verhältnisse umgestürzt wird, wenn es keine Sicherheit mehr gibt und alles, was menschliche und Naturgesetze bisher schützten, auf Gnade und Ungnade einer dumpfen und mordgierigen rohen Gewalt preisgegeben ist. Das Erdbeben, das unter den einstürzenden Häusern ein ganzes Volk zermalmt, der Fluss, der über seine Ufer getreten ist und die Leichen der ertrunkenen Bauern neben den Kadavern ihrer Rinder und dem losgerissenen Dachgebälk mit sich fortspült, oder eine ruhm- und siegreiche Armee, die alles hinschlachtet, was sich ihr entgegenstellt, die als Gefangene mit fortschleppt, was sich nicht zur Wehr setzt, die im Namen des Säbels plündert und beim Donner der Kanonen ihrem Gott dankt, sind eines wie das andere schreckenerregende Gottesgeisseln, die jeden Glauben an die ewige Gerechtigkeit, jegliches Vertrauen in den Schutz des Himmels, in die menschliche Vernunft, in alle die hehren Begriffe, die man uns gelehrt hat, ins Wanken bringen.

Doch dann pochten kleine Abteilungen an jede Tür und verschwanden hierauf in den Häusern. Die Besetzung folgte auf die Invasion. Für die Besiegten galt es von nun an, pflichtschuldig den Siegern liebenswürdig und freundlich zu begegnen.

Als nach einiger Zeit der erste Schrecken überstanden war, kehrten aufs neue Ruhe und Ordnung ein. In vielen Familien speiste der preussische Offizier mit am Tisch. Er war nicht selten wohlerzogen und taktvoll, gab aus Höflichkeit seinem Bedauern mit Frankreich Ausdruck und machte auch kein Hehl daraus, wie ungern und widerwillig er in diesem Krieg mitkämpfte. Man war ihm für dieses Gefühl dankbar; überdies konnte man irgendwann, früher oder später einmal, über seine Protektion froh sein. Wenn man ihn rücksichtsvoll behandelte, erreichte man vielleicht eines Tags, dass ein paar Mann weniger zu verpflegen waren. Und wozu auch sollte man jemanden kränken, von dem man so völlig abhängig war? Eine solche Handlungsweise wäre nicht so sehr tapfer als vielmehr tollkühn gewesen. – Und Tollkühnheit war nicht mehr, wie zur Zeit der heldenmütigen Abwehrkämpfe, in denen sich ihre Stadt einstmals ruhmreich hervorgetan hatte, ein unerwünschter Wesenszug der satten Bürger von Rouen. – Endlich sagte man sich – und berief sich bei dieser Begründung, gegen die jeder Einwand unmöglich gewesen wäre, auf die althergebrachte französische Höflichkeit –, es sei doch wohl immer noch erlaubt, in seinen vier Wänden mit dem fremden Soldaten höflich umzugehen, wenn man sich nur in der Öffentlichkeit nicht allzu familiär mit ihm einlasse. Begegnete man einander ausserhalb des Hauses, so kannte man sich nicht mehr, doch in seinen vier Wänden war man zu einem ungezwungenen Plauderstündchen gar nicht abgeneigt, und mit jedem neuen Abend blieb der Deutsche länger am Kamin sitzen und wärmte sich im Kreise seiner Gastgeber am traulichen Feuer.

Mit der Zeit bot die Stadt wieder ihren altgewohnten Anblick. Die Franzosen blieben zwar meist noch zu Hause, aber auf den Strassen wimmelte es von preussischen Soldaten. Im übrigen hatten anscheinend die Offiziere der Blauen Husaren, die hochnäsig und arrogant ihre langen Mordsäbel über das Pflaster hinschleiften, nicht sonderlich mehr Verachtung für die biederen Bürger übrig als die Jägeroffiziere, die ein Jahr zuvor in den gleichen Kaffeehäusern herumsassen und tranken.

Gleichwohl lag etwas in der Luft, etwas Unfassbares und Ungewohntes, eine unerträgliche, ungehörige und bis dahin nie gekannte Atmosphäre, als breite sich ein übler Geruch aus, der Geruch der Invasion. Er erfüllte die Wohnungen und die öffentlichen Plätze, veränderte den Geschmack der

Speisen, erweckte den Eindruck, als wäre man auf Reisen, weit, weit weg in fernen Ländern, bei barbarischen, gefährlichen Völkerstämmen.

Die Sieger forderten Geld, viel Geld. Die Einwohner zahlten immer wieder; sie waren übrigens wohlhabende Leute. Doch je reicher in der Normandie ein Kaufmann wird, um so schmerzlicher empfindet er jedes Opfer, jeden Bruchteil seines Vermögens, den er in die Hände eines andern übergehen sieht.

Währenddessen zogen zwei, drei Meilen unterhalb der Stadt, wenn man den Fluss entlang gegen Croisset, Dieppedalle oder Biessart zugeht, die Flußschiffer und Angler des öftern den aufgedunsenen, aufgetriebenen Leichnam eines Deutschen aus dem Wasser. Die Leiche, aufgequollen in ihrer Uniform, war durch einen Messerstich oder einen Hieb mit dem schweren Holzschuh ums Leben gekommen, manchmal war ihr der Kopf mit einem Stein zerschmettert worden, oder man hatte den Ermordeten von einer Brücke hinab ins Wasser gestossen. Der Flußschlamm und der zähe Schlick begruben diese heimlich vollbrachten, wilden und wohlberechtigten Racheakte, alle die unbekannten Heldentaten, die stummen Überfälle, die gefährlicher waren als die Schlachten am hellichten Tage und denen jeder Widerhall des Ruhmes versagt blieb.

Denn der Hass gegen den fremden Eindringling

drückt immer ein paar beherzten, unerschrockenen Männern, die bereit sind, für eine Idee in den Tod zu gehen, Waffen in die Hand.

Schliesslich, da die Eroberer zwar die Stadt ihrer unbeugsamen Disziplin unterstellten, jedoch nicht eine einzige von all den Greueltaten vollbrachten, die sie, wie es gerüchtweise geheissen hatte, überall begangen hatten, wo sie auf ihrem Siegesmarsch vorbeizogen, wurde man wieder kühner, und das eingefleischte Bedürfnis, Geschäfte zu tätigen und Geld zu verdienen, erwachte erneut in den Herzen der Kaufleute im Lande. Einige von ihnen hatten beachtliche Interessen in Le Havre angelegt, das die französische Armee besetzt hatte, und nun wollten sie versuchen, auf dem Landweg über Dieppe, wo sie sich einschiffen konnten, diesen Hafen zu erreichen.

Man machte sich den Einfluss der deutschen Offiziere, deren Bekanntschaft man gemacht hatte, zunutze, und so erteilte schliesslich der kommandierende General die Ermächtigung zur Abreise.

Es wurde infolgedessen eine grosse vierspännige Reisekutsche für die Fahrt gemietet, und da sich zehn Personen beim Fuhrhalter hatten vormerken lassen, wurde beschlossen, an einem Dienstag frühmorgens, noch ehe es tagte, wegzufahren, um jeden Volksauflauf zu vermeiden.

Schon seit längerer Zeit war der Boden hartgefroren, und am Montag, gegen drei Uhr, zogen vom Norden her grosse schwarze Wolken auf und brachten Schnee, der ohne Unterlass den ganzen Abend und die ganze Nacht hindurch fiel.

Um halb fünf Uhr morgens fanden sich die Reisenden im Hof des Hôtel de Normandie ein, wo man einsteigen sollte.

Sie waren alle noch schlaftrunken und schlotterten vor Kälte unter ihren Decken. In der Dunkelheit konnte einer den andern nur schlecht sehen, und in den übereinander angezogenen schweren Winterkleidern sahen alle diese dick eingemummten Gestalten aus wie behäbige Pfäfflein in ihren langen Soutanen. Doch da erkannten sich zwei Männer, ein dritter trat zu ihnen, und es entspann sich ein Gespräch.

»Ich nehme meine Frau mit«, sagte der erste.

»Ich auch.«

»Und ich desgleichen.«

»Wir gehen nicht mehr nach Rouen zurück«, setzte der erste hinzu, »und wenn die Preussen nach Le Havre vorrücken, fahren wir nach England weiter.«

Alle hatten die gleichen Pläne, waren sie doch des gleichen Geistes Kinder.

Doch immer noch wurden die Pferde nicht eingespannt. Von Zeit zu Zeit wurde eine kleine Laterne, die ein Stallknecht vor sich hertrug, unter einer finsteren Tür sichtbar, verschwand aber jedesmal alsbald wieder in einer anderen. Pferdehufe stampften, vom Mist, der auf der Streu lag, gedämpft, und dann hörte man drinnen im Stall eine Männerstimme, die mit den Tieren sprach und lästerlich fluchte. Ein leises Schellenklirren verriet, dass jemand am Geschirr herumhantierte; das leichte Klirren wuchs bald zu einem hellen und unabgesetzt klingelnden Geläute, das jedesmal stärker erklang, wenn sich das Tier bewegte, manchmal ganz schwieg und dann plötzlich wieder mit einem jähen Ruck laut wurde, während gleichzeitig das dumpfe Stampfen eines eisenbeschlagenen Hufes zu hören war.

Nun wurde die Tür plötzlich zugeschlagen. Jedes Geräusch verstummte. Die steifgefrorenen Bürger waren still geworden; regungslos und starr standen sie in der Kälte herum.

Ein dichter, nie abreissender Vorhang aus weissen Schneeflocken senkte sich schillernd und flimmernd ohne Unterlass auf die Erde hernieder. Er verwischte die Formen, bestreute alle Dinge mit staubfeinem, eisigem Schaum, und in dem tiefen Schweigen der totenstillen, unter dem Winter begrabenen Stadt war nichts mehr zu hören als das lautlose, unwirkliche, schwebende, raschelnde Rieseln des fallenden Schnees, das eher zu spüren als zu hören war, ein wirres Gewimmel hauchleichter, winziger Atome, die den unendlichen Raum zu erfüllen, die Welt zuzudecken schienen.

Nun kam der Mann mit seiner Laterne wieder zum Vorschein; er zog an einem Strick einen müden, misslaunigen Gaul hinter sich her, der sichtlich nur höchst widerwillig mitging. Er führte ihn an die Deichsel, machte die Stränge fest, ging eine Zeitlang geschäftig um das Pferd herum, legte ihm das Geschirr zurecht und zog die Riemen straff, denn er konnte nur eine Hand gebrauchen, da er in der andern das Licht trug. Als er das zweite Pferd holen wollte, bemerkte er alle die reglos wartenden Reisenden, die schon ganz weiss eingeschneit waren, und sagte zu ihnen:

»Warum steigen Sie eigentlich nicht in den Wagen? Da sind Sie wenigstens geschützt.«

Daran hatten sie freilich nicht gedacht, und jetzt hob ein wildes Gerenne und Gedränge an. Die drei Männer brachten ihre Frauen auf den Hintersitzen des Wagens unter und stiegen dann ebenfalls ein. Hierauf nahmen die übrigen verschwommenen, vermummten Gestalten ihrerseits wortlos und stumm die letzten freigebliebenen Plätze ein.

Der Boden war mit Stroh belegt, in dem die Füsse einsanken. Die Damen auf den Hintersitzen hatten kleine kupferne Wärmpfannen nebst dem nötigen Karbid mitgebracht; nun heizten sie diese Apparate an und rühmten eine Zeitlang halblaut wispernd des langen und breiten ihre sämtlichen Vorteile, lauter soundso oft wiedergekäute Gemeinplätze, die sie längst schon wussten.

Als endlich die Zugpferde vorgespannt waren – der schlechten Wegverhältnisse wegen, und weil der Wagen mühsamer zu ziehen war, hatte man sechs statt nur vier Rosse eingespannt –, fragte eine Stimme von draussen:

»Ist alles eingestiegen?«

Und aus dem Wageninnern antwortete jemand:

»Ja.«

Dann fuhr man ab.

Der Wagen holperte langsam, ganz langsam, im Schneckentempo voran. Die Räder versanken im Schnee; der ganze Kasten ächzte mit dumpfem Knarren; die Pferde rutschten und glitschten, schnaubten und dampften: und die riesige Peitsche des Kutschers knallte in einem fort, flitzte und wirbelte nach allen Seiten, verhedderte und verfing sich, wand und krümmte sich wie eine dünne Schlange, und dann und wann zwickte sie plötzlich auf einen ausladenden runden Pferdehintern nieder, der sich daraufhin unter einer heftigeren Anstrengung straffte.

Doch nun brach unmerklich der Tag an. Die leichten Flocken, die ein Mitreisender, ein waschechter Rouanese, mit einem Baumwollregen verglichen hatte, fielen nicht mehr hernieder. Ein schmutziggraues Licht sickerte durch dicke, finstere Wolkenmassen, die das grelle Weiss der Landschaft noch blendender aufleuchten liessen. Bald tauchte darin eine Reihe hoher, mit Rauhreif überzogener Bäume auf, bald eine Bauernhütte unter einer schweren, dicken Schneehaube.

Die Reisenden im Wagen musterten einander neugierig im trüben Licht des grauenden Morgens.

Hinten in der Kutsche, auf den besten Plätzen, schlummerten, einander gegenüber, Herr und Frau Loiseau, ein Weinhändlerehepaar aus der Rue Grand-Pont.

Loiseau war früher bei einem Weingrosshändler angestellt gewesen, und als sein Brotgeber schlechte Geschäfte machte und all sein Geld dabei einbüsste, hatte er das Geschäft aufgekauft und damit ein Vermögen gemacht. Er verkaufte den kleinen Krämern auf dem Lande zu spottbilligem Preis einen schandbar schlechten Wein und galt bei seinen Bekannten und Freunden für einen ausgemachten Halunken, einen echten schlichereichen und gerissenen, dabei stets launigen und zu allerlei Spässen aufgelegten Normannen.

Sein Ruf als durchtriebener Gauner war so fest gegründet, dass eines Tages Herr Tournel, Verfasser von Fabeln und Liedern, ein bissiger, spottsüchtiger und witziger Kopf, eine von den Leuchten der Stadt, anlässlich eines Balls in der Präfektur, auf welchem die Damen ein bisschen schläfrig und gelangweilt herumsassen, den Vorschlag machte, man könnte eigentlich ein Gesellschaftsspiel unternehmen. Er schlug boshafterweise eine Partie *Loiseau vole** vor. Das Wortspiel machte alsbald die Runde

---

* Unübersetzbares Wortspiel: *Loiseau vole* heisst sowohl: Der Vogel fliegt, als auch: Loiseau stiehlt.

durch die Räumlichkeiten des Präfekten, wurde rasch auch in der ganzen Stadt bekannt und hatte daraufhin für gut einen Monat sämtlichen schadenfrohen und lachlustigen Spottmäulern weit und breit Stoff zum Lachen geliefert.

Abgesehen davon war Loiseau auch weitherum bekannt für seine übermütigen Possen, seine guten oder üblen Scherze, und jedesmal, wenn von ihm die Rede war, hiess es auch sogleich: »Ja, er ist unbezahlbar, dieser Loiseau!«

Er war klein von Gestalt und hatte einen kugelrunden Schmerbauch, über dem zwischen einem leicht angegrauten Backenbart ein puterrotes Gesicht prangte.

Seine Gattin, eine grossgewachsene, dickliche, resolute Frau mit einer lauten Stimme, eine schnellentschlossene und energische Person, sorgte im Geschäft für Ordnung und genaue Kassenführung, während er mit seiner feuchtfröhlichen, lärmigen Betriebsamkeit den nötigen Schwung in die Geschäfte brachte.

Neben den beiden, in würdevollerer Haltung, weil er doch einer höheren Gesellschaftsschicht angehörte, sass Herr Carré-Lamadon, ein Mann von Einfluss und Ansehen, im Baumwollhandel tätig, Besitzer von drei Spinnereien, Offizier der Ehrenlegion und Mitglied des Generalrates. Während der ganzen Zeit, in der das Kaiserreich bestand, war er das Haupt der wohlgewogenen Opposition geblieben, einzig und allein, um sich den Anschluss an die Sache, die er, nach seinen eigenen Worten, mit ritterlichen Waffen bekämpfte, um so höher bezahlen zu lassen. Madame Carré-Lamadon war viel jünger als ihr Gatte; sie spendete seit jeher und jetzt noch den Offizieren aus gutem Haus, die nach Rouen zum Garnisonsdienst verschlagen wurden, Trost und liebliche Zerstreuung.

Sie sass ihrem Gatten gegenüber und wirkte, in ihre Pelze eingekuschelt, bildhübsch und allerliebst, während sie leicht angewidert und mit leidender Miene das unwirtliche und abstossend nüchterne Innere des Wagens betrachtete.

Ihre Nachbarn, Graf und Gräfin Hubert de Bréville, trugen einen der ältesten und vornehmsten Namen der Normandie. Der Graf, ein schon angejahrter Edelmann, grossgewachsen und in seiner ganzen Haltung ein echter Aristokrat, gab sich alle Mühe, mit mancherlei Toilettekünsten und in der ganzen Aufmachung seiner Person seine natürliche Ähnlichkeit mit dem König Heinrich IV. noch zu unterstreichen. Nach einer für die Familie ruhmvollen Überlieferung hatte dieser eine Frau von Bréville geschwängert, deren Gatte daraufhin zum Grafen und Statthalter einer Provinz ernannt worden war.

Graf Hubert sass, wie Herr Carré-Lamadon, im Generalrat und vertrat dort die Orleanistenpartei des Departements. Die Vorgänge anlässlich seiner

Heirat mit der Tochter eines unbedeutenden Reeders in Nantes waren immer in geheimnisvollem Dunkel verborgen geblieben. Doch da die Gräfin in ihrem Auftreten etwas Hoheitsvolles und Damenhaftes hatte, da auch ihre Empfänge den grössten Anklang fanden und es dort stets anregender war und man sich besser unterhielt als sonst überall, da man sogar munkelte, sie sei die Geliebte eines Sohns Louis-Philippes gewesen, so hatte sie beim gesamten Adel einen Stein im Brett und wurde allgemein gefeiert, und ihr Salon war nach wie vor der erste im Land, der einzige, wo noch die alte Galanterie im Schwange war, und ausserdem fand man nur schwer Zutritt zum Kreis ihrer Auserwählten.

Das Vermögen der Bréville bestand ausschliesslich aus Grundbesitz und belief sich, wie es hiess, auf fünfhunderttausend Franken an jährlichem Einkommen.

Diese sechs Personen bildeten den rückwärtigen Teil des Wagens, die Seite der wohlhabenden, sorgenlosen und selbstsicheren Gesellschaft, der ehrenwerten und bevorrechteten Leute, die religiös sind und Grundsätze haben.

Dank einem seltsamen Zufall sassen alle Frauen auf der gleichen Bank. Die Gräfin hatte ausserdem als Nachbarinnen noch zwei Nonnen, die lange Rosenkränze abbeteten und dazu ein Paternoster und Ave nach dem anderen murmelten. Die eine war alt und hatte ein Gesicht, das mit Pockennarben übersät und verunstaltet war, als hätte sie aus nächster Nähe eine Schrotladung mitten ins Antlitz erhalten. Die andere, ein kümmerliches, schmächtiges Geschöpf, hatte einen hübschen, kränklichen Kopf auf der hohlen Brust einer Schwindsüchtigen, die ausgehöhlt wird von jenem verzehrenden Glauben, aus dem die Märtyrer und Erleuchteten hervorgehen.

Den beiden Nonnen gegenüber sassen ein Mann und eine Frau, die aller Augen auf sich zogen.

Der Mann war allen wohlbekannt. Er hiess Cornudet, der ›Rote‹, ein Demokrat und der Schrecken aller ehrenwerten Leute. Seit zwanzig Jahren tunkte er seinen langen, fuchsroten Bart in die Bierseidel aller demokratischen Kaffeehäuser. Mit seinen Gesinnungsbrüdern und Freunden hatte er ein recht ansehnliches Vermögen, das er von seinem Vater, einem ehemaligen Zuckerbäcker, ererbt hatte, durchgebracht, und nun harrte er voll Ungeduld der Republik entgegen, um endlich die Stellung zu erlangen, die er mit so vielen revolutionär vertilgten Bierkrügen verdient hatte. Am vierten September hatte er, vielleicht auf Grund eines Possens, den man ihm spielte, allen Ernstes geglaubt, er sei zum Präfekten ernannt worden, doch als er sein Amt antreten wollte, hatten sich die Kanzleiangestellten, die allein noch zurückgeblieben waren und nun das Feld beherrschten, geweigert, ihn anzuerkennen, und das hatte ihn zum Rückzug gezwungen. Sonst aber war er ein ausgesprochen gutmütiger Kerl, harmlos und dienstwillig, und hatte sich mit unvergleichlichem Feuereifer mit den Abwehrmassnahmen befasst und sie auch in die Wege geleitet. Er hatte überall draussen auf dem offenen Feld Löcher graben lassen, hatte alle jungen Stämme im nahen Wald umhauen und auf allen Landstrassen Fallen und Gruben anlegen lassen, und als dann der Feind heranrückte, hatte er sich, hochbefriedigt über seine Vorkehrungen, schleunig auf die Stadt zurückgezogen. Nun gedachte er sich in Le Havre nützlicher zu betätigen, wo neue Verschanzungen demnächst nötig werden mussten.

Die Frau war eine von den Frauen, die man gemeinhin als ›galante Personen‹ bezeichnet. Sie war berühmt wegen ihrer schon frühzeitig aufgetretenen Fettleibigkeit, die ihr den Spitznamen ›Boule de Suif‹, Schmalzpummel, eingetragen hatte. Sie war klein und kugelrund am ganzen Körper, fett und mit dicken Speckpolstern, schwabbelig und mollig, mit dicken, rundlichen Fingern, die an den Gelenken tiefe Grübchen aufwiesen und aussahen wie aneinandergereihte Würstchen. Mit ihrer leuchtenden und straffgespannten Haut, ihrem fülligen, üppigen und wallenden Busen, der unter ihrem Kleid mächtig ausladend sichtbar war, blieb sie gleichwohl immer noch reizvoll, verlockend und vielbegehrt, so lecker, frisch und vergnüglich wirkte ihr Anblick. Ihr Gesicht glich einem rotbackigen

Apfel, einer Pfingstrosenknospe, die am Aufblühen ist. Und darin taten sich ganz oben zwei prachtvolle dunkle Augen auf, beschattet von langen, dichten Wimpern, die dunkle Wolken darauf warfen. Weiter unten lockte ein reizender, schmaler, zum Küssen wässeriger Mund, mit blitzenden und winzigen Zähnchen besetzt.

Ausserdem verfügte sie – so hiess es – noch über eine ganze Anzahl weiterer unschätzbarer Eigenschaften.

Kaum war sie erkannt worden, so ging ein eifriges Tuscheln und Wispern zwischen den ehrbaren Frauen hin und her, und die Worte ›Prostituierte‹ und ›öffentliche Schande‹ wurden so vernehmlich geflüstert, dass sie den Kopf hob. Doch nun liess sie einen derart herausfordernden und dreisten Blick über ihre Nachbarn hinwandern, dass augenblicklich wieder tiefes Schweigen herrschte und alle die Augen niederschlugen, Loiseau ausgenommen, der aufgekratzt und unternehmungslustig zu ihr hinüberäugte.

Doch nicht lange dauerte es, und das Gespräch zwischen den drei Damen spann sich erneut an; die Gegenwart dieser verworfenen Person hatte aus ihnen Freundinnen, ja beinah intime Vertraute gemacht. Sie hatten das Gefühl, sie müssten dieser schamlosen Dirne, diesem feilen Geschöpf gegenüber gleichsam ihre Würde als Gattinnen verbünden und ihr entgegenhalten. Denn die gesetzlich erlaubte Liebe behandelt ihre freie Schwester stets ein wenig von oben herab.

Auch die drei Männer, die Cornudets Anblick in einer Art konservativem Instinkt einander nähergebracht hatte, erörterten allerlei Geldfragen in einem Ton, der die Armen reichlich geringschätzig und wegwerfend abtat. Graf Hubert erzählte, was für Schäden die Preussen bei ihm angerichtet hatten, welche Verluste er an dem gestohlenen Vieh und wie hohe Einbussen er infolge der entgangenen Ernten erleiden werde, und das alles gab er mit der Selbstsicherheit eines Grandseigneurs zum besten, der zehnfacher Millionär ist und den solche Verheerungen kaum ein Jahr lang einengen konnten. Herr Carré-Lamadon, den der schlechte Geschäftsgang in der Baumwollindustrie arg mitgenommen hatte, hatte vorsorglich sechshunderttausend Franken nach England in Sicherheit gebracht, einen Notpfennig und Zehrgroschen, für alle Fälle, eine saftige Birne für den ärgsten Durst – wie er sich ausdrückte –, die er vorkommendenfalls gut würde brauchen können. Was Loiseau betraf, so hatte er einen Dreh gefunden, wie er der französischen Armeeverwaltung alle minderwertigen Weine anhängen konnte, die er noch in seinen Kellern lagerte, so dass ihm nun der Staat eine ungeheuerliche Summe schuldete, die er in Le Havre einzukassieren gedachte.

Und alle drei warfen einander immer wieder hurtige und verständnisinnige Blicke zu. Wenn sie auch verschiedenen Gesellschaftsschichten angehörten, so fühlten sie sich doch als Brüder, durch das Geld verbunden, dem grossen Freimaurertum der Besitzenden zugehörig, die mit Goldstücken klimpern können, wenn sie die Hand in die Hosentasche stecken.

Der Wagen fuhr so gemächlich, dass man um zehn Uhr noch keine vier Meilen zurückgelegt hatte. Dreimal stiegen die Männer aus und gingen die Steigung bis auf eine Anhöhe zu Fuss hinauf. Man wurde nachgerade unruhig, denn eigentlich hätte man in Tôtes zu Mittag essen sollen, und jetzt war keine Rede mehr davon, dass man vor Einbruch der Nacht dorthin gelangen konnte. Alle Insassen der Kutsche hielten Ausschau nach einem Wirtshaus an der Landstrasse; da warf der Wagen in einer Schneewehe um, und man brauchte volle zwei Stunden, bis er wieder weiterfahren konnte.

Der Hunger wurde immer ärger, die Stimmung immer schlechter und gereizter. Und kein Wirtshaus, keine Schenke war zu sehen. Die anrückenden Preussen und der Durchzug der ausgehungerten französischen Truppen hatten Handel und Wandel weit und breit lahmgelegt.

Die Herren liefen in die Gehöfte, die am Wege lagen, und suchten nach Essbarem; aber sie fanden nicht einmal ein Stückchen Brot, denn die misstrauischen Bauern hielten ihre Vorräte versteckt, aus Angst, sie könnten von den Soldaten geplündert werden; das Militär, das nichts zu beissen hatte, nahm mit Gewalt, was es nur finden konnte.

Gegen ein Uhr nachmittags erklärte Loiseau, ihm knurre der Magen ganz bedenklich. Schon lange litten die andern wie er unter dem wachsenden Hunger, und das zwingende Bedürfnis nach Essen, das immer spürbarer wurde, hatte jede Unterhaltung zum Verstummen gebracht.

Von Zeit zu Zeit gähnte jemand; fast augenblicklich wurde ein anderer angesteckt und tat es ihm nach, und dann sperrte der Reihe nach einer nach dem andern, je nach seinem Charakter, seiner Lebensart und seiner gesellschaftlichen Stellung, den Mund auf, entweder geräuschvoll oder unauffällig und unaufdringlich, und hielt geschwind die Hand vor den weitoffenen Mund, aus dem ein Dampfwölkchen hervorkam.

Schmalzpummel bückte sich ein paarmal, als suche sie etwas unter ihren Unterröcken. Sie zögerte sekundenlang, blickte ihre Nachbarn an und richtete sich dann ruhig und still wieder auf. Die Gesichter der Umsitzenden waren bleich und verzerrt. Loiseau beteuerte, für ein Schinklein würde er jetzt gut und gerne tausend Franken zahlen. Seine Frau hob wie abwehrend die Hände, dann aber liess sie es dabei bewenden. Es tat ihr immer weh, wenn sie hörte, wie von vergeudetem Geld die Rede war, und sie verstand da gar keinen Spass.

»Ich fühle mich tatsächlich nicht ganz wohl«, klagte der Graf, »wie konnte ich so gedankenlos sein und keinen Reiseproviant mitnehmen?«

Und alle machten sich den gleichen Vorwurf.

Cornudet hatte eine Feldflasche voll Rum bei sich, und er bot ringsum zu trinken an; doch alle lehnten kühl ab. Nur Loiseau genehmigte einen Schluck, und als er die Flasche zurückgab, dankte er:

»Es ist doch etwas Gutes, es wärmt und täuscht über den Hunger hinweg.«

Der Alkohol versetzte ihn in strahlende Laune, und er schlug vor, es so zu machen, wie auf dem Schifflein im Volkslied: nämlich den fettesten von den Reisenden zu verspeisen. Diese indirekte Anspielung auf Schmalzpummels Körperfülle stiess die wohlerzogenen Leute vor den Kopf, und niemand gab darauf eine Antwort. Einzig Cornudet hatte ein Lächeln dafür übrig. Die beiden Nonnen hatten mit dem murmelnden Abbeten ihres Rosenkranzes aufgehört und sassen nun, die Hände in ihren weiten Ärmeln vergraben, regungslos da, hielten beharrlich die Augen niedergeschlagen und brachten offensichtlich dem Himmel die Prüfung die er ihnen sandte, in Demut dar.

Um drei Uhr endlich, als man mitten durch eine endlos sich hinziehende, topfebene Gegend dahinrollte und kein einziges Dorf zu sehen war, bückte sich Schmalzpummel plötzlich mit einer raschen

Bewegung und zog unter der Sitzbank einen geräumigen Henkelkorb hervor, der mit einer weissen Serviette zugedeckt war.

Sie kramte zunächst einen kleinen Steingutteller aus, einen zierlichen Silberbecher, sodann eine umfangreiche Terrine, in der zwei ganze Hühnchen säuberlich zerlegt in ihrer Sülze eingemacht lagen; und man konnte in des Korbes Tiefe noch andere herrliche Dinge, appetitlich eingewickelt, sehen, Pasteten, Obst, Süssigkeiten, reichlich Mundvorrat für eine dreitägige Reise, damit die Besitzerin all dieser Leckereien nicht auf die Kost der Wirtshausküchen angewiesen war. Vier Flaschenhälse guckten zwischen den Esspaketen hervor. Sie nahm einen Hühnerflügel und fing an, ihn säuberlich und zierlich mit einem der Brötchen zu essen, die man in der Normandie ›Régence‹ nennt.

Alle starrten gespannt zu ihr hinüber. Dann breitete sich der Duft der Speisen aus, die Nüstern der Umsitzenden blähten sich, und das Wasser lief ihnen im Munde zusammen, die Kiefer unterhalb der Ohren verkrampften sich schmerzlich. Die Verachtung der Damen für diese ›Schlampe‹ wurde allgemach zur Mordlust, es packte sie eine Art Gelüste, sie umzubringen oder aus dem Wagen in den Schnee hinauszuwerfen, mitsamt ihrem Becher, ihrem Armkorb und ihrem Essvorrat.

Loiseau jedoch verschlang die Terrine und die Hühnchen darin mit heisshungrigen Augen.

»Alle Wetter!« meinte er, »das lob' ich mir! Das Fräulein hat besser vorgesorgt als wir alle. Es gibt eben Leute, die immer an alles denken können!«

Sie hob den Kopf und schaute ihn an; dann sagte sie:

»Möchten Sie gern mithalten? Es ist hart, seit dem frühen Morgen fasten zu müssen.«

Er verneigte sich dankend.

»Wahrhaftig, offen heraus gesagt, da kann ich nicht nein sagen. Ich halte es nicht länger aus. Krieg ist Krieg, da muss man sich zu helfen wissen. Hab' ich nicht recht?«

Dann warf er einen Blick rings um sich und setzte hinzu:

»In solchen Augenblicken ist man heilfroh, wenn man Leuten begegnet, die einem etwas zuliebe tun.«

Er breitete eine Zeitung, die er bei sich hatte, über seine Hosen, damit sie nicht bekleckert werden konnten, hierauf holte er mit der Spitze eines Messers, das er jederzeit in der Tasche hatte, ein vor Sülze glänzendes Hühnerbein heraus, riss es gierig mit den Zähnen in Stücke und kaute mit so offenkundiger Befriedigung daran, dass ein gequälter Seufzer durch die Kutsche ertönte.

Da aber bot Schmalzpummel mit demütiger und sanfter Stimme den beiden Nonnen an, sie wolle gerne ihren Imbiss mit ihnen teilen. Beide nahmen das Anerbieten ohne weiteres an, stammelten ein paar Dankesworte und fingen, ohne die Augen aufzuheben, sehr schnell zu essen an. Auch Cornudet schlug die wiederholten Aufforderungen seiner Nachbarin nicht aus, und man breitete Zeitungen auf den Knien aus und bildete mit den beiden Nonnen eine Art Tischrunde.

Die Münder der Schmausenden gingen rastlos und ohne abzusetzen auf und zu, schluckten und schlangen, kauten und hieben heisshungrig und gierig ein. Loiseau in seiner Ecke arbeitete hart und redete mit leiser Stimme seiner Frau zu, es ihm doch nachzumachen. Lange sträubte sie sich gegen dieses Ansinnen, doch als sich ihr die Eingeweide zusammenkrampften, gab sie nach. Daraufhin fragte ihr Gatte in wohlgesetzten Worten ihre ›reizende Reisegefährtin‹, ob sie ihm erlaube, auch Madame Loiseau ein Häppchen anzubieten. »Aber gewiss doch!« ermutigte sie ihn mit einem liebenswürdigen Lächeln und reichte ihm die Terrine hinüber.

Eine peinliche Verlegenheit setzte es ab, als man die erste Flasche Bordeaux entkorkte. Es war nur ein einziger Becher vorhanden. So gab man ihn eben reihum, und jeder wischte ihn ab, ehe er daraus trank. Einzig Cornudet nippte, vermutlich aus Galanterie, gerade an der Stelle, die noch feucht war von den Lippen seiner Nachbarin.

Nun sassen der Graf und die Gräfin von Bréville sowie Herr und Frau Carré-Lamadon inmitten von schmausenden Leuten, und der Duft der Speisen verschlug ihnen den Atem; sie standen Qualen aus und machten alle die entsetzlichen Martern durch, die seit alters als Tantalusqualen sprichwörtlich sind. Mit einemmal stiess die junge Frau des Fabrikanten einen Seufzer aus, und alle drehten sich nach ihr um. Sie war kalkweiss, weiss wie der Schnee draussen. Ihre Augen fielen zu, sie neigte den Kopf und verlor das Bewusstsein. Ihr Gatte geriet völlig ausser sich und bat alle Anwesenden flehentlich um Hilfe. Alles verlor den Kopf, doch da hob die ältere von den beiden Nonnen den Kopf der Ohnmächtigen hoch, hielt ihr Schmalzpummels Becher an die Lippen und flösste ihr ein paar Tropfen Wein ein. Die hübsche junge Frau regte sich, schlug die Augen auf, lächelte und erklärte mit ersterbender Stimme, sie fühle sich jetzt ganz wohl. Damit das aber nicht ein zweites Mal vorkam, nötigte sie die Nonne, ein volles Glas Bordeaux auszutrinken, und setzte hinzu:

»Das kommt vom Hunger, sonst fehlt ihr nichts.«

Da blickte Schmalzpummel die vier Reisenden, die immer noch nüchtern waren, errötend und verlegen an und stammelte leise:

»Mein Gott, wenn ich's wagen dürfte, den Damen und Herren...«

Sie brach ab, denn sie fürchtete, man werde es ihr mit Schimpf und Hohn lohnen. Loiseau ergriff jedoch das Wort und sagte:

»Ei, weiss Gott, in solchen Fällen sind wir allzumal Brüder und müssen einander helfen. Kommen

Sie, meine Damen, machen Sie keine Umstände, greifen Sie doch zu, Teufel noch einmal! Wissen wir denn, ob wir überhaupt noch ein Haus finden, wo wir über Nacht bleiben können? Wenn wir so weiter vorankommen wie bisher, werden wir nicht vor morgen mittag in Tôtes anlangen.«

Man wollte nicht recht darauf eingehen, denn niemand wollte die Verantwortung für das Ja übernehmen.

Doch der Graf machte dem betretenen Schweigen ein Ende und entschied die Streitfrage. Er wandte sich zu dem eingeschüchterten dicken Mädchen, setzte seine hochnäsige Miene auf und sagte sehr von oben herab:

»Wir nehmen dankbar an, Madame.«

Nur der erste Schritt kostete Überwindung. Als einmal der Rubikon überschritten war, hieb man hemmungslos ein. Der Korb wurde ratzekahl leergegessen. Er enthielt noch eine Gänseleberpastete, eine Lerchenpastete, ein Stück Räucherzunge, Crassane-Birnen, einen Pfefferkuchen, kleine Törtchen und eine Tasse voll Essiggurken und -zwiebeln, da Schmalzpummel, wie alle Frauen, derlei scharfe Kost über alles gern ass.

Man konnte aber nicht gut den ganzen Mundvorrat des Mädchens aufessen, ohne ihr das Wort zu gönnen. So plauderte man denn, zunächst noch eher zurückhaltend, dann aber, als sie sich taktvoll und nicht im geringsten aufdringlich benahm, liess man sich mehr gehen. Die Damen de Bréville und Carré-Lamadon, die über viel Lebensart verfügten, gaben sich herablassend liebenswürdig. Vor allem die Gräfin legte die verbindliche Herablassung der hochvornehmen Damen an den Tag, die keine Berührung je beschmutzen kann, und war ausgesucht bezaubernd. Aber die dickliche Madame Loiseau, die nicht sonderlich zartbesaitet war, ass ungerührt und wie ein Drescher weiter und redete fast nichts.

Natürlich drehte sich die Unterhaltung um den Krieg. Man erzählte allerlei Greueltaten der Preussen, heldenmütige Taten der Franzosen. Und alle diese Leute, die Reissaus nahmen, spendeten dem Mut der andern höchstes Lob. Es ging nicht lange, so kamen persönliche Erlebnisse zur Sprache, und Schmalzpummel berichtete mit echter Bewegung, mit jenem warmen Unterton, den Weiber ihres Schlages mitunter finden, um ihren natürlichen Regungen Ausdruck zu verleihen, wie sie Rouen verlassen hatte.

»Zuerst glaubte ich, ich könne bleiben«, erzählte sie. »Ich hatte das Haus voller Vorräte, und lieber wollte ich ein paar Soldaten verköstigen, als ausser Landes, Gott weiss wohin, in die Ferne zu gehen. Als ich sie nun aber sah, diese Preussen, da hat es mich einfach übermannt! Vor Wut und Ärger wäre ich beinah geplatzt, ich war regelrecht krank und weinte den lieben langen Tag vor Scham und Empörung. Oh! wäre ich nur ein Mann! Ich schaute vom Fenster auf sie herab, auf diese feisten Schweine mit ihren Pickelhauben, und mein Dienstmädchen hielt mir die Hände fest, damit ich ihnen nicht alle meine Möbel auf den Buckel hinabwarf. Dann sind ein paar gekommen und haben bei mir Quartier nehmen wollen. Dem ersten bin ich an die Kehle gesprungen. Sie sind ja nicht schwerer zu erwürgen als andere! Und ich hätte ihn auch fertiggemacht, den Kerl, wenn man mich nicht an den Haaren von ihm weggerissen hätte. Nachher habe ich mich verstecken müssen. Schliesslich hat sich eine Gelegenheit geboten, und ich bin ausgerissen, und hier bin ich nun.«

Man wünschte ihr allerseits überschwenglich Glück. Sie stieg in der Achtung ihrer Reisegefährten, die nicht so viel Mut bewiesen hatten, und um Cornudets Lippen spielte die ganze Zeit, während er ihr zuhörte, ein beifälliges und wohlwollendes Lächeln, das Lächeln eines Apostels. Genauso hört ein Priester zu, wenn ein Frommer Gottes Lob singt, denn die Demokraten haben den Patriotismus gepachtet wie die Soutanenmänner die Religion. Nun fing er seinerseits an zu sprechen, und er tat es in lehrhaftem Ton, mit dem hohlen Pathos, das er den Proklamationen, wie sie tagtäglich an die Mauern geklebt wurden, abgeschaut hatte, und schloss mit einer hinreissenden rednerischen Glanzleistung, in welcher er ›Badinguet, diesen schuftigen Dreckkerl‹, meisterlich abtat.

Da wurde Schmalzpummel aber ernstlich böse, denn sie war Bonapartistin. Sie wurde krebsrot im Gesicht und stammelte – so entrüstet war sie:

»Ich hätte ja sehen wollen, was ihr an seiner Stelle getan hättet! Da wäre was Schönes herausgekommen! Wahrhaftig! Dabei habt doch ihr ihn verraten, diesen Mann! Es bliebe einem nichts anderes mehr übrig, als aus Frankreich auszuwandern, wenn solche Lausbuben und Schweinekerle wie ihr an die Regierung kämen!«

Cornudet zuckte mit keiner Wimper und lächelte unentwegt verächtlich und überlegen; aber man spürte, dass es in ihm kochte und dass es nicht mehr viel brauchte, bis er in unflätiges Schimpfen ausbrach. Da legte sich der Graf ins Mittel und brachte es nach langem Zureden fertig, das wutschäumende Mädchen zu beruhigen. Alle ehrlichen Überzeugungen, erklärte er in einem Ton, der keine Widerrede duldete, seien der Achtung wert. Die Gräfin und die Fabrikantengattin hingegen, die, wie alle feinen Leute, die Republik aus tiefster Seele, wenn auch völlig unvernünftig und grundlos, verabscheuten und dafür allen despotischen Regierungsformen, die mit Federbüschen und goldstrotzenden Uniformröcken prunkten, die instinktive und innige Zuneigung entgegenbrachten, wie sie alle Frauen solchem Herrschertum gegenüber hegen, fühlten sich unwillkürlich, ob sie wollten oder nicht, zu diesem Freudenmädchen, das so viel

Selbstachtung und Würde in sich hatte, hingezogen, weil ihre Gefühle, ihre Empfindungen so sehr ihren eigenen glichen.

Der Korb war leer. Selbzehnt hatte man alles, was darin war, mühelos mit Stumpf und Stiel vertilgt und bedauerte nur, dass er nicht grösser war. Das Gespräch ging eine Zeitlang weiter, freilich verlief es merklich kühler, seitdem nichts mehr zu essen da war.

Die Nacht brach herein, die Dunkelheit wurde allmählich immer tiefer, und die Kälte, die ja stets spürbarer ist, wenn man verdaut, liess Schmalzpummel zusammenschaudern, trotz ihrem wärmenden Fett. Da bot ihr Madame de Bréville ihren Fusswärmer an, dessen Kohlenglut seit dem Morgen mehrmals erneuert worden war, und sie nahm ohne Umstände an, denn sie spürte, wie ihr die Füsse allgemach abfroren. Die Damen Carré-Lamadon und Loiseau gaben ihre Wärmeöfchen den beiden Nonnen.

Der Kutscher hatte seine Laternen angezündet. Sie warfen einen hellen Lichtschein auf die dampfenden, schweissbedeckten Rücken der Deichselpferde und beidseits der Strasse auf den Schnee, der im unruhig flackernden Widerschein der Lichter wegzugleiten schien.

Drinnen im Wagen konnte man gar nichts mehr unterscheiden. Doch auf einmal ging zwischen Schmalzpummel und Cornudet etwas vor, ein unterdrücktes Keuchen und Ringen, eine Art Handgemenge war zu vernehmen, dann glaubte Loiseau, der angespannt in die Dunkelheit starrte, zu sehen, wie der langbärtige Mann schleunig zur Seite rückte, als hätte er einen wohlgezielten, lautlos geführten Schlag eingesteckt.

Kleine feurige Pünktchen tauchten weiter vorne an der Landstrasse auf. Tôtes war in Sicht. Man war elf Stunden gefahren, und das machte, mit den zwei Stunden Rast, die man in vier Malen den Pferden zum Fressen und Verschnaufen gegönnt hatte, insgesamt dreizehn. Man fuhr in den Flecken ein und hielt vor dem Hôtel du Commerce.

Der Schlag wurde aufgerissen. Ein wohlbekanntes Klirren liess die Reisenden zusammenfahren. Eine Säbelscheide rasselte über den Boden. Und im selben Augenblick brüllte die Stimme eines Deutschen etwas Unverständliches.

Obschon die Reisekutsche stillstand, stieg doch niemand aus, als hätten sich alle Insassen darauf gefasst gemacht, beim Aussteigen niedergestochen zu werden. Nun trat der Kutscher herzu; er hielt eine seiner Laternen in der Hand und leuchtete damit unversehens bis hinten in den Wagen, wo zwei Reihen schreckensbleicher Gesichter beschienen wurden, die vor Überraschung mit offenen Mündern und weit aufgerissenen Augen entsetzt und in Todesängsten herausstarrten.

Neben dem Kutscher stand im hellen Lampenschein ein deutscher Offizier, ein hochgewachsener blutjunger, übermässig schlanker Hüne mit blonden Haaren, in seinen Uniformrock eingezwängt wie ein Mädchen in seinen Schnürleib, schief auf dem Kopf seine flache, wachstuchüberzogene Mütze, die ihm das Aussehen eines Laufburschen in einem englischen Hotel verlieh. Sein übertrieben langer Schnurrbart, ein Prachtexemplar aus langen, steifen Haaren, wurde beidseitig immer dünner und dünner und endete in einem einzigen blonden Haar, das so dünn war, dass man gar nicht sah, wo es aufhörte. Es erweckte den Eindruck, als laste der Schnurrbart auf den beiden Mundwinkeln, als ziehe er die Wange abwärts und präge den Lippen eine steil abfallende Falte ein.

In einem holprigen Französisch, wie es die Elsässer sprechen, forderte er die Reisenden zum Aussteigen auf und sagte in schroffem Ton:

»Wollen Sie bitte aussteigen, meine Damen und Herren?«

Die beiden Nonnen gehorchten als erste mit der gefügigen Folgsamkeit der gottgeweihten Himmelsbräute, die an jede Art von Unterwürfigkeit und Ergebung gewöhnt sind. Hierauf erschienen der Graf und die Gräfin, gefolgt vom Fabrikanten und seiner Gattin, dann von Loiseau, der seine füllige Ehehälfte vor sich herschob. Als er den Fuss auf den Boden setzte, sagte er zum Offizier – eher aus einem Gefühl der vorbeugenden Klugheit als

aus Höflichkeit: »Guten Tag, Herr Leutnant.«
Doch der Deutsche, wie alle ihrer Allmacht bewussten Menschen unverschämt und hochfahrend, mass ihn von oben bis unten, ohne ihn einer Antwort zu würdigen.

Obwohl Schmalzpummel und Cornudet zunächst bei der Tür sassen, stiegen sie trotzdem als letzte aus. Angesichts des Feindes waren sie ernst gestimmt, und ihre Gesichter hatten einen abweisenden, ja hochfahrenden Ausdruck angenommen. Das dicke Mädchen gab sich grosse Mühe, sich zu beherrschen und Ruhe zu bewahren. Cornudet, der ›Rote‹, zupfte und zwirbelte ununterbrochen mit tragischer, leicht zitternder Hand seinen langen, fuchsroten Bart. Sie trachteten danach, ihre Würde zu wahren, denn ihr Gefühl sagte ihnen, bei einem solchen Zusammentreffen vertrete ein jeder in einem gewissen Sinne sein Land. Sie waren beide gleichermassen empört über die Anpassungsfähigkeit ihrer Reisegefährten, und sie bemühte sich, stolzer aufzutreten als ihre Mitinsassinnen, die ehrbaren Ehefrauen, während er, im deutlichen Bewusstsein, er sei es sich schuldig, ihnen ein Vorbild zu sein, in seiner ganzen Haltung auch weiterhin seine Sendung, den Widerstand gegen die Eindringlinge, die er schon mit dem Aufreissen der Landstrasse ausgeübt hatte, zum Ausdruck brachte.

Man betrat die geräumige Küche des Gasthofes, und der Deutsche liess sich die vom Oberkommandierenden unterzeichnete Bewilligung zur Abreise zeigen, in welcher Namen, Signalement und Beruf jedes Reisenden vermerkt waren. Er musterte lange und eingehend alle diese Leute und verglich sie mit den Angaben der Bescheinigung.

Dann sagte er kurzangebunden: »Ist gut«, und verschwand.

Alles atmete erleichtert auf. Die Reisenden waren immer noch hungrig, und so wurde das Nachtessen bestellt. Eine halbe Stunde war erforderlich, um es zuzubereiten, und während zwei Mägde geschäftig aus und ein gingen und allem Anschein nach die nötigen Zurüstungen trafen, besichtigte man die Zimmer. Sie lagen alle an einem langen Gang, den eine Glastür mit einer vielsagend-bedeutungsvollen Nummer abschloss.

Endlich wollte man sich gerade zu Tische setzen, da erschien der Inhaber des Gasthofs selbst. Er war ein ehemaliger Pferdehändler, ein beleibter, asthmatischer Mann, dessen Luftröhre sich in einem fort ein lästiges Pfeifen, Rasseln und schleimiges Gehuste entrang. Sein Vater hatte ihm den Namen Follenvie vererbt.

»Fräulein Elisabeth Rousset?« fragte er.

Schmalzpummel fuhr zusammen und wandte sich um.

»Die bin ich.«

»Fräulein Rousset, der preussische Offizier wünscht Sie sofort zu sprechen.«

»Mich?«

»Jawohl, wenn Sie nämlich Fräulein Elisabeth Rousset sind.«

Sie verlor ein wenig die Fassung, überlegte sekundenlang und erklärte dann unverblümt:

»Das mag schon sein. Aber ich gehe nicht.«

Rings um sie geriet alles in Bewegung; alles redete eifrig durcheinander, erörterte und besprach diesen unerwarteten Befehl und suchte nach Gründen, die ihn veranlasst haben mochten. Der Graf trat zu ihr heran und sagte:

»Das dürfen Sie nicht tun. Ihre Weigerung kann nämlich nicht nur für Sie heillose Unannehmlichkeiten zur Folge haben, sondern auch alle Ihre Reisegefährten in grösste Schwierigkeiten bringen. Man darf sich Leuten, die stärker sind als wir, nie widersetzen. Dieser Schritt kann bestimmt keinerlei Gefahr bieten; fraglos handelt es sich um irgendwelche vergessene Formalitäten.«

Alle andern pflichteten ihm bei, man bat und drängte, redete auf sie ein und lag ihr so lange in den Ohren, bis sie schliesslich überzeugt war. Alle fürchteten nämlich die Verwicklungen, die aus einem unbedachten Schritt entstehen konnten. Endlich sagte sie:

»Ihnen zuliebe will ich's tun, nur Ihretwegen, so viel ist sicher!«

Die Gräfin nahm ihre Hand.

»Und wir danken Ihnen dafür.«

Dann ging sie hinaus. Man wartete auf sie und setzte sich noch nicht zu Tisch.

Alle konnten nicht genug beteuern, wie schade es sei, dass nicht sie, an Stelle dieses aufbrausenden und unberechenbaren Geschöpfes, hinausgerufen worden seien, und ein jeder legte sich im Geiste ein paar unverbindliche Redensarten zurecht, für den Fall, dass auch er an die Reihe käme, bei dem Offizier vorsprechen zu müssen.

Doch zehn Minuten später kam sie wieder herein, keuchend und wutschnaubend, krebsrot im Gesicht, dass man meinte, sie sei am Ersticken, ausser sich vor Empörung. »Oh! Der Dreckkerl! Der elende Schweinehund!« stiess sie nach Luft schnappend hervor.

Alle sprangen auf und wollten wissen, was geschehen war. Aber sie gab keinerlei Auskunft; und als der Graf nicht locker liess, antwortete sie zurückhaltend und mit würdevoller Unnahbarkeit: »Nein, das geht Sie nichts an. Ich kann darüber nicht sprechen.«

Jetzt liess man sich rund um eine hochwandige Suppenschüssel nieder, aus der ein würziger Kohlduft hochstieg. Der ganzen Aufregung zum Trotz verlief das Nachtessen recht vergnügt. Der Apfelwein war gut, das Ehepaar Loiseau und die beiden Nonnen tranken aus Sparsamkeit davon, während die andern alle Wein bestellten. Cornudet verlangte Bier. Er hatte eine besondere, unnachahmliche

Art, die Flasche zu entkorken, das Bier mit einem breiten Schaumkragen einzuschenken, das Glas schräg zu halten und aufmerksam zu beobachten, es dann zwischen Lampenlicht und Auge zu halten, um die Farbe des Getränkes sachkundig zu prüfen. Wenn er trank, sah es aus, als zittere sein langer Bart, der die gleiche Farbe angenommen hatte wie sein Lieblingstrunk, vor Zärtlichkeit. Seine Augen schielten, so liebevoll hielt er sie unentwegt auf sein Glas gerichtet, und es hatte den Anschein, als erfülle er die einzige Obliegenheit, für die er geboren sei. Man hatte den Eindruck, er stelle in seinem Geist eine Ähnlichkeit und gleichsam eine Verwandtschaft zwischen den beiden übermächtigen Leidenschaften her, die sein ganzes Leben ausfüllten: dem Bier und der Revolution. Und eins war sicher: er konnte das eine nicht trinken, ohne dass ihm dabei das andere in den Sinn kam.

Herr und Frau Follenvie, die Wirtsleute, speisten ganz unten an der Tafel. Der Mann keuchte und röchelte wie eine defekte Lokomotive, und seine verschleimte Brust gab ihm viel zu sehr zu schaffen, als dass er hätte beim Essen sprechen können. Dafür liess die Frau ihr Mundwerk unermüdlich und ohne abzusetzen drauflos plappern. Sie gab alle, auch ihre flüchtigsten und belanglosesten Wahrnehmungen beim Einrücken der Preussen zum besten, erzählte, was sie getan und was sie gesagt hatte; sie hasste sie aus tiefstem Herzen, zunächst einmal darum, weil sie Geld kosteten, und dann auch, weil sie zwei Söhne bei der Armee hatte. Sie wandte sich vornehmlich an die Gräfin, denn es schmeichelte ihr, dass sie sich mit einer adeligen Dame wie mit ihresgleichen unterhalten durfte.

Dann dämpfte sie ihre Stimme und fing an, allerlei Dinge auszukramen, die nicht für jedermanns Ohren bestimmt waren, und von Zeit zu Zeit fiel ihr der Mann ins Wort und mahnte: »Du solltest lieber den Mund halten, Frau Follenvie.« Doch sie kehrte sich nicht daran und schwätzte weiter:

»Ja, gnädige Frau Gräfin, diese Leute tun nichts als in einem fort Kartoffeln und Schweinefleisch essen, und dann wieder Schweinefleisch und Kartoffeln. Und glauben Sie ja nicht, sie seien etwa sauber. – O nein! – Überall machen sie hin, mit Verlaub zu sagen. Und wenn Sie ihnen zusehen könnten, wie sie stundenlang und ganze Tage hindurch exerzieren! Da stehen sie alle beisammen auf einem Acker, und dann heisst es: Vorwärts, marsch! Und dann: zurück, marsch-marsch! Und rechts schwenkt! Links schwenkt! – Wenn sie wenigstens noch die Felder bestellen wollten oder zu Hause an ihren Strassen bauten! – Aber nein, o nein, gnädige Frau, das Militär ist zu gar nichts nütze! Sie schmarotzen und saugen das arme Volk aus und lernen nichts ausser Morden und Metzeln! – Ich bin nur eine alte, ungebildete Frau, da haben Sie schon recht; aber wenn ich sehe, wie sie sich müde rakkern mit ihrem blödsinnigen Getrampel von früh bis spät, dann sage ich mir: Wenn manche Leute so viele Dinge erfinden, um sich nützlich zu machen, müssen dann andere sich derart abschinden, bloss damit sie nachher schaden können? Wahr und wahrhaftig, ist es nicht eine abscheuliche Versündigung, wenn man Menschen totschiesst, sie mögen nun Preussen oder Engländer sein, Polen oder auch Franzosen? – Wenn sich einer an einem andern rächt, der ihm etwas zuleide getan hat, dann ist das Unrecht und ein Verbrechen, und man wird ja auch dafür bestraft. Wenn man aber unsere jungen Männer ausrottet wie das Wild in Wald und Feld, sie mit Gewehren und Flinten abknallt, dann ist es eine verdienstliche Tat, denn man verleiht noch dem, der am meisten von ihnen austilgt, einen Orden! – Nein, sehen Sie, das werde ich nie verstehen können!«

Cornudet warf mit erhobener Stimme ein:

»Der Krieg ist eine Barbarei, wenn man einen friedlichen Nachbarn angreift; er ist eine heilige Pflicht, wenn man sein Vaterland verteidigt.«

Die alte Frau senkte den Kopf.

»Ja, wenn man sich wehren muss, dann ist es schon etwas anderes. Aber müsste man nicht eher alle die Könige totschlagen, die das zu ihrem Vergnügen tun?«

Cornudets Augen flammten auf.

»Bravo, Bürgerin!« bekräftigte er.

Herr Carré-Lamadon brütete über tiefsinnigen Überlegungen. Einerseits war er ein blinder und begeisterter Verehrer aller grossen und berühmten Heerführer, aber andererseits gab ihm der gesunde Menschenverstand dieser Bäuerin zu denken. Nun überschlug er in Gedanken, welchen Wohlstand einem Lande so viele unbeschäftigte und folglich viel zu kostspielige Armeen einbringen würden, wie einträglich so viele Kräfte, die man unproduktiv unterhält, wären, wenn man sie für die gewaltigen industriellen Aufgaben verwenden könnte, zu deren Vollendung Jahrhunderte erforderlich waren.

Doch da stand Loiseau von seinem Platz auf, trat zum Wirt und fing leise ein Gespräch mit ihm an. Der dicke Mann lachte, hustete und spuckte, sein unförmiger Schmerbauch schwabbelte und hüpfte vor Vergnügen über die Witze und lustigen Sprüche seines Nachbars, und schliesslich wurde er mit ihm über sechs Fässlein Bordeaux handelseinig, lieferbar im Frühjahr, sobald die Preussen abgezogen waren.

Sogleich nach dem Nachtmahl gingen alle zu Bett, denn sie waren todmüde und wie gerädert von der langen Fahrt.

Loiseau hingegen, der die Augen offen behalten und sich alles genau angeschaut hatte, schickte seine Frau ins Bett, und dann hielt er bald sein Auge, bald das Ohr ans Schlüsselloch und versuchte, herauszubringen, was er ›die Geheimnisse des Korridors‹ zu nennen pflegte.

Eine Stunde später etwa vernahm er ein raschelndes Rauschen. Geschwind guckte er durchs Schlüsselloch und erblickte Schmalzpummel, die in einem Schlafrock aus blauer Kaschmirwolle, mit weissen Spitzen gesäumt, noch fülliger und rundlicher wirkte. Sie hielt einen Kerzenstock in der Hand und lenkte ihre Schritte der weithin sichtbaren Nummer hinten im Gange zu. Da aber ging nebenan eine Tür einen Spalt breit auf, und als sie ein paar Minuten später wieder herauskam, schlich ihr Cornudet, nur in Hemd und Hosen, nach. Sie tuschelten eine Zeitlang miteinander, dann blieben sie stehen. Schmalzpummel verwehrte ihm anscheinend energisch den Zutritt zu ihrem Zimmer. Leider konnte Loiseau nicht verstehen, was sie sagten, zuletzt aber, als sie sich ereiferten und lauter sprachen, vermochte er ein paar Worte aufzuschnappen. Cornudet wurde immer zudringlicher, er wollte und wollte sich nicht abweisen lassen und sagte:

»Aber was ist denn? Sind Sie aber dumm! Was kann Ihnen das schon ausmachen?«

Sie blickte ihn zornig und entrüstet an und erwiderte:

»Nein, mein Lieber, es gibt Augenblicke, wo man solche Sachen einfach nicht macht. Und gar hier wäre es geradezu eine Schande.«

Offenbar verstand er das nicht und fragte, warum. Da geriet sie in helle Wut und redete immer hitziger und lauter.

»Warum?« sagte sie. »Verstehen Sie das denn nicht? Wo doch die Preussen hier im Haus sind, vielleicht sogar im Zimmer nebenan!«

Nun fand er keine Antwort mehr. Diese patriotische Schamhaftigkeit einer liederlichen Dirne, die sich, weil der Feind in der Nähe war, nicht wollte liebkosen lassen, hatte höchstwahrscheinlich in seinem Herzen seine ins Wanken geratene Würde erweckt, denn er gab ihr nur einen Kuss und ging dann auf den Zehenspitzen wieder in sein Zimmer.

Loiseau trat vom Schlüsselloch weg. Er war höchst angeregt und aufgekratzt, machte einen übermütigen Luftsprung durchs Zimmer, zog dann sein Nachthemd an, lüpfte das Leintuch, unter dem das harte Knochengestell seiner Lebensgefährtin lag, weckte sie mit einem Schmatz und murmelte: »Liebst du mich, Schatz?«

Nun wurde es im ganzen Hause still. Doch nicht lange nachher ertönte von irgendwoher, aus einer unbestimmbaren Richtung – es konnte ebensogut aus dem Keller wie vom Dachboden herkommen – ein gewaltiges Schnarchen, ein regelmässiges, eintöniges, dumpfes und langgezogenes Sägen und Karcheln, untermischt mit gurgelndem, heiserem Keuchen, als stehe ein Dampfkessel unter Druck. Herr Follenvie schlief.

Da man beschlossen hatte, anderntags um acht

Uhr weiterzufahren, fanden sich alle in der Küche ein. Doch der Wagen, dessen Plache dick verschneit war, stand einsam mitten im Hof, keine Pferde und kein Kutscher waren zu sehen. Man suchte umsonst nach ihm, er war weder im Stall noch in der Futterkammer und auch nicht im Wagenschopf. Da entschlossen sich die Männer, gemeinsam nach ihm Ausschau zu halten und sich in der näheren Umgebung umzusehen, und gingen alle fort. Sie trafen sich auf dem Dorfplatz wieder, dessen Hintergrund die Kirche bildete, während zu beiden Seiten niedrige Häuser standen, vor denen preussische Soldaten zu sehen waren. Der erste, der ihnen in die Augen fiel, schälte Kartoffeln. Der zweite, weiter hinten, wusch den Laden des Coiffeurs auf. Ein anderer, ein bärtiger Mann mit Haaren bis unter die Augen, hielt ein weinendes Bübchen im Arm, wiegte es auf den Knien und suchte es zu trösten und zu beruhigen. Und die behäbigen Bäuerinnen, deren Männer im Kriege waren und bei der Armee mitkämpften, zeigten den folgsamen Siegern mit allerhand Zeichen die Arbeit, die zu machen war. Da gab es Holz zu spalten, die Suppe musste aufgesetzt, Kaffee gemahlen werden. Einer wusch sogar die Wäsche seiner Wirtin, einer alten gelähmten Frau.

Erstaunt fragte der Graf den Küster, der eben aus dem Pfarrhaus trat, was das zu bedeuten habe. Der alte Kirchendiener gab ihm Auskunft: »Oh, die sind kein bisschen böse. Es heisst auch, es seien gar keine Preussen. Sie kommen von weiter her, ich weiss nicht recht, woher. Und sie haben alle Weib und Kinder zu Hause, und da macht ihnen das Kriegführen keinen Spass! Ich bin sicher, man weint dort drüben genauso bekümmert den Männern nach wie bei uns. Hier sind wir ja im Augenblick gar nicht so schlimm dran, sie tun uns nichts zuleid und arbeiten, als wären sie zu Hause. Sehen Sie, lieber Herr, arme Leute müssen einander eben helfen, wo's nur geht... Krieg führen ja immer nur die Mächtigen und Grossen...«

Cornudet war entrüstet über das herzliche Einvernehmen, das bereits zwischen Siegern und Unterlegenen herrschte, und drückte sich. Er zog es vor, sich im Gasthof einzuschliessen. Loiseau, der Spassvogel, witzelte:»Sie sorgen für Bevölkerungszuwachs.« Herr Carré-Lamadon aber sagte ernst: »Sie bauen wieder auf.« Den Kutscher aber fand man nicht. Schliesslich entdeckte man ihn im Dorfwirtshaus, in brüderlicher Eintracht am gleichen Tisch mit dem Burschen des Offiziers. Der Graf nahm ihn ins Gebet und fragte:

»Hat man Ihnen nicht Weisung gegeben, Sie sollten punkt acht Uhr angespannt haben?«

»Jawohl, freilich. Aber seither hat man mir andere Weisungen erteilt.«

»Welche denn?«

»Überhaupt nicht einzuspannen.«

»Wer hat Ihnen das befohlen?«

»Ei, wer denn sonst als der preussische Kommandant?«

»Weshalb?«

»Weiss ich nicht. Fragen Sie ihn doch selber. Man hat mir verboten anzuspannen, und da spanne ich eben nicht an. Damit basta.«

»Hat er Ihnen das selbst gesagt?«

»Nein, nein. Der Wirt hat es mir in seinem Auftrag gesagt.«

»Wann war das?«

»Gestern abend, gerade als ich zu Bett gehen wollte.«

Höchst besorgt und beunruhigt kehrten die drei Männer in den Gasthof zurück.

Hier fragten sie nach Herrn Follenvie; doch die Magd gab den Herren zur Antwort, der Wirt stehe seines Asthmas wegen nie vor zehn Uhr auf. Er habe sogar ausdrücklich verboten, ihn früher zu wecken, ausser im Falle eines Feuerausbruchs.

Nun wollte man den Offizier sehen, doch das war völlig ausgeschlossen, obwohl er im Gasthof wohnte. Herr Follenvie war allein ermächtigt, mit ihm über zivile Angelegenheiten zu sprechen. So wartete man denn. Die Frauen begaben sich auf ihre Zimmer und vertrieben sich die Zeit mit allerlei müssigen Beschäftigungen.

Cornudet machte es sich in der Küche unter dem hohen Kamin, in dem ein mächtiges Feuer loderte, bequem. Er liess sich aus der Wirtschaft eines von den Tischchen bringen, dazu ein grosses Seidel Bier, und holte seine Pfeife hervor, die sich bei den Demokraten eines fast ebenso hohen Ansehens erfreute wie er selbst, als hätte sie sich um das Vaterland verdient gemacht, bloss weil sie ihm schmeckte. Es war eine prachtvolle Meerschaumpfeife, meisterhaft und sachkundig angeraucht, schwarz wie die Zähne ihres Besitzers, aber herrlich riechend, schön geschwungen, glänzend; sie passte ihm gut in die Hand und war sozusagen aus seinem Gesicht nicht wegzudenken, so untrennbar gehörte sie dazu. So sass er regungslos da, starrte bald in die Flammen im Kamin, dann wieder auf den Schaum, der sein Bierglas krönte, und jedesmal, wenn er einen Schluck getrunken hatte, fuhr er mit seinen langen, mageren Fingern zufrieden durch sein langes, fettiges Haar, während er gleichzeitig den Schaumrand von seinem Schnurrbart sog.

Loiseau schützte vor, er müsse sich ein wenig die Beine vertreten, ging von einem Schankwirt zum andern und schlug seinen Wein los. Der Graf und der Fabrikant fingen an zu politisieren. Sie erörterten vorausschauend Frankreichs Zukunft. Der eine glaubte an das Haus Orléans, der andere an einen unbekannten Retter, einen Helden, der sich dann offenbaren würde, wenn alles ganz verzweifelt stünde, an einen Du Guesclin, eine Jungfrau von Orléans vielleicht oder einen neuen Napoleon I. Ach, wenn bloss der kaiserliche Prinz nicht gar so jung wäre! Cornudet hörte ihnen zu und lächelte, als sei er der Mann, der wisse, was die Zukunft bringen wird. Seine Pfeife erfüllte die Küche mit duftendem Qualm.

Als es zehn Uhr schlug, erschien Herr Follenvie. Sofort wurde er mit Fragen bestürmt; aber er konnte nur zwei-, dreimal immer die genau gleichen Worte ohne jede Abweichung vom Wortlaut wiederholen: »Der Offizier hat mir gesagt: ›Herr Follenvie, Sie haben zu verbieten, dass morgen der Wagen der Reisenden angespannt wird. Ich wünsche nicht, dass sie ohne einen Befehl meinerseits wegfahren. Verstanden? Das genügt.‹«

Nun wollte man den Offizier sprechen. Der Graf schickte ihm seine Karte, auf welcher Herr Carré-Lamadon seinen Namen mitsamt allen seinen Titeln und Würden gleichfalls hinschrieb. Der Preusse liess ihnen antworten, er werde die beiden Herren, sobald er gespeist habe, d. h. gegen ein Uhr, zu einer Unterredung vorlassen.

Nun erschienen auch die Damen wieder, und trotz der Aufregung ass man eine Kleinigkeit. Schmalzpummel sah krank und schrecklich verstört aus.

Gerade als man mit dem schwarzen Kaffee fertig war, kam der Offiziersbursche und holte die Herren.

Loiseau schloss sich ihnen an. Doch als man Cornudet ebenfalls mit hinaufschleppen wollte, um ihrem Schritte noch grösseres Gewicht zu verleihen, erklärte er stolz, er gedenke nie und unter gar keinen Umständen Beziehungen irgendwelcher Art mit den Deutschen aufzunehmen. Und dann setzte er sich wieder an den Kamin und bestellte einen neuen Krug Bier.

Die drei Herren verfügten sich nach oben und wurden in das schönste Zimmer des Gasthofs geführt, wo sie der Offizier empfing. Er lag in einem Armstuhl hingelümmelt, hatte beide Beine auf dem Kaminsims, rauchte eine lange Porzellanpfeife und war in einen flammend roten Schlafrock gehüllt, den er fraglos in der verlassenen Wohnung eines geschmacklosen Spiessers hatte mitlaufen lassen. Er stand nicht auf, grüsste sie nicht und schaute sie überhaupt nicht an. So bot er ein prachtvolles Muster der Rüpelhaftigkeit, wie sie dem siegreichen Militär naturgemäss eigen ist.

Nach einer Weile fragte er:

»Was wünschen Sie?«

Der Graf nahm das Wort: »Wir möchten abreisen, Herr Offizier.«

»Nein.«

»Dürfte ich fragen, aus welchen Gründen Sie es uns verbieten?«

»Weil ich's nicht will.«

»Ich möchte mir ganz ergebenst die Bemerkung erlauben, dass Ihr Herr Oberbefehlshaber uns eine Reiseerlaubnis nach Dieppe ausgestellt hat, und ich glaube nicht, dass wir uns etwas haben zuschulden kommen lassen, womit wir Ihre harten Massnahmen verdient hätten.«

»Ich will nicht... Das ist alles... Sie können gehen.«

Sie verbeugten sich alle drei und zogen sich zurück.

Der Nachmittag verlief unter Jammern und Aufbegehren. Niemand konnte sich denken, was der Deutsche mit seiner Querköpfigkeit bezweckte, und die ausgefallensten Ängste verwirrten die Köpfe. Alle wichen nicht aus der Küche, und das Rätseln und Hin-und-her-Überlegen wollte kein Ende nehmen; die unwahrscheinlichsten Dinge gingen ihnen durch den Sinn. Vielleicht wollte man sie als Geiseln dabehalten – doch in welcher Absicht? Oder gedachte man sie als Gefangene wegzuschleppen? Oder, was noch eher anzunehmen war, hatte man vor, von ihnen ein ansehnliches Lösegeld zu erpressen? Bei diesem Gedanken raubte ihnen panisches Entsetzen Besinnung und Verstand. Die Reichen unter ihnen waren am verängstigtsten; sie sahen sich bereits gezwungen, ganze Säcke voll Gold diesem unverschämten Preussen abzuliefern, wenn sie ihr Leben freikaufen wollten. Sie zerbrachen sich den Kopf, um glaubhafte Lügen auszudenken, ihre Reichtümer zu verhehlen und sich als arme, als bettelarme Leute auszugeben. Loiseau nahm seine Uhrkette ab und versteckte sie in der Tasche. Die herniedersinkende Nacht machte ihre Ängste nur noch schlimmer. Die Lampe wurde angezündet, und da noch zwei Stunden bis zum Nachtessen blieben, schlug Frau Loiseau eine Partie Einunddreissig vor. So könne man wenigstens die Zeit angenehm totschlagen. Ihr Vorschlag fand Anklang. Sogar Cornudet verstieg sich höflicherweise dazu, seine Pfeife auszulöschen, und spielte mit.

Der Graf mischte die Karten, teilte aus – und Schmalzpummel hatte schon beim erstenmal einunddreissig. Und es währte nicht lange, so legte sich in der Spannung des Spielens die Furcht, die alle Gemüter gefangenhielt. Doch da bemerkte Cornudet, dass das Ehepaar Loiseau unter einer Decke steckte und schamlos mogelte.

Eben als man zu Tische gehen wollte, tauchte Herr Follenvie wieder auf und meldete mit seiner verschleimten Stimme:

»Der preussische Offizier lässt Fräulein Elisabeth Rousset fragen, ob sie sich noch nicht eines Bessern besonnen hat.«

Schmalzpummel blieb bocksteif stehen, sie war kreidebleich geworden. Dann aber lief sie jählings flammend rot an, und der Zorn würgte sie so heftig, dass sie beinah erstickte und nicht mehr sprechen konnte. Endlich brach sie los: »Sie können diesem Schweinehund, diesem Dreckvieh, diesem Aas von einem Preussen ausrichten, dass ich niemals und unter gar keinen Umständen dafür zu haben bin! Haben Sie verstanden? Nie, nie und nie!«

Der dicke Gastwirt verzog sich. Nun umringten alle die junge Frau, setzten ihr mit Fragen zu und bestürmten sie, das Geheimnis, das über ihrem Besuch lag, zu enthüllen. Zuerst sträubte sie sich, doch schliesslich war ihre Empörung stärker als alle Rücksichten.

»Was er von mir will?...« schrie sie. »Was er will? ... Mit mir schlafen will er!«

Niemand stiess sich an dem unverblümten Ausdruck, so entrüstet waren sie alle. Cornudet setzte sein Bierseidel so grimmig auf den Tisch, dass es zersplitterte. Ein allgemeines Wutgeschrei brach los, Abscheu und Zorn gegen diesen schuftigen Säbelrassler machten sich Luft, alle waren darin einmütig, dass es jetzt galt, zusammenzustehen und sich nicht kleinkriegen zu lassen; es war, als hätte man von jedem einzelnen von ihnen einen Teil des Opfers verlangt, das von ihr gefordert wurde. Der Graf erklärte angewidert, dieses Pack führe sich auf wie die Barbaren von ehemals. Zumal die Frauen bezeigten Schmalzpummel eine tatkräftige und liebevolle Teilnahme. Die beiden Nonnen, die sich nur bei den Mahlzeiten blicken liessen, hielten das Haupt gesenkt und sagten nichts.

Als sich die erste Wut gelegt hatte, speiste man trotz allem; doch wurde nur wenig gesprochen. Alles hing seinen Gedanken nach.

Die Damen gingen früh schlafen, und die Herren rauchten und veranstalteten ein Ecarté, zu dem auch

Herr Follenvie aufgefordert wurde. Man hatte nämlich die Absicht, ihn unverfänglich über Mittel und Wege auszuholen, wie der Widerstand des Offiziers überwunden werden konnte. Doch der Wirt hatte nur Augen für seine Karten und hörte ihnen überhaupt nicht zu. In einem fort mahnte er: »Spielen wir, meine Herren, spielen wir!« Er war mit so ungeteilter Aufmerksamkeit beim Spiel, dass er darob völlig zu spucken vergass, so dass es in seiner Brust zuweilen tönte wie aus einer Orgel. Seine pfeifenden Lungen gaben die ganze Tonleiter des Asthmas her, von den tiefen, feierlichen Noten bis zum schrillen heiseren Krähen junger Hähne, die ihre ersten Krähversuche anstellen.

Er weigerte sich sogar hinaufzugehen, als ihn seine Frau, die zum Umfallen müde war, holen wollte. Da ging sie allein zu Bett, denn sie war eine Frühaufsteherin und kroch immer schon zeitig mit der Sonne aus den Federn, während ihr Mann gerne lang aufblieb und jederzeit bereit war, die ganze Nacht mit ein paar Freunden durchzuwachen. So rief er ihr nur nach: »Stell mir meine Hühnermilch ans Feuer!« und setzte sich wieder ans Spiel. Als man dann endgültig einsah, dass nichts aus ihm herauszulocken war, erklärte man, es sei nun Zeit, ins Bett zu gehen, und alle gingen schlafen.

Am nächsten Morgen standen alle rechtzeitig auf mit einer leisen, unbestimmten Hoffnung und dem immer mächtiger sich regenden Wunsch, nun endlich weiterzufahren, und allen graute davor, noch einen Tag länger in diesem greulichen kleinen Gasthof auszuharren.

Umsonst! Die Pferde blieben im Stall, der Kutscher war und blieb unsichtbar. Da keiner wusste, was er anfangen sollte, lungerten alle untätig um den Wagen herum.

Das Mittagessen verlief recht trübselig. Es war nämlich eine merkliche Abkühlung Schmalzpummel gegenüber eingetreten, denn in der Nacht, die bekanntlich Rat bringt, hatten sich auch die Ansichten ein wenig gewandelt. Nun nahm man es dem Mädchen beinahe übel, dass es nicht heimlich und verstohlen den Preussen aufgesucht hatte und damit seinen Reisegefährten bei ihrem Erwachen eine angenehme Überraschung aufgespart hatte. Was gab es Einfacheres? Und wer hätte es übrigens je erfahren? Sie hätte ja den Schein wahren und dem Offizier sagen lassen können, sie habe Erbarmen mit ihrer Not gehabt. Für sie hatte das so gar keine Bedeutung!

Doch einstweilen liess noch niemand seine heimlichen Gedanken laut werden.

Als sich alle am Nachmittag fast zu Tode langweilten, machte der Graf den Vorschlag, man könnte einen Spaziergang rund um das Dorf unternehmen. Ein jeder mummte sich sorglich ein, und dann machte sich die kleine Gesellschaft auf den Weg. Nur Cornudet zog es vor, beim warmen

Feuer sitzenzubleiben, und auch die beiden Nonnen blieben daheim, weil sie sich tagsüber jeweils in der Kirche oder im Pfarrhaus aufhielten.

Die Kälte, die mit jedem Tag grimmiger wurde, zwickte grausam in Nase und Ohren. Die Füsse taten so schmerzhaft weh, dass jeder Schritt eine Qual war, und als sie aufs offene Feld hinauskamen, erschien ihnen die Gegend derart unheimlich unter diesem grenzenlosen weissen Leichentuch, dass sie alsbald umkehrten, mit eisstarren Seelen und gepressten Herzen.

Die vier Frauen gingen voraus, die drei Männer stapften in geringem Abstand hinter ihnen drein.

Loiseau, der die peinliche Lage erfasst hatte, rückte plötzlich mit der Frage heraus, ob eigentlich ›diese Schnepfe‹ sie noch lange an einem so grässlichen Ort festlegen wolle. Der Graf, der immer höflich und korrekt blieb, äusserte, man könne doch nicht wohl von einer Frau ein so peinliches Opfer verlangen, das müsse sie ganz von sich aus tun. Herr Carré-Lamadon warf ein, wenn die Franzosen, wie das Gerücht umgehe, über Dieppe einen Gegenangriff unternähmen, dann könne der Zusammenprall nur in Tôtes erfolgen. Diese Überlegung gab den andern zu denken und erfüllte sie mit Besorgnis. »Und wenn wir uns jetzt zu Fuss aus dem Staub machten?« meinte Loiseau. Der Graf zuckte die Achseln. »Wo denken Sie hin? Bei dem Schnee! Mit unseren Frauen! Und ausserdem würde man uns doch sofort nachsetzen, wir wären in zehn Minuten schon eingeholt und würden wieder als Gefangene eingebracht, auf Gnade und Ungnade den Soldaten ausgeliefert.« Das stimmte, und das Gespräch brach ab.

Die Damen besprachen Toilettefragen; aber ihr Gespräch hatte etwas Gezwungenes, und es war, als hätten sie sich irgendwie entzweit.

Auf einmal tauchte vorne, am Ende der Strasse, der Offizier auf. Im Schnee, der den Horizont begrenzte, hob sich seine hochgewachsene Gestalt ab, die aussah wie eine Wespe in Uniform, und er stolzierte mit auswärts gebogenen Knien daher, mit dem Gang, der den Offizieren eigen ist, wenn sie Sorge tragen, ihre blitzblank gewichsten Stiefel nicht zu beschmutzen.

Als er bei den Damen vorüberkam, verneigte er sich; den Männern warf er nur einen geringschätzigen Blick zu. Sie brachten übrigens so viel Würde auf, ihre Hüte nicht vor ihm zu ziehen. Nur Loiseau war unwillkürlich mit der Hand zum Hutrand gefahren, als wollte er grüssen.

Schmalzpummel war bis hinter die Ohren rot geworden. Und die drei verheirateten Frauen empfanden es als bittere Demütigung, dass sie der Offizier in Gesellschaft dieser Dirne antraf, mit der er so wenig Federlesens gemacht hatte und so rücksichtslos umgesprungen war.

Nun kam die Rede auf ihn, auf seinen Wuchs,

sein Gesicht. Madame Carré-Lamadon, die viele Offiziere gekannt hatte und sie somit als Kennerin beurteilte, fand, er sehe gar nicht übel aus. Sie fand es sogar schade, dass er kein Franzose war, denn er würde einen schmucken Husaren abgeben, in den bestimmt alle Frauen vernarrt wären.

Als man wieder im Gasthof angelangt war, wusste niemand mehr recht, was er anfangen sollte. Es kam sogar zu Reibereien und ärgerlichen Auseinandersetzungen aus den geringfügigsten Anlässen. Das Nachtessen verlief schweigsam und wurde rasch abgetan, und dann gingen alle zu Bett, in der Hoffnung, sie könnten die Zeit mit Schlafen totschlagen.

Am nächsten Morgen kamen alle mit unausgeschlafenen Gesichtern und in reizbarer Stimmung herunter. Die Frauen gönnten Schmalzpummel kaum das Wort.

Eine Glocke fing an zu läuten. Es fand eine Kindstaufe statt. Das dicke Mädchen hatte ein Kind, das in einer Bauernfamilie zu Yvetot aufgezogen wurde. Sie sah es kaum einmal jedes Jahr und dachte überhaupt nie daran. Doch als sie sich nun vorstellte, wie dieses Kind getauft wurde, erwachte in ihrem Herzen eine plötzliche und wilde Zärtlichkeit für ihr eigenes Kind, und sie wollte sich unbedingt die Feier ansehen.

Kaum war sie gegangen, so schauten alle einander vielsagend an, dann rückte man die Stühle näher zusammen, denn alle hatten das Gefühl, es müsse nun endlich einmal eine Entscheidung fallen. Loiseau hatte eine einleuchtende Idee: er war der Ansicht, man müsse dem Offizier den Vorschlag machen, er möge doch Schmalzpummel ganz allein dabehalten und die andern weiterreisen lassen.

Herr Follenvie übernahm auch diesen Auftrag, aber er kam fast augenblicklich wieder herunter. Der Deutsche kannte die menschliche Natur und hatte ihn kurzerhand vor die Tür gesetzt. Er bestand darauf, die ganze Reisegesellschaft zurückzuhalten, solange seinem Ansinnen nicht Genüge getan sei.

Nun aber brach Frau Loiseaus pöbelhaftes Temperament durch, und sie maulte:

»Wir werden doch hoffentlich nicht hier vor Altersschwäche umfallen wollen?! Wenn es zum Beruf dieser Schlampe gehört, dass sie das mit allen Männern macht, so finde ich, sie hat nicht das Recht, ausgerechnet diesen einen abzuweisen und alle andern nicht. Ich bitt' Sie, so was hat in Rouen alles genommen, was ihr nur in den Weg gelaufen ist, sogar Fuhrleute! Ja, freilich, meine verehrte Frau Gräfin, den Kutscher der Präfektur! Das weiss ich bestimmt, er kauft doch seinen Wein in der Firma. Und heute geht's darum, uns aus der Patsche zu ziehen, und jetzt spielt sie die Verschleckte, diese rotznasige Allerweltsmetze!... Ich finde, er benimmt sich sehr gut, der Offizier. Vielleicht hat er seit langem schon enthaltsam leben müssen, und wir waren hier unser drei, mit denen er zweifellos viel lieber etwas gehabt hätte... Aber nein, er gibt sich mit diesem Allerweltsliebchen zufrieden. Die verheirateten Frauen lässt er in Frieden. Bedenken Sie doch nur: er hat hier zu befehlen! Er brauchte ja nur zu sagen: ›Ich will!‹, und schon könnte er samt seinen Soldaten uns Gewalt antun.«

Die beiden Frauen überlief ein gelinder Schauer. Die Augen der hübschen Madame Carré-Lamadon leuchteten, und eine leichte Blässe überzog ihr Gesicht, als spürte sie bereits, wie sie von dem Offizier vergewaltigt wurde.

Die Männer, die abseits gestanden und eifrig miteinander verhandelt hatten, traten wieder herzu. Loiseau schäumte vor Wut und wollte dieses ›Schandweib‹ geknebelt und gebunden an den Feind ausliefern. Doch der Graf, ein Spross dreier Generationen von Botschaftern, und auch in seinem ganzen Auftreten ein Diplomat vom Scheitel bis zur Sohle, war Anhänger gelinderer Massnahmen. »Man müsste sie dazu überreden«, meinte er.

Und nun wurde eine regelrechte Verschwörung angezettelt.

Die Damen rückten eng aneinander, steckten die Köpfe zusammen, man sprach mit vorsichtig gedämpfter Stimme, und ein allgemeines Gespräch entspann sich, jeder gab seine Ansicht bekannt. Im übrigen ging es dabei höchst schicklich und geziemend zu. Die Damen vor allem fanden die zimperlichsten und sinnigsten Wendungen, die harmlosesten Umschreibungen und reizvollsten Ausdrücke, um die schlüpfrigsten und anstössigsten Dinge zu sagen. Ein Uneingeweihter hätte überhaupt kein Wort verstanden, so peinlich achteten alle darauf, dass auch nicht ein einziger verfänglicher Ausdruck, ein einziges eindeutig unanständiges Wort unterlief. Da jedoch die leichte Kruste von Schamhaftigkeit, mit der jede Dame der guten Gesellschaft umgeben ist, nur ganz leicht die äusserste Oberfläche überdeckt, ergötzten sie sich in tiefster Seele an diesem leicht anrüchigen und beinah zotig-unanständigen Abenteuer, hatten im Grunde ihres Herzens einen Heidenspass dabei, sie fühlten sich in ihrem ureignen Element, als sie mit dem sinnlichen Behagen eines Kochs, der weiss, wie ein gutes Mahl, das er für einen andern bereitet, diesem munden wird, nach Herzenslust ihrem Kuppelgeschäft oblagen.

Die fröhliche Stimmung kehrte ganz von selber wieder ein, so spassig und urkomisch kam ihnen die ganze Geschichte schliesslich vor. Der Graf hatte einen witzigen Einfall nach dem andern; zwar tönten sie alle reichlich gewagt, doch waren sie so lustig und treffend vorgebracht, dass man unwillkürlich lächeln musste. Dann gab Loiseau seinerseits ein paar saftige und noch handfestere Zoten zum besten, über die man sich aber nicht im geringsten aufhielt. Und aller Denken beherrschte der brutale Ausspruch seiner Frau: »Da es doch nun einmal ihr Gewerbe ist, warum soll diese Schlampe gerade den abweisen und alle andern nicht?« Die reizende Madame Carré-Lamadon schien sogar zu denken, an ihrer Stelle würde sie den noch weniger als einen andern abweisen.

Die Belagerung wurde von langer Hand vorbereitet, wie für eine umzingelte Festung. Man machte aus, welche Rolle jeder zu spielen hatte, auf was für Argumente er sich stützen sollte, welche Schliche und Mittel er anwenden musste. Man vereinbarte den Angriffsplan, die Kriegslisten, die in Anwendung kommen sollten, wie auch die überraschenden Finten beim Endsturm, mit dem diese Zitadelle aus Fleisch und Blut gezwungen werden konnte, den Feind einzulassen.

Cornudet allein hielt sich abseits und kümmerte sich nicht um die ganze Sache, mit der er nichts zu tun haben wollte.

So eifrig waren alle bei der Sache, und sie gaben sich mit so gespannter Aufmerksamkeit ihrem Pläneschmieden und Ränkespiel hin, dass niemand Schmalzpummel nach Hause kommen hörte. Doch da flüsterte der Graf leise: »Pscht!« und alle blickten erschrocken auf. Sie war da. Das Gespräch brach plötzlich ab, und ein betretenes Schweigen entstand, eine Verlegenheit, die zunächst alle abhielt, mit ihr zu reden. Die Gräfin, die weltläufiger als die andern und im Doppelspiel, das in den Salons gang und gäbe war, weit wendiger und geschmeidiger war, fragte verbindlich: »War's lustig bei der Taufe?«

Da erzählte das dicke Mädchen, das noch ganz aufgewühlt war, alles, was es gesehen hatte, was für Gesichter die Leute gemacht, wie sie dagesessen hatten, ja sogar das Innere der Kirche beschrieb sie. Dann setzte sie hinzu:

»Es tut einem so gut, wenn man zuweilen beten kann.«

Bis zum Mittagessen begnügten sich die Damen vorderhand damit, mit ihr recht liebenswürdig umzugehen, damit sie Vertrauen fassen und desto williger und fügsamer auf ihre Ratschläge eingehen sollte.

Kaum sass man bei Tisch, so leitete man die ersten tastenden Annäherungsversuche ein. Zunächst entspann sich ein allgemein gehaltenes Gespräch über aufopfernde Selbstverleugnung. Allerlei Beispiele aus dem Altertum wurden angeführt: Judith und Holofernes wurden erwähnt, und dann, ohne jeden ersichtlichen Anlass, Lukrezia mit Sextus, Kleopatra, die sämtliche feindliche Feldherren der Reihe nach zu sich ins Bett nahm und sie da zu sklavischen Demütigungen erniedrigte. Und nun rollte eine frei erfundene und höchst phantasievolle Weltgeschichte ab, wie sie in der Einbildungskraft dieser ungebildeten Millionäre erblüht war. Da wanderten die Bürgerinnen von Rom nach Capua und lullten dort Hannibal und mit ihm alle seine Unterführer und die Schlachtreihen seiner Söldner in ihren Armen ein. Man zitierte alle die Frauen, die einmal die Eroberer zum Stehen gebracht, die aus ihrem Leib ein Schlachtfeld gemacht hatten, ein Werkzeug und Mittel zum Herrschen, eine Waffe. Alle führte man an, die mit ihren heldenmütigen Liebkosungen irgendwelche verruchten, abscheulichen oder verhassten Geschöpfe zur Strecke gebracht und ihre Keuschheit der Rache und aufopfernder Hingabe dargebracht hatten.

Man brachte sogar, allerdings in verhüllten und wohlverblümten Worten, die Rede auf jene Engländerin aus vornehmem Geschlecht, die sich hatte eine grässliche ansteckende Krankheit einimpfen lassen, um sie Bonaparte anzuhängen, der freilich wie durch ein Wunder, dank einem plötzlichen Schwächeanfall, den er zur Stunde des verhängnisvollen Stelldicheins erlitten, heil davonkam.

Und all dies wurde in höchst schicklichem und massvollem Ton erzählt, und nur zuweilen konnte man daraus eine gemachte und zielbewusste Begeisterung heraushören, die darauf berechnet war, mit all diesen Zwecklobspenden zur Nachahmung anzufeuern.

Zu guter Letzt hätte man wahrlich glauben können, die einzige Rolle, die hienieden einer Frau zugedacht war, bestehe in einem immerwährenden

Sich-Aufopfern, einer Hin- und Preisgabe an die Willkür der Soldateska, die nie ein Ende nehmen sollte.

Die beiden Nonnen hörten anscheinend gar nicht zu und waren in tiefes Sinnen versunken. Schmalzpummel sagte kein Wort.

Den ganzen Nachmittag hindurch liess man sie ungestört überlegen. Doch anstatt sie mit ›Madame‹ anzureden, wie man bisher getan hatte, nannte man sie jetzt nur noch ›Fräulein‹, ohne dass jemand gewusst hätte, weshalb. Es war, als hätte man sie um einen Grad in der Achtung herabsetzen wollen, zu der sie emporgeklommen war, als wollte man ihr zu spüren geben, wie schandvoll ihre Lage war.

Gerade als die Suppe aufgetragen wurde, erschien Herr Follenvie und fragte wie tags zuvor: »Der preussische Offizier lässt fragen, ob Fräulein Elisabeth Rousset sich immer noch nicht eines Bessern besonnen hat.«

Schmalzpummel gab ihm kurzangebunden zur Antwort: »Nein, Herr Wirt.«

Beim Abendessen jedoch verlor die Koalition den Zusammenhalt. Loiseau gab dreimal recht unglückliche Äusserungen von sich. Alle zermarterten sich die Köpfe, um neue Beispiele auszusinnen, und doch fand keiner eins. Da verspürte die Gräfin, ohne jeden Vorbedacht vielleicht, ein unklares Bedürfnis, auch die Religion zu ihrem Rechte kommen zu lassen, und sie wandte sich an die ältere der beiden Nonnen um nähere Auskunft über die denkwürdigen und wahrhaft grossen Taten aus dem Leben der Heiligen. Manche von ihnen hatten freilich Handlungen begangen, die in unseren Augen Verbrechen wären; doch die Kirche gewährt anstandslos solchen Missetaten Verzeihung, wenn sie zum Ruhme Gottes oder zum Wohl des Nächsten vollbracht werden. Das war ein gewichtiges und überzeugendes Argument, und die Gräfin machte es sich auch sogleich zunutze. Nun brachte die Nonne, sei es aus stillschweigendem Einverständnis, aus irgendwelcher unbewussten Liebedienerei, die ja jedem Träger eines geistlichen Gewandes eignet, sei es auch einfach als Folge einer glücklichen Einfalt, einer hilfsbereiten Dummheit, der Verschwörung eine höchst wirksame Hilfe. Man hatte sie für schüchtern gehalten, nun aber erwies sie sich als kühn, wortgewandt und leidenschaftlich erregbar. Die Gute war nicht im geringsten kasuistisch angekränkelt und redete darum keineswegs ängstlich um die Dinge herum; ihre Lehre schien starr und unbeugsam wie ein eiserner Stab, ihr Glaube schwankte und zögerte nie, ihr Gewissen kannte keine Bedenken noch Nöte. Abrahams Opfer dünkte sie ganz selbstverständlich, denn sie hätte augenblicklich Vater und Mutter ans Messer geliefert, wenn sie dazu einen Wink des Himmels erhalten hätte. Ihrer Ansicht nach konnte nichts dem himmlischen Herrn missfallen, wenn die Absicht lobenswert war. Die Gräfin zog denn auch die geheiligte Autorität ihrer unerwartet aufgetauchten Helferin zunutze und entlockte ihr sozusagen eine erbauliche Predigt über das bekannte sittliche Axiom: ›Der Zweck heiligt die Mittel.‹

Sie nahm sie regelrecht ins Gebet.

»Sie sind also überzeugt, Schwester, dass Gott alle Mittel angenehm sind, dass er eine Tat verzeiht, wenn nur der Beweggrund rein ist?«

»Wer könnte daran zweifeln, Frau Gräfin? Eine an sich tadelnswerte Tat wird oftmals verdienstlich durch den Gedanken, der sie eingibt.«

Und so redeten sie weiter, entwirrten Gottes Willen und deuteten seine Ratschlüsse, sahen bereits voraus, was die Zukunft bringen werde, liessen ihn an Dingen teilhaben, die ihn wahrlich nichts angingen.

All dies war in verhüllten Worten, in wohlausgeklügelten Wendungen und mit aller Zurückhaltung vorgebracht. Aber jedes einzelne Wort der gottgeweihten Nonne in ihrer Flügelhaube schlug eine Bresche in den empörten Widerstand der Dirne. Dann ging das Gespräch zeitweise auf andere Dinge über, und die Nonne mit ihrem langen baumelnden Rosenkranz kam auf die Niederlassungen ihres Ordens zu sprechen, erzählte allerlei über ihre Oberin und von sich selber sowie über ihre herzige Begleiterin, die liebe Schwester Saint-Nicéphore.

Man hatte sie beide nach Le Havre gerufen, damit sie in den dortigen Spitälern Hunderte von Kranken pflegen sollten, die an den Pocken erkrankt lagen. Sie schilderte diese unglücklichen Menschen, gab genaue Einzelheiten über ihre Krankheit. Und während sie jetzt durch diesen verschrobenen Preussen mit seiner Schrulle unterwegs aufgehalten wurden, starben vielleicht Franzosen in grosser Zahl, und sie hätten sie womöglich noch retten können. Darauf verstand sie sich nämlich ganz besonders gut, die Pflege verwundeter Soldaten war ihre Spezialität; sie war in der Krim, in Italien und Österreich dabeigewesen, und als sie von ihren Feldzügen erzählte, entpuppte sie sich mit einemmal als eine von den geistlichen Frauen, die mit Trommeln und Trompeten wirken, die anscheinend dazu geschaffen sind, um den Kriegsschauplätzen nachzureisen, die Verwundeten im Getümmel der Schlacht aufzulesen und, wie's ein Truppenführer nicht besser konnte, mit einem einzigen Wort die aufsässigen und unbotmässigen Kriegsleute zu bändigen; eine waschechte, unverwüstliche und kriegsgewohnte Krankenschwester, deren verheertes, von ungezählten Löchern durchfurchtes Gesicht ein Abbild der Verwüstungen des Krieges schien.

Niemand sagte etwas, als sie ausgeredet hatte, so nahe waren ihnen allen ihre Worte offensichtlich gegangen.

Kaum war die Mahlzeit zu Ende, so begaben sich

alle unverzüglich hinauf in ihre Zimmer und kamen erst am andern Morgen ziemlich spät wieder herunter.

Das Mittagessen verlief ruhig. Man liess dem Samen, den man tags zuvor ausgesät hatte, Zeit, zu keimen und Früchte anzusetzen.

Die Gräfin machte den Vorschlag, im Laufe des Nachmittags einen Spaziergang zu unternehmen. Wie verabredet, bot der Graf Schmalzpummel den Arm und blieb mit ihr hinter den andern zurück.

Er sprach in dem bekannten väterlich-vertraulichen, ein bisschen verächtlich herablassenden Ton auf sie ein, den gesetzte Männer Dirnen gegenüber anschlagen, nannte sie ›mein liebes Kind‹, behandelte sie so recht von oben herab, wie es seiner gesellschaftlichen Stellung, seiner unbestreitbaren, nie und nirgends angefochtenen Ehrenhaftigkeit zustand. Er ging ohne lange Umschweife auf den Kern der Frage los.

»Sie wollen uns also lieber hier festsitzen lassen, gleich Ihnen selber allen Fährlichkeiten und Gewalttätigkeiten ausgesetzt, die notgedrungen auf einen Rückschlag oder eine Schlappe der preussischen Truppen folgen müssten. Eher wollen Sie uns das antun, als dass Sie sich zu einer von jenen Gefälligkeiten hergäben, die Sie ja so oft in Ihrem Leben schon erwiesen haben?«

Schmalzpummel gab ihm keine Antwort.

Nun setzte er ihr mit allen Mitteln zu, redete bald

sanft und liebreich, bald vernünftig und sachlich, dann wieder gefühlvoll mit ihr. Er wusste dabei immer der Herr Graf zu bleiben, wenn er sich auch, wenn's drauf ankam, als galanter Mann aufspielte, der mit Komplimenten nicht kargte, kurzum, er gab sich als liebenswürdigen Schwerenöter. Er war des Lobes voll über den Dienst, den sie ihnen allen erweisen würde, liess auch durchblicken, wie dankbar und erkenntlich sie sich zeigen wollten. Dann duzte er sie unvermittelt und sagte augenzwinkernd und vergnügt: »Und weisst du, meine Liebe, er könnte sich rühmen, mit einem verflixt hübschen Mädel zusammengewesen zu sein, wie er nicht so leicht eines bei sich zu Hause finden wird.«

Schmalzpummel gab ihm keine Antwort und schloss sich der übrigen Gesellschaft an.

Als sie in den Gasthof zurückgekehrt waren, ging sie sogleich auf ihr Zimmer und kam nicht mehr herunter. Alle waren aufs höchste beunruhigt. Was gedachte sie zu tun? Wenn sie sich nicht dazu verstehen wollte, welch peinliche und ausweglose Lage!

Es wurde Nachtessenszeit. Man wartete vergeblich auf sie. Da kam Herr Follenvie herein und verkündete, Fräulein Rousset fühle sich nicht wohl, und man könne zu Tische gehen. Alle spitzten die Ohren. Der Graf trat zum Wirt und fragte leise: »Ist es soweit?« – »Ja.« – Anstandshalber sagte er seinen Reisegefährten nichts, sondern nickte ihnen nur bedeutsam zu. Ein tiefer Seufzer der Erleichterung entrang sich alsbald jeder Brust, auf allen Gesichtern malte sich unverhohlene Freude.

Loiseau grölte: »Potz Donnerwetter! Ich zahle Champagner, wenn in diesem Lokal so was aufzutreiben ist!« Und Frau Loiseau ward angst und bange, als der Wirt mit vier Flaschen in beiden Händen wieder hereinkam. Alle waren auf einmal gesprächig und lärmig geworden. Eine ausgelassene, beinah lüsterne Freude erfüllte alle Herzen. Der Graf schien plötzlich zu merken, dass Madame Carré-Lamadon eigentlich verflixt bezaubernd war, der Fabrikant machte der Gräfin Komplimente. Die Unterhaltung wurde lebhaft, witzig und locker, voller boshafter Anspielungen und Anzüglichkeiten.

Mit einemmal schnitt Loiseau ein angstvoll verzerrtes Gesicht, hob beide Arme und brüllte:

»Still!«

Alle verstummten überrascht, fast schon erschrocken. Nun lauschte er gespannt, winkte mit beiden Händen und bedeutete ihnen, stille zu sein, blickte zur Zimmerdecke empor, horchte erneut und sagte dann mit seiner gewohnten Stimme:

»Beruhigen Sie sich, alles in Ordnung.«

Erst wollte man ihn gar nicht verstehen, doch dann huschte ein verständnisinniges Lächeln über alle Gesichter.

Eine Viertelstunde später gab er den Witz von

neuem zum besten und brachte ihn im Laufe des Abends noch mehrmals an. Ausserdem tat er, als rede er mit jemandem im oberen Stockwerk und erteilte ihm Ratschläge, die er seinem Geschäftsreisenden-Witzvorrat entnahm. Zuweilen machte er ein tieftrauriges Gesicht und sagte seufzend: »Armes Kind!« Oder dann knurrte er mit verbissener Wut: »Der gottverfluchte Preusse!« Manchmal, wenn kein Mensch mehr daran dachte, stiess er mit bebender Stimme ein um das andere Mal hervor: »Genug! Genug!« und setzte dann wie im Selbstgespräch hinzu:

»Wenn wir sie nur wiedersehen! Wenn er sie bloss nicht zu Tode herzt, der elendige Schuft!«

Wenn alle diese Witze auch höchst geschmacklos waren, so mussten doch alle darüber lachen, und niemand nahm sie übel auf, denn die Entrüstung, wie alles andere, hängt stets von den Umständen ab, und die Atmosphäre, die sich nach und nach herausgebildet hatte, war geladen mit lüsternen, schlüpfrigen Gedanken.

Beim Nachtisch machten sogar die Damen witzige und diskrete Anspielungen. Ihre Augen leuchteten, alle hatten reichlich getrunken. Der Graf, der, auch wenn er über die Stränge schlug, seine geflissentlich zur Schau getragene Würde wahrte, hatte einen Geistesblitz: er fand einen sinnigen Vergleich, der grossen Anklang fand, über das Ende der Überwinterungszeit am Pol und die Freude der Schiffbrüchigen, die sehen, wie sich eine Bahn nach dem Süden auftut.

Loiseau war so recht in Stimmung; nun stand er, ein Glas Champagner in der Hand, auf und rief:

»Ich trinke auf unsere Erlösung!«

Alle erhoben sich von ihren Stühlen und klatschten ihm Beifall. Sogar die beiden Nonnen nippten, von den Damen dazu genötigt, an dem schäumenden Wein, von dem sie noch nie getrunken hatten. Sie erklärten, er schmecke ähnlich wie Brauselimonade, nur sei er feiner.

Loiseau fand das passende Wort für die allgemeine Stimmung, als er sagte:

»Jammerschade, dass wir kein Klavier haben. Sonst könnten wir jetzt eine Quadrille tanzen.«

Cornudet hatte bisher kein Wort gesagt und sich nicht geregt. Anscheinend war er in tiefernste Gedanken versunken und zupfte ab und zu mit grimmiger Gebärde an seinem wallenden Bart; es sah aus, als wolle er ihn noch länger ziehen. Endlich gegen Mitternacht, als man zu Bett gehen wollte, klopfte ihm Loiseau, der sichtlich schwankte, auf den Bauch und lallte:

»Gerade lustig sind Sie heute abend nicht. Sie sagen ja gar nichts, Bürger!«

Doch Cornudet hob mit einem raschen Ruck den Kopf, liess einen funkelnden und fürchterlichen Blick über die ganze Gesellschaft reihum gehen und sagte:

»Ich erkläre Ihnen allen, dass Sie sich gemein und niederträchtig benommen haben!«

Er stand auf, ging zur Tür und sagte noch einmal: »Gemein und niederträchtig!«

Dann ging er hinaus.

Zuerst wirkte das wie eine kalte Dusche. Loiseau hatte es die Stimme verschlagen, und er stand dumm und entgeistert da. Dann aber bog er sich auf einmal vor Lachen und sagte einmal übers andere:

»Ja, ja, sie sind zu sauer, die Trauben, mein Lieber, sie sind zu sauer!«

Da niemand verstand, was er damit meinte, erzählte er die ›Geheimnisse des Korridors‹. Darob brach erneut ein hemmungsloser Heiterkeitssturm los. Die Damen waren völlig ausser Rand und Band vor Vergnügen. Der Graf und Herr Carré-Lamadon hatten Tränen in den Augen, so mussten sie lachen. Sie konnten es gar nicht fassen.

»Was Sie nicht sagen! Sind Sie ganz sicher? Er wollte...«

»Ich sage Ihnen doch, ich habe es gesehen.«

»Und sie hat ihn abgewiesen?«

»Weil der Preusse im Zimmer nebenan war.«

»Nicht möglich!«

»Ich schwöre es Ihnen.«

Der Graf war dem Ersticken nahe. Der Industrielle hielt sich den Bauch mit beiden Händen. Loiseau fuhr fort:

»Und heute abend, das werden Sie verstehen, findet er sie kein bisschen spassig, aber auch kein bisschen.«

Und dann platzten sie alle drei wieder los; es war ihnen richtig übel vor Lachen, sie rangen nach Atem und mussten husten.

Daraufhin ging man auseinander. Doch Frau Loiseau, die unscheinbar und giftig wie eine Brennnessel war, mutzte ihrem Mann beim Zubettgehen auf, ›diese hochnäsige Pute‹, die Carré–Lamadon, habe den ganzen Abend so neidisch und missgünstig gelacht.

»Weisst du, wenn die Weiber einmal auf Uniformen fliegen, so ist es ihnen, weiss Gott, Wurst, ob's ein Franzose ist oder ein Preusse. Ist es nicht ein Jammer, du mein Gott im Himmel!«

Und die ganze Nacht lief durch den finstern Gang ein eigentümliches Rascheln, leichte, kaum hörbare Geräusche, hauchleises Gewisper, Huschen blosser Füsse, ein fast unmerkliches Knarren und Knistern. Und erst sehr spät schliefen augenscheinlich alle ein, denn noch lange drang heller Lichtschimmer unter den Türen heraus. Solche Wirkungen hat der Champagner. Er verschafft, so sagt man, einen gestörten Schlaf.

Am nächsten Morgen schien eine grelle Wintersonne auf den Schnee hernieder und liess ihn in blendender Weisse flimmern. Die Reisekutsche war endlich angespannt und wartete vor der Tür, während ein Schwarm von weissen Tauben, aufgeplustert in ihrem dicken Gefieder, mit ihren rosigroten, in der Mitte schwarzgetupften Augen gravitätisch zwischen den Beinen der sechs Pferde umherwandelten und ihr Futter in dem dampfenden Mist suchten, den sie ringsherum verzettelten.

Der Kutscher sass in seinen Schafspelz eingemummelt auf dem Bock und schmauchte seine Pfeife, und alle Reisenden strahlten und liessen sich noch rasch für den Rest der Fahrt Proviant einpacken.

Man wartete nur noch auf Schmalzpummel. Da kam sie.

Sie sah ein wenig verwirrt aus, als schämte sie sich. Schüchtern trat sie auf ihre Reisegefährten zu. Diese aber wandten sich wie ein Mann zur Seite und taten, als hätten sie sie nicht gesehen. Der Graf nahm würdevoll den Arm seiner Gemahlin und entzog sie dieser unreinen Berührung.

Das dicke Mädchen blieb verdutzt und wie vor den Kopf geschlagen stehen. Dann nahm sie ihren ganzen Mut zusammen und redete die Frau des Fabrikanten mit einem unterwürfig gemurmelten »Guten Tag, Madame«, an. Die aber erwiderte ihren Gruss nur mit einem knappen, hochnäsigen Nicken, das sie mit einem Blick voll schwer beleidigter Tugend begleitete. Alle waren anscheinend sehr beschäftigt und hielten sich von ihr fern, wie wenn sie eine ansteckende Krankheit in ihren Rökken eingeschleppt hätte. Dann lief alles Hals über Kopf zum Wagen, und sie kam zuallerletzt und ganz allein dorthin nach und nahm schweigend den Platz ein, den sie am ersten Reisetag innegehabt hatte.

Es war, als kenne man sie nicht, als sehe man sie überhaupt nicht. Aber Madame Loiseau mass sie von weitem mit entrüsteter Miene und sagte dann halblaut zu ihrem Mann:

»Ich bin nur froh, dass ich nicht neben ihr sitze.«

Der schwere Wagen setzte sich langsam in Fahrt, und die Reise ging weiter.

Zunächst sprach niemand ein Wort. Schmalzpummel getraute sich nicht aufzublicken. Sie war einesteils aufgebracht gegen alle ihre Mitreisenden, andernteils fühlte sie sich gedemütigt, weil sie nachgegeben hatte, sie kam sich besudelt vor durch die Küsse des Preussen, in dessen Arme man sie so doppelzüngig und heuchlerisch getrieben hatte.

Doch die Gräfin wandte sich nach einiger Zeit zu Madame Carré-Lamadon und brach dies peinliche Schweigen.

»Sie kennen, glaub' ich, Madame d'Etrelles?«

»Ja, sie ist eine Freundin von mir.«

»Was für eine bezaubernde Frau!«

»Entzückend! Eine überragende Frau, übrigens hochgebildet und Künstlerin bis in die Fingerspitzen. Sie singt hinreissend schön und zeichnet meisterhaft.«

Der Fabrikant plauderte mit dem Grafen, und das klirrende Geschepper der Scheiben übertönte dann und wann ein Wort: »Coupon... Verfallstag... Prämie... Termin.«

Loiseau hatte im Gasthof ein abgegriffenes Kartenspiel gemaust, ein schmieriges, altes Spiel, das schon fünf Jahre lang auf den unsauberen, nur oberflächlich abgewischten Wirtshaustischen herumgefahren war, und nun spielte er mit seiner Frau eine Partie Bézigue.

Die frommen Nonnen griffen nach dem langen Rosenkranz, der an ihrem Gürtel hing, schlugen zusammen das Kreuzeszeichen, und dann fingen auf einmal ihre Lippen an sich zu bewegen, schnell und immer geschwinder, und schliesslich klang ihr undeutliches Gemurmel so hastig, als gelte es einen Wettlauf im Oremus-Beten. Und von Zeit zu Zeit küssten sie eine Schaumünze, bekreuzigten sich von neuem und hoben dann wieder ihr schnelles, keinen Augenblick abreissendes Gemurmel an.

Cornudet sass regungslos da und grübelte.

Nach drei Stunden Fahrt schmiss Loiseau die Spielkarten zusammen und sagte: »Man kriegt Hunger.«

Da holte seine Frau ein verschnürtes Paket hervor, aus dem sie ein Stück kaltes Kalbfleisch auswickelte. Sie schnitt es säuberlich in dünne, feste Scheiben, und dann fingen sie beide an zu essen.

»Eigentlich könnten wir auch mithalten...«,

schlug die Gräfin vor. Den andern war es recht, und sie packte den Mundvorrat aus, der für die beiden Ehepaare vorbereitet war. In einer jener länglichen Schüsseln, auf deren Deckel ein Steingut-Hase anzeigt, dass darunter ein Hase in einer Pastete eingebacken ruht, war da ein wahres Schlemmermahl aus leckerem, saftigem Aufschnitt zugerichtet, wo weiss schimmernde Streifen von Speck das braune Fleisch des Wildbrets durchzogen, vermischt mit anderen feingehackten Fleischsorten. Ein ansehnliches viereckiges Stück Gruyèrekäse, das in eine Zeitung eingewickelt war, trug auf seiner fettglänzenden Teigmasse abgeklatscht den Aufdruck: Unglücksfälle und Verbrechen.

Die beiden Nonnen wickelten einen Ring Würste aus, die nach Knoblauch rochen, und Cornudet steckte beide Hände gleichzeitig in die geräumigen Taschen seines weiten Überziehers und holte aus der einen vier hartgekochte Eier und aus der andern den Anschnitt eines Brotlaibs hervor. Er klaubte die Schale ab, warf sie ins Stroh unter seine Füsse und biss gierig in die Eier. Kleine hellgelbe Dotterkrümchen fielen auf seinen wallenden Bart herab und sahen aus wie Sternchen.

Schmalzpummel hatte in der Hast und Aufregung des Aufstehens an nichts denken können. Und nun schaute sie erbittert und vor Wut halb erstickt allen diesen Leuten zu, wie sie gemütlich assen. Zuerst krampfte sich ihr Herz in aufwallendem Groll zusammen, und sie tat schon den Mund auf, um ihnen in einer Flut von Schimpfwörtern, die in ihr hochstiegen und über ihre Lippen drängten, deutlich ihre Meinung zu sagen. Aber sie brachte kein Wort heraus, so schnürten ihr Erbitterung und Wut die Kehle zusammen.

Niemand hatte einen Blick für sie, keiner dachte an sie. Sie fühlte, wie sie in der Verachtung dieser ehrbaren Halunken gleichsam ertrank. Diese Leute hatten sie zuerst geopfert und dann verworfen wie eine unsaubere und unnütze Sache. Nun fiel ihr auch ihr grosser Henkelkorb ein, der randvoll mit herrlichen Leckerbissen gefüllt gewesen war. Wie heisshungrig und gierig hatten sie alles verschlungen! Sie dachte an ihre beiden sülzeglitzernden Brathühnchen, ihre Pasteten, die Birnen, die vier Flaschen Bordeaux. Und mit einemmal war ihr Zorn verflogen, es war, als sei eine allzu straff gespannte Saite zerrissen, und sie spürte, wie ihr die Tränen kamen. Sie kämpfte dagegen an, nahm sich zusammen, so gut sie's konnte, hielt sich steif und schluckte ihr Schluchzen hinunter, wie es Kinder tun, aber die Tränen stiegen ihr in die Augen, glitzerten am Rand ihrer Wimpern, und nicht lange dauerte es, so tropften ihr zwei dicke Tränen auf das Gesicht herab und rollten ihr langsam über die Wangen. Andere kamen hintennach, kugelten schneller, rannen abwärts wie die Wassertropfen, die aus einem Felsen sickern, und tropften dann regelmässig auf ihre vorgewölbte Brust herab. Sie blieb kerzengerade sitzen, starrte geradeaus vor sich hin mit kreidebleichem, regungslosem Gesicht, und hoffte, man werde es nicht beachten.

Aber die Gräfin sah es, und sie machte ihren Mann mit einem Wink darauf aufmerksam. Er zuckte die Achseln, als wollte er sagen: »Was kann ich schon dafür? Ich bin ja nicht schuld!« Madame Loiseau lachte lautlos und schadenfroh und murmelte vor sich hin: »Sie weint über ihre Schande.«

Die beiden Nonnen hatten den Rest ihrer Wurst in ein Stück Papier eingewickelt und beteten wieder.

Da streckte Cornudet, der seine Eier verdaute, seine langen Beine unter die Bank gegenüber, lehnte sich zurück, verschränkte die Arme, lächelte wie einer, dem gerade ein glänzender Witz eingefallen ist, und fing an, leise die Marseillaise zu pfeifen.

Alle Mienen verdüsterten sich. Offensichtlich behagte das volkstümliche Lied seinen Nachbarn gar nicht. Sie wurden nervös, gereizt und sahen aus, als würden sie jetzt dann gleich losheulen wie Hunde, wenn sie einen Leierkasten hören. Er merkte es wohl und hörte darum erst recht nicht auf. Manchmal trällerte er sogar die Worte leise vor sich hin:

O Opfermut fürs heilige Vaterland,
Führ du den Arm, der deine Knechtschaft rächt!
O Freiheit, teures, heissgeliebtes Pfand,
Hilf, kämpf mit uns für unser Glück und Recht!

Man fuhr nun schneller dahin, denn der Schnee war härter gefroren. Und bis nach Dieppe, während der langen, eintönigen Stunden der Reise, im Gerüttel des holprigen Weges, in der einbrechenden Nacht und später in der tiefen Finsternis, die im Wagen herrschte, setzte er mit wildwütender Verbissenheit sein rächendes, monotones Pfeifen fort und zwang die todmüden und masslos gereizten Geister, den Gesang von Anfang bis zum Ende anzuhören, sich jedes Wort ins Gedächtnis zu rufen und es Takt für Takt der Melodie anzugleichen.

Und Schmalzpummel weinte immer noch. Und ab und zu stieg ein schluchzendes Stöhnen, das sie nicht hatte verhalten können, zwischen zwei Strophen des Gesangs in dem stockdunklen Wagen hoch.

Die Ehrenlegion

Manche Leute kommen mit einem dunklen Drang zur Welt, der stärker ist als alles, mit einer Berufung oder auch einfach mit einem Verlangen, das erwacht, sobald sie zu sprechen, zu denken anfangen.

Herr Sacrement hatte von Kind auf nur einen Gedanken im Kopf: das Kreuz der Ehrenlegion. Als er noch klein war, trug er solche Ordenskreuze aus Blech, wie andere Kinder ein Soldatenkäppi tragen, und ging auf der Strasse, die kindliche Brust, mit dem roten Bändchen und dem metallenen Stern geschmückt, flott vorgewölbt, voll Stolz an der Hand seiner Mutter einher.

Er war ein schwacher Schüler und fiel in der Schlussprüfung durch, und da er nicht wusste, was er nun tun sollte, heiratete er ein hübsches Mädchen, denn er besass Vermögen.

Sie lebten in Paris, wie eben reiche Bürger leben, verkehrten in ihren Kreisen, ohne doch zur Gesellschaft zu gehören. Sie waren sehr stolz auf die Bekanntschaft mit einem Abgeordneten, der möglicherweise Minister werden konnte, und mit zwei Abteilungsvorstehern befreundet.

Doch der Gedanke, der seit seiner frühesten Jugend in Herrn Sacrements Kopf spukte, liess ihn nicht mehr los, und er litt unausgesetzt darunter, dass er nicht das Recht hatte, auf seinem Gehrock ein farbiges Bändchen zur Schau zu tragen.

Wenn er auf dem Boulevard Leuten begegnete, die ein Ordensbändchen im Knopfloch trugen, gab es ihm jedesmal einen Stich ins Herz. Er schielte dann mit wütender Eifersucht darauf hin. Zuweilen, an den langen Nachmittagen, die er untätig verbummelte, begann er sie sogar zu zählen. Er sagte sich: Ich will doch einmal sehen, wie viele ich von der Madeleine bis zur Rue Drouot antreffe!

Und er ging gemächlich diesen Weg und musterte die Rockaufschläge mit geübten Augen, die schon von weitem den kleinen roten Punkt darauf erkannten. Wenn er am Ende seines Spaziergangs angelangt war, wunderte er sich jedesmal über die ansehnliche Zahl der bändchengeschmückten Herren. Acht Offiziere und siebzehn Ritter! Eine Unmenge! Ein Stumpfsinn, die Ehrenkreuze so verschwenderisch zu verschenken! Ich will doch sehen, ob ich auf dem Rückweg ebenso viele antreffe.

Und er ging dann langsam zurück und war ganz ärgerlich, wenn das dichte Gedränge der Vorübergehenden seinen Ermittlungen hinderlich war und er vielleicht einen übersehen haben konnte.

Er kannte die Gegenden, wo sie am zahlreichsten anzutreffen waren. Beim Palais Royal sah man sie zu Dutzenden. Die Avenue de l'Opéra war nicht so ergiebig wie die Rue de la Paix. Die rechte Seite des Boulevards war weniger begangen als die linke.

Auch schienen sie gewisse Kaffeehäuser, bestimmte Theater zu bevorzugen. Jedesmal, wenn Herr Sacrement eine Gruppe alter, weisshaariger Herren gewahrte, die mitten auf dem Trottoir standen und den Passanten den Weg versperrten, sagte er sich: Aha! Offiziere der Ehrenlegion! Und er hätte sie gern gegrüsst.

Die Offiziere – das hatte er oft bemerkt – traten ganz anders auf als die einfachen Ritter. Sie trugen den Kopf auf eine besondere Art. Man fühlte deutlich, dass sie offiziell höheres Ansehen genossen, dass sie grössere Bedeutung besassen.

Manchmal auch packte Herrn Sacrement eine rasende Wut, eine wahre Tobsucht gegen alle Leute, die sich eines Ordensbändchens erfreuen durften; er empfand gegen sie einen richtigen Hass, fast wie ein Sozialist.

Wenn er dann nach Hause kam, aufgewühlt und überreizt durch den Anblick so vieler Dekorierter, wie ein armer Hungerleider, wenn er bei den grossen Lebensmittelgeschäften vorübergekommen ist, erklärte er mit dröhnender Stimme: »Wann schafft man uns endlich diese dreckige Regierung vom Hals?« Überrascht fragte ihn seine Frau: »Was hast du denn nur heute?«

Und er antwortete: »Was ich habe? Ich bin empört über die Ungerechtigkeiten, die überall vor meinen Augen begangen werden. Ah! wie recht hatten doch die Parteigänger der Kommune!«

Doch gleich nach dem Abendessen ging er wieder aus und sah sich die Schaufenster der Läden an, in denen Orden ausgestellt waren. Er betrachtete eingehend alle die vielgestaltigen, verschiedenfarbigen Embleme. Er hätte sie alle besitzen wollen, hätte in einer öffentlichen Feierlichkeit, in einem riesengrossen Saal voller Leute, voll von staunendem Volk, an der Spitze eines festlichen Zuges mit funkelnder Brust, auf der, eine über der andern, ganze Streifen von Ordensschnallen aufgereiht waren, einherschreiten und mit feierlicher Würde, den Klapphut unterm Arm, einem leuchtenden Gestirn gleich mitten durch das bewundernde Getuschel und das ehrfürchtige Raunen hingehen wollen.

Doch leider Gottes hatte er keinerlei Anspruch auf irgendeinen Orden.

Er sagte sich: Die Ehrenlegion ist wirklich gar zu schwer zu bekommen für einen Mann, der kein öffentliches Amt ausübt. Wie wär's, wenn ich versuchte, mich zum Offizier der Akademie ernennen zu lassen?

Aber er wusste nicht, wie er's anstellen sollte. So sprach er denn mit seiner Frau darüber. Sie wollte ihren Ohren nicht trauen.

»Offizier der Akademie? Was hast du denn geleistet, um das zu verdienen?«

Er brauste auf: »Aber so versteh doch, was ich

meine! Ich überlege ja gerade, was ich tun soll. Manchmal bist du richtig vernagelt!«

Sie lächelte. »Natürlich, du hast ganz recht. Aber ich weiss es auch nicht.«

Er hatte sich einen Plan zurechtgelegt: »Wenn du vielleicht mit dem Abgeordneten Rosselin darüber sprechen wolltest... Er könnte mich ausgezeichnet beraten. Du kannst dir ja denken, dass ich diese Frage nicht gut selbst aufwerfen kann. Es ist doch ein recht delikates, heikles Thema. Geht die Sache aber von dir aus, dann wird sie ganz natürlich.«

Madame Sacrement tat, was er wünschte. Herr Rosselin versprach, mit dem Minister darüber zu sprechen. Da lag ihm Sacrement immer drängender damit in den Ohren. Schliesslich gab ihm der Deputierte zur Antwort, er müsse eben ein Gesuch stellen und seine Ansprüche aufzählen.

Seine Ansprüche? Da hatte er's! Er hatte ja nicht einmal die Abschlussprüfung bestanden.

Doch er machte sich an die Arbeit und begann eine Broschüre *Über das Recht des Volks auf Bildung* zu schreiben. Er konnte sie jedoch aus Mangel an Ideen nicht vollenden.

Nun suchte er nach leichteren Themen und machte sich nacheinander an mehrere. Zuerst schrieb er an einer Schrift über *Die Erziehung der Kinder durch die Augen.* Er verlangte darin, man müsse in den Armenvierteln unentgeltliche Theater für kleine Kinder einrichten. Dahin sollten sie die Eltern schon in ihrer frühesten Jugend führen, und man würde ihnen dort mit Hilfe einer Laterna magica Kenntnisse des gesamten menschlichen Wissens beibringen. Es sollten regelrechte Kurse werden. Durch die Augen würde das Wissen ins Gehirn eingehen, und die Bilder würden sich dem Gedächtnis einprägen und sozusagen das Wissen sichtbar machen.

Nichts einfacher, als auf diese Weise Weltgeschichte, Geographie, Naturgeschichte, Botanik, Zoologie, Anatomie und so weiter und so fort zu lehren!

Er liess diese Schrift drucken und schickte jedem Deputierten ein Exemplar, ferner zehn Exemplare an jeden Minister, fünfzig an den Präsidenten der Republik, desgleichen zehn an jede Pariser Zeitung und fünf an die Provinzblätter.

Dann behandelte er die Frage der Strassenbibliotheken und verlangte, dass der Staat in den Strassen kleine, mit Büchern gefüllte Wagen umherfahren lasse, ähnlich den Karren der Apfelsinenhändler. Jeder Einwohner sollte das Recht auf zehn Bücher haben, die er mittels einer Leihgebühr von einem Sou im Monat leihen konnte.

»Das Volk«, erklärte Herr Sacrement, »will sich für seine Vergnügungen nicht anstrengen. Da es also seiner Bildung nicht nachläuft, so muss die Bildung zu ihm kommen, et cetera.«

Diese Versuche fanden keinerlei Echo. Trotzdem sandte er sein Gesuch ein. Er erhielt auch eine Antwort: Es sei zur Kenntnis genommen worden, man werde das Nötige veranlassen. Er glaubte sich seines Erfolges sicher und wartete. Doch nichts geschah.

Da entschloss er sich, persönliche Schritte zu unternehmen. Er bat um eine Audienz beim Erziehungsminister und wurde von einem blutjungen und schon sehr würdevollen, ja sogar gewichtigen Kabinettschef empfangen, der, wie auf einem Klavier, auf einer Reihe weisser Knöpfe spielte und so die Türhüter und Diener im Vorzimmer sowie die subalternen Beamten hereinrief. Er versicherte dem Gesuchsteller, seine Angelegenheit sei auf dem besten Wege, und riet ihm, in seinen bemerkenswerten Arbeiten fortzufahren.

Und Herr Sacrement machte sich wieder an die Arbeit.

Herr Rosselin, der Deputierte, schien sich jetzt sehr für seinen Erfolg zu interessieren und gab ihm sogar eine Menge ausgezeichneter praktischer Ratschläge. Übrigens trug auch er ein Ordensbändchen, und niemand wusste, aus welchen Gründen ihm diese Auszeichnung verliehen worden war.

Er wies Sacrement auf neue Studien hin, die er in Angriff nehmen müsse, führte ihn bei gelehrten Vereinigungen ein, die sich mit besonders kniffligen wissenschaftlichen Fragen befassten, mit der Absicht, so zu Ehren zu gelangen. Er begönnerte ihn sogar im Ministerium.

Eines Tages, als er bei seinem Freund zum Mittagessen erschien (er speiste seit mehreren Monaten öfters in Sacrements Haus), sagte er mit einem herzlichen Händedruck leise zu ihm: »Ich habe eine grosse Gunst für Sie erwirkt. Der Ausschuss für historische Arbeiten überträgt Ihnen eine wichtige Aufgabe. Es handelt sich um Nachforschungen in verschiedenen Bibliotheken Frankreichs.«

Sacrament war einer Ohnmacht nahe und brachte keinen Bissen hinunter. Acht Tage später verreiste er.

Er fuhr von Stadt zu Stadt, durchsuchte die Kataloge, stöberte in Bodenräumen, die bis oben mit staubigen Schmökern vollgepfropft waren, und machte sich bei den Bibliothekaren verhasst.

Als er sich nun eines Abends in Rouen aufhielt, kam ihn die Lust an, seine Frau zu umarmen, die er seit einer Woche nicht mehr gesehen hatte. Er nahm den Neunuhrzug, mit dem er um Mitternacht zu Hause sein konnte.

Er hatte den Wohnungsschlüssel bei sich. Er trat geräuschlos ein, zitternd vor freudiger Erwartung, voll Glück, dass er ihr diese Überraschung bereiten konnte. Sie hatte sich eingeschlossen, wie dumm! Da rief er durch die Tür: »Jeanne, ich bin's!«

Offenbar fürchtete sie sich schrecklich, denn er hörte, wie sie aus dem Bett sprang und mit sich selbst redete wie in einem Traum. Dann lief sie in ihr Toilettenzimmerchen, öffnete es, schloss die

Tür wieder, ging rasch auf blossen Füssen mehrmals durch ihr Schlafzimmer und stiess dabei an die Möbel, so dass Gläser und Fläschchen klirrten. Dann endlich fragte sie: »Bist du's wirklich, Alexandre?«

Er antwortete: »Ja doch, ich bin's, so mach einmal auf!«

Die Tür gab nach, und seine Frau warf sich an seine Brust und stammelte: »Oh, wie hast du mich erschreckt! Was für eine Überraschung! So eine Freude!«

Da begann er sich auszukleiden, langsam und methodisch, wie er alles machte. Dann nahm er von einem Stuhl seinen Überzieher, den er gewöhnlich draussen im Vorraum an den Haken zu hängen pflegte. Doch plötzlich starrte er verblüfft darauf hinunter. Im Knopfloch leuchtete ein rotes Bändchen!

Er stotterte: »Dieser... dieser... Überzieher... hat ja ein Bändchen!«

Da warf sich seine Frau mit einem Sprung auf ihn und entriss ihm das Kleidungsstück: »Nicht... du täuschst dich... gib mir das!«

Aber er hielt den Mantel immer noch an einem Ärmel fest und liess ihn nicht los. Dazu stammelte er wie irr: »Was?... Warum?... Erklär mir, warum!... Wem gehört der Mantel?... Meiner ist es nicht, er hat ja die Ehrenlegion!«

Sie rang mit ihm, wollte ihm den Überzieher entreissen, stammelte ausser sich vor Angst: »Hör...

so hör doch... gib mir das!... Ich kann es dir nicht sagen... Es ist ein Geheimnis... Hör doch!«

Doch nun geriet er allmählich in Zorn und wurde ganz bleich: »Ich will wissen, wie dieser Überzieher hierher kommt! Mir gehört er nicht.«

Da schrie sie ihm ins Gesicht: »Doch! Behalt es für dich... schwör es mir!... Hör zu... nun ja, du hast das Kreuz!«

Er war vor Erregung so erschüttert, dass er den Mantel losliess und in einen Sessel sank.

»Ich habe... sagst du... ich habe... das Kreuz?«

»Ja... es ist noch ein Geheimnis, ein grosses Geheimnis...«

Sie hatte das ruhmvolle Kleidungsstück in einem Schrank eingeschlossen und kam zitternd und bleich zu ihrem Mann zurück. Dann fuhr sie fort: »Ja, es ist ein neuer Überzieher, den ich dir habe machen lassen. Aber ich hatte geschworen, dir nichts davon zu sagen. Vor einem Monat oder sechs Wochen wird es nicht offiziell bekanntgegeben. Erst musst du deinen Auftrag zu Ende führen. Du hättest es erst nach deiner Rückkehr erfahren sollen. Herr Rosselin hat es für dich erwirkt...«

Sacrement wurde es schwach, er stammelte: »Rosselin... die Ehrenlegion... Er hat mir das Kreuz verschafft... mir... er... ach!...«

Und er musste ein Glas Wasser trinken.

Ein kleines weisses Kärtchen, das aus der Tasche des Überziehers gefallen war, lag auf dem Boden.

Sacrement hob es auf. Es war eine Visitenkarte. Er las: *Rosselin - Abgeordneter.*

»Du siehst ja...«, sagte die Frau.

Er begann vor Freude zu weinen.

Acht Tage später stand im Amtsblatt zu lesen, dass Herr Sacrement zum Ritter der Ehrenlegion ernannt worden sei – für ausserordentliche Dienste.

Eine Vendetta

Die Witwe des Paolo Saverini wohnte allein mit ihrem Sohn in einem kleinen, armseligen Hause auf den Wällen von Bonifacio. Die Stadt ist auf einem stellenweise überhängenden Gebirgsvorsprung dicht am Meer erbaut und blickt über die mit Riffen und Klippen gespickte Meerenge hinweg auf die niedriger gelegene Küste von Sardinien. Zu ihren Füssen auf der andern Seite dient ein Einschnitt in der Steilküste, der sie fast völlig einschliesst und einem riesenhaften Korridor ähnelt, ihr als Hafen und gestattet den kleinen italienischen und sardischen Fischerbarken und alle vierzehn Tage auch dem alten kurzatmigen Dampfer, der den Dienst nach Ajaccio versieht, nach einer langen Durchfahrt zwischen zwei jähen Felswänden Einlass bis zu den ersten Häusern der Stadt.

Auf dem weissen Berge hebt sich der eng zusammengedrängte Häuserhaufen als ein noch weisserer Fleck ab. Die Häuser sehen aus wie Nester wilder Vögel, wie Adlerhorste, die hoch oben an der senkrechten Felswand über der fürchterlichen Durchfahrt kleben, in die sich die Schiffe nur selten und ungern hineinwagen. Der Wind peitscht ruhelos das Meer und fegt über die kahle Küste hin, die, von seinem bissigen Tosen verwüstet, kaum Graswuchs aufweist; er verfängt sich in der engen Bucht, deren beide Ufer er verheert. Die weisslich schäumenden Gischtfetzen, die an den schwarzen Zacken der überall aus den Wogen aufragenden Felsklippen hängenbleiben, sehen aus wie Linnenlappen, die auf der Wasserfläche schwimmen und auf und ab geschaukelt werden.

Auf diese wilde, trostlose Rundsicht öffnete das Haus der Witwe Saverini, das ganz aussen am Rande der steil abfallenden Felsküste wie angeschweisst hing, seine drei Fenster.

Dort lebte sie mit ihrem Sohn Antonio und der Hündin Sémillante, einem grossen, mageren, lang- und rauhhaarigen Tier von der Rasse der Schäferhunde. Der junge Mann verwendete sie als Jagdhund.

Eines Abends wurde Antonio Saverini nach einem hitzigen Wortwechsel von Nicolas Ravolati meuchlings erstochen; der Mörder konnte noch in der gleichen Nacht nach Sardinien flüchten.

Als die alte Mutter den Leichnam ihres Kindes, den ein paar Passanten ihr heimbrachten, in Empfang nahm, vergoss sie keine Träne; aber sie blieb lange davor stehen und starrte darauf hinunter. Dann spreizte sie ihre runzlige Hand über der Leiche und gelobte Blutrache. Sie wollte nicht, dass jemand bei ihr blieb, sondern schloss sich mit der Hündin, die in einem fort heulte, bei dem Toten ein. Das Tier heulte und winselte unaufhörlich; es stand, den Schwanz zwischen die Beine geklemmt, am Fussende des Bettes und wandte mit vorgerecktem Hals keinen Blick von seinem Herrn. Es rührte sich nicht vom Fleck, und auch die Mutter sass regungslos über die Leiche gebeugt, starren Blicks, und während sie stumm darauf niederschaute, rannen ihr dicke Tränen über die Wangen.

Der junge Mann lag auf dem Rücken; er hatte noch seine Joppe aus grobem Tuch an, die auf der Brust durchlöchert und zerrissen war, und schien zu schlummern. Aber überall war er mit Blut besudelt, auf dem Hemd, das zum Anlegen eines Notverbandes aufgerissen worden war, auf der Weste, der Hose, auf dem Gesicht und den Händen. Geronnenes Blut klebte im Bart und in den Haaren.

Da begann die alte Mutter zu ihm zu sprechen. Beim Klang ihrer Stimme verstummte die Hündin.

»Sei nur getrost, du sollst gerächt werden, mein Kind, mein Bub, mein armes Kind! Schlaf nur, schlaf, du wirst gerächt werden, hörst du? Deine Mutter verspricht es dir. Und sie hält immer Wort, deine Mutter, das weisst du ja.«

Und langsam beugte sie sich zu ihm hinab und drückte ihre kalten Lippen auf seinen toten Mund.

Da fing Sémillante wieder an zu heulen und zu winseln. Sie stiess ein langgezogenes kläglich Geheul aus, das eintönig, herzzerreissend und schaurig klang.

Sie blieben bei dem Toten, beide, die Frau und das Tier, bis der Morgen graute.

Antonio Saverini wurde am nächsten Tag beerdigt, und bald sprach in Bonifacio niemand mehr von ihm.

Er hatte weder einen Bruder noch nahe Verwandte hinterlassen. Kein Mann war da, der die Blutrache hätte ausführen können. Nur die Mutter dachte daran, die Alte.

Auf der andern Seite der Meerenge sah sie von früh bis spät einen weissen Punkt auf der Küste. Dort liegt ein kleines sardisches Dorf, Longosardo, wohin sich die korsischen Banditen flüchten, wenn man ihnen zu dicht auf den Fersen ist. Sie bevölkern fast ausschliesslich diesen Weiler gegenüber den Küsten ihrer Heimat, und dort erharren sie den Augenblick, da sie heimkehren, ins Maquis, den Buschwald, zurückgehen können. In diesem Dorfe – das wusste sie – hatte Nicolas Ravolati Zuflucht gesucht.

Den ganzen Tag über sass sie einsam an ihrem Fenster und schaute dort hinüber, während sie unablässig über ihrer Rache brütete. Wie sollte sie's nur anfangen, ohne dass ihr jemand dabei half, wie konnte sie, die gebrechliche Frau, die schon mit einem Fuss im Grabe stand, damit fertig werden? Doch sie hatte es gelobt, sie hatte es bei der Leiche ihres Sohnes geschworen. Sie konnte nicht vergessen, konnte nicht warten. Was sollte sie tun? Sie schlief nicht mehr nachts, sie fand keine Ruhe, keinen Frieden mehr, verbissen grübelte und suchte sie. Zu ihren Füssen döste die Hündin, und zuweilen hob sie den Kopf und heulte in die Ferne. Seitdem ihr Herr nicht mehr lebte, heulte sie oft so, als hätte sie ihn rufen wollen, als finde ihre Tierseele keinen Trost und bewahre ihm ein unauslöschliches Andenken.

Eines Nachts aber, als Sémillante wieder ihr Geheul anstimmte, fuhr der Mutter plötzlich ein Einfall durch den Kopf, ein Gedanke, würdig eines rachsüchtigen, blutdürstigen Wilden. Sie dachte bis zum Morgen darüber nach; dann stand sie, noch ehe es tagte, auf und begab sich in die Kirche. Sie warf sich auf dem Steinboden nieder und betete, vor Gottes Angesicht hingesunken, und flehte ihn an, ihr beizustehen, sie zu stärken, ihrem armen verbrauchten Körper die nötige Kraft zu verleihen, um ihren Sohn zu rächen.

Dann ging sie nach Hause. In ihrem Hof hatte sie ein altes Fass, in dem sie das Regenwasser aus den Dachtraufen sammelte. Sie kippte es um, leerte es, verankerte es im Boden mit Pflöcken und Steinen; dann legte sie Sémillante vor dieser Hundehütte an die Kette und ging hinein.

Nun wanderte sie ohne Rast und Ruhe in ihrer Kammer auf und ab, den Blick unverwandt auf die Küste von Sardinien gerichtet. Dort drüben lebte er, der Mörder.

Die Hündin heulte den ganzen Tag und die ganze Nacht. Am Morgen brachte ihr die Alte Wasser in einem Napf, sonst nichts, keine Suppe, kein Brot.

Abermals verging ein Tag. Sémillante schlief erschöpft. Am andern Morgen funkelten ihre Augen, ihr Fell war gesträubt, und sie riss verzweifelt an der Kette.

Die Alte gab ihr noch immer nichts zu fressen. Das Tier raste vor Wut und bellte heiser. So ging auch die Nacht vorüber.

Jetzt erst, als der Tag anbrach, ging die alte Saverini zum Nachbar und bat ihn um zwei Bündel Stroh. Sie nahm alte Kleider, die ihr Mann vorzeiten getragen hatte, und stopfte sie mit Stroh aus, um so eine menschliche Gestalt vorzutäuschen.

Sie rammte einen Pfosten in den Boden, gegenüber der Hütte Sémillantes, und band daran die Strohpuppe so fest, dass sie aufrecht dazustehen schien. Hierauf verfertigte sie den Kopf aus einem Bündel alter Wäsche.

Verdutzt betrachtete die Hündin diesen Strohmann und gab nicht Laut trotz ihrem rasenden Hunger.

Nun ging die Alte zum Fleischer und kaufte ein langes Stück Blutwurst. Zu Hause zündete sie im Hof ein Holzfeuer an und briet dicht neben der Hundehütte ihre Wurst. Sémillante gebärdete sich wie toll, sie sprang in wilden Sätzen und mit geiferndem Maul umher und stierte nach dem Bratrost, dessen Duft ihr den Bauch zusammenkrampfte.

Jetzt machte die Mutter aus diesem dampfenden Brei dem Strohmann eine Krawatte; sie band sie ihm umständlich und mühsam mit Schnüren fest um den Hals, so dass sie tief anlag. Als dies getan war, liess sie die Hündin von der Kette.

Mit einem fürchterlichen Satz sprang das Tier der Strohpuppe an die Kehle, setzte ihr die Pfoten auf die Schultern und fing an, sie zu zerfleischen. Es fiel, ein Stück seiner Beute im Rachen, zu Boden, sprang dann von neuem hoch, schlug seine Zähne in die Schnüre, riss ein paar Brocken Wurst heraus, fiel wieder zurück und sprang abermals in verbissener Gier daran empor. Biss um Biss zerfetzte es das Gesicht und riss den ganzen Hals in Stücke.

Die Alte stand unbeweglich und stumm dabei und schaute mit blitzenden Augen zu. Dann legte sie das Tier wieder an die Kette, liess es wiederum zwei Tage fasten und begann diese seltsame Probe ein zweites Mal.

Drei Monate lang gewöhnte sie die Hündin an diesen Kampf, an diesen mit scharfen Bissen erkämpften Frass. Sie legte sie jetzt nicht mehr an die Kette, sondern hetzte sie mit einer Handbewegung auf die Strohpuppe.

Sie hatte ihr beigebracht, wie sie sie zerfetzen, sie in Stücke reissen musste, ohne dass in ihrer Kehle irgend etwas Essbares versteckt war. Hernach gab sie ihr zur Belohnung die Blutwurst, die sie für sie gebraten hatte.

Kaum sah Sémillante den Mann vor sich, so lief ein Zittern über ihren Körper, sie blickte erwartungsvoll auf ihre Herrin, bis diese ihr mit pfeifender Stimme und erhobenem Finger zurief: »Pack an!«

Als die Mutter Saverini die Zeit für gekommen hielt, ging sie zur Beichte und nahm an einem Sonntagmorgen das Abendmahl mit ekstatischer Gläubigkeit. Dann zog sie Männerkleidung an, so dass sie aussah wie ein armer zerlumpter Mann, und wurde mit einem sardischen Fischer handelseinig, der sie samt ihrer Hündin auf die andere Seite der Meerenge übersetzte.

In einem Leinensack hatte sie ein grosses Stück Blutwurst bei sich. Sémillante hatte seit zwei Tagen nichts zu fressen bekommen. Die alte Frau hielt ihr alle paar Augenblicke den wohlriechenden Frass vor die Nase und stachelte ihren Heisshunger damit auf.

Sie betraten Longosardo. Die Korsin begab sich leicht hinkend zu einem Bäcker und fragte nach Nicolas Ravolatis Wohnung. Er hatte seinen früheren Beruf, das Tischlerhandwerk, wieder aufgenommen. Er war allein in seiner Werkstatt und arbeitete.

Die Alte stiess die Tür auf und rief ihn an:
»He! Nicolas!«

Er wandte sich um. Da liess sie die Hündin los und schrie:

»Fass! Fass! Pack an! Beiss zu!«

Das rasende Tier sprang ihm mit einem mächtigen Satz an die Kehle und packte ihn. Der Mann breitete die Arme aus, umschlang das Tier und stürzte mit ihm zu Boden. Ein paar Sekunden lang wand und krümmte er sich und schlug mit den Beinen wild um sich. Dann blieb er bewegungslos liegen, während Sémillante ihm den Hals zerfleischte und ihn in Fetzen riss.

Zwei Nachbarn, die vor ihrer Tür sassen, konnten sich noch genau erinnern, dass sie einen ärmlich gekleideten Alten mit einem Hund hatten herauskommen sehen, der etwas Bräunliches frass, das ihm sein Herr zuwarf.

Am Abend war die Alte wieder zu Hause. In dieser Nacht schlief sie gut.

Die Mitgift

Niemand wunderte sich über die Vermählung des Notars Simon Lebrument mit Mademoiselle Jeanne Cordier. Maître Lebrument hatte kürzlich die Notariatspraxis des Rechtsanwalts Papillon übernommen; natürlich brauchte er Geld, um sie zu bezahlen, und Mademoiselle Jeanne Cordier besass flüssiges Geld, dreihunderttausend Franken in Banknoten und Wertpapieren.

Maître Lebrument war ein hübscher Mann, schick, elegant; allerdings sah man seiner Eleganz ein wenig den Notar an, sein Schick hatte etwas Provinzlerisches, aber er war eben doch schick, und das war in Boutigny-le-Rebours etwas Seltenes.

Mademoiselle Cordier war anmutig und frisch, doch wirkte ihre Anmut etwas linkisch und ihre Frische ein bisschen aufgedonnert; aber alles in allem war sie ein hübsches, begehrenswertes Geschöpf, das man wohl umwerben konnte.

Die Hochzeitsfeier stellte ganz Boutigny auf den Kopf.

Das vielbewunderte Brautpaar begab sich in sein neues Heim, wo es sein junges Glück vor den Augen der Welt verbergen wollte. Sie hatten nämlich beschlossen, zuerst ein paar Tage allein zu bleiben und dann nur eine kleine Reise nach Paris zu machen.

Es wurde eine bezaubernde Zeit, dieses Glück zu zweien, denn Maître Lebrument hatte es verstanden, die Flitterwochen für seine Frau mit bemerkenswertem Geschick, mit viel Takt und sicherem Feingefühl zu einem schönen Erlebnis zu gestalten. »Wer warten kann, erreicht alles«, war sein Wahlspruch. Er konnte zugleich geduldig und ein Draufgänger sein. Der Erfolg war denn auch rasch und vollständig.

Nach vier Tagen betete Madame Lebrument ihren Gatten an. Sie konnte nicht mehr ohne ihn sein; sie musste ihn den ganzen Tag bei sich haben, musste ihn in einem fort streicheln, herzen und abküssen, seine Hände tätscheln, ihn an Bart und Nase zausen und was Liebesleute sonst noch so treiben. Sie setzte sich auf seine Knie, nahm ihn bei den Ohren und befahl: »Mund auf und Augen zu!« Dann öffnete er folgsam den Mund, schloss halb die Augen und bekam einen zärtlichen, langen Kuss, der so glühend und leidenschaftlich war, dass es ihn heiss überlief. Und dann konnte auch er sich nicht genugtun, er hatte nicht Liebkosungen, nicht Lippen und Hände genug, nicht genug an seinem ganzen Wesen, um seine Frau von früh bis spät und vom Abend bis zum Morgen zu herzen und ihr alle Ehre anzutun.

Als die erste Woche verstrichen war, sagte er zu seiner jungen Frau: »Wenn du willst, reisen wir nächsten Dienstag nach Paris. Wir geniessen das Leben wie ein unverheiratetes Liebespaar, gehen in Restaurants, ins Theater, in die Tingeltangel, überallhin.«

Sie machte einen Freudensprung.

»O ja! O ja! Wir fahren so bald wie möglich!«

»Noch etwas«, fuhr er fort, »damit ich's nicht vergesse: Sag doch deinem Vater Bescheid, er soll deine Mitgift bereithalten. Ich nehme sie gleich mit und zahle bei dieser Gelegenheit Maître Papillon aus.«

Sie versprach: »Morgen früh werde ich es ihm sagen.«

Da riss er sie in seine Arme und begann mit ihr aufs neue das verliebte Spiel zu treiben, das sie seit acht Tagen so gerne mitspielte.

Am Dienstag darauf begleiteten die Schwiegereltern ihre Tochter und den Schwiegersohn, die zusammen in die Hauptstadt reisten, auf den Bahnhof.

Der Schwiegervater unkte: »Es ist aber doch höchst unvorsichtig, so viel Geld in Ihrer Brieftasche herumzutragen, glauben Sie mir.«

Der junge Notar lächelte nur. »Nur keine Angst, Schwiegerpapa, das bin ich gewohnt. Mein Beruf bringt es mit sich, dass ich öfters Millionenbeträge bei mir habe. Auf diese Weise umgehen wir zumindest eine Unmenge Formalitäten und einen Haufen

Verzögerungen. Lassen Sie sich deswegen nur keine grauen Haare wachsen.«

Da rief der Schaffner: »Nach Paris alles einsteigen!«

Sie stiegen schleunig in einen Wagen, in dem schon zwei alte Damen sassen.

Lebrument flüsterte seiner Frau ins Ohr: »Zu langweilig, jetzt kann ich nicht einmal rauchen.«

Sie sagte leise zurück: »Auch ich finde es schade, aber nicht wegen deiner Zigarre.«

Der Zug pfiff und fuhr ab. Die Fahrt dauerte eine Stunde, und in dieser Zeit sprachen sie kaum miteinander, denn die beiden alten Damen schliefen nicht.

Sobald sie im Hof des Saint-Lazare-Bahnhofs standen, sagte Maître Lebrument zu seiner Frau: »Wenn's dir recht ist, Schatz, kehren wir zuerst irgendwo auf dem Boulevard ein und essen zu Mittag. Dann kommen wir gemütlich hierher zurück, holen unseren Koffer und bringen ihn ins Hotel.«

Sie war sofort Feuer und Flamme. »O ja, wir gehen ins Restaurant! Ist es weit?«

»Ja, ziemlich weit«, versetzte er, »aber wir nehmen den Omnibus.«

»Warum nehmen wir nicht eine Droschke?« fragte sie erstaunt.

Lächelnd schalt er sie: »Das also ist dein Sparsinn! Eine Droschke für fünf Minuten Weg, sechs Sous die Minute, du lässt dir wirklich nichts abgehen.«

»Du hast recht«, gab sie etwas beschämt zu.

Ein mächtiger Omnibus rollte im Trab seiner drei Pferde vorbei. Lebrument rief: »Schaffner! He! Schaffner!«

Das schwerfällige Gefährt hielt, und der junge Notar schob seine Frau hinein und sagte rasch zu ihr: »Setz dich drinnen hin, ich steige aufs Verdeck. Da kann ich vor dem Essen wenigstens noch eine Zigarette rauchen.«

Sie fand nicht mehr Zeit für eine Antwort. Der Schaffner hatte sie am Arm ergriffen und half ihr, auf die Plattform hinaufzusteigen. Dann stiess er sie ins Innere des Wagens, und sie sank fassungslos auf eine Sitzbank und sah nur noch ganz verdutzt durch das Hinterfenster die Füsse ihres Mannes, der auf das Verdeck kletterte.

Ohne sich zu regen, sass sie zwischen einem dikken Herrn, der nach Tabak stank, und einer alten Frau, die nach ihrem Hund roch.

Die anderen Fahrgäste sassen stumm einer neben dem andern da: ein Krämerbursche, eine Arbeiterin, ein Infanterie-Unteroffizier, ein Herr mit goldenem Kneifer und Seidenhut, dessen breiter Rand aufgekrempt war und wie eine Dachtraufe aussah, zwei Damen mit gewichtigen und missvergnügten Mienen, als wollten sie sagen: Wir sind zwar hier, aber eigentlich haben wir bessere Tage gesehen! – zwei Nonnen, eine Dirne, die barhaupt war, und ein Leichenbestatter. Sie alle wirkten wie eine

Sammlung von Karikaturen, ein Museum von Grotesken, eine Reihe von Zerrbildern menschlicher Gesichter, ähnlich jenen komischen Hampelmännern, die man auf den Jahrmärkten mit Bällen herunterschiesst.

Beim Gerüttel des Wagens wackelten ihre Köpfe ein wenig, sie wiegten sich hin und her, und die schlaffe Haut ihrer Backen schwabbelte leicht; und da sie das Rattern der Räder halb betäubte, sahen sie wie schlummernde Schwachsinnige aus.

Die junge Frau sass wie erschlagen da.

Warum ist er nicht mit mir gekommen? fragte sie sich. Eine unerklärliche Traurigkeit bedrückte sie. Er hätte wahrhaftig auf seine Zigarette verzichten können.

Die Nönnchen gaben das Zeichen zum Halten und stiegen dann, eine hinter der andern, aus. Ein schaler Mief nach alten Röcken verbreitete sich.

Der Omnibus fuhr wieder ab und hielt dann aufs neue. Eine Köchin stieg ein, atemlos und mit rotem Kopf. Sie setzte sich und stellte ihren Korb mit den Einkäufen auf ihre Knie. Ein starker Geruch nach Spülwasser machte sich im ganzen Wagen breit.

Es ist doch weiter, als ich dachte, sagte sich Jeanne.

Der Leichenbestatter stieg aus, statt seiner kam ein Kutscher, der nach Stall roch. Das barhäuptige Mädchen hatte einem Dienstmann Platz gemacht, dessen Füsse nach dem Schweiss seiner Botengänge dufteten.

Die Notarsgattin fühlte sich unbehaglich, angewidert, dem Weinen nah, sie wusste nicht, warum.

Andere Fahrgäste stiegen ein, andere aus. Der Omnibus fuhr immer noch weiter durch die endlosen Strassen, hielt an den Haltestellen, setzte dann seine Fahrt fort.

Wie weit es ist! dachte Jeanne. Wenn er es nur nicht vergessen hat – er ist ja so zerstreut – oder gar eingeschlafen ist! Seit Tagen ist er übermüdet.

Nach und nach stiegen alle Mitfahrenden aus. Sie blieb allein, ganz allein. Der Schaffner rief die Endstation aus: »Vaugirard!«

Da sie sich nicht rührte, rief er abermals: »Vaugirard!«

Sie schaute ihn an, denn sie begriff, dass dieses Wort ihr galt, waren doch ausser ihr keine andern Fahrgäste mehr da. Nun rief der Mann zum drittenmal: »Vaugirard!«

Da fragte sie: »Wo sind wir denn?«

Brummig gab er ihr Auskunft: »Wir sind in Vaugirard, Herrgott noch einmal, ich habe es doch schon zwanzigmal ausgerufen!«

»Ist das weit vom Boulevard?« fragte sie.

»Welchem Boulevard?«

»Ach, vom Boulevard des Italiens.«

»Da sind wir schon lange vorbei.«

»Würden Sie es bitte meinem Mann sagen?«

»Ihrem Mann? Wo ist er?«

»Oben auf dem Verdeck.«

»Oben? Dort ist schon lange niemand mehr!«

Sie fuhr erschrocken auf.

»Was denn? Das ist doch nicht möglich! Er ist mit mir eingestiegen. Sehen Sie gut nach, er muss oben sein!«

Da wurde der Schaffner grob. »Na, schieb schon ab, Kleine, genug geschwatzt. Einer verloren, zehn gefunden. Mach dich dünn, jetzt ist Schluss. Du findest schon wieder einen andern auf der Strasse.«

Tränen stiegen ihr in die Augen; sie liess nicht locker: »Aber Sie irren sich, ich versichere Ihnen, Sie irren sich. Er hatte eine dicke Mappe unterm Arm.«

Der Beamte lachte laut auf.

»Eine dicke Mappe? Aha, ja, der ist schon an der Madeleine ausgestiegen. Macht nichts, er hat Sie schön sitzenlassen. Hahaha...!«

Der Omnibus hielt. Sie stieg aus und blickte unwillkürlich, fast instinktiv auf das Dach des Wagens. Es war kein Mensch mehr oben.

Da brach sie in Schluchzen aus, laut und hemmungslos, ohne zu bedenken, dass man sie sehen und hören konnte. »Was soll nun aus mir werden?« jammerte sie.

Der Inspektor des Fahrdienstes trat herzu.

»Was ist los?« fragte er.

Der Schaffner gab ihm in höhnischem Ton Auskunft: »Eine Dame, die ihr Gemahl unterwegs hat sitzenlassen.«

Der Inspektor versetzte: »Gut. Nichts von Belang. Kümmern Sie sich um Ihren Dienst.«
Damit machte er kehrt.
Da ging auch sie weg, aufs Geratewohl, kopflos immer geradeaus. Sie war viel zu verstört, viel zu benommen, um auch nur erfassen zu können, was ihr geschah. Wohin sollte sie gehen? Was tun? Was war mit ihm vorgegangen? Wie war ein solcher Irrtum, eine solche Vergesslichkeit, ein solches Missverständnis, eine so unglaubliche Zerstreutheit nur möglich?
Sie hatte ganze zwei Franken in ihrer Tasche. An wen sollte sie sich wenden? Und plötzlich kam ihr in den Sinn, dass ja ihr Vetter Barral als Amtsvorsteher im Marineministerium angestellt war.
Sie besass gerade noch so viel Geld, dass sie die Droschkenfahrt bezahlen konnte, und liess sich zu ihm fahren. Als sie hinkam, wollte er sich eben ins Ministerium begeben. Wie Lebrument trug auch er eine dicke Mappe unter dem Arm.
Sie sprang aus der Droschke und rief: »Henri!«
Verblüfft blieb er stehen. »Jeanne?... du hier?... ganz allein?... Was tust du hier? Wo kommst du her?«
Mit Tränen in den Augen stammelte sie: »Mein Mann ist verschwunden... eben vorhin.«
»Verschwunden? Wo denn?«
»Auf einem Omnibus.«
»Auf einem Omnibus?... Oh...!«

Weinend erzählte sie ihm, was sie erlebt hatte. Er hörte ihr nachdenklich zu. Dann fragte er: »War er heute morgen ganz klar im Kopf?«

»Ja.«

»Gut. Hatte er viel Geld bei sich?«

»Ja, er hatte meine ganze Mitgift mitgenommen.«

»Deine Mitgift?... Die ganze?«

»Ja, die ganze... er wollte doch die Praxis gleich bezahlen.«

»Na schön, liebe Kusine, um diese Stunde wird dein Mann wohl unterwegs nach Belgien sein.«

Sie wurde immer noch nicht klug aus seinen Worten. Sie stammelte: »Mein Mann... was meinst du damit...?«

»Ich meine: Er hat dein Kapital... geklaut... weiter nichts.«

Sie stand starr und rang nach Luft. Schliesslich brachte sie hervor: »Dann ist... ist er... ein Schuft!«

Darauf sank sie, halb ohnmächtig vor Erregung, ihrem Vetter schluchzend an die Brust.

Da schon ein paar Gaffer stehenblieben und sie anstarrten, schob er sie ganz sachte in den Hausgang, fasste sie um die Hüfte und half ihr so die Treppe hinauf. Und als das Dienstmädchen erstaunt die Tür öffnete, befahl er: »Sophie, gehen Sie rasch ins Restaurant und holen Sie ein Mittagessen für zwei Personen. Heute gehe ich nicht ins Amt.«

Das Bett 29

Wenn der Rittmeister Epivent auf der Strasse vorbeiging, drehten sich alle Frauen nach ihm um. Er war der Inbegriff des schneidigen Husarenoffiziers. Er fühlte sich denn auch nicht wenig, gab gross an und spreizte sich wie ein Pfau, voll Stolz auf seine strammen Schenkel, seine Taille und seinen Schnurrbart, auf die er sehr viel Pflege verwendete. Sie waren übrigens prachtvoll, Schnurrbart, Taille und Schenkel. Der Schnurrbart war blond, dicht und stark und fiel in einem schmucken Haarwulst, gelb wie reifes Korn, auf die Lippen herab; aber er war seidenfein, sorgfältig gerollt und zog sich auf beiden Seiten des Mundes in zwei kräftigen, tadellos flotten Spitzen abwärts. Um die Hüften war Epivent schmal, als trüge er ein Korsett, während sich darüber eine kräftige, runde, breite, echt männliche Brust wölbte. Seine Beine waren wunderbar, Beine, wie sie ein Turner oder ein Tänzer haben muss, muskulös und sehnig; man sah jede Bewegung seiner Muskeln, die sich unter der eng anliegenden roten Hose abzeichneten.

Sein Gang war großspurig, er ging mit auswärts gespreizten Füssen und Armen, mit dem leicht wiegenden Schritt des Reiters, der Beine und Oberleib so gut zur Geltung bringt und in einer Uniform unwiderstehlich, in einem Gehrock aber gewöhnlich wirkt.

Wie viele Offiziere sah der Rittmeister Epivent in Zivil nicht vorteilhaft aus. Trug er graue oder schwarze Anzüge, hätte er ebensogut Verkäufer in einem Geschäft sein können. Aber in Uniform hatte er etwas Sieghaftes. Übrigens hatte er einen hübschen Kopf, eine dünne, gebogene Nase, blaue Augen, eine schmale Stirn. Allerdings hatte er eine Glatze, obwohl ihm unverständlich war, wieso seine Haare ausgefallen waren. Er tröstete sich mit dem Gedanken, dass zu einem grossen Schnurrbart ein kahler Kopf nicht übel passe.

Er hatte für die Menschen im allgemeinen nur Verachtung übrig, machte aber doch gewisse Gradunterschiede in seiner Menschenverachtung.

Zunächst einmal waren die Bürger für ihn einfach nicht vorhanden. Er sah sie, wie man etwa Tiere sieht, ohne ihnen aber mehr Beachtung zu schenken als Spatzen oder Hühnern. Einzig die Offiziere zählten auf der Welt, aber er empfand auch nicht für alle Offiziere die gleiche Achtung. Er achtete im Grunde nur die schönen Männer, denn seiner Ansicht nach war die einzige wahre Eigenschaft des Soldaten schneidiges Aussehen. Ein Soldat war ein Allerweltskerl, zum Teufel, ein Mordskerl und Draufgänger, zu nichts anderem geschaffen als zum Dreinschlagen und zum Knutschen, ein strammer, forscher, wilder und leistungsfähiger Mann, sonst nichts. Die Generäle der französischen Armee standen je nach ihrer Gestalt, ihrer Haltung und ihrem mehr oder weniger martialischen Gesicht höher oder tiefer in seiner Achtung. Bourbaki erschien ihm als der grösste Feldherr der neuesten Zeit.

Er machte sich gern über die Linienoffiziere lustig; sie seien kurzbeinig und dick und schnauften beim Gehen. Vor allem aber empfand er eine unüberwindliche Geringschätzung, die an Abscheu grenzte, für die armseligen Schwächlinge von der Polytechnischen Schule, die kümmerlichen, mageren, brillentragenden Männchen, die linkischen, täppischen Artilleristen und Ingenieure, die, wie er behauptete, zum Uniformtragen ebenso geeignet seien wie ein Kaninchen zum Messelesen. Er war empört, dass man in der Armee diese krüppeligen Missgeburten mit den dürren Beinen duldete; sie bewegten sich wie Krabben vorwärts, meinte er, tränken nicht, ässen nur wenig und hätten offensichtlich mehr für Gleichungen übrig als für schöne Mädchen.

Der Rittmeister Epivent hatte dauernd Erfolge, ja, er feierte wahre Triumphe beim schönen Geschlecht.

Sooft er in Gesellschaft einer Frau soupierte, stand es für ihn fest, dass er die Nacht mit ihr im gleichen Bett verbrachte, und wenn unüberwindliche Hindernisse seinen Sieg noch in derselben Nacht unmöglich machten, konnte er doch mit Sicherheit auf eine ›Fortsetzung am nächsten Tag‹ zählen. Seine Kameraden sahen es nicht gern, wenn er ihre Freundinnen kennenlernte, und die Krämer, die in ihren Läden hübsche Frauen an der Kasse hatten, kannten ihn und fürchteten und hassten ihn von Herzen.

Wenn er vorbeiging, wechselte die Kassiererin unwillkürlich durch die Scheiben der Auslage einen Blick mit ihm, einen jener Blicke, die mehr sagen als zärtliche Worte, die einen Ruf und eine Antwort enthalten, ein Verlangen und ein Geständnis. Und ihr Mann drehte sich, durch eine Art Instinkt gewarnt, plötzlich um und warf einen wütenden Blick auf die stolze, schneidige Silhouette des Offiziers. Und war der Rittmeister dann lächelnd und hochbefriedigt von dem Eindruck, den er gemacht hatte, vorbeigegangen, rückte der Kaufmann mit fahrigen Händen die Gegenstände, die vor ihm lagen, hin und her und erklärte:

»So ein aufgeblasener Truthahn! Wann wird man endlich aufhören, alle diese unnützen Gesellen zu mästen, die ihren Blechkrempel in den Strassen herumschleifen? Mir ist jedenfalls ein Metzger lieber als ein Soldat. Wenn seine Schürze blutig ist, dann ist es wenigstens Tierblut. Er ist zu etwas nütze, und das Messer, mit dem er hantiert, ist nicht zum Töten von Menschen da. Ich kann es nicht verstehen, dass man länger zusieht, wie diese staatlich besoldeten Totschläger ihre Mordinstrumente spazierenführen. Es geht nicht ohne sie, das weiss ich auch. Aber dann soll man sie wenigstens verborgen halten und nicht wie für eine Maskerade in rote Hosen und blaue Waffenröcke kleiden. Den Henker kostümiert man nicht als General, nicht wahr?«

Die Frau gönnte ihm keine Antwort, sondern hob nur unmerklich die Schultern, während ihr Mann, der dieses Achselzucken wohl erriet, aber nicht sah, sich weiter ereiferte: »Muss einer schon ein rechter Esel sein, wenn er sich die Paraden dieser Burschen ansieht!«

Der Ruf eines Draufgängers und Frauenbetörers, den der Rittmeister Epivent genoss, stand übrigens in der ganzen französischen Armee fest.

Nun wurde im Jahre 1868 sein Regiment, die Hundertzwanziger Husaren, nach Rouen verlegt.

Er war schon bald stadtbekannt. Abend für Abend erschien er gegen fünf Uhr auf dem Cours Boieldieu und trank seinen Absinth im Café de la Comédie. Bevor er aber das Kaffeehaus betrat, machte er mit Vorbedacht noch einen Rundgang über die Promenade, um seine Beine, seine Taille und seinen Schnurrbart vorzuführen.

Die ansässigen Kaufleute, die mit auf dem Rükken verschränkten Händen ebenfalls spazierengingen, nur ihre Geschäfte im Kopf hatten und von steigenden und fallenden Kursen sprachen, warfen einen raschen Blick auf ihn und murmelten: »Donnerwetter, der ist ein schöner Mann!«

Als sie ihn dann kennengelernt hatten, sagten sie: »Sieh nur, der Rittmeister Epivent! Was für ein Prachtkerl!«

Wenn ihm Frauen begegneten, neigten sie ganz sonderbar den Kopf, als überliefe sie ein schamvolles Schauern und als fühlten sie sich vor ihm schwach, nackt und bloss. Sie senkten ein wenig den Kopf, und um ihre Lippen spielte ein unmerkliches Lächeln, ein unausgesprochenes Verlangen, Gefallen zu erwecken und einen Blick von ihm zu erhaschen. Wenn er mit einem Kameraden spazierte, brummte dieser unfehlbar jedesmal, wenn er denselben Vorgang mit ansehen musste, leise vor sich hin: »Der verdammte Epivent, hat der ein Glück!«

Unter den ausgehaltenen Lebedamen der Stadt entbrannte alsbald ein hitziger Kampf, ein wahrer Wettlauf, wer ihn den anderen wegschnappen konnte. Alle kamen sie um fünf Uhr, wenn die Offiziere bummeln gingen, auf den Cours Boieldieu und fegten, zwei und zwei nebeneinander, mit ihren Röcken die Promenade von einem Ende zum anderen, während die Offiziere, die Leutnants, Rittmeister und Majore, zwei und zwei nebeneinander ihre Säbel über das Trottoir nachschleppten, bevor sie das Café betraten.

Eines Abends nun liess die schöne Irma – wie es hiess, die Geliebte des reichen Fabrikanten Templier-Papon – ihren Wagen gegenüber dem Café de la Comédie halten, stieg aus und ging zum Schein zu Paulard, dem Graveur, um Briefpapier zu kaufen oder Visitenkarten zu bestellen, in Wirklichkeit aber wollte sie an den Tischen der Offiziere vorbeigehen und dem Rittmeister Epivent einen Blick zuwerfen, der ihm so deutlich zu verstehen gab: »Jederzeit, wann Sie nur wollen!«, dass der Oberst Prune, der mit seinem Oberstleutnant vor dem grünen Schnaps sass, sich nicht enthalten konnte, neidisch zu knurren: »Heiliger Bimbam! Hat der Kerl ein Schwein!«

Der Ausspruch des Obersten wurde herumgeboten, und der Rittmeister Epivent, dem diese beifällige Äusserung seines Vorgesetzten schmeichelte, ging am nächsten Tag in vollem Staat mehrmals nacheinander unter den Fenstern der Schönen vorbei.

Sie sah ihn, zeigte sich und lächelte.

Noch am selben Abend war er ihr Geliebter.

Sie machten kein Hehl aus ihrem Verhältnis, im Gegenteil, sie stellten sich mit Absicht zur Schau und kompromittierten sich gegenseitig. Beide waren stolz auf ein solches Abenteuer.

Die Liebe der schönen Irma zu dem Offizier war Stadtgespräch. Nur Herr Templier-Papon wusste nichts davon.

Der Rittmeister Epivent strahlte vor Glück und Stolz; alle Augenblicke sagte er: »Irma hat mir eben gesagt – Irma sagte mir heute nacht – Gestern, als ich mit Irma speiste...«

Über ein Jahr lang tat er mit seiner Liebe gross, ganz Rouen war im Bild und weidete sich daran, er führte sie der Stadt vor wie eine Fahne, die er dem Feinde abgenommen hatte. Er fühlte sich durch diese Eroberung gehoben, beneidet, zukunftssicherer, des heiss ersehnten Kreuzes gewisser, denn aller Augen blickten auf ihn, und es genügte ja, im Brennpunkt des öffentlichen Interesses zu stehen, um nicht übergangen zu werden.

Doch da brach der Krieg aus, und das Regiment des Rittmeisters wurde als eines der ersten an die Grenze geschickt. Der Abschied war herzzerreissend. Er dauerte eine ganze Nacht.

Säbel, rote Hose, Käppi, Dolman lagen, von der Stuhllehne heruntergerutscht, auf dem Boden. Kleider, Röcke, Seidenstrümpfe waren über den Teppich hingestreut, mit den Uniformstücken kläglich vermischt, das Zimmer sah durcheinandergewühlt aus wie nach einer Schlacht. Irma war wie wahnsinnig, ihr Haar hing aufgelöst und wirr herab, verzweifelt umschlang sie den Hals des Offiziers, presste ihn leidenschaftlich an sich, liess ihn dann wieder los, wälzte sich auf dem Boden, warf die Möbel um, riss die Fransen der Sessel ab, biss in die

Stuhlbeine, während der Rittmeister ergriffen dabeistand, aber als ungeschickter Tröster immer nur hervorbrachte: »Irma, meine kleine Irma, ich kann dir nicht helfen, es muss sein.«

Und ab und zu wischte er mit dem Finger eine Träne ab, die sich im Augenwinkel sammelte.

Sie trennten sich erst, als der Morgen graute. Irma fuhr im Wagen ihrem Geliebten bis zur ersten Etappe nach. Sie umarmte ihn beim Abschied sozusagen vor den Augen des Regiments. Das fand man sogar sehr nett, sehr würdig, sehr schön, und die Kameraden drückten dem Rittmeister die Hand und sagten: »Du verflixter Glückspilz, sie hatte aber doch Herz, die Kleine!«

Man sah wahrhaftig darin etwas Patriotisches.

Das Regiment wurde im Lauf der Kämpfe arg mitgenommen. Der Rittmeister schlug sich heldenhaft und erhielt zuletzt auch das Kriegskreuz. Als dann der Krieg zu Ende war, kam er nach Rouen zurück.

Gleich nach seiner Rückkehr erkundigte er sich nach Irma, aber niemand konnte ihm Genaues sagen.

Wenn man den einen glauben wollte, hatte sie mit dem preussischen Generalstab ein wüstes Leben geführt.

Nach anderen hatte sie sich zu ihren Eltern, Landwirten in der Umgebung von Yvetot, zurückgezogen.

Epivent schickte sogar seinen Burschen zur Mairie; er sollte dort im amtlichen Totenregister nachsehen. Doch der Name seiner Geliebten stand nicht darin.

Das war ein schwerer Schlag für ihn, und er trug seinen Kummer selbstbewusst zur Schau. Er schob sein Unglück sogar den Feinden in die Schuhe und schrieb das Verschwinden der jungen Frau den Preussen zu.

»Im nächsten Krieg sollen sie mir das büssen, die Schufte!« erklärte er öfters.

Eines Morgens aber, als er zum Mittagessen ins Kasino kam, überbrachte ihm ein Dienstmann, ein alter Mann in einem Kittel und mit einer Wachstuchmütze auf dem Kopf, einen Brief. Er riss den Umschlag auf und las:

Mein Liebster,
Ich liege im Hospital und bin sehr, sehr krank. Willst Du mich nicht einmal besuchen? Es würde mich so sehr freuen!
Irma

Der Rittmeister wurde bleich und erklärte von tiefem Mitleid ergriffen:

»Herrgott im Himmel! Das arme Kind! Gleich nach dem Essen geh' ich zu ihr.«

Und während des ganzen Mittagsmahls erzählte er an der Offizierstafel, Irma sei im Spital, aber er werde sie schon dort herausholen, zum Donnerwetter! Daran seien wieder die verfluchten Preussen schuld! Vermutlich sei sie allein und völlig abgebrannt in grösster Not verkommen, denn man habe sicherlich ihr Mobiliar geplündert.

»Ah! die Schweinehunde!«

Alle hörten ihm tief bewegt zu.

Kaum hatte er seine Serviette zusammengerollt und in den hölzernen Ring gesteckt, erhob er sich. Er nahm seinen Säbel vom Kleiderständer, wölbte die Brust vor, um seine Taille dünner zu machen, schnallte seinen Gürtel um und ging dann raschen Schrittes fort ins Zivilhospital.

Doch der Zutritt zu dem Gebäude, in das er ohne weiteres zu gelangen erwartet hatte, wurde ihm streng verwehrt, und er musste sogar seinen Oberst aufsuchen und ihm seinen Fall klarlegen. Der Oberst gab ihm ein Briefchen an den Direktor mit.

Dieser liess den schmucken Rittmeister zuerst eine gute Weile in seinem Vorzimmer warten und stellte ihm schliesslich, nach einer kühlen und missbilligenden Begrüssung, eine Erlaubnis aus.

Schon an der Tür fühlte er sich in diesem Asyl des Elends, des Leidens und des Todes beklommen. Ein Wärter führte ihn.

Er ging auf den Zehenspitzen, um ja keinen Lärm zu machen, durch die langen Korridore, in denen ein schaler Geruch nach Schimmel, Krankheit und Medikamenten hing. Nur dann und wann störte ein Stimmengemurmel das tiefe Schweigen des Hauses.

Manchmal sah der Rittmeister durch eine offene Tür in einen Schlafsaal, auf eine Reihe von Betten, unter deren Leintüchern sich die Körper der Kranken abzeichneten. Ein paar Rekonvaleszentinnen sassen in uniformähnlichen Röcken aus grauer Leinwand mit weissen Hauben auf Stühlen am Fussende ihrer Betten und nähten.

Plötzlich blieb sein Führer vor einem dieser Säle voller Kranker stehen. Über der Tür las man in grossen Buchstaben: Syphilitikerinnen. Der Rittmeister schauerte zusammen; dann fühlte er, wie er rot wurde. Beim Eingang bereitete eine Krankenschwester auf einem Holztischchen ein Medikament.

»Ich will Sie hinführen«, sagte sie. »Es ist das Bett 29.«

Sie ging dem Offizier voraus.

Dann deutete sie auf ein Bett und sagte: »Da ist es.«

Man sah nichts als zerknüllte Decken, die sich über einem Menschenkörper bauschten. Der Kopf war unter dem Leintuch versteckt.

Überall reckten sich Köpfe über den Betten, bleiche, erstaunte Gesichter, die auf die Uniform starrten, Gesichter von Frauen, von jungen und alten Frauen, die aber alle unter dem vorschriftsmässigen Mieder hässlich und gemein aussahen.

Der Rittmeister war völlig durcheinander. Er hielt mit einer Hand seinen Säbel, in der andern trug er sein Käppi, und er flüsterte: »Irma.«

Da regte sich etwas in dem Bett, und das Gesicht seiner Geliebten kam zum Vorschein, aber so verändert, so verlebt und abgemagert, dass er sie nicht wiedererkannte.

Sie keuchte, rang vor Erregung nach Atem und brachte endlich hervor: »Albert!... Albert!... Du bist es!... Oh!... Gott sei Dank... das ist gut...«

Tränen liefen ihr über die Wangen.

Die Pflegerin brachte einen Stuhl und sagte: »Setzen Sie sich doch, Herr Rittmeister.«

Er nahm Platz und betrachtete das bleiche, abgezehrte Gesicht des Mädchens, das noch so schön und frisch gewesen war, als er von ihm Abschied nahm.

Er fragte: »Was hast du denn gehabt?«

Unter Schluchzen antwortete sie: »Du hast es ja gesehen, es steht auf der Tür angeschrieben.«

Sie verbarg ihre Augen unter dem Leintuch.

Verzweifelt und schamerfüllt fragte er weiter: »Wie hast du das nur erwischt, armes Kind?«

Sie flüsterte: »Die Preussen, diese Schweine, haben es mir angehängt. Sie haben mich fast mit Gewalt genommen und mich verseucht.«

Er wusste nichts mehr zu sagen. Er schaute sie an und drehte sein Käppi auf den Knien umher.

Die anderen Kranken starrten ihn an, und er hatte das deutliche Empfinden, dass er einen Fäulnisgeruch, den Geruch verdorbenen Fleisches und gemeiner Lasterhaftigkeit in diesem Schlafsaal voller

Dirnen rieche, die alle mit dem schändlichen und fürchterlichen Übel angesteckt waren.

Sie murmelte: »Ich glaube nicht, dass ich mit dem Leben davonkomme. Der Arzt sagt, es stehe ernst mit mir.«

Da fielen ihre Augen auf das Kreuz auf der Brust des Offiziers, und sie rief: »Oh, du hast einen Orden! Wie mich das freut! Wie mich das freut! Oh, wenn ich dich nur küssen dürfte!«

Angst und Ekel durchschauerten den Rittmeister beim Gedanken an diesen Kuss.

Am liebsten wäre er jetzt gegangen, hätte frische Luft geschöpft und diese Frau nie wiedergesehen. Aber er blieb, weil er nicht wusste, wie er es anfangen sollte, aufzustehen und von ihr Abschied zu nehmen. Er würgte hervor: »Hast du dich denn nicht gepflegt?«

In Irmas Augen trat ein flammendes Leuchten. »Nein«, sagte sie, »ich habe mich rächen wollen, und hätte ich dran krepieren müssen! Und ich habe sie alle, alle ebenfalls verseucht, sosehr ich's konnte. Solange sie in Rouen waren, habe ich nichts dagegen getan.«

Etwas verlegen, mit einem heitern Unterton, erklärte er: »Das hast du allerdings grossartig gemacht.«

Sie ereiferte sich immer mehr und bekam rote Backen.

»O ja«, sagte sie, »es wird mehr als einer dran

glauben müssen durch meine Schuld. Ich habe mich jedenfalls gerächt, dafür steh' ich dir ein.«

Er sagte noch: »Desto besser!« Dann erhob er sich.

»Weisst du, ich muss jetzt gehen. Ich bin für vier Uhr zum Oberst befohlen.«

Enttäuscht, schmerzlich erregt, klagte sie: »Schon? Du willst mich schon verlassen? Du bist ja erst gekommen...!«

Doch er wollte um jeden Preis fort. Er begütigte: »Du siehst doch, ich bin sofort gekommen. Aber ich muss unbedingt um vier Uhr beim Oberst sein.«

»Ist es immer noch der Oberst Prune?«

»Ja, noch immer. Er ist zweimal verwundet worden.«

»Und deine Kameraden«, fragte sie weiter, »sind welche gefallen?«

»Ja, Saint-Timon, Savagnat, Poli, Sapreval, Robert, de Courson, Pasafil, Santal, Caravan und Poivrin sind tot. Sahel wurde ein Arm weggerissen, Courvoisin das eine Bein zerschmettert, Paquet hat das rechte Auge verloren.«

Sie hörte ihm gespannt zu. Dann fragte sie plötzlich ganz ängstlich: »Sag, willst du mich küssen, bevor du gehst? Madame Langlois ist gerade nicht da.«

Trotz dem Ekel, der ihn würgte, drückte er seine Lippen auf ihre totenbleiche Stirn, während sie ihn mit ihren Armen umfangen hielt und das blaue

Tuch seines Dolmans wie rasend mit Küssen bedeckte.

Dann fragte sie: »Du kommst doch wieder? Sag, wirst du wiederkommen? Versprich mir, dass du wiederkommst!«

»Ja, ich verspreche es dir.«

»Wann? Kannst du Donnerstag?«

»Ja, Donnerstag.«

»Donnerstag um zwei?«

»Gewiss, Donnerstag um zwei Uhr.«

»Versprichst du mir's?«

»Versprochen.«

»Leb wohl, mein Liebster.«

»Leb wohl.«

Dann ging er, ganz benommen und zusammengekrümmt, damit seine grosse Gestalt kleiner wirkte, an den ihm nachstarrenden Patientinnen vorbei durch den Schlafsaal, und als er draussen auf der Strasse stand, atmete er erleichtert auf.

Am Abend fragten ihn seine Kameraden: »Na, und Irma?«

Er antwortete etwas verlegen: »Sie hat eine Lungenentzündung gehabt, es geht ihr sehr schlecht.«

Aber ein kleiner, kaum flügger Leutnant, der aus seiner betretenen Miene auf ungeklärte Hintergründe schloss, zog Erkundigungen ein, und als der Rittmeister am nächsten Tag das Kasino betrat, empfing ihn schallendes Gelächter, und es hagelte spöttische Witze. Endlich konnte man sich rächen.

Man erfuhr ausserdem, dass Irma mit dem preussischen Stab ein tolles Leben geführt hatte, dass sie mit einem Oberst der Blauen Husaren und mit vielen andern noch durchs Land geritten sei, und dass man sie in Rouen nur noch das ›Preussenliebchen‹ nannte.

Volle acht Tage war der Rittmeister die Zielscheibe der Hänseleien des ganzen Regiments. Er erhielt mit der Post aufklärende Schriften, Rezepte, Ratschläge von Spezialärzten, sogar Medikamente, deren Natur auf dem Paket angegeben war.

Der Oberst, der eingeweiht wurde, erklärte streng: »Na, da hatte der Rittmeister aber eine nette Bekanntschaft. Ich will ihm dazu gratulieren.«

Vierzehn Tage später rief ihn ein neuer Brief Irmas zu ihr. Wütend zerriss er ihn und antwortete ihr nicht.

Acht Tage danach schrieb sie ihm wieder, es gehe ihr sehr schlecht, und sie wolle von ihm Abschied nehmen.

Auch diesen Brief beantwortete er nicht.

Wieder nach ein paar Tagen besuchte ihn der Spitalgeistliche.

Die Dirne Irma Pavolin liege im Sterben und flehe ihn an, zu ihr zu kommen.

Er wagte nicht, dem Geistlichen diesen Besuch abzuschlagen; aber als er das Spital betrat, war sein Herz erfüllt von rachsüchtigem Groll, von verletzter Eitelkeit und gedemütigtem Stolz.

Er fand sie kaum verändert und dachte, sie habe ihn zum besten gehalten.

»Was willst du von mir?« fragte er.

»Ich habe von dir Abschied nehmen wollen. Es scheint, dass es mit mir zu Ende geht.«

Das glaubte er ihr nicht.

»Hör zu, du machst mich vor dem ganzen Regiment lächerlich, und ich will nicht, dass das so weitergeht.«

»Was hab' ich dir denn zuleide getan?« fragte sie.

Er wurde immer gereizter, weil er darauf keine Antwort wusste.

»Bilde dir ja nicht ein, ich komme noch einmal her und mache mich vor allen Leuten lächerlich!«

Sie starrte ihn mit ihren erloschenen Augen an, in denen der Zorn aufflackerte, und fragte abermals:

»Was hab' ich dir denn zuleid getan? Bin ich vielleicht nicht nett zu dir gewesen? Habe ich dich je um etwas gebeten? Wärst du nicht gewesen, hätte ich weiter mit Herrn Templier-Papon zusammengelebt und wäre jetzt nicht hier. Nein, siehst du, wenn überhaupt jemand mir Vorwürfe machen darf, dann bestimmt nicht du.«

Er versetzte mit bebender Stimme: »Ich mache dir keine Vorwürfe, aber ich kann dich nicht mehr besuchen, weil deine Aufführung mit den Preussen eine Schande für die ganze Stadt gewesen ist.«

Mit einem Ruck setzte sie sich im Bett auf.

»Meine Aufführung mit den Preussen? Aber ich sage dir doch, sie haben mich dazu gezwungen, und ich sag' dir doch, dass ich mich darum nicht habe behandeln lassen, weil ich sie anstecken wollte! Hätte ich mich kurieren wollen, wäre mir das bei Gott ein leichtes gewesen! Aber ich wollte sie doch umbringen, und ich hab' eine ganze Menge umgebracht, kann ich dir sagen!«

Er blieb an ihrem Bett stehen.

»Auf alle Fälle ist es schändlich«, sagte er.

Sie hatte einen Erstickungsanfall, dann fuhr sie fort: »Was ist schändlich? Etwa, dass ich habe sterben wollen, um mit ihnen aufzuräumen, sag? Damals, als du zu mir kamst, in der Rue Jeanne-d'Arc, hast du ganz anders geredet! Ach so, es ist also schändlich! Das hättest du nicht fertiggebracht, du mit deinem Ehrenkreuz! Ich habe es eher verdient als du, siehst du, besser als du, ich habe mehr Preussen getötet als du...!«

Er stand entgeistert vor ihr und bebte vor Empörung.

»Ah, schweig... weisst du... sei still... weil... ich es nicht dulde... dass man an solche Dinge rührt...«

Doch sie hörte ihm kaum zu.

»Na, ich muss schon sagen, so übel habt ihr den Preussen auch wieder nicht mitgespielt! Wäre das alles passiert, wenn ihr sie aufgehalten hättet? Ihr hättet sie nicht nach Rouen kommen lassen dürfen! Ihr hättet sie aufhalten müssen, hörst du! Und ich habe ihnen mehr Böses angetan als du, jawohl, mehr Böses, denn ich muss sterben, während du bummeln gehst und das Männchen machst, um den Frauen den Kopf zu verdrehen...«

In jedem Bett hob eine Frau den Kopf aus den Kissen, und alle Augen starrten auf den uniformierten Mann, der immer wieder stammelte: »Schweig ... hörst du... sei still...«

Doch sie schwieg nicht. Sie schrie: »Ach ja, du bist mir ein sauberer Grosshans! Ich kenne dich doch. Wenn ich dir sage, dass ich mehr von ihnen umgebracht habe als dein ganzes Regiment zusammen... Geh jetzt... du Schlappschwanz!«

Er ging wirklich, er floh, er lief auf seinen langen Beinen mit weiten Schritten zwischen den zwei Reihen der Betten hindurch, in denen sich die Syphilitikerinnen aufgeregt herumwarfen. Und hinter sich hörte er die keuchende, pfeifende Stimme Irmas, die ihm nachschrie: »Mehr als du, jawohl, ich habe mehr umgebracht als du, mehr als du...«

Er rannte, immer vier Stufen nehmend, die Treppe hinunter und schloss sich zu Hause ein.

Am nächsten Tag erfuhr er, sie sei gestorben.

Rose

Es sieht aus, als wären die beiden jungen Frauen unter einer dichten Blumendecke begraben. Sie sitzen allein in dem grossen Landauer, der wie ein Riesenkorb mit Blumen vollgeladen ist. Auf dem Vordersitz stehen zwei weißseidene Körbchen voller Veilchen aus Nizza, und auf dem Bärenfell, das über ihre Knie gebreitet ist, liegen ganze Haufen von Rosen, Mimosen, Levkojen, Margeriten, Tuberosen und Orangeblüten, mit schmalen Seidenbändern zusammengebunden, dass es aussieht, als würden die beiden zarten Frauen erdrückt. Aus dem bunten, duftenden Bett ragen nur Schultern und Arme und ein Stück des Oberleibs hervor, blau bei der einen und lila bei der andern.

Die Peitsche des Kutschers ist mit Anemonen umwunden, die Zugstränge der Pferde sind mit Goldlack besteckt, die Radspeichen mit Reseda verkleidet, und statt der Laternen leuchten zwei riesige runde Blumensträusse wie die beiden seltsamen Augen dieses rollenden, blütenüberwachsenen Tieres.

Der Landauer fährt in raschem Trab durch die Strasse, die Rue d'Antibes; voraus, hintennach und links und rechts von ihm fahren andere mit Girlanden geschmückte Wagen voll Frauen, die unter einer Flut von Veilchen verschwinden. Denn man feiert das Blumenfest von Cannes.

Nun gelangt der Wagen zum Boulevard de la Foncière, wo die Blumenschlacht stattfindet. In der ganzen Länge der endlosen Avenue wogt eine doppelte Reihe blumenbekränzter Kutschen hin und her wie ein Band, das kein Ende hat. Von einer Seite dieser langen Wagenreihe zur andern wirft man sich Blumen zu. Sie fliegen wie Bälle durch die Luft, treffen die jugendfrischen Gesichter, überschlagen sich und fallen in den Staub, wo ein ganzes Heer von Strassenjungen sie aufliest.

Eine dichtgedrängte Menge steht Kopf an Kopf längs der Trottoirs und schaut lärmend oder auch ruhig zu. Berittene Gendarmen halten sie zusammen; sie reiten rücksichtslos dicht an den Leuten entlang und treiben die schaulustigen Fussgänger zurück, als wollten sie dem gemeinen Volk nicht erlauben, sich unter die Reichen zu mischen.

Die Herrschaften in den Kutschen rufen einander zu, erkennen sich und bewerfen sich mit Rosen. Ein Wagen, voll mit hübschen Frauen, die rot wie Teufel gekleidet sind, zieht alle Blicke auf sich und bezaubert die Zuschauer. Ein Herr, der aussieht wie ein lebendig gewordenes Bildnis Heinrichs IV., schleudert mit übermütigem Eifer ein riesiges Bukett, das an einem Gummiband befestigt ist. Vor dem drohenden Wurf halten die Damen die Hände vor die Augen, die Männer ducken sich, doch das graziöse Wurfgeschoss beschreibt rasch und gelehrig einen Bogen und kehrt zu seinem Herrn zurück, der es alsbald einem neuen Opfer zuwirft.

Die beiden jungen Frauen verschiessen mit vollen Händen ihren Vorrat an Sträusschen, bis nichts mehr da ist, und erhalten dafür einen Hagel von Blumen. So dauert die Schlacht gut eine Stunde; dann werden sie ein bisschen müde und befehlen dem Kutscher, die Landstrasse zum Golfe Juan einzuschlagen, die am Meer entlangführt.

Die Sonne verschwindet hinter dem Esterel und zeichnet auf feuerrotem Himmel tiefschwarz die gezackte Silhouette des langgestreckten Gebirges ab. Das ruhige Meer dehnt sich blau und klar bis zum Horizont hin, wo es sich mit dem Himmel vermischt, und das Geschwader, das mitten im Golf vor Anker liegt, sieht aus wie eine Herde unförmiger Tiere, die regungslos auf dem Wasser schwimmen wie gepanzerte, höckerige apokalyptische Gebilde, mit Masten, zerbrechlich wie Federn, besteckt und mit Augen, die aufleuchten, wenn die Nacht hereinbricht.

Die jungen Frauen, wohlig unter der schweren Pelzdecke ausgestreckt, schauen matt und unbeteiligt darauf hinab. Endlich sagt die eine:

»Welch köstliche Abende es doch gibt! Alles scheint dann gut. Findest du nicht auch, Margot?«

»Ja, alles ist gut«, erwiderte die andere. »Aber etwas fehlt immer.«

»Was denn? Ich fühle mich ganz glücklich. Mir fehlt nichts.«

»Doch. Du denkst bloss nicht daran. Wie gross auch das Wohlgefühl sein mag, das unseren Körper empfindungslos macht, wir sehnen uns doch stets nach etwas, das uns abgeht... etwas für das Herz.«

Und die andere fragte lächelnd: »Ein bisschen Liebe?«

»Ja.«

Sie schwiegen beide wieder und schauten vor sich hin; dann murmelte die eine, die Marguerite hiess:

»Das Leben scheint mir ohne das unerträglich. Ich brauche Liebe, wäre es auch nur die Liebe eines Hundes. Übrigens sind wir Frauen alle so, was du auch sagen magst, Simone.«

»Nein, nein, meine Liebe. Ich will lieber gar nicht geliebt werden, als von irgendwem. Glaubst du, es wäre mir angenehm, zum Beispiel geliebt zu werden... von... von...«

Sie dachte nach, wer sie wohl lieben könnte, und ihre Blicke schweiften über die weite Landschaft hin. Als ihre Augen den ganzen Horizont ringsum abgesucht hatten, fielen sie auf die beiden blitzenden Metallknöpfe am Rücken des Kutschers, und sie fuhr lachend fort: »Von meinem Kutscher.«

Madame Margot lächelte kaum und sagte leise:

»Ich versichere dir, es ist sehr spassig, von einem Bedienten geliebt zu werden. Das ist mir zwei-

oder dreimal passiert. Sie rollen dann so komisch die Augen, dass man vor Lachen fast umkommt. Natürlich zeigt man sich um so strenger, je verliebter sie sind, dann setzt man sie eines Tages unter dem erstbesten Vorwand vor die Tür, weil man ja lächerlich würde, wenn es jemandem auffallen sollte.«

Madame Simone blickte starr vor sich hin und hörte ihr wortlos zu, dann erklärte sie:

»Nein, entschieden, am Herzen meines Dieners fände ich keine Genüge. Erzähl mir doch, wieso du darauf gekommen bist, dass sie dich liebten.«

»Das merkte ich wie bei den anderen Männern: wenn sie blöde wurden.«

»Mir kommen die andern nicht so dumm vor, wenn sie mich lieben.«

»Völlig verblödet, meine Liebe, ausserstande, ein Gespräch zu führen, vernünftig zu antworten, überhaupt etwas zu begreifen.«

»Und wie war denn dir dabei zumute, wenn dich ein Diener liebte? Wie warst du?... Erregt? Geschmeichelt?«

»Erregt – nein. Geschmeichelt – ja, ein wenig. Die Liebe eines Mannes, er sei, wer er wolle, schmeichelt uns ja immer.«

»O Margot, hör doch auf!«

»Doch, meine Liebe. Pass auf, ich will dir ein seltsames Erlebnis erzählen, das ich einmal hatte. Du wirst sehen, wie sonderbare und verworrene

Vorgänge sich bei solchen Gelegenheiten in unserem Innern abspielen.

Es wird im Herbst vier Jahre her sein, da war ich einmal ohne Kammerzofe. Ich hatte nacheinander fünf oder sechs Mädchen versuchsweise eingestellt, aber sie taugten alle nichts, und ich hatte schon jede Hoffnung aufgegeben, eine geeignete Zofe zu finden, da las ich im Anzeigenteil einer Zeitung, dass ein Mädchen, das nähen, sticken und frisieren könne, eine Stelle suche und die besten Zeugnisse beibringen könne. Zudem spreche sie Englisch.

Ich schrieb an die angegebene Adresse, und tags darauf stellte sich die fragliche Person vor. Sie war ziemlich gross, schlank, ein bisschen blass und wirkte recht schüchtern. Sie hatte schöne dunkle Augen, eine entzückende Haut; sie gefiel mir auf den ersten Blick. Ich verlangte ihre Zeugnisse zu sehen. Sie gab mir ein englisch abgefasstes; wie sie sagte, hatte sie bis dahin im Hause der Lady Rymwell gedient, wo sie zehn Jahre geblieben sei.

In dem Zeugnis wurde bescheinigt, dass das Mädchen aus eigenem Entschluss fortgegangen sei; sie habe nach Frankreich zurückkehren wollen, und man habe ihr, von ein wenig ›französischer Koketterie‹ abgesehen, im Lauf ihrer langjährigen Dienstzeit nichts vorzuwerfen gehabt.

Die schamhafte Wendung des englischen Satzes nötigte mir sogar ein leises Lächeln ab, und ich stellte die Kammerzofe ohne weiteres ein.

Rose – so hiess sie – trat noch am selben Tag ihren Dienst bei mir an.

Nach einem Monat betete ich sie an.

Sie war ein Glücksfall, ein Fund, eine Perle, ein Phänomen.

Sie verstand es meisterhaft und mit grösstem Geschmack, mein Haar zurechtzumachen; sie richtete die Spitzen an einem Hut geschickter zu als die besten Modistinnen, ja, sie konnte sogar Kleider schneidern.

Ich war verblüfft über ihre Fähigkeiten. Noch nie war ich so gut bedient worden.

Sie kleidete mich mit erstaunlich leichter Hand an. Nie spürte ich ihre Finger auf meiner Haut, und doch ist mir nichts so widerwärtig wie die Berührung durch die Hand einer Zofe. Bald ergab ich mich einem geniesserischen Faulenzen und gewöhnte mir an, mich mit grösstem Wohlbehagen von diesem grossen, schüchternen Mädchen von Kopf bis zu den Füssen, vom Hemd bis zu den Handschuhen ankleiden zu lassen. Sie errötete leicht und sprach nie ein Wort. Wenn ich aus dem Bad stieg, rieb sie mich trocken und massierte mich, während ich ein wenig auf meinem Diwan schlummerte. Ich sah in ihr wahrhaftig eher eine aus geringeren Verhältnissen stammende Freundin als eine gewöhnliche Zofe.

Eines Morgens aber wünschte mich der Concierge, der sehr geheimnisvoll tat, zu sprechen. Ich war ganz überrascht und liess ihn hereinkommen. Er war ein verlässlicher Mann, ein alter Soldat, die frühere Ordonnanz meines Mannes.

Er war sichtlich verlegen über das, was er zu bestellen hatte. Endlich stammelte er:

›Madame, unten ist der Polizeikommissar des Viertels.‹

Ich fragte unwirsch:

›Was will er denn?‹

›Er will eine Haussuchung vornehmen.‹

Gewiss, die Polizei ist zu vielem nütze, aber ich kann sie nicht ausstehen. Ich finde, das ist kein anständiger Beruf. So gab ich gereizt und auch gekränkt zur Antwort:

›Wozu diese Haussuchung? Aus welchem Grund? Ich lasse ihn nicht herein.‹

Der Concierge erwiderte:

›Er behauptet, im Haus sei ein Verbrecher versteckt.‹

Jetzt bekam ich doch Angst und befahl, den Polizeikommissar zu mir hereinzuführen. Er sollte mir nähere Auskunft geben. Er war ein recht gut erzogener Mann; im Knopfloch trug er das Bändchen der Ehrenlegion. Er entschuldigte sich, bat um Verzeihung und bestätigte mir dann, ich hätte unter meiner Dienerschaft einen Zuchthäusler.

Ich war empört und antwortete ihm, ich stehe für die ganze Dienerschaft im Haus ein, und zählte sie ihm auf.

›Der Concierge, Pierre Courtin, ein ehemaliger Soldat.‹

›Der ist es nicht.‹

›Der Kutscher, François Pingau, ein Bauer aus der Champagne, Sohn eines Pächters meines Vaters.‹

›Der ist es nicht.‹

›Ein Stallknecht, ebenfalls aus der Champagne, auch Sohn von Bauern, die ich gut kenne, dazu ein Diener, den Sie eben gesehen haben.‹

›Auch der ist es nicht.‹

›Nun, mein Herr, Sie sehen, dass Sie sich täuschen.‹

›Verzeihung, Madame, ich bin sicher, dass ich mich nicht täusche. Da es sich um einen gefährlichen Verbrecher handelt, wollen Sie die Güte haben, hier vor Ihnen und mir Ihre gesamte Dienerschaft antreten zu lassen.‹

Erst wollte ich nicht, dann gab ich nach und liess alle meine Dienstboten, Männer und Frauen, heraufkommen.

Der Polizeikommissar warf einen prüfenden Blick über sie hin und erklärte dann:

›Das sind nicht alle.‹

›Pardon, mein Herr, es ist nur noch meine Zofe da, ein junges Mädchen, das Sie doch wohl nicht mit einem Sträfling verwechseln können.‹

Da fragte er: ›Kann ich sie ebenfalls sehen?‹

›Natürlich.‹

Ich klingelte nach Rose, und sie erschien sogleich.

Kaum war sie eingetreten, winkte der Kommissar, und zwei Männer, die ungesehen hinter der Tür versteckt gestanden hatten, warfen sich auf sie, packten sie an den Händen und fesselten sie mit Stricken.

Ich stiess einen Wutschrei aus, wollte eingreifen und sie verteidigen, die Beamten hinausdrängen. Doch der Kommissar gebot mir Einhalt.

›Madame,‹ dieses Mädchen ist ein Mann und heisst Jean-Nicolas Lecapet, er wurde 1879 wegen Notzucht und Mordes zum Tode verurteilt. Seine Strafe wurde in lebenslängliches Zuchthaus umgewandelt. Vor vier Monaten ist er ausgebrochen. Seither suchen wir ihn.‹

Ich war vor Angst halb von Sinnen, starr vor Entsetzen. Ich konnte es nicht glauben. Der Kommissar sagte lachend:

›Ich kann Ihnen nur einen Beweis geben: Er ist am rechten Arm tätowiert.‹

Man streifte seinen Ärmel hoch. Es war so. Dann setzte der Mann von der Polizei reichlich geschmacklos hinzu:

›Die übrigen Feststellungen können Sie ruhig uns überlassen.‹

Dann führte man meine Zofe ab!

Und nun, ob du mir's glaubst oder nicht, was mir vor allem zu schaffen gab, war nicht etwa der Zorn darüber, dass ich so hinters Licht geführt, getäuscht und lächerlich gemacht worden war, auch nicht

Scham, weil ich auf diese Art von einem Mann an- und ausgekleidet, berührt und betastet worden war ... sondern eine ... tiefe Demütigung ... eine Demütigung als Frau. Verstehst du, was ich meine?«

»Nein, nicht recht.«

»Nicht? Aber so überleg doch nur einmal ... Er war verurteilt ... wegen Notzucht ... dieser Bursche ... nun ja, ich dachte ... an die Frau, die er vergewaltigt hatte ... und das ... das demütigte mich ... Das war's ... begreifst du jetzt?«

Madame Simone antwortete nicht. Sie sah geradeaus vor sich hin, mit einem eigentümlich starren Blick auf die beiden blitzenden Knöpfe der Livree, mit einem sphinxhaften Lächeln, wie es Frauen zuweilen haben.

Die Missgeburten

Mir fiel diese grauenhafte Geschichte und auch das grässliche Weib wieder ein, als ich letzthin an einem Badestrand, den die reichen Nichtstuer mit Vorliebe aufsuchten, eine bekannte junge Pariserin vorübergehen sah, eine elegante, bezaubernde Frau, die allgemein angebetet und verehrt wurde.

Meine Geschichte hat sich schon vor langer Zeit zugetragen, aber solche Dinge vergisst man ja nie mehr.

Ich war von einem Freund eingeladen worden und durfte längere Zeit bei ihm in einem kleinen Provinzstädtchen unterkommen. Er wollte mir die Gegend zeigen und führte mich darum überall hin, ich musste mir alle schönen Aussichtspunkte und gepriesenen landschaftlichen Schönheiten ansehen, die Schlösser, Fabriken und zerfallenen Gemäuer. Er schleppte mich zu sämtlichen sehenswerten Baudenkmälern mit, zu allen Kirchen, alten mit Schnitzereien verzierten Haustoren, zu allen mächtigen oder seltsam geformten Bäumen, zum Eichbaum des heiligen Andreas und zur Eibe von Roqueboise.

Als ich alle Sehenswürdigkeiten der Gegend mit

gebührender Begeisterung und unter wohlwollend nachsichtigen Entzückungskundgebungen genau und eingehend besichtigt hatte, erklärte mir mein Freund mit kläglicher Miene, nun gebe es nichts mehr, was ich mir noch ansehen könnte. Ich atmete erleichtert auf. Endlich konnte ich also ein wenig ausruhen und im Schatten der Bäume faulenzen. Doch plötzlich entfuhr ihm ein Jubelschrei.

»Ah, da fällt mir ein: wir haben ja noch die Alte mit den Missgeburten! Die musst du auch noch kennenlernen.«

Erstaunt fragte ich:

»Was sagst du? Die Alte mit den Missgeburten? Wer ist denn das?«

»Ein abscheuliches Weib«, erwiderte er, »ein wahrer Teufel, ein Geschöpf, das Jahr für Jahr, aus freien Stücken und absichtlich, verunstaltete, grauenvoll hässliche, erschreckend scheussliche Kinder zur Welt bringt, kurzum: Ungeheuer und Monstrositäten, die sie dann an die Schaubudenbesitzer und Leute, die derlei Sehenswürdigkeiten vorführen, verkauft.

Diese gewissenlosen Geschäftemacher kommen von Zeit zu Zeit her und erkundigen sich, ob sie wieder irgendeinen neuen Wechselbalg, ein noch nie dagewesenes Scheusal hervorgebracht hat, und wenn ihnen das Schaustück zusagt und gefällt, nehmen sie's mit und zahlen dafür der Mutter eine Jahresrente.

Sie hat elf solche scheusälige Nachkommen. Sie ist eine wohlhabende Frau.

Nun glaubst du wohl, ich mache Spass, ich binde dir da einen Bären auf und übertreibe! Nein, lieber Freund. Ich erzähle dir die lautere Wahrheit, nichts als die exakte Wahrheit.

Komm mit, wir wollen dieses Weib besuchen. Nachher erzähle ich dir dann, wie sie dazu gekommen ist, eine Art Scheusalsfabrik geworden zu sein.«

Er führte mich vor die Stadt hinaus in die nähere Umgebung.

Sie wohnte in einem hübschen Häuschen dicht an der Landstrasse. Es sah nett aus und war gut instand gehalten. Im Garten blühten schöne Blumen, und ihr Duft erfüllte weithin die Luft. Man kam sich vor wie auf dem Wohnsitz eines Notars, der sich von den Geschäften zurückgezogen hat.

Eine Magd liess uns ein und führte uns in die gute Stube, halb Bauernstübchen, halb Salon, und dann erschien das Weib, das elende Weib.

Eine Frau um die Vierzig, eine stattliche Person, gross und mit harten Zügen, doch gut gewachsen, nicht unhübsch, kräftig und gesund, der echte Typus der robusten Bäuerin, halb Arbeitstier, halb Frau.

Sie wusste wohl um die allgemeine Verachtung, die sie traf, wusste, wie ausgestossen und verworfen sie war, und schien darum Besucher jeweils mit hassvoller Unterwürfigkeit zu empfangen.

»Was wünschen die Herren?« fragte sie.

Mein Freund antwortete:

»Man hat mir gesagt, Ihr letztes Kind sei wie alle andern Kinder ausgefallen, es sehe kein bisschen seinen Brüdern ähnlich. Ich habe mich darum persönlich davon überzeugen wollen. Stimmt es?«

Sie warf uns einen tückischen und wütenden Blick zu und gab zur Antwort:

»O nein! O nein! Lieber Herr, es ist womöglich noch hässlicher als die andern. Ich habe eben kein Glück, jedesmal hab' ich Pech! Alle sind sie so, lieber Herr, alle sind missraten. Es ist ein Jammer und ein Elend! Wie kann der liebe Gott auch nur so hart sein mit einer armen alleinstehenden Frau! Wie ist das nur möglich?!«

Sie sprach rasch und stossweise, mit niedergeschlagenen Augen und scheinheiliger Unschuldsmiene, mit einem Gesicht wie ein wildes Tier, das Angst hat. Ihre scharfe, heiser-rauhe Stimme bekam etwas sanft Flötendes, und wer die Frau so jammern hörte, konnte es kaum glauben, dass dieses weinerliche Gewinsel, dieses dünne greinende Falsettstimmchen aus dem grossen knochigen Leib ertönte, aus diesem massigen, viel zu starken Körper mit den groben, derben Kanten, der doch eher für wild-heftige Gebärden gebaut schien, von dem man eher ein wölfisches Heulen erwartet hätte.

Mein Freund fragte: »Könnten wir den Kleinen nicht ansehen? Wir möchten es gern.«

Mir war, als erröte sie. Vielleicht täuschte ich mich. Eine Zeitlang überlegte sie schweigend, dann sagte sie lauter als vorher:

»Was hätten Sie schon davon?«

Sie hatte den Kopf erhoben und schoss uns stechende Blicke zu; ihre Augen blitzten und flammten.

Mein Begleiter fragte beharrlich weiter:

»Warum wollen Sie ihn uns eigentlich nicht zeigen? Sonst zeigen Sie ihn doch vielen Leuten. Sie wissen ja, von wem ich spreche!«

Da fuhr sie wütend auf, und nun liess sie ihrer Stimme freien Lauf, schrie uns ihre ganze Wut ins Gesicht.

»Deswegen also sind Sie gekommen? Soso, bloss um mich zu beschimpfen, was? Weil meine Kinder wie Tiere aussehen, he? Sie bekommen ihn nicht zu sehen! Nein, nein, Sie kriegen ihn nicht zu sehen! Machen Sie, dass Sie fortkommen! Hinaus mit Ihnen, hinaus! Was haben sie mich denn nur alle in einem fort so gemein zu schikanieren?«

Sie kam wütend, beide Hände in die Hüften gestemmt, auf uns zu. Beim keifenden Geheul und Gebell ihrer groben Stimme ertönte plötzlich aus dem Nebenzimmer eine Art ächzendes Stöhnen oder eher ein Miauen, ein klägliches idiotisches Gewimmer und Plärren. Mich fror bei diesem tierischen Ächzen bis ins Mark der Knochen. Wir wichen langsam vor ihr zurück.

Dann sprach mein Freund streng und ungehalten:

»Nehmen Sie sich in acht, gute Frau, hüten Sie sich. Eines schönen Tags wird Ihnen das noch Unglück bringen!«

Da fing sie vor Wut regelrecht an zu zittern, fuchtelte uns mit den Fäusten vor dem Gesicht herum, schäumte und tobte vor rasendem Zorn und heulte:

»Gehen Sie fort! Was soll mir denn Unglück bringen? Fort mit euch! Hinaus, ihr Bande von gottlosen Ketzern!«

Sie wäre uns sicher noch ins Gesicht gesprungen. Da machten wir schleunig, dass wir fortkamen. Doch das Herz krampfte sich mir zusammen.

Als wir vor der Tür standen, fragte mich mein Freund:

»Und jetzt, hast du sie gesehen? Was sagst du nun dazu?«

Ich erwiderte:

»Erzähl mir doch die Geschichte dieses gemeinen Weibsbildes.«

Und er erzählte mir, während wir gemächlichen Schrittes auf der staubweissen Landstrasse heimwärts wanderten. Zu beiden Seiten wogte das nahezu reife Korn im leichten Wind, der darüber hinwehte und es gleich einem ruhigen Meer in sanften Wellen hin und her und auf und nieder bewegte.

»Als halbwüchsiges Mädchen hatte sie früher als

Magd auf einem Bauernhof gedient, ein tüchtiges, ordentliches und sparsames Ding. Soviel man wusste, hatte sie keinen Schatz, und niemand hätte ihr eine Schwäche zugetraut.

Sie beging einen Fehltritt, wie sie es alle einmal tun, irgendwann an einem schwülen Abend zur Erntezeit, mitten in den gemähten Korngarben, unter einem gewittrigen Himmel, wenn die Luft windstill und drückend ist und geladen scheint mit einer Backofenhitze, so dass die gebräunten Körper der Burschen und Dirnen von Schweiss perlen.

Es dauerte nicht lange, so wusste sie, dass sie schwanger war, und nun quälten sie Scham und Furcht. Da sie um jeden Preis ihre Schande verbergen wollte, schnürte sie sich den Bauch rücksichtslos zusammen, mit einem System, das sie sich selbst ausgedacht hatte, einer Art Zwangsschnürleib aus Brettchen und dicken Schnüren. Je sichtbarer ihr Leib unter dem Druck des wachsenden Kindes anschwoll, um so enger schnürte sie das Folterinstrument, litt Todesqualen, aber ertrug den Schmerz standhaft, ging immer heiter lächelnd und scheinbar guter Dinge ihrer Arbeit nach und verrichtete ihre Obliegenheiten rüstig und flink, kurzum, sie liess sich nichts anmerken, und kein Mensch fasste Verdacht.

So verstümmelte sie noch im Mutterleib das kleine Wesen, das von der schaurigen Foltermaschine eingequetscht war. Sie presste es zusammen, drückte es ein, machte daraus ein unförmiges Scheusal, eine abscheuliche Missgeburt. Sein kleines zusammengepresstes Schädelchen wuchs in die Länge, wurde spitz und länglich, und zwei grosse Glotzaugen standen weit aus der Stirn hervor. Die Gliedmassen, die gegen den Rumpf gedrückt wurden, schossen überlang aus, krummgewachsen wie das Holz der Reben, sie wuchsen übermässig dünn und langgliederig zu wahren Zerrbildern und grotesken Missgebilden, die in Fingern, Spinnenbeinen ähnlich, endigten.

Der Rumpf blieb winzig klein und rund wie eine Nuss.

Sie kam an einem Frühlingsmorgen auf freiem Feld nieder.

Als die Jäterinnen, die ihr zu Hilfe eilten, das Tier sahen, das ihr aus dem Leib herausquoll, rannten sie laut schreiend davon. Und bald hiess es im ganzen Land, sie habe einen Teufel zur Welt gebracht. Seit jener Zeit heisst sie nur noch die ›Teufelsalte‹.

Sie wurde fortgejagt und verlor ihre Stelle. Da lebte sie nun von zusammengebettelten Almosen und wohl auch von heimlichem Liebesverkehr, denn sie war ein schönes Weibsgeschöpf, und nicht alle Männer fürchteten sich vor dem Teufel.

Sie zog ihre Missgeburt auf, obwohl sie das unförmige Wesen hasste, mit wildem, triebhaftem

Hass, und es vielleicht erwürgt hätte, wenn ihr nicht der Pfarrer, der ihr dieses Verbrechen von vornherein zutraute, die Hölle heiss gemacht und mit der Polizei gedroht hätte.

Nun hörten eines Tages ein paar Schaubudenbesitzer, die hier vorbeikamen, von der abstossend grausigen Missgeburt reden und wünschten sie zu sehen. Wenn sie ihnen gefalle, wollten sie sie gleich mitnehmen, erklärten sie. Sie fand ihren Beifall, und sie zahlten der Mutter fünfhundert Franken bar auf den Tisch. Zuerst schämte sie sich und weigerte sich, dieses tierähnliche Geschöpf überhaupt zu zeigen. Als sie dann aber sah, dass es Geldeswert hatte und veräussert werden konnte, dass diesen Leuten so viel daran lag, es zu erstehen, da fing sie an zu feilschen, marktete Sou um Sou den Preis heraus, pries ihnen die Missbildung ihres Kindes an, machte sie danach lüstern und forderte immer höhere Preise. Sie stritt sich zäh und verbissen mit ihnen herum, unnachgiebig und geldgierig wie ein hartschädliger Bauer.

Damit man sie ja nicht übers Ohr hauen konnte, bestand sie auf einem Vertrag mit ihnen; sie wollte etwas Schriftliches in den Händen haben. Und sie verpflichteten sich urkundlich, ihr ausserdem noch jährlich vierhundert Franken zu zahlen, als hätten sie dieses tierische Missgebürtlein in ihren Dienst genommen.

Dieser unverhoffte zusätzliche Gewinst verdrehte der Mutter vollends den Kopf, und von nun an war sie von der Vorstellung besessen, sie könnte eigentlich abermals eine solche Sehenswürdigkeit, eine zweite Missgestalt, in die Welt setzen; so, dachte sie, würde sie sich Jahr für Jahr eine schöne Stange Geld auf die Seite legen und wie eine wohlbegüterte Bürgersfrau leben können.

Da sie von einer erstaunlichen Fruchtbarkeit war, erreichte sie's, wie sie es vorhatte, und alles ging ihr nach Wunsch. Es scheint sogar, dass sie es zu einer grausigen Fertigkeit brachte, die Gestalt ihrer Missgeburten zu variieren, je nachdem sie während ihrer Schwangerschaft die unausgetragene Leibesfrucht einschnürte und zusammenquetschte.

So setzte sie die mannigfaltigsten Ungeheuerlichkeiten in die Welt, langgestreckte und ganz kurze, die einen krabbenähnliche Scheusale, andere wieder an Eidechsen gemahnend. Mehrere blieben nicht am Leben, und das brachte sie jedesmal fast zur Verzweiflung.

Die Polizei versuchte einzuschreiten, aber man konnte ihr nichts beweisen. So liess man sie denn in Ruhe, behelligte sie nicht weiter, und sie konnte ungestört ihre Schaubudenungeheuer weiter zur Welt bringen.

Augenblicklich besitzt sie deren elf, die alle am Leben sind und ihr durchschnittlich im Jahr fünf- oder sechstausend Franken einbringen. Ein einziges ist noch nicht abgesetzt und harrt noch eines Käufers, das Balg, das sie uns nicht zeigen wollte. Aber sie wird es nicht lange auf dem Halse haben, denn sie ist heute in der ganzen Welt bei allen Marktbudenbesitzern und Panoptikumsinhabern bekannt, und sie kommen von Zeit zu Zeit bei ihr vorbei und schauen, ob sie etwas Neuartiges zu bieten hat.

Sie veranstaltet sogar regelrechte Steigerungsverkäufe unter ihnen, wenn sie eine besonders lohnende Missgestalt anzubieten hat.«

Mein Freund war lange schon verstummt, und immer noch hielt mich ein wilder, namenloser, würgender Ekel gefasst, ein Ekelgefühl, das mir den Magen umdrehte, und ein ingrimmiger Zorn, halb Wut, halb Reue darüber, dass ich diesem viehischen Weibsbild nicht den Garaus gemacht, dass ich sie nicht erwürgt hatte, als ich sie in Griffweite vor mir hatte.

Dann fragte ich: »Wer ist wohl der Vater?«

»Das weiss man nicht«, gab er mir zur Antwort. »Er oder sie – ob's nun einer ist oder mehrere, die's mit ihr haben – jedenfalls beweisen sie eine gewisse Scham. Sie scheuen das Tageslicht, halten sich verborgen. Vielleicht teilen sie mit ihr den Gewinn.«

Ich dachte längst nicht mehr an dieses weit zurückliegende Erlebnis, als ich neulich an einem modischen Badestrand eine elegante, reizende, kokette, beliebte, von Männern umschwärmte Frau sah, die allseits geachtet und verehrt wurde.

Ich ging am Arm eines Freundes, des Kurarztes dieses Badeorts, den Strand entlang. Zehn Minuten später begegneten wir einem Kindermädchen, das drei Kinder beaufsichtigte, die sich im Sand herumrollten.

Ein Pärlein Krücken lag daneben, und dieser Anblick tat mir weh. Da fiel mir auch auf, dass die drei kleinen Geschöpflein alle verunstaltet, bucklig, krumm gewachsen und fürchterlich entstellt waren.

Da sagte der Doktor: »Hier siehst du die Sprösslinge der bezaubernden Frau, der wir vorhin begegnet sind.«

Tiefes Mitgefühl packte mich, ein heisses Mitleid übermannte mein Herz, und ich rief aus:

»Die arme Mutter! Wie kann sie nur noch lachen?!«

Doch mein Freund entgegnete:

»Sie muss dir nicht leid tun, mein Lieber! Die armen Kinderchen verdienen dein Mitgefühl, sie darfst du beklagen. Siehst du, das kommt dabei heraus, wenn die Taille bis zum letzten Tag schmal und fein bleiben soll. Diese kleinen missgestalteten Ungeheuer dort werden mit dem Schnürleib erzielt, das Korsett macht sie dazu. Die Frau weiss ganz genau, dass sie dabei ihr Leben aufs Spiel setzt. Doch was kümmert sie das, wenn sie nur schön bleibt und nicht auf ihre Liebe verzichten muss.«

Und da musste ich an die andere denken, an das Bauernweib, das ihre Missgeburten an die Schaubuden verkaufte.

Das Geständnis

Die Mittagssonne brennt wie ein weiter Regen auf die Felder hernieder. Sie dehnen sich sanft gewellt zwischen den Baumgruppen der Bauernhöfe aus, und die verschiedenen Ernten, der reife Roggen und das gilbende Korn, der hellgrüne Hafer, der dunkelgrüne Klee breiten einen grossen gestreiften, bunten und sanften Mantel über den nackten Leib der Erde.

Weit hinten auf der Kuppe einer Anhöhe weidet, schön ausgerichtet wie Soldaten, eine endlose Reihe Kühe. Die einen liegen im Gras, manche stehen, sie blinzeln mit ihren grossen Augen im grellen Licht, käuen wieder und weiden ein Kleefeld ab, das so gross wie ein See ist.

Zwei Frauen, Mutter und Tochter, gehen wiegenden Ganges eine hinter der andern auf einem schmalen Fusspfad, der sich durch die Getreidefelder hinzieht, zu dieser Kuhherde hinüber.

Jede trägt zwei Blecheimer, die durch einen Fassreifen von ihrem Körper ferngehalten werden, und bei jedem Schritt, den sie machen, blitzt das Metall grell und blendend in der Sonne auf, die darauf fällt.

Sie sprechen kein Wort. Sie sind unterwegs zum

Melken. Bei den Kühen angelangt, stellen sie einen Kessel ab und treten zu den zwei ersten Tieren heran. Ein Fusstritt in die Rippen, und sie stehen auf. Die Kuh richtet sich langsam auf, zuerst auf die Vorderbeine, hebt dann mühsam ihr breites Hinterteil, das durch das mächtige, fleischfarbene baumelnde Euter noch schwerer erscheint.

Die beiden Malivoire, Mutter und Tochter, knien unter dem Bauch der Kuh und rupfen flink und kräftig an dem prallen Euter, und bei jedem Druck ihrer Finger schiesst ein dünner Strahl Milch in den Eimer. Der gelbliche Schaum steigt bis zum Kesselrand, und so gehen die beiden Frauen von Tier zu Tier bis ans Ende der langen Reihe.

Sobald sie eine Kuh fertig gemolken haben, führen sie das Tier abseits und lassen es einen Fleck unabgeweideten Grüns abgrasen.

Dann machen sie sich auf den Heimweg. Sie gehen langsamer, schwerfälliger unter der Last der Milch, die Mutter voraus, die Tochter hinterdrein.

Plötzlich aber bleibt diese stehen, stellt ihre Last zu Boden, setzt sich hin und beginnt zu weinen.

Wie die Mutter Malivoire ihre Schritte nicht mehr hinter sich hört, dreht sie sich um und bleibt verwundert ebenfalls stehen.

»Was hast du denn?« fragt sie.

Céleste, die Tochter, ein grosses rothaariges Ding mit sonnenverbranntem Haar und gebräunten Wangen voller Laubflecken, als wären ihr eines

Tages bei der Arbeit in der Sonnenglut feurige Tropfen darauf gefallen, ächzte leise wie ein Kind, das geschlagen wird.

»Ich kann meine Milch nicht weitertragen.«

Die Mutter mass sie argwöhnisch. Dann fragte sie abermals: »Was hast du?«

Céleste lag zusammengebrochen zwischen ihren Eimern, verhüllte ihr Gesicht mit der Schürze und jammerte:

»Es tut mir zu weh. Ich kann nicht.«

Zum drittenmal fragte die Mutter: »Was hast du denn?«

Die Tochter ächzte: »Ich glaube, ich krieg' ein Kind.«

Und sie brach in Schluchzen aus.

Da stellte auch die Alte ihre Eimer hin. Sie war so verblüfft, dass sie keine Worte fand. Endlich stammelte sie:

»Du... du... kriegst ein Kind, du Schlampe, ist das menschenmöglich?«

Die Malivoire waren reiche Pachtbauern, wohlhabende, angesehene, einflussreiche, schlaue und mächtige Leute.

Céleste stiess gepresst hervor: »Ich glaub', es wird schon so sein.«

Fassungslos starrte die Mutter auf ihre Tochter hinab, die hingekrümmt vor ihr auf dem Boden lag und wimmerte.

»Du kriegst ein Kind! Du kriegst ein Kind! Wo

hast du dir's denn anhängen lassen, du Dreckmensch?«

Kleinlaut und vor Aufregung ganz durcheinander, murmelte Céleste: »Ich glaub' schon, es ist in Polytes Postkutsche passiert.«

Die Alte suchte daraus klug zu werden, sie suchte zu erraten, herauszubringen, wer ihre Tochter ins Unglück gebracht haben mochte. War es ein vermöglicher und angesehener Bursche, dann konnte man ja sehen, wie man mit ihm zu einem Austrag kam. Dann war es nur halb so schlimm; Céleste war ja nicht die erste, der so etwas zustiess. Aber es war und blieb eine ärgerliche Geschichte, schon im Hinblick auf das Gerede und ihre Stellung.

Sie fragte aufs neue: »Und wer hat dir denn das Balg angehängt, du Luder?«

Céleste war sichtlich entschlossen, sich alles vom Herzen zu reden. Sie würgte hervor: »Ich denke schon, es wird Polyte gewesen sein.«

Da aber warf sich die Mutter Malivoire, ausser sich vor Wut, auf ihre Tochter und begann so rasend auf sie loszuschlagen, dass ihr die Haube vom Kopf fiel.

Sie schlug sie mit den Fäusten auf den Kopf, den Rücken, überallhin. Céleste lag längelang ausgestreckt zwischen ihren beiden Eimern, die ihr ein wenig Schutz boten, und barg nur das Gesicht in den Händen.

Erstaunt hatten alle Kühe zu weiden aufgehört;

sie drehten sich um und glotzten mit ihren grossen Augen zu den Frauen herüber. Die vorderste streckte ihnen die Schnauze entgegen und liess ein dumpfes Muhen hören.

Die Mutter Malivoire schlug auf ihre Tochter ein, bis sie ausser Atem geriet und innehalten musste, um zu verschnaufen. Während sie nun langsam wieder zur Besinnung kam, wollte sie sich über die Lage völlige Klarheit verschaffen.

»Polyte! Ist es denn die Möglichkeit! Wie kommst du dazu? Mit einem Postkutscher? Hast du denn den Verstand verloren? Am Ende hat er dich behext? Sicher sogar, so ein Nichtsnutz!«

Céleste lag noch immer der Länge nach am Boden und murmelte in den Staub: »Ich habe dafür die Fahrt nicht bezahlen müssen.«

Da ging der alten normannischen Bäuerin ein Licht auf.

Jede Woche am Mittwoch und am Samstag brachte Céleste die Erträgnisse des Hofs ins Städtchen, Geflügel, Rahm und Eier.

Sie brach früh um sieben schon auf, an jedem Arm einen grossen Henkelkorb. In dem einen hatte sie Rahm und Eier, im andern die Hühnchen. Dann wartete sie an der Landstrasse auf den Postwagen nach Yvetot.

Ihre Waren stellte sie auf den Boden und setzte sich in den Graben, während die Hühner mit ihren kurzen, spitzigen Schnäbeln und die Enten mit den breiten, flachen Schnäbeln die Köpfe durch die Weidenstäbe des Korbs steckten und sich mit ihren runden, dummen, erstaunten Augen umsahen.

Bald danach kam der Wagen, eine Art gelber Kasten mit einem schwarzen Lederverdeck, dahergerumpelt; sein Hinterteil wurde im zockelnden Trab eines alten, halb steifen Schimmels hin und her gerüttelt.

Polyte, der Kutscher, ein Bruder Lustig, zwar noch jung, aber doch schon wohlbeleibt, und so sonnenverbrannt, wettergebräunt, von Wind und Regen gegerbt und vom Schnapsgenuss gerötet, dass sein Gesicht und sein Hals richtig ziegelfarben waren, knallte schon von weitem mit der Peitsche und rief:

»Guten Tag, Mamsell Céleste! Wie geht's, wie steht's?«

Sie reichte ihm, einen nach dem andern, ihre Körbe, und er brachte sie auf dem Verdeck unter. Dann hob sie das Bein so hoch wie möglich, um das Trittbrett zu erreichen, und liess dabei eine kräftige, mit einem blauen Strumpf bekleidete Wade sehen.

Und jedesmal wiederholte Polyte den gleichen Witz: »Potztausend, magerer ist sie nicht geworden!«

Sie fand das lustig und lachte hellauf.

Dann liess er sein »Hü, Cocotte!« ertönen, und

seine knochenmagere Mähre setzte sich wieder in Gang. Nun kramte Céleste ihren Geldbeutel aus der tiefen Tasche hervor, entnahm ihm langsam zehn Sous, sechs für sich und vier für die Körbe, und reichte sie Polyte über die Schulter hinweg. Er nahm sie und sagte:

»Heute ist also wieder nichts mit dem kleinen Ulk?«

Dann lachte er schallend, drehte sich nach ihr um und schaute sie lange und vielsagend an.

Es kam sie jedesmal schwer an, diesen halben Franken für drei Kilometer Fahrt herauszurücken, und wenn sie kein Kleingeld hatte, tat es ihr noch mehr leid, denn sie konnte sich einfach nicht entschliessen, ein Silberstück herzugeben.

Eines Tages, als es ans Bezahlen ging, fragte sie: »Für eine gute Kundin wie mich solltet Ihr eigentlich nur sechs Sous berechnen.«

Er lachte laut auf.

»Sechs Sous, mein Schatz? Ihr seid mehr wert als das, soviel ist sicher.«

Sie liess nicht locker: »Das macht nicht einmal zwei Franken im Monat weniger.«

Er hieb auf seinen Klepper ein und rief: »Wisst Ihr was? Ich lasse mit mir reden, ich will Euch für ein Spässchen mitnehmen.«

Sie blickte ihn verständnislos an und fragte: «Was soll das heissen: für ein Spässchen?«

Er fand das so lustig, dass er vor Lachen husten musste.

»Ein Spässchen, na, eben ein Spässchen, Herrgott nochmal, ein Jux zu zweit, Männchen und Weibchen, vorwärts, marsch, ohne Musik!«

Da ging ihr ein Licht auf. Sie wurde rot und erklärte:

»Für dieses Spiel bin ich nicht zu haben, Polyte.«

Doch er liess sich nicht einschüchtern und wiederholte immer vergnügter:

»Ihr werdet schon noch mithalten, an so'nem Jux zu zweit, pärchenweise.«

Und seither hatte er sich angewöhnt, jedesmal, wenn sie zahlte, zu fragen:

»Heute wieder nichts mit dem kleinen Jux?«

Jetzt ging sie jeweils auf seinen Witz ein und antwortete: »Heute nicht, Polyte, aber bestimmt am Samstag.«

Und in einem fort lachend rief er: »Abgemacht, am Samstag, mein Schatz.«

Im stillen aber rechnete sie aus, dass sie in den letzten zwei Jahren, das heisst, seit sie mit ihm fuhr, Polyte gut achtundvierzig Franken bezahlt hatte, und auf dem Lande findet man achtundvierzig Franken nicht einfach auf der Strasse. Und sie rechnete überdies aus, dass sie nach weiteren zwei Jahren an die hundert Franken dafür ausgegeben haben würde.

So kam es, dass sie an einem Frühlingstag, als sie

allein waren, auf seine gewohnte Frage: »Heute wieder nichts mit dem kleinen Jux?« zur Antwort gab: »Wie Ihr wollt, Polyte.«

Er war keineswegs erstaunt, sondern kletterte über den Rücksitz und brummte zufrieden: »Na also. Wusst' ich's doch, dass es so kommen muss.«

Und der Schimmel fiel in einen so langsamen, sanften Trab, dass er immer am selben Ort zu tanzen schien. Auch war er taub für die Stimme, die von Zeit zu Zeit aus dem Innern des Wagens rief: »Hü, Cocotte! Hü, Cocotte!«

Drei Monate später merkte Céleste, dass sie schwanger war.

Das alles hatte sie ihrer Mutter mit weinerlicher Stimme erzählt. Bleich vor Wut fragte die Alte: »Wieviel hat's ihn denn nun gekostet?«

Céleste antwortete: »Vier Monate, das macht acht Franken, bestimmt.«

Da brach die Wut der Bäuerin aufs neue entfesselt los, sie fiel wieder über ihre Tochter her und prügelte sie, bis ihr der Atem ausging. Dann richtete sie sich auf und fragte: »Hast du ihm gesagt, dass du ein Kind kriegst?«

»Nein, nein, natürlich nicht.«

»Warum hast du's ihm nicht gesagt?«

»Weil er mich vielleicht wieder hätte zahlen lassen.«

Die Alte überlegte eine Weile, dann nahm sie

ihre Eimer auf und sagte: »Los, steh auf und mach, dass du mitkommst.«

Nach einer Weile fuhr sie fort: »Und sag ihm dann nichts davon, solange er's nicht sieht, so gewinnen wir sechs oder acht Monate.«

Céleste hatte sich aufgerappelt. Sie flennte immer noch, ihr Haar war wirr und zerzaust, ihr Gesicht vom Weinen aufgedunsen. Mit schwerfälligen Schritten stampfte sie hinter der Alten her und murrte vor sich hin:

»Klar werde ich ihm nichts sagen.«

Die Mutter Sauvage

I

Ich war seit fünfzehn Jahren nicht mehr nach Virelogne gekommen. Nun kehrte ich zur Herbstzeit dorthin zurück. Mein Freund Serval, der endlich sein von den Preussen zerstörtes Schloss wieder hatte aufbauen lassen, hatte mich für die Jagd zu sich eingeladen.

Ich liebte diese Gegend über alles. Es gibt auf der Welt so köstliche Winkel, die auf das Auge einen geradezu sinnlichen Zauber ausüben. Man liebt sie mit beinah körperlicher Liebe. Wir naturverbundenen Menschen bewahren liebevolle Erinnerung an diese oder jene Quelle, an gewisse Wäldchen, Weiher oder Hügelzüge, die wir oft gesehen und die uns weich gestimmt haben wie beglückende Erlebnisse. Mitunter kehren unsere Gedanken zu einem stillen Waldeswinkel oder einer Wiesenböschung zurück, zu einem mit Blumen überstäubten Baumgarten, die wir nur ein einziges Mal an einem sonnenverklärten Tag erblickt haben. Und sie sind in unserm Herzen haftengeblieben wie das Bild einer Frau, der wir an einem Frühlingsmorgen auf der Strasse begegnet sind; sie trug ein helles, durchsichtiges Kleid und liess in unserer Seele, in unserem Fleisch ein ungestilltes, unvergessliches Verlangen zurück, das beseligende Gefühl, dass wir das Glück gestreift hatten.

In Virelogne war mir die ganze Landschaft ans Herz gewachsen, die mit kleinen Baumgruppen durchsetzten Felder, die Bäche, die wie Adern den Boden durchzogen und dem Erdreich frisches Blut zuführten. Da gab es Krebse zu fischen, Forellen und Aale. Ein himmlisches Behagen! Man konnte da und dort baden, und immer wieder scheuchte man Sumpfschnepfen im hohen Gras auf, das am Rande der schmalen Wasserrinnsale wuchs.

Leichtfüssig wie ein Zicklein streifte ich durchs Land und schaute meinen beiden Hunden zu, die vor mir her liefen und die Gegend durchstöberten. Hundert Meter rechts von mir suchte Serval ein Kleefeld ab. Ich bog um das dichte Unterholz, das den Waldrand bei Saudres umsäumte, und gewahrte unversehens eine verfallene Bauernhütte.

Da fiel mir plötzlich wieder ein, wie ich sie zum letzten Mal im Jahre 1869 gesehen hatte. Damals war sie sauber und ordentlich gehalten, mit Weinlaub umrankt, und vor der Tür pickte und gackerte ein Schärlein Hühner. Was kann es Traurigeres geben als so eine ausgestorbene Behausung mit ihrem aufragenden Gemäuer, dem verfallenen, trostlosen Gerippe!

Ich weiss auch noch gut, dass mir eine freundliche Frau dort drinnen einmal, als ich todmüde war, ein Glas Wein vorgesetzt hatte, und Serval hatte mir damals die Geschichte der Bewohner erzählt. Der Vater, ein alter Wilddieb, war von den Gendarmen erschossen worden. Der Sohn, den ich früher einmal gesehen hatte, war ein baumlanger, hagerer Bursche und galt ebenfalls für einen wildverwegenen Wildschützen. Sie hiessen allgemein die ›Sauvages‹, die ›Wilden‹.

Hiessen sie tatsächlich so, oder war es ein Spitzname?

Ich rief Serval herbei. Er kam mit seinen langen Schritten herbeigestelzt.

Ich fragte ihn: »Was ist eigentlich aus den Leuten da geworden?« Und er erzählte mir die folgende Begebenheit.

II

Als der Krieg erklärt wurde, zog der junge Sauvage, der damals dreiunddreissig Jahre alt war, ins Feld und liess seine Mutter allein im Hause zurück. Man hatte nicht sonderlich Bedauern mit der Alten, weil sie Geld hatte; das wusste man.

Sie blieb also ganz allein in dem einsamen Haus, das so weit vom Dorf am Waldrand lag. Sie fürchtete sich übrigens nicht, denn sie war aus dem gleichen Holz geschnitzt wie die Männer ihrer Sippe: eine rüde, grosse, hagere alte Frau, die nur selten lachte und keinen Spass verstand. Zudem ist den Bauernfrauen nicht sonderlich zum Lachen. Das ist Männersache! Die Weiber sind traurig und beschränkt, ihr Leben verläuft ja auch kümmerlich genug, und nie fällt ein Lichtblick hinein. Der Bauer nimmt in der Kneipe ein wenig lärmende Fröhlichkeit an, seine Lebensgefährtin aber bleibt ernst, ihr Gesicht blickt unausgesetzt streng. Ihre Gesichtsmuskeln haben nie gelernt, sich zum Lachen zu verziehen.

Die Mutter Sauvage führte ihr gewohntes Leben in ihrer Hütte fort, die bald nachher eingeschneit wurde. Einmal in der Woche kam sie ins Dorf und holte Brot und ein wenig Fleisch; dann kehrte sie wieder in ihr baufälliges Häuschen zurück. Da es hiess, es seien Wölfe in der Gegend, hängte sie jedesmal, wenn sie ausging, das Gewehr um, die rostige Flinte ihres Sohnes, deren Kolben vom vielen Anfassen ganz abgenützt war. Sie bot einen sonderbaren Anblick, die grosse Sauvage, wenn sie ein wenig vornübergebeugt mit langen Schritten durch den Schnee stapfte; der Flintenlauf ragte über die schwarze Haube hinaus, die ihren Kopf eng umhüllte und das weisse Haar, das kein Mensch je gesehen hatte, verdeckte.

Eines Tages waren die Preussen da. Man quartierte sie je nach Vermögen und Einkommen der Einwohner ein. Die Alte, die als begütert bekannt war, erhielt vier Mann zugeteilt.

Es waren vier behäbige Burschen mit heller Haut, blonden Bärten und blauen Augen, wohlgenährte, trotz den Strapazen, die sie durchgemacht hatten, nach wie vor strotzende Männer, und überdies gutmütig und freundlich, obwohl sie als Sieger im eroberten Gebiet standen. Da sie allein mit der alten Frau zusammen hausten, überboten sie sich gegenseitig an Dienstwilligkeit und ersparten ihr, so gut sie's konnten, Mühe und Auslagen. Frühmorgens wuschen sie sich hemdsärmlig vor aller Augen am Brunnen und schrubbten triefend und prustend im grellen Licht der winterlich verschneiten Landschaft ihre rosig weissen Körper, während die Mutter Sauvage das Mittagsmahl zubereitete und geschäftig hin und her ging. Dann wieder sah man sie die Küche aufwaschen, die Fliesen scheuern, Holz spalten, Kartoffeln schälen, Wäsche waschen und alle Haushaltsarbeiten besorgen wie vier hilfsbereite Söhne, die ihrer Mutter an die Hand gingen.

Doch sie dachte unablässig an ihren eigenen Sohn, die Alte, an ihren grossen mageren Jungen mit der Hakennase, den braunen Augen, dem dichten Schnurrbart, der wie ein Wulst aus schwarzen Haaren auf seiner Lippe wuchs. Jeden Tag fragte sie einen von den Soldaten, die bei ihr Quartier bezogen hatten: »Wissen Sie vielleicht, wohin das dreiundzwanzigste französische Linienregiment abmarschiert ist? Mein Sohn ist dort eingeteilt.«

Sie gaben ihr jedesmal zur Antwort: »Nein, nicht wissen, keine Ahnung.« Und sie verstanden, was sie litt und durchmachte, hatten sie doch auch ihre Mutter, die zu Hause um sie bangte, und sie erwiesen ihr alle nur erdenklichen kleinen Liebesdienste. Sie mochte sie im übrigen gut leiden, ihre feindlichen Gäste; denn die Bauern kennen patriotische Hassgefühle nicht. Das steht nur den obern Klassen zu. Die unteren Schichten, die Leute also, die am meisten bluten müssen, weil sie arm sind und jede neue Last sie schwer bedrückt, die Ärmsten, die man massenweise hinschlachtet, das rechte Kanonenfutter, weil sie eben die grosse Masse sind, kurz, die Menschen, die am allergrausamsten unter den Unmenschlichkeiten und Greueln des Krieges leiden, weil sie die Schwächsten und Widerstandsunfähigsten sind, sie können die kriegerische Begeisterung, den reizbaren Ehrenstandpunkt und die vorgeblichen politischen Erwägungen nicht begreifen, die in einem halben Jahr zwei Völker, Sieger wie Unterlegene, ausbluten.

Kam die Rede auf die vier Deutschen, die bei der Mutter Sauvage einquartiert waren, so hiess es im Lande: »Na, die vier sind gut aufgehoben.«

Eines Morgens nun, als die alte Frau allein zu Hause war, sah sie weit draussen einen Mann, der über die Felder auf ihr Anwesen zukam. Bald erkannte sie ihn; es war der Briefträger, der die Post austrug. Er übergab ihr einen Brief, und sie nahm ihre Brille, die sie zum Nähen brauchte, aus dem Futteral und las:

»Madame Sauvage, mit Gegenwärtigem muss

ich Ihnen eine traurige Nachricht mitteilen. Ihr Sohn Victor ist gestern von einer Kanonenkugel getötet worden, die ihn buchstäblich in zwei Stücke gerissen hat. Ich stand dicht daneben, weil wir nämlich in der Kompanie Seite an Seite kämpften und er mir ein paarmal von Ihnen erzählt und auch gesagt hat, ich solle Sie noch am gleichen Tag benachrichtigen, falls ihm etwas Menschliches zustosse.

Ich habe aus seiner Tasche die Uhr an mich genommen und bringe sie Ihnen heim, sobald der Krieg vorbei ist.

Mit freundlichen Grüssen
Césaire Rivot,
Soldat im 23. Linienregiment.«

Der Brief war schon vor drei Wochen geschrieben worden.

Sie weinte nicht. Regungslos sass sie da, starr und in tiefster Seele erschüttert, dermassen verstört und versteinert, dass sie noch nicht einmal litt. Nun ist also Victor tot, dachte sie. Allmählich stiegen ihr die Tränen in die Augen, und der Schmerz übermannte sie. Nach und nach dämmerten ihr wieder die Gedanken, grauenhafte, quälende Vorstellungen befielen sie. Nie wieder sollte sie ihn umarmen dürfen, ihren grossen Sohn, ihr Kind, nie wieder! Die Gendarmen hatten den Vater erschossen, die Preussen hatten den Sohn getötet... Er war von einer Kanonenkugel zerrissen worden. Und es war ihr, als sehe sie's mit eigenen Augen, sehe den grausigen Vorgang: der Kopf fiel mit weit aufgerissenen Augen zu Boden, während er die Spitzen seines Schnurrbartes kaute, wie er es immer tat, wenn er zornig war.

Was hatte man nachher mit seiner Leiche gemacht? Wenn man ihr wenigstens ihr Kind wiedergegeben hätte, wie man ihr damals ihren Mann heimgebracht hatte mit der Kugel mitten in der Stirn!

Doch da hörte sie Stimmengewirr. Die Preussen kamen aus dem Dorf zurück. Rasch versteckte sie den Brief in ihrer Tasche und empfing sie gelassen mit dem gleichen unbewegten Gesicht wie immer, nachdem sie gerade noch Zeit gehabt hatte, ihre Augen zu trocknen.

Lachend und in heiterster Stimmung kamen die vier daher, denn sie brachten ein fettes Kaninchen mit, das sie zweifellos gestohlen hatten, und sie gaben der Alten durch Zeichen zu verstehen, es gebe nun etwas Leckeres zu essen.

Sie machte sich unverzüglich daran, das Essen zu bereiten; als sie aber das Kaninchen töten sollte, brachte sie es nicht übers Herz. Und doch war es nicht das erste, das sie schlachtete! Einer von den Soldaten versetzte ihm einen Faustschlag hinter die Löffel und machte ihm so den Garaus.

Als das Tier tot war, zog sie ihm das Fell ab. Doch

der Anblick des Blutes, das ihr über die Hände lief, in dem sie hantieren musste, des warmen Blutes, das erkaltete und gerann, liess sie vom Kopf bis zu den Füssen erzittern. Sie sah immer ihren Sohn vor sich, wie er in Stücke gerissen und blutüberströmt war, blutigrot wie dieses noch zuckende Tierchen.

Sie setzte sich mit den Preussen zu Tisch, aber sie brachte keinen Bissen hinunter. Sie verschlangen das Kaninchen, ohne sich weiter um die Frau zu kümmern. Sie sagte kein Wort, schielte nur immer zu ihnen hinüber, und ein Gedanke reifte in ihr, während ihr Gesicht so unbewegt blieb, dass sie nichts merkten.

Plötzlich fragte sie: »Ich weiss nicht einmal, wie ihr heisst, und jetzt sind wir schon einen ganzen Monat beisammen.« Sie begriffen, wenn auch nur langsam, was sie wollte, und nannten ihre Namen. Das genügte ihr jedoch nicht; sie liess sie sich auf ein Blatt Papier aufschreiben samt der Adresse ihrer Familien; dann setzte sie die Brille auf ihre grosse Nase und betrachtete lange die ihr ungeläufige Schrift. Dann faltete sie das Papier zusammen und steckte es in die Tasche zu dem Brief, der ihr den Tod ihres Sohnes mitteilte.

Als das Mahl zu Ende war, sagte sie zu den Männern:

»Ich habe noch etwas für euch zu erledigen.«

Und sie machte sich daran, Heu in den Dachboden hinaufzuschaffen, wo die vier Soldaten schliefen.

Sie wunderten sich zwar, dass sie sich ihretwegen diese Arbeit machte, doch sie erklärte ihnen, sie würden so weniger frieren, und sie legten mit Hand an. Sie häuften die Heubündel bis hinauf zum Strohdach und bauten eine Art grosse Kammer aus Heu, ein warmes und duftendes Gelass, in dem sie herrlich schlafen würden.

Beim Abendessen äusserte einer der Soldaten seine Besorgnis, weil er sah, dass die Mutter Sauvage immer noch nichts ass. Sie versicherte hoch und heilig, sie habe Magenkrämpfe. Darauf zündete sie ein loderndes Feuer an, um sich zu wärmen, und die vier Deutschen kletterten, wie jeden Abend, über die Leiter in ihre Schlafstätte hinauf.

Sobald sich die Falltür hinter ihnen wieder geschlossen hatte, trug die Alte die Leiter weg, öffnete dann geräuschlos die Tür, die ins Freie führte, und schleppte ein Strohbündel nach dem andern herein, mit denen sie ihre Küche anfüllte. Sie ging barfuss durch den Schnee, so leise, dass man nichts hörte. Von Zeit zu Zeit lauschte sie auf das dröhnende, unregelmässige Schnarchen der vier schlafenden Soldaten.

Als sie ihre Zurüstungen ausreichend fand, warf sie eines der Bündel ins Feuer, dass es lichterloh aufflammte, und verzettelte es dann auf die andern. Hierauf ging sie hinaus und schaute zu.

In wenigen Sekunden erleuchtete grelle Helligkeit das ganze Innere der Hütte, dann loderte eine fürchterliche Flammengarbe zum Himmel auf, eine riesige Feuersäule schoss empor, deren Glutschein durch das schmale Fenster herausdrang und einen blendenden Streifen auf den Schnee warf.

Da erscholl ein markerschütternder Schrei aus dem Dachgeschoss des Hauses, dann brüllendes Geheul menschlicher Stimmen, herzzerreissende Angst- und Entsetzensrufe. Nun brach die Falltür im Innern des Hauses ein, und eine wirbelnde Feuerlohe sprühte in den Dachstock hinauf, schlug durch das Strohdach und stieg himmelan wie eine lodernde Riesenfackel. Die ganze Hütte brannte lichterloh.

Drinnen war nichts mehr zu hören als das Knistern und Prasseln des Brandes, das Krachen der Mauern, das Gepolter der einstürzenden Balken. Mit einemmal brach das Dach zusammen, und aus dem glühenden Gerippe des Hauses stob in einer mächtigen Rauchwolke ein gewaltiger Funkenregen zum Himmel.

Die eingeschneite Landschaft flimmerte, vom Feuer beleuchtet, wie eine silberne, rot gefärbte Decke.

In weiter Ferne fing eine Glocke an zu läuten.

Die alte Sauvage blieb vor ihrem zerstörten Haus stehen. Sie hielt ihr Gewehr schussbereit im Anschlag, die Flinte ihres Sohns, damit ja keiner von den Männern entkommen konnte.

Als sie sah, dass alles vorbei war, warf sie ihre Waffe in den Gluthaufen. Ein Knall ertönte.

Leute kamen herbeigerannt, Bauern, Preussen. Sie fanden die Frau auf einem Baumstrunk sitzend, ruhig und befriedigt.

Ein deutscher Offizier, der geläufig französisch sprach, fragte sie:

»Wo sind Ihre Soldaten?«

Sie wies mit ihrem mageren Arm auf den rotglühenden Trümmerhaufen, der bereits am Erlöschen war, und antwortete mit fester Stimme: »Dort drin!«

Alles drängte sich um sie. Der Preusse fragte:

»Wie ist das Feuer ausgebrochen?«

Sie sagte langsam und deutlich:

»Ich habe es angezündet.«

Niemand glaubte es ihr; man dachte, sie sei durch das Unglück plötzlich verrückt geworden. Und nun, wie alles um sie herumstand und ihr zuhörte, erzählte sie, was geschehen war, von Anfang bis zu Ende, seit der Ankunft des Briefes bis zum letzten Schrei der Männer, die mit ihrem Haus verbrannt waren. Sie vergass auch nicht eine einzige winzige Einzelheit all dessen, was sie gefühlt und getan hatte.

Als sie zu Ende erzählt hatte, kramte sie aus ihrer Tasche zwei Papiere, und um sie beim schwachen Schein des erlöschenden Feuers unterscheiden zu können, setzte sie nochmals ihre Brille auf; dann sagte sie, auf das erste deutend: »Das da ist Victors Todesnachricht.« Sie zeigte das zweite und setzte, mit einer Kopfbewegung gegen die glühenden Trümmer des Hauses, hinzu: »Da drauf stehen ihre Namen, damit man ihren Angehörigen schreiben kann.« Sie reichte ruhig dem Offizier, der sie an den Schultern gepackt hielt, das weisse Blatt hin und fuhr fort:

»Sie müssen schreiben, wie es gekommen ist, und Sie müssen ihren Angehörigen sagen, dass ich es getan habe, ich, Victoire Simon, die Sauvage. Vergessen Sie's nicht.«

Der Offizier brüllte auf deutsch ein paar Befehle. Man packte die Alte, stiess sie unsanft gegen die noch warmen Wände ihres Hauses. Dann stellten sich zwölf Mann rasch ihr gegenüber in zwanzig Meter Abstand in einer Reihe auf. Sie regte sich nicht. Sie wusste, was ihr bevorstand, und wartete.

Ein Befehl ertönte, und unmittelbar darauf folgte eine langhindröhnende Salve. Ein einzelner, verspäteter Schuss knallte hinterher, nach den andern.

Die Alte fiel nicht um. Sie sackte zusammen, als hätte man ihr die Beine abgemäht.

Der preussische Offizier trat zu ihr heran. Sie war nahezu in zwei Hälften zerrissen, und in ihrer verkrampften Hand hielt sie immer noch den blutgetränkten Brief.

Mein Freund Serval fuhr fort:

»Als Repressalie haben die Deutschen das Schloss in der Nachbarschaft zerstört, das mir gehörte.«

Ich aber dachte an die Mütter der vier gutmütigen Burschen, die dort drinnen verbrannt waren, und auch an den entsetzlichen Heldenmut dieser andern Mutter, die vor dieser Mauer erschossen worden war.

Und ich las einen kleinen Stein auf, der vom Feuer noch ganz schwarz war.

Gerettet

I

Sie kam hereingestürzt wie eine Flintenkugel, die eine Fensterscheibe durchschlägt, die kleine Marquise de Rennedon, und lachte schon los, noch ehe sie zu sprechen begann. Sie lachte, dass ihr die hellen Tränen über die Wangen liefen. Genauso hatte sie vor einem Monat gelacht, als sie ihrer Freundin brühwarm erzählte, wie sie den Marquis betrogen hatte, aus purer Rachsucht, einzig und allein, um ihm seine täppische Eifersucht heimzuzahlen, nur ein einziges Mal, weil er wahrhaftig auch gar zu dumm und zu eifersüchtig war.

Die kleine Baronin de Grangerie hatte das Buch, in dem sie las, auf das Sofa geworfen und blickte Annette wissbegierig und erwartungsvoll an. Bereits musste auch sie lachen.

Schliesslich fragte sie: »Was hast du denn wieder angestellt?«

»Oh!... Kindchen!... Kindchen!... Es ist zu komisch!... zu komisch... stell dir vor... ich bin gerettet!... gerettet!... gerettet...!«

»Gerettet? Was soll das heissen?«

»Jawohl, gerettet!«

»Wovor denn?«

»Vor meinem Mann, Kindchen, gerettet! Erlöst! Frei! Frei! Endlich frei!«

»Wieso denn frei? Inwiefern?«

»Inwiefern? Scheidung! Ja, Scheidung! Ich habe die Scheidung in der Tasche!«

»Du hast dich scheiden lassen?«

»Nein, noch nicht. Bist du aber dumm! Man kann sich doch nicht in drei Stunden scheiden lassen! Aber ich habe Beweise... Beweise... Beweise, dass er mich betrügt... Auf frischer Tat ertappt!... Denk doch nur!... in flagranti... Er ist in meiner Hand...«

»Oh, erzähl mir das! Er hat dich also betrogen?«

»Natürlich... das heisst: nein... ja und nein... Ich weiss nicht... Kurzum, ich habe Beweise, und das ist die Hauptsache.«

»Wie hast du das fertiggebracht?«

»Wie ich das fertiggebracht habe? Das sollst du gleich hören. Oh, ich bin geschickt, sehr geschickt vorgegangen. Im letzten Vierteljahr ist er unausstehlich geworden, ganz unausstehlich, brutal, roh, herrschsüchtig, mit einem Wort: gemein. Da habe ich mir gesagt: So kann's nicht weitergehen, ich muss mich scheiden lassen. Aber wie? Das war nicht so einfach. Ich habe versucht, ihn so zu reizen, dass er mich schlug. Er ist nicht darauf eingestiegen. Er hat mir von früh bis spät zuleide gelebt, hat mich gezwungen auszugehen, wenn ich nicht ausgehen wollte, daheim zu bleiben, wenn ich in der Stadt essen wollte; er hat mir das Leben verekelt, vom Anfang der Woche bis zum Ende, aber geschlagen hat er mich nicht.

Darauf habe ich versucht herauszubringen, ob er eine Mätresse hat. Natürlich hatte er eine, aber wenn er zu ihr ging, traf er alle nur möglichen Vorsichtsmassnahmen. Sie zusammen zu erwischen, war ausgeschlossen. Nun rate einmal, was ich getan habe.«

»Keine Ahnung.«

»Oh, du würdest es nie erraten. Ich habe meinen Bruder gebeten, mir eine Photographie dieser sauberen Dame zu verschaffen.«

»Der Geliebten deines Mannes?«

»Freilich. Es hat Jacques fünfzehn Louis gekostet, den Preis für einen Abend, von sieben Uhr bis Mitternacht, Diner inbegriffen. Drei Louis die Stunde. Die Photographie hat sie ihm als Dreingabe geschenkt.«

»Mir scheint, das hätte er billiger kriegen können, mit irgendeiner List und ohne... ohne... ohne dass er auch gerade noch das Original hätte mit in Kauf nehmen müssen.«

»Oh, sie ist hübsch! Jacques hat es gar nicht ungern getan. Und dann brauchte ich auch nähere Einzelheiten über ihre Gestalt, ihre Brust, ihre Haut, kurz über tausenderlei Dinge.«

»Ich verstehe nicht, was du meinst.«

»Du wirst gleich sehen. Als ich nun alles wusste,

was ich hatte erfahren wollen, begab ich mich zu einem... wie soll ich sagen?... zu einem Vermittler... weisst du... zu einem Mann, weisst du, der Geschäfte aller... aller Art macht... einem Agenten ... einem Mann, der allerhand Vermittlungen besorgt, so einem Zwischenträger... einem... nun, du verstehst doch?«

»Gewiss, so ungefähr. Und was hast du ihm gesagt?«

»Ich habe ihm die Photographie dieser Clarisse – sie heisst nämlich Clarisse – gezeigt und gesagt: ›Ich brauche eine Kammerjungfer, die diesem Bild gleicht. Ich wünsche eine hübsche, elegante, feine, saubere Person. Ich zahle jeden Preis. Wenn es mich auf zehntausend Franken zu stehen kommt, werde ich eben in den sauren Apfel beissen müssen. Ich brauche sie nicht länger als drei Monate.‹

Er glotzte mich recht verdutzt an, der Mann. Dann fragte er: ›Wünschen Madame das Mädchen in jeder Hinsicht einwandfrei?‹

Ich wurde rot und stammelte: ›Ja, natürlich, ehrlich muss sie sein.‹

Da fragte er weiter: ›...Und puncto Moral...?‹ Ich traute mir nicht, ihm darauf etwas zu antworten. Ich schüttelte nur den Kopf und gab ihm damit zu verstehen, darauf lege ich keinen Wert. Plötzlich aber wurde mir klar, dass er mich in einem grässlichen Verdacht hatte. Ich verlor den Kopf und rief: ›Oh, was denken Sie!... Es handelt sich doch um meinen Mann, der mich betrügt... Er betrügt mich auswärts... und ich will... ich will, dass er mich zu Hause betrügt... verstehen Sie?... ich möchte ihn erwischen...‹

Da musste der Mann lachen, und ich sah es seinem Blick an, dass er mir seine Achtung wiedergeschenkt hatte. Er fand mich sogar sehr raffiniert. Ich will wetten, in diesem Augenblick hatte er nicht übel Lust, mir die Hand zu drücken.

Dann sagte er: ›In acht Tagen, Madame, habe ich, was Sie brauchen. Und wenn nötig, werden wir eben das Mädchen auswechseln. Ich bürge für den Erfolg. Sie bezahlen jedenfalls erst nach Gelingen. Die Photographie stellt also die Geliebte Ihres Herrn Gemahls vor?‹ – ›Ja.‹ – ›Eine schöne Person, wirkt mager, ist es aber gar nicht. Welches Parfüm?‹ Ich verstand nicht, was er meinte, und wiederholte seine Frage: ›Welches Parfüm? Was soll das heissen?‹ Er lächelte. ›Ja, Madame, das Parfüm ist sehr wichtig, wenn man einen Mann verführen will. Es erweckt ihm unbewusste Erinnerungen, die ihn zum Handeln anreizen. Der leichte Duft verwirrt unmerklich seinen Geist, er betäubt ihn und entnervt ihn, erinnert er ihn doch dumpf an seine Liebesfreuden. Wir müssten auch noch versuchen, in Erfahrung zu bringen, was Ihr Herr Gemahl gewöhnlich isst, wenn er mit dieser Dame diniert. Sie könnten ihm an dem Abend, an dem Sie ihn erwischen wollen, die gleichen Gerichte auftischen. Oh! wir haben ihn in der Falle, Madame, wir haben ihn in der Falle!‹

Ich ging begeistert fort. Ich war da wirklich an einen äusserst klugen Mann geraten.«

II

»Drei Tage später erschien bei mir ein grossgewachsenes, braunhaariges Geschöpf, ein sehr schönes Mädchen, das zugleich bescheiden und keck auftrat. Man sah ihr, ich weiss nicht wieso, an, dass sie mit allen Wassern gewaschen war. Mir gegenüber benahm sie sich höchst geziemend. Da ich nicht so recht wusste, wer sie eigentlich war, nannte ich sie Mademoiselle. Da sagte sie: ›Oh, Madame können einfach Rose zu mir sagen.‹ Wir kamen ins Plaudern.

›Sagen Sie, Rose, wissen Sie eigentlich, warum Sie hier sind?‹

›Ich kann mir's denken, Madame.‹

›Sehr schön, mein Kind... Und ist Ihnen... ist Ihnen das... nicht zu unangenehm?‹«

›Oh, Madame! Das ist schon die achte Scheidung, bei der ich mitwirke. Ich bin's gewöhnt.‹

›Dann ist ja alles in schönster Ordnung. Brauchen Sie lange, bis es soweit ist?‹

›Oh, Madame, das kommt ganz auf das Temperament des Herrn Marquis an. Wenn ich den Herrn Marquis fünf Minuten unter vier Augen gesehen habe, kann ich Madame genau Bescheid sagen.‹

›Sie werden ihn gleich nachher sehen, liebes Kind. Aber ich mache Sie darauf aufmerksam: schön ist er nicht!‹

›Das macht mir nichts aus, Madame. Ich habe schon abstossend Hässliche geschieden. Aber darf ich Madame fragen: haben sich Madame schon nach dem Parfüm erkundigt?‹

›Ja, meine liebe Rose – Verveine.‹

›Um so besser, Madame. Ich mag den Geruch sehr! Können mir Madame auch sagen, ob die Geliebte des Herrn Marquis Seidenwäsche trägt?«

›Nein, liebes Kind. Batist mit Spitzen.‹

›Oh, dann ist sie etwas ganz Feines. Seidenwäsche trägt nachgerade eine jede.‹

›Da haben Sie recht.‹

›Gut, Madame, dann werde ich jetzt meinen Dienst antreten.‹

Sie trat ihren Dienst tatsächlich auf der Stelle an, als hätte sie ihr ganzes Leben nichts anderes getan.

Eine Stunde später kam mein Mann nach Hause. Rose gönnte ihm keinen Blick, dafür verschlang er sie mit den Augen. Sie duftete bereits aufdringlich nach Verveine. Nach fünf Minuten ging sie hinaus.

Sofort fragte er mich:

›Was ist denn das für ein Mädchen?‹

›Aber... meine neue Kammerzofe.‹

›Wo hast du die her?‹

›Die Baronin de Grangerie hat sie mir verschafft, mit den allerbesten Auskünften.‹

›Ah! Sie ist recht hübsch!‹

›Findest du?‹

›Ja... für eine Kammerjungfer.‹

Ich war hell entzückt. Ich fühlte, dass er schon anbiss.

Noch am selben Abend sagte Rose zu mir: ›Ich kann Madame jetzt bestimmt versprechen, dass es keine vierzehn Tage dauern wird. Der Herr Marquis ist sehr leicht zu verführen.‹

›Ah! Haben Sie's schon versucht?‹

›Nein, Madame, aber das sieht man auf den ersten Blick. Es juckt ihm schon in allen Gliedern, und wenn er an mir vorbeigeht, möchte er mich küssen.‹

›Hat er Ihnen nichts gesagt?‹

›Nein, Madame, er hat mich nur nach meinem Namen gefragt... um zu hören, wie meine Stimme klingt.‹

›Sehr gut, liebe Rose. Machen Sie so rasch wie irgend möglich.‹

›Madame können ganz unbesorgt sein. Ich werde nur gerade so lange Widerstand leisten, wie nötig ist, damit ich mir nichts vergebe.‹

Nach acht Tagen ging mein Mann fast gar nicht mehr aus. Ich sah ihn den ganzen Nachmittag durch das Haus streichen. Das bezeichnendste aber war, dass er mich nicht mehr abhielt, auszugehen. Und ich war den ganzen Tag nicht zu Hause... um... um ihm die nötige Freiheit zu lassen.

Am neunten Tag sagte Rose, während sie mich auskleidete, schüchtern zu mir:

›Es ist soweit, Madame, seit heute vormittag.‹

Ich war ein wenig überrascht, sogar ein klein wenig erregt, nicht etwa über die Tatsache an sich, sondern eher über die Art, wie sie es mir gesagt hatte. Ich stammelte:

›Und... und... ist es gut abgelaufen...?‹

›Oh, sehr gut, Madame, seit drei Tagen drängte er mich, aber ich wollte nicht zu rasch vorgehen. Madame können mir nur den Zeitpunkt angeben, zu dem Sie uns in flagranti zu überraschen wünschen.‹

›Ja, mein Kind. Warten Sie... Sagen wir Donnerstag.‹

›Gut, Donnerstag also, Madame. Bis dahin werde ich dem Herrn Marquis nichts mehr gewähren, damit er schön wach bleibt.‹

›Sind Sie auch sicher, dass alles klappt?‹

›O ja, Madame, ganz sicher. Ich werde dem Herrn Marquis nach Noten zusetzen und ihn so wild machen, dass er genau zu der Zeit, die Madame mir angegeben, ins Garn gehen wird.‹

›Sagen wir also fünf Uhr, liebe Rose.‹

›Einverstanden, um fünf Uhr, Madame. Und wo?‹

›Nun... in meinem Schlafzimmer.‹

›Gut, in Madames Schlafzimmer.‹

Du kannst dir ja denken, meine Liebe, was ich dann tat. Ich habe zuerst Papa und Mama geholt, dann meinen Onkel d'Orvelin, den Präsidenten, und dann Herrn Raplet, den Richter, den Freund meines Mannes. Ich habe ihnen natürlich nicht gesagt, was ich ihnen zeigen wollte. Sie mussten alle auf den Zehenspitzen bis zu meiner Schlafzimmertür schleichen. Nun habe ich gewartet, bis es fünf Uhr war, Schlag fünf Uhr... Oh, wie mein Herz klopfte! Ich hatte auch den Portier heraufkommen lassen, um einen Zeugen mehr zu haben! Und dann... und dann, gerade als die Wanduhr zu schlagen anfing, wumms! riss ich die Tür weit auf... Ah! ah! ah! Sie waren gerade im schönsten Zug... mitten drin... meine Liebe... Oh! was für ein Kopf!... was für ein Kopf! den Kopf hättest du sehen sollen!... Und er hat sich umgedreht... der Esel! Ach, wie komisch er war... Ich lachte, lachte... Und Papa ist schrecklich böse geworden und wollte meinen Mann schlagen... Und der Portier, ein guter Diener, half ihm, sich wieder anzukleiden... vor uns... vor uns... Er knöpfte ihm die Hosenträger an... Zum Kugeln war das!... Rose hat sich tadellos benommen, einfach tadellos... Sie weinte... sie weinte wunderschön. Ein unschätzbares Mädchen... Wenn du sie je brauchen solltest, vergiss sie nicht!

Und jetzt bin ich hier. Ich bin sofort zu dir gekommen, um dir alles zu erzählen... sofort. Ich bin frei. Es lebe die Scheidung...!«

Und sie fing mitten im Salon an zu tanzen, während die kleine Baronin ihr nachdenklich und enttäuscht vorhielt:

»Warum hast du mich nicht eingeladen, mir das auch anzusehen?«

Ein Mörder

Der Verteidiger hatte auf Geistesgestörtheit plädiert. Wie konnte man dieses seltsame Verbrechen anders erklären?

Eines Morgens hatte man in einem Schilfdickicht unweit Chatou zwei Leichen aufgefunden, die sich eng umschlungen hielten, einen Mann und eine Frau, zwei bekannte Angehörige der guten Gesellschaft, begütert, beide nicht mehr ganz jung und erst seit dem vergangenen Jahr verheiratet, da die Frau seit nur drei Jahren verwitwet war.

Soviel man wusste, hatten sie keine Feinde; auch waren sie nicht ausgeraubt worden. Offenbar hatte sie der Mörder von der Uferböschung in den Fluss geworfen, nachdem er sie beide mit einem langen, spitzigen Eisen erschlagen hatte.

Die Untersuchung förderte nichts irgendwie Erwähnenswertes zutage. Die Flußschiffer, die verhört wurden, wussten nichts. Schon wollte man die Untersuchung einstellen, da stellte sich ein junger Tischler aus einem benachbarten Dorf, ein Mann namens Georges Louis, genannt Le Bourgeois, der Polizei.

Auf alle Fragen, mit denen man in ihn drang, gab er immer nur die gleiche Antwort:

»Ich kannte den Mann seit zwei Jahren, die Frau erst seit einem halben Jahr. Sie kamen oft zu mir, und ich musste für sie alte Möbel ausbessern, weil ich in meinem Handwerk geschickt bin.«

Und wenn man ihn dann fragte: »Warum haben Sie die beiden umgebracht?« antwortete er jedesmal beharrlich: »Ich habe sie getötet, weil ich sie töten wollte.«

Etwas anderes war aus ihm nicht herauszubringen.

Der Mann war ohne Frage ein natürliches Kind, das vor Jahren in der Gegend in Pflege gegeben, dann aber sich selbst überlassen worden war. Er hatte keinen andern Namen als Georges Louis; da er jedoch, als er heranwuchs, auffallend intelligent wurde und angeborene Neigungen und Anlagen feinerer Artung zeigte, die seine Spielgefährten nicht hatten, gab man ihm den Spitznamen ›der Städter‹, und niemand nannte ihn anders. Er galt für bemerkenswert geschickt im Schreinerhandwerk, für das er sich entschlossen hatte. Sogar mit Holzbildhauerei beschäftigte er sich ab und zu. Es hiess auch, er sei ein Schwarmgeist und Anhänger der kommunistischen oder gar nihilistischen Lehren, ein eifriger Leser von Abenteuerromanen und blutrünstigen Schauergeschichten, sein Einfluss bei den Wahlen sei beachtlich, auch sei er ein geschickter Redner bei öffentlichen Versammlungen der Arbeiter oder Bauern.

Der Anwalt hatte auf Unzurechnungsfähigkeit plädiert.

Wie hätte man in der Tat annehmen sollen, dass dieser Handwerker seine besten Kunden ermordet haben sollte, reiche, grosszügige Kunden – das anerkannte er –, die ihm seit drei Jahren für rund dreitausend Franken Arbeitsaufträge gegeben hatten, wie auch aus seinen Büchern hervorging. Nur eine einzige Erklärung war möglich: Wahnsinn, Geistesgestörtheit, die fixe Idee des Deklassierten, der sich in diesen beiden Angehörigen der bürgerlichen Welt am ganzen Bürgertum rächt, und der Advokat spielte denn auch geschickt auf den Spitznamen ›der Städter‹ an, den die Bevölkerung der Gegend diesem Einzelgänger und Stiefkind des Schicksals gegeben hatte.

»Klingt es nicht wie ein Hohn«, rief er aus, »und zudem wie ein Hohn, der diesen bedauernswerten, vater- und mutterlosen Burschen noch vollends in seine Wahnideen hineinsteigern musste? Er ist ein glühender Republikaner. Was sage ich? Er gehört sogar zu der politischen Partei, die vor kurzem die Republik noch an die Wand stellte und deportierte, die sie heute mit offenen Armen aufnimmt, zu der Partei, für die Brandstiftung etwas grundsätzlich Erlaubtes und der Mord ein selbstverständliches Kampfmittel ist.

Diese betrüblichen Doktrinen, die heutzutage in öffentlichen Versammlungen beklatscht werden, haben diesen Mann ins Verderben geführt. Er hat gehört, wie Republikaner, selbst Frauen, ja Frauen! nach Gambettas Blut schrien, nach dem Blute Grévys. Sein kranker Geist ist daran zerbrochen und seither umnachtet. Er hat nach Blut gelechzt, nach dem Blut Bürgerlicher!

Nicht ihn muss man verurteilen, meine Herren Geschworenen, sondern die Kommune!«

Beifälliges Gemurmel lief durch den Saal. Man spürte deutlich, dass der Anwalt gewonnenes Spiel hatte. Der Staatsanwalt verzichtete auf eine Replik.

Daraufhin stellte der Präsident dem Angeklagten die übliche Frage:

»Angeklagter, haben Sie zu Ihrer Verteidigung nichts hinzuzufügen?«

Der Mann erhob sich.

Er war klein von Gestalt, flachsblond, und hatte graue, starre, helle Augen. Eine starke, offene und volltönende Stimme erklang aus diesem schmächtigen Burschen, und schon bei den ersten Worten, die er sprach, änderte sich die Meinung, die man sich über ihn gebildet hatte.

Er sprach mit Nachdruck, in hochtrabendem Ton, aber so deutlich, dass jedes Wort bis zuhinterst in dem grossen Saal zu vernehmen war.

»Herr Präsident, ich will nicht in ein Irrenhaus kommen, lieber noch lasse ich mir den Kopf abschlagen, und darum will ich Ihnen alles sagen.

Ich habe diesen Mann und diese Frau ermordet, weil sie meine Eltern waren.

Jetzt hören Sie mich an und richten Sie mich dann. Eine Frau brachte ein Kind zur Welt und schickte es irgendwohin in Pflege. Wusste sie denn überhaupt, in welche Gegend des Landes ihr Komplize das kleine unschuldige Wesen brachte, das zu ewigem Elend verurteilt war, zur Schande einer unehelichen Geburt, schlimmer als das: zum Tode, da man es doch einfach sich selbst und seinem Schicksal überliess, da ja die Amme, sobald sie nicht mehr ihr monatliches Kostgeld erhielt, es verkommen, hungern und verwahrlosen lassen konnte.

Die Frau, die mich aufzog, war redlich, sie war ehrenhafter, fraulicher, grösser, mütterlicher als meine Mutter. Sie zog mich gross. Sie tat ihre Pflicht, aber es war nicht recht von ihr. Es wäre besser, man liesse diese unseligen Geschöpfe umkommen, die in die Dörfer der Bannmeile abgeschoben werden, wie man Unrat draussen vor der Stadt ablädt.

Ich wuchs heran unter dem vagen Eindruck, dass ein Makel auf mir liege. Die andern Kinder nannten mich eines Tags ›Bankert‹. Sie wussten nicht, was dieses Wort bedeutete, einer hatte es einmal von seinen Eltern gehört. Ich wusste es auch nicht, aber ich fühlte es.

Ich war – ich darf das sagen – einer der Intelligentesten in der Schule. Es wäre ein ehrlicher Mann aus mir geworden, Herr Präsident, vielleicht sogar ein bedeutender Mann, wenn meine Eltern nicht das Verbrechen begangen hätten, mich auszusetzen.

Dieses Verbrechen haben sie an mir begangen. Ich war das Opfer, sie waren die Schuldigen. Ich war wehrlos, sie kannten kein Erbarmen. Sie hatten die Pflicht, mich zu lieben: sie haben mich verstossen.

Ich verdankte ihnen das Leben – aber ist das Leben ein Geschenk? Das meine war jedenfalls nur ein Unglück. Nachdem sie so schändlich an mir gefrevelt hatten, schuldete ich ihnen nur noch Vergeltung. Sie haben mir gegenüber die unmenschlichste, die niederträchtigste, die ungeheuerlichste Handlung begangen, die man einem Geschöpf antun kann.

Ein Mensch, den man beschimpft, schlägt zurück. Einer, den man bestiehlt, nimmt, was ihm gehört, mit Gewalt wieder. Ein Mann, der betrogen, an der Nase herumgeführt und zu Tode gequält wird, tötet. Ein Mann, den man ohrfeigt, mordet; einer, dem man seine Ehre besudelt, mordet ebenfalls. Ich bin ärger bestohlen, betrogen, gequält, moralisch geohrfeigt, entehrt worden als alle, für deren Zorn Sie Verzeihung gewähren.

Ich habe mich gerächt, habe getötet. Das war mein legitimes Recht. Ich habe ihr glückliches Leben ausgelöscht zur Vergeltung für das grauenvolle Leben, das sie mir aufgezwungen hatten.

Sie werden mich nun als Elternmörder brandmarken! Waren sie denn meine Eltern, diese Leute, für die ich nur eine fluchwürdige Last, ein Schreck, ein Makel der Ehrlosigkeit war? Meine Geburt bedeutete ihnen ein leidiges Missgeschick und mein Leben eine immerwährende Drohung mit Schande. Sie suchten ihre eigene, eigensüchtige Lust und bekamen unerwartet ein Kind. Das Kind haben sie beseitigt. Nun ist die Reihe an mich gekommen, und ich habe ihnen Gleiches mit Gleichem vergolten.

Und doch war ich noch letzthin bereit, sie zu lieben.

Es sind nun zwei Jahre her, wie ich Ihnen bereits gesagt habe, da kam der Mann, mein Vater, zum erstenmal zu mir. Ich ahnte nichts. Er bestellte bei mir zwei Möbel. Wie ich später erfuhr, hatte er sich vorher, unter dem Siegel des Geheimnisses selbstverständlich, beim Pfarrer erkundigt.

Von nun an kam er öfters her. Er gab mir Arbeit und zahlte gut. Zuweilen plauderte er sogar ein wenig über dies und das mit mir. Ich empfand mit der Zeit eine gewisse Zuneigung für ihn.

Zu Beginn dieses Jahres brachte er seine Frau mit, meine Mutter. Als sie eintrat, zitterte sie so heftig, dass ich zuerst glaubte, sie leide an einer Nervenkrankheit. Dann bat sie um einen Stuhl und ein Glas Wasser. Sie sagte kein Wort, betrachtete nur mit irren Blicken meine Möbel und antwortete ja und nein, ohne überhaupt hinzuhören auf alles, was er sie fragte. Als sie wieder fort war, hielt ich sie für ein bisschen übergeschnappt.

Im folgenden Monat kam sie wieder. Diesmal war sie ruhig und beherrscht. Sie blieben an diesem Tag ziemlich lange, wir plauderten miteinander, und sie gaben mir eine grosse Bestellung. Ich sah die Frau noch dreimal, ohne hinter das Geheimnis zu kommen. Doch eines Tages fing sie unvermittelt an, mit mir von meinem Leben, meiner Kindheit, meinen Eltern zu reden. ›Meine Eltern, Madame‹, gab ich ihr zur Antwort, ›waren gewissenlose Schufte. Sie haben mich meinem Schicksal überlassen.‹ Da fasste sie nach ihrem Herzen und sank bewusstlos zu Boden. Sofort kam mir der Gedanke: Sie ist meine Mutter! Aber ich hütete mich wohlweislich, mir etwas anmerken zu lassen. Ich wollte sehen, was sie weiter tun würde.

Natürlich holte ich meinerseits Erkundigungen ein. Ich erfuhr dabei, dass sie erst seit dem vergangenen Juli verheiratet waren, weil meine Mutter vor drei Jahren erst Witwe geworden war. Man hatte freilich gemunkelt, sie hätten noch zu Lebzeiten ihres Mannes ein Liebesverhältnis miteinander gehabt, doch hatte man keinerlei Beweise. Der Beweis war ich, der Beweis, den man zuerst versteckt, nachher aber zu vernichten gehofft hatte.

Ich wartete. Eines Abends erschien sie wieder, wie stets in Begleitung meines Vaters. An jenem

Tag schien sie sehr bewegt, ich weiss nicht, warum. Beim Fortgehen sagte sie zu mir: ›Ich bin Ihnen sehr gewogen, weil Sie mir den Eindruck eines ehrlichen und arbeitsamen jungen Mannes machen. Gewiss werden Sie eines Tages heiraten wollen, und ich möchte Ihnen dazu verhelfen, die Frau, der Ihre Neigung gilt, frei zu wählen. Ich war einmal gegen meinen Willen verheiratet und weiss, wie man darunter leidet. Jetzt bin ich reich, kinderlos, frei, Herrin über mein Vermögen. Hier haben Sie Ihre Mitgift.‹

Sie streckte mir einen grossen versiegelten Briefumschlag hin.

Ich schaute ihr fest in die Augen und sagte dann: ›Sie sind meine Mutter!‹

Sie wich drei Schritte zurück und verdeckte die Augen mit der Hand, um mich nicht mehr zu sehen. Er, der Mann, mein Vater, hatte den Arm um sie gelegt und stützte sie. Nun schrie er mich an: ›Sie sind ja wahnsinnig!‹

Ich antwortete: ›Ganz und gar nicht. Ich weiss genau, dass Sie meine Eltern sind. So leicht kann man mich nicht hinters Licht führen. Geben Sie es zu, und ich will Ihr Geheimnis für mich behalten. Ich werde Ihnen nichts nachtragen und bleibe auch weiterhin, was ich bin: ein Tischler.‹

Er wich langsam zum Ausgang zurück und stützte immer noch seine Frau, die in Schluchzen ausbrach. Ich rannte zur Tür, schloss sie ab, steckte den Schlüssel in die Tasche und sagte: ›So sehen Sie sie doch nur an, und dann leugnen Sie noch, dass sie meine Mutter ist!‹

Da aber brauste er auf; er war totenblass geworden, so entsetzt war er über den Gedanken, der Skandal, der bisher vermieden worden war, könnte nun plötzlich ausbrechen, ihre Stellung, ihr Ruf, ihre Ehre seien nun mit einem Schlag verloren, und er stammelte: ›Sie sind ein Lump und wollen nur Geld von uns erpressen. Das hat man davon, wenn man dem Pöbel, diesem Pack, Gutes erweist! Das ist der Lohn für unsere Hilfe, unser Mitgefühl!‹

Meine Mutter war wie von Sinnen und sagte ein ums andere Mal: ›Komm, wir gehen! Lass uns gehen!‹

Aber die Tür war verschlossen, und er brüllte: ›Wenn Sie nicht sofort aufmachen, lasse ich Sie wegen Erpressung und Nötigung ins Gefängnis setzen!‹

Ich hatte mich immer noch in der Gewalt. Ich schloss die Tür auf und sah sie in der Dunkelheit untertauchen.

Da war mir auf einmal, als sei ich erst jetzt verwaist, als sei ich verstossen und in die Gosse gejagt worden. Eine entsetzliche Traurigkeit, vermischt mit Zorn, Ekel und Hass, übermannte mich. Mein ganzes Wesen bäumte sich sozusagen auf, mein Gefühl für Recht, Anstand, Ehre und auch meine zurückgestossene Liebe empörten sich. Ich rannte ihnen längs der Seine nach; ich wusste, dass sie dort entlang nach Chatou zum Bahnhof gehen mussten.

Ich holte sie bald ein. Unterdessen war es stockfinster geworden. Ich ging immer auf dem Gras und trat so leise auf, wie ich nur konnte, und so hörten sie mich nicht kommen. Meine Mutter weinte immer noch. Mein Vater sagte: ›Du bist selber schuld. Warum hast du darauf bestanden, ihn zu sehen! In unserer Lage war das heller Wahnsinn. Wir hätten ihm von ferne Gutes erweisen können, ohne hervorzutreten. Da wir ihn doch unmöglich anerkennen konnten, wozu dann diese Besuche, die uns nur Unannehmlichkeiten bringen mussten?‹

Da vertrat ich ihnen den Weg, flehte, bettelte und stammelte: ›Sie sehen doch, dass Sie meine Eltern sind. Schon einmal haben Sie mich verstossen! Wollen Sie mich aufs neue verleugnen?‹

Herr Präsident, als ich das sagte, wurde er gegen mich tätlich, das schwöre ich Ihnen bei meiner Ehre, ich schwöre es auf das Gesetz, bei der Republik. Er schlug mich, und als ich ihn am Kragen packte, zog er einen Revolver aus der Tasche.

Ich habe rot gesehen, ich weiss nicht mehr, was ich tat. Ich hatte meinen Zirkel in der Tasche, und ich stach damit um mich, ich stach, wohin ich gerade traf.

Die Frau erhob ein lautes Geschrei. ›Zu Hilfe! Mörder!‹ schrie sie und riss mir den Bart aus. Ich habe sie offenbar ebenfalls getötet. Weiss ich denn überhaupt, was ich tat?

Als ich sie dann beide am Boden liegen sah, habe ich sie kurzerhand in die Seine geworfen.

So ist das gekommen. Und jetzt richten Sie mich.«

Der Angeklagte setzte sich. Angesichts dieses neuen Tatbestandes ist die Angelegenheit auf die nächste Sitzung vertagt worden. Sie wird nun bald zur Verhandlung kommen. Müssten wir als Geschworene über diesen Elternmörder zu Gericht sitzen, wie würden wir urteilen?

Die Maske

Im Elysée-Montmartre war an jenem Abend Maskenball. Es war Fastnacht, und die Menge strömte, wie das Wasser in ein Staubecken, in den hellerleuchteten Gang, der zum Tanzsaal führte. Die Kapelle schmetterte ihre Weisen so mitreissend, so schwungvoll und dröhnend, dass es tönte wie ein Orkan von Musik, der durch Dach und Wände hinausdrang, der das ganze Viertel überflutete und in den Strassen, ja bis hinein in die Nachbarhäuser das unwiderstehliche Verlangen erweckte, sich auszutoben, warm zu haben, sich des Lebens zu freuen. Denn dieser Drang schlummert ja im tiefsten Wesen des Menschen.

Die Stammgäste des Lokals kamen aus allen vier Ecken von Paris dorthin, Leute aus allen Bevölkerungsschichten, lauter Menschen, denen derbe, lärmige, etwas schlüpfrige und leicht zügellose Belustigungen zusagten. Da waren Angestellte, Zuhälter, Dirnen, Flittchen jeder Art und Aufmachung, vom billigen Baumwollfähnchen bis zum feinsten Batistkleid, reiche verblühte, mit Diamanten behängte Halbweltdamen und arme sechzehnjährige Mädchen, die es kaum erwarten konnten, zu festen und zu lumpen, sich mit Männern einzulassen und

Geld zu verjubeln. Elegante Herren im Frack auf der Suche nach frischem Fleisch, nach jungen saftigen, wenn auch nicht mehr ganz unberührten Weibern strichen durch das erhitzte Gewühl, schauten sich um, schienen eine Fährte zu wittern, während die Masken offensichtlich von der Lust, sich auszutollen, umgetrieben wurden. Schon scharte sich um die kunstfertigen Sprünge berühmter Quadrillen ein dichtgedrängter Zuschauerkreis. Die hin und her wogende Hecke, die wimmelnde Masse der Frauen und Männer, die sich rings um die vier Tänzer drängte, wand sich wie eine Schlange um sie, bald näher hinzutreibend, bald wieder zurückweichend, je nach den Figuren der Tänzer. Die beiden Frauen, deren Schenkel mit Gummibändern am Körper festgemacht schienen, vollführten mit ihren Beinen erstaunliche Bewegungen. Sie schleuderten sie mit solcher Kraft in die Luft, dass es aussah, als flögen die Gliedmassen hinauf in die Wolken, spreizten sie dann plötzlich, als hätten sie sie bis zur Mitte des Bauchs auseinandergerissen, sie schoben ein Bein vor und das andere rückwärts und berührten nach einem blitzschnellen Seitensprung, der abstossend und zugleich komisch wirkte, mit dem Schoss den Boden.

Ihre Tänzer sprangen hoch, strampelten mit den Füssen, wirbelten herum und zappelten sich mächtig ab. Sie wippten mit den Armen wie mit federlosen Flügelstummeln, und man erriet, dass sie unter ihren Masken keuchten und nach Luft jappten.

Einer von ihnen, der in der reputiertesten dieser Quadrillen als Ersatz für eine abwesende Berühmtheit, den schönen ›Songe-au-Gosse‹, eingesprungen war und sich abmühte, nicht hinter dem unermüdlichen ›Arête-de-Veau‹ zurückzustehen, führte allerlei groteske Sprünge aus, die bei den Zuschauern Freude und zugleich höhnisches Staunen hervorriefen.

Er war hager, als Gigerl gekleidet, und trug eine hübsche lackierte Maske mit einem blonden, gekräuselten Schnurrbart und darüber eine Lockenperücke.

Er sah aus wie eine Gestalt aus dem Wachsfigurenkabinett, wie eine seltsame, phantastische Karikatur der charmanten jungen Stutzer, die auf den Stichen der Modejournale abgebildet sind. Er tanzte hingegeben, aber sichtlich angestrengt, ungeschickt und mit komischer Verbissenheit. Neben den andern wirkte er wie eingerostet, wenn er versuchte, ihre Luftsprünge nachzumachen. Er machte den Eindruck eines Lahmen, ja, es sah aus, als spielte ein plumper Strassenköter mit Windhunden. Spöttische Bravorufe munterten ihn auf, und er gab sich so wild aus und strampelte mit einer derartigen berauschten Besessenheit, dass er auf einmal, als er einen wilden Anlauf nahm, mit fortgerissen wurde und mit dem Kopf voran in die Menschenmauer hineinsauste, die ihn umstand. Die Zuschauermenge teilte sich vor ihm, um ihn durchzulassen, und schloss sich dann wieder um den leblosen Körper des ohnmächtigen Tänzers, der lang ausgestreckt auf dem Bauch dalag.

Ein paar Männer hoben ihn auf und trugen ihn weg. Man rief: »Einen Arzt!« Ein Herr fand sich ein; er war jung, sehr elegant und trug einen Frack mit grossen Perlen auf dem Frackhemd. »Ich bin Professor an der Medizinischen Fakultät«, sagte er bescheiden. Man liess ihn durch und führte ihn in einen kleinen Raum, der wie das Büro eines Handelsagenten mit Pappschachteln vollgestopft war. Hier lag der Tänzer immer noch in tiefer Ohnmacht. Man hatte ihn auf ein paar Stühle gebettet. Zunächst wollte der Arzt ihm die Maske abnehmen und stellte fest, dass sie auf eine höchst komplizierte Art mit einer Unmenge dünner Metalldrähte befestigt war, die sie geschickt mit dem Rand der Perücke verbanden und den ganzen Kopf in einem soliden Netz einschlossen, dessen Geheimnis man kennen musste. Sogar der Hals war mit einer künstlichen Haut verdeckt, die vom Kinn bis in den Hemdkragen hinabreichte, einer Haut aus fleischfarbenem Handschuhleder.

Man musste das alles mit einer kräftigen Schere auftrennen; und als der Arzt in diese seltsame Vermummung einen Schnitt von der Schulter bis zur Schläfe gemacht hatte, zog er diese Schale auseinander, und darunter kam ein altes, abgelebtes, hageres, verrunzeltes Männergesicht zum Vorschein. Die Leute, die diese jugendliche Maske mit den gekräuselten Locken hierhergetragen hatten, waren alle dermassen erschüttert, dass niemand lachte und keiner ein Wort sprach.

Alle betrachteten das todestraurige Gesicht mit den geschlossenen Augen, das da vor ihnen auf den Strohsesseln lag, das wirre weisse Haar, das ihm von der Stirn ins Antlitz fiel, die kurzen Bartstoppeln auf Kinn und Wangen, und neben diesem jammervollen Kopf die hübsche lackierte Maske, die jugendliche Maske, die unentwegt lächelte.

Nach langer Bewusstlosigkeit kam der Mann wieder zu sich. Aber er war anscheinend noch so schwach, so mitgenommen, dass der Arzt eine gefährliche Komplikation befürchtete.

»Wo wohnen Sie?« fragte er.

Der alte Tänzer schien angestrengt in seinem Gedächtnis zu suchen, dann erinnerte er sich offenbar wieder und nannte eine Strasse, die niemand kannte. Man musste ihn also nach näheren Einzelheiten über das Viertel, wo er wohnte, fragen. Er gab unendlich mühsam Auskunft, so langsam und unklar, dass man unschwer merken konnte, wie verstört sein Geist war.

Der Arzt fuhr fort: »Ich will Sie selbst nach Hause bringen.«

Plötzlich hatte ihn die Neugier gepackt, und er

hätte gerne gewusst, wer dieser sonderbare Tänzer war, er wollte sehen, wo dieses Springerphänomen hauste.

Bald danach führte sie eine Droschke beide in eine Strasse jenseits der Buttes Montmartre.

Er wohnte in einem hohen, ärmlich aussehenden Haus, in dem eine schmierige Treppe emporführte. Es war eines jener nie fertiggebauten Häuser mit zahllosen Fenstern und stand zwischen zwei öden Grundstücken, schmutzigen Löchern, wo eine Menge zerlumpter, bettelarmer Wesen hauste.

Der Arzt hielt sich krampfhaft am Treppengeländer fest, einer gewundenen Holzstange, an der die Hand klebenblieb, und stützte den alten Mann, der noch ganz benommen war, aber langsam wieder zu Kräften kam, bis in den vierten Stock hinauf.

Die Tür, an der sie geklopft hatten, ging auf, und eine Frau erschien. Auch sie war alt, aber sauber. Eine schneeweisse Nachthaube umrahmte ihr knochiges Gesicht mit den ausgeprägten Zügen. Es war ein grobes, gutmütiges und hartes Gesicht, wie man es oft bei fleissigen und treuen Arbeiterfrauen antrifft.

Sie rief erschrocken: »Mein Gott! Was ist ihm denn zugestossen?«

Als ihr der Vorfall in kurzen Worten berichtet worden war, beruhigte sie sich und beruhigte auch den Arzt, denn sie erzählte ihm, das gleiche sei schon mehrmals vorgekommen.

»Er muss ins Bett, Herr Doktor, sonst nichts. Er wird schlafen, und morgen ist alles wieder gut.«

Der Arzt wandte ein: »Aber er kann ja kaum sprechen.«

»Oh, das hat nichts zu bedeuten; er hat nur ein bisschen zuviel getrunken, das ist alles. Er hat nichts gegessen, um gelenkig zu sein, und dann hat er zwei Absinth getrunken, das bringt ihn in Schwung. Der Absinth, wissen Sie, fährt ihm in die Beine, aber er verschlägt ihm Gedanken und Sprache. In seinem Alter sollte er nicht mehr so tanzen. Nein, wahrhaftig, es ist zum Verzweifeln, dass er nie zur Vernunft kommt.«

Überrascht fragte der Arzt: »Aber warum tanzt er denn in seinem Alter noch so verrückt?«

Sie zuckte die Achseln. Nach und nach hatte sie sich in Wut geredet und war rot geworden.

»Ach ja, warum? Das fragen Sie noch? Damit man ihn unter seiner Maske für einen jungen Mann hält, damit ihn die Weiber immer noch für einen tüchtigen Bock halten und ihm Schweinigeleien ins Ohr flüstern, damit er sich an ihnen reiben kann, an ihrer dreckigen Haut mit ihren Parfümwolken, ihrem Puder, ihren Pomaden... Ah, so eine Sauerei! Wissen Sie, ich habe kein schönes Leben gehabt, Herr Doktor. Vierzig Jahre geht das nun so... Aber zuerst muss er ins Bett, sonst wird er mir noch richtig krank. Macht es Ihnen etwas, mir ein bisschen an die Hand zu gehen? Wenn er so herunter ist wie jetzt, werd' ich allein mit ihm nicht fertig.«

Der Alte hockte auf seinem Bett, stierte wie benebelt vor sich hin, und sein langes weisses Haar hing ihm ins Gesicht.

Seine Lebensgefährtin sah ihn halb gerührt, halb wütend an. Dann sagte sie:

»Schauen Sie ihn nur an: hat er für sein Alter nicht einen schönen Kopf? Und da muss er sich als Hanswurst verkleiden, bloss damit ihn die Leute für einen jungen Mann halten! Ist es nicht ein Jammer und ein Elend?! Finden Sie nicht auch, er hat einen schönen Kopf, Herr Doktor? Warten Sie, ich will ihn zurechtmachen, bevor wir ihn ins Bett stecken.«

Sie trat zu einem Tisch, auf dem Waschbecken, Wasserkrug, Seife, Kamm und Bürste bereit waren. Sie nahm die Bürste, kam dann wieder ans Bett, bürstete dem alten Säufer das ganze wirre Haar glatt und gab ihm so im Handumdrehen das Aussehen eines Malermodells mit langen Locken, die bis auf den Hals niederfielen. Dann trat sie einen Schritt zurück und betrachtete ihn liebevoll:

»Nicht wahr, für sein Alter sieht er gut aus?«

»Sehr gut«, bestätigte der Arzt, der sich nachgerade köstlich amüsierte.

Sie schwärmte weiter: »Und wenn Sie ihn erst gekannt hätten, als er fünfundzwanzig war! – Aber jetzt muss er gleich ins Bett, sonst drehen ihm seine

Schnäpse noch den Magen um. Da, Herr Doktor, wollen Sie einmal am Ärmel ziehen? Höher... ja, so... gut... jetzt die Hose... Warten Sie, ich will ihm die Schuhe ausziehen... So ist's gut. – Jetzt halten Sie ihn mir mal, bis ich das Bett aufgedeckt habe... So... jetzt legen wir ihn hin... Wenn Sie etwa glauben, er werde nachher beiseite rücken und mir Platz machen, sind Sie auf dem Holzweg. Ich muss schon sehen, wo ich unterkomme, gleichgültig wo. Das kümmert ihn nicht im geringsten. Ah, du alter Genüssling, du!«

Sowie der Alte spürte, dass er im Bett lag, schloss er die Augen, schlug sie wieder auf und schloss sie dann erneut, und man sah seinem ganzen befriedigten Gesicht an, dass er fest entschlossen war, zu schlafen.

Der Doktor beobachtete ihn mit unablässig wachsender Anteilnahme; nun fragte er:

»Er geht also auf die Maskenbälle und spielt den Jüngling?«

»Auf alle geht er, Herr Doktor, und am Morgen kommt er mir dann in einem Zustand nach Hause, den man sich gar nicht vorstellen kann. Sehen Sie, er geht aus lauter Kummer dorthin, nur darum stülpt er sich ein Pappgesicht über sein eigenes. Ja, es wurmt ihn, dass er nicht mehr der gleiche ist wie früher einmal, und auch, dass er nicht mehr bei den Frauen Hahn im Korb ist wie damals.«

Er schlief jetzt und fing sogar an zu schnarchen.

Sie sah voll Mitleid auf ihn hinab und erzählte dann weiter:

»Oh, er hat Erfolg über Erfolg gehabt, der Mann! Mehr als man glauben würde, Herr Doktor, mehr als die schönsten Männer aus der vornehmen Gesellschaft und als alle Tenöre und Generale.«

»Wirklich? Wie hat er das denn fertiggebracht?«

»Oh, das wird Sie zunächst erstaunen. Sie haben ihn ja nicht in seiner Glanzzeit gekannt. Ich habe ihn auch auf einem Ball zum erstenmal gesehen, denn er ist ja von jeher hingegangen. Kaum hatte ich ihn gesehen, so war ich ganz hin, ich zappelte wie ein Fisch an der Angel. Er war hinreissend nett, so nett, dass man am liebsten geweint hätte, wenn man ihn anschaute, rabenschwarz, und einen Wuschelkopf voller Locken hatte er, dazu zwei dunkle Augen, gross wie Fenster. Ach ja, er war ein bildhübscher Mann. An jenem Abend hat er mich mit sich heimgenommen, und ich bin nie wieder von ihm weggegangen, nie mehr, nicht einen Tag lang, trotz allem! Oh, er hat mir oft das Leben sauer gemacht!«

Der Arzt fragte: »Sind Sie verheiratet?«

Sie antwortete, ohne sich zu besinnen: »Ja, Herr Doktor... sonst hätte er mich sitzenlassen wie die andern. Ich bin seine Frau und sein Dienstmädchen gewesen, alles, alles, was er wollte... Und ich habe viel geweint, seinetwegen... Aber er hat es nie sehen dürfen! Denn er hat mir alle seine Abenteuer erzählt... mir, ja, mir, Herr Doktor. Und er hat nie begriffen, wie weh es mir tat, wenn ich mir das anhören musste...«

»Was für einen Beruf hatte er eigentlich?«

»Ja, natürlich... das habe ich ganz vergessen Ihnen zu sagen. Er war erster Gehilfe bei Martel, aber ein ›Erster‹, wie es noch nie einen gegeben hat... Ein Künstler, der durchschnittlich zehn Franken in der Stunde verdiente...«

»Martel?... Wer ist denn Martel?«

»Der Coiffeur, Herr Doktor, der grosse Coiffeur der Oper, der alle Schauspielerinnen als Kundschaft hatte. Ja, alle die berühmtesten Künstlerinnen liessen sich von Ambroise frisieren und gaben ihm dann fürstliche Trinkgelder, so dass er ein Vermögen verdiente. Ach, Herr Doktor, alle Frauen sind einander gleich, jawohl, alle. Wenn ihnen ein Mann gefällt, dann müssen sie ihn haben. Das ist so leicht... und es schmerzt so bitter, wenn man es erfahren muss. Er erzählte mir nämlich alles... er konnte es nicht für sich behalten... nein, er konnte es einfach nicht. Diese Dinge machen den Männern doch so viel Freude! Vielleicht macht es ihnen noch grössern Spass, darüber zu reden, als sie zu tun.

Wenn ich ihn am Abend so heimkommen sah, ein bisschen blass, mit zufriedener Miene und glänzenden Augen, dann sagte ich mir: ›Wieder eine! Bestimmt hat er wieder eine aufgegabelt.‹ Dann hätte ich ihn so gern ausgefragt, ach, es drückte mir fast das Herz ab, und zugleich wollte ich nur eins: nichts wissen, ihn daran hindern, mir etwas zu erzählen, falls er davon anfangen wollte. Und dann sahen wir einander an.

Ich wusste genau, dass er den Mund nicht halten konnte, dass er noch darauf zu sprechen kommen musste. Ich spürte das an seinem ganzen Auftreten, an der Art, wie er lachte, um mir zu verstehen zu geben: Heute habe ich ein tolles Weib gehabt, Madeleine! Ich tat, als sähe ich nichts, als ahnte ich nichts, und deckte den Tisch, trug die Suppe auf und setzte mich ihm gegenüber.

In solchen Augenblicken, Herr Doktor, war es, als hätte man mir meine Liebe zu ihm mit einem Stein im Leib zerstampft. Das tut weh, wissen Sie, verflucht weh. Aber er merkte es nicht, er wusste es nicht; er musste das einfach jemandem erzählen, musste damit prahlen, musste zeigen, wie sehr man ihn liebte... Er hatte ja nur mich, konnte es nur mir erzählen... Verstehen Sie... nur mir... Da... musste ich ihm eben zuhören und das alles wie Gift schlucken.

Er fing an, seine Suppe zu essen, und sagte dann: ›Wieder eine, Madeleine.‹

Ich aber dachte: Es ist soweit. Mein Gott, was für ein Mann! Musste ich gerade an den geraten?

Dann legte er los. ›Wieder eine, Madeleine, und sogar noch eine ganz grossartige...‹ Und dann war es eine Kleine vom Vaudeville oder auch ein Mädchen vom ›Variété‹ oder manchmal auch eine von den grossen, von den bekanntesten Damen vom Theater. Er nannte mir ihre Namen, beschrieb mir ihre Wohnung und alles, alles, ja, alles, Herr Doktor... Einzelheiten, die mir beinahe das Herz zerrissen. Und immer wieder kam er darauf zurück, immer wieder fing er seine Geschichte von vorn an, vom Anfang bis zum Ende, und dabei war er so zufrieden, dass ich tat, als lachte ich, bloss damit er nicht auf mich böse wurde.

Vielleicht war das alles gar nicht wahr! Er prahlte so gern, dass er glatt imstande war, solche Dinge zu erfinden. Vielleicht stimmte es auch. An solchen Abenden gab er vor, er sei müde und wolle nach dem Nachtessen zu Bett gehen. Wir assen immer erst um elf Uhr, Herr Doktor, denn er kam nie früher nach Hause, wegen der Frisuren für die Abendvorstellungen.

Wenn er sein Abenteuer fertig erzählt hatte, rauchte er Zigaretten und ging dabei im Zimmer auf und ab, und er war ein so hübscher Kerl mit seinem Schnurrbart und seinem Kraushaar, dass ich dachte: Es ist doch wahr! Alles, was er erzählt hat, ist wahr! Ich bin ja auch in ihn vernarrt, weshalb sollten die andern nicht ebenfalls in diesen Mann verschossen sein? Da hätte ich oft am liebsten losgeheult und mir alles vom Herzen geschrien und wäre auf und davon gelaufen oder hätte mich aus dem Fenster gestürzt, während ich den Tisch ab-

deckte und er eine Zigarette nach der anderen
rauchte. Er gähnte und sperrte den Mund weit auf,
um mir zu zeigen, wie müde er sei, und bevor er
ins Bett stieg, sagte er zwei- oder dreimal: ›Gott,
wie werde ich heute nacht gut schlafen!‹

Ich trag' ihm nichts nach, denn er wusste nicht,
wie er mich quälte. Nein, er konnte es nicht wissen!
Er spielte sich nun einmal gern mit seinen Weibern
auf, wie ein Pfau sein Rad schlägt. Er war schliesslich so weit, dass er glaubte, alle sähen ihn an und
wollten ihn.

Ganz schlimm wurde es erst, als er alterte.

Oh, Herr Doktor, als ich sein erstes weisses Haar
entdeckte, da durchzuckte mich ein Schrecken, dass
es mir den Atem verschlug, und dann eine Freude
– eine hässliche Freude – und doch eine so grosse,
oh, so grosse Freude! Ich sagte mir: Jetzt ist's vorbei... jetzt ist es vorbei... Es war mir, als käme ich
aus einem Gefängnis frei. Nun wollten die anderen
nichts mehr von ihm, und ich hatte ihn ganz für
mich allein.

Es war eines Morgens in unserem Bett. – Er
schlief noch, und ich beugte mich über ihn und
wollte ihn mit einem Kuss wecken, da sah ich in
seinen Locken an der Schläfe eine fadendünne
Strähne, die silberweiss glänzte. War das eine Überraschung! Ich hätte es nicht für möglich gehalten!
Zuerst dachte ich daran, ich wolle sie ausreissen, damit er sie nicht sehe; als ich aber genauer hinschaute,

entdeckte ich noch eine andere, weiter oben. Weisse Haare! Er bekam weisse Haare! Mein Herz hämmerte zum Zerspringen, und meine Haut begann leicht zu schwitzen. Und doch war ich im Grunde froh!

Es ist hässlich, solche Gedanken zu haben; aber an jenem Morgen habe ich meine Hausarbeit gern und richtig vergnügt verrichtet. Ich weckte ihn noch nicht, und erst als er die Augen aufschlug, sagte ich zu ihm:

›Weisst du, was ich entdeckt habe, während du schliefst?‹

›Nein.‹

›Ich habe gesehen, dass du weisse Haare hast.‹

Er fuhr ärgerlich zusammen und setzte sich im Bett auf, als hätte ich ihn gekitzelt, und brummte böse: ›Das ist nicht wahr.‹

›Doch, an der linken Schläfe. Vier weisse Haare.‹

Er sprang mit einem Satz aus dem Bett und lief zum Spiegel.

Er fand sie nicht. Da zeigte ich ihm das erste, ganz unten, das kleine gekräuselte, und sagte:

›Es nimmt mich ja nicht wunder bei dem Leben, das du führst. In zwei Jahren bist du fertig!‹

Na ja, Herr Doktor, ich hatte richtig prophezeit: Zwei Jahre später war er nicht wiederzuerkennen. Wie schnell sich doch so ein Mann verändert! Er war freilich immer noch ein hübscher Mann, aber er verlor seine Frische, und die Frauen liefen ihm nicht mehr nach. Ach, damals habe ich Schweres mit ihm durchgemacht! Er hat mich abscheulich behandelt. Nichts konnte ich ihm recht machen, rein gar nichts. Er hat seinen Beruf aufgegeben und einen Hutladen aufgemacht, und dabei ging ein Haufen Geld flöten. Dann hat er Schauspieler werden wollen, aber auch da hat er es zu nichts gebracht, und schliesslich hat er angefangen, auf alle öffentlichen Bälle zu gehen. Immerhin war er vernünftig genug, ein wenig Geld auf die Seite zu legen. Davon bestreiten wir jetzt unseren Lebensunterhalt. Es reicht knapp aus, üppig ist es nicht! Wenn ich denke, dass er einmal fast ein Vermögen besessen hat!

Wie er's jetzt treibt, haben Sie ja gesehen. Es ist, wie wenn ihn eine Art Wahnsinn gepackt hätte. Er muss jung sein, muss mit Frauen tanzen, die nach Parfüm und Pomade duften. Armer Schatz, du!«

Tief gerührt, dem Weinen nah, betrachtete sie ihren greisen Mann, der schnarchte. Dann trat sie leise zu ihm hin und drückte ihm einen Kuss auf das Haar. Der Arzt war aufgestanden und schickte sich zum Gehen an. Er fand vor diesem seltsamen Paar keine Worte mehr.

Gerade als er gehen wollte, bat sie:

»Wollen Sie mir nicht vielleicht doch Ihre Adresse dalassen? Wenn es ihm je schlechter geht, könnte ich Sie holen.«

Madame Baptiste

Als ich am Bahnhof Loubain den Wartesaal betrat, schaute ich zuerst nach der Uhr. Ich musste zwei Stunden und zehn Minuten auf den Schnellzug nach Paris warten.

Ich fühlte mich mit einemmal so müde, als hätte ich zehn Meilen zu Fuss zurückgelegt. Dann blickte ich mich um, wie wenn ich an den Wänden ein Mittel, die Zeit totzuschlagen, hätte entdecken können. Schliesslich ging ich wieder hinaus und blieb vor dem Eingang zum Bahnhof stehen. Ich zerbrach mir lange den Kopf darüber, was ich nun wohl tun könnte.

Die Strasse, eine Art mit kümmerlichen Akazien bepflanzter Boulevard zwischen zwei Reihen ungleich hoher Häuser verschiedenster Bauart, richtigen Kleinstadthäusern, führte bergauf einen Hang hinan; ganz hinten sah man Bäume, als würde sie von einem Park abgeschlossen.

Ab und zu lief eine Katze über die Strasse und hob vorsichtig die Beine, wenn sie über die Gossen setzte. Ein Köter lief eifrig von Baum zu Baum, schnupperte an jedem und suchte Küchenabfälle. Kein Mensch war zu sehen.

Eine düstere Mutlosigkeit beschlich mich. Was

tun? Was tun? Schon spielte ich mit dem Gedanken, mich notgedrungen für endlose zwei Stunden in die kleine Bahnhofswirtschaft zu setzen und meinen Anschluss vor einem ungeniessbaren Glas Bier und hinter dem unlesbaren Lokalblättchen abzuwarten; da sah ich einen Leichenzug um die Ecke einer Seitenstrasse biegen und in die Strasse einschwenken, in der ich mich befand.

Der Anblick des Leichenwagens wirkte geradezu erleichternd auf mich. So hatte ich wenigstens zehn Minuten gewonnen.

Plötzlich schaute ich genauer hin. Dem Toten gaben nur acht Herren das Geleite, und einer von ihnen weinte. Die andern unterhielten sich angeregt und ungezwungen. Kein Priester folgte dem Sarg. Ich dachte: Ein Begräbnis ohne Pfarrer! Dann überlegte ich, dass eine Stadt wie Loubain doch gewiss mindestens hundert Freidenker beherbergen dürfte, die es sich zur Pflicht gemacht hätten, bei diesem Anlass ihre Überzeugung öffentlich zu bekunden. Was aber war es sonst? Die Hast, mit der sich der Leichenzug fortbewegte, liess jedoch deutlich erkennen, dass man diesen Toten ohne jede Feierlichkeit und somit ohne geistlichen Beistand beerdigte.

Meine müssige Neugier gab mir die verwickeltsten Mutmassungen ein; aber als der Leichenwagen bei mir vorüberfuhr, schoss mir ein ausgefallener Gedanke durch den Kopf, und ich beschloss, mit den acht Herren dem Sarg zu folgen. Damit war ich für mindestens eine Stunde beschäftigt, und so machte ich mich hinter den andern drein mit trauriger Miene auf den Weg.

Die beiden letzten blickten sich erstaunt um und sprachen dann leise miteinander. Höchstwahrscheinlich fragten sie sich, ob ich hier in der Stadt wohne. Dann besprachen sie sich mit den beiden Herren, die vor ihnen gingen, und diese musterten mich ebenfalls eingehend. Dieses forschende Anstarren war mir lästig, und um ihm ein Ende zu machen, trat ich zu den Herren vor mir heran. Ich grüsste sie und sagte: »Ich bitte um Verzeihung, meine Herren, wenn ich Ihr Gespräch unterbreche. Aber als ich dieses nichtkirchliche Begräbnis sah, habe ich mich angeschlossen, ohne übrigens den Toten zu kennen, dem Sie das Geleite geben.« Einer der Herren antwortete: »Es ist eine Tote.« Überrascht fragte ich: »Aber es ist doch ein nichtkirchliches Begräbnis, nicht wahr?«

Der andere Herr, der offensichtlich den Wunsch hatte, mich aufzuklären, ergriff das Wort: »Ja und nein. Die Geistlichkeit hat uns den Zutritt in die Kirche verweigert.« Diesmal entfuhr mir ein verblüfftes »Ah!« Ich begriff überhaupt nichts mehr.

Mein zuvorkommender Nachbar weihte mich mit leiser Stimme ein: »Oh, das ist eine lange Geschichte. Die junge Frau hat sich das Leben genommen, und darum hat man ihr nicht ein kirchliches

Begräbnis geben können. Der Mann dort, der vorderste, der weint, ist ihr Gatte.«

Da brachte ich zögernd hervor: »Was Sie mir da sagen, erstaunt und ergreift mich sehr. Wäre es indiskret, wenn ich Sie bitte, mir diese Geschichte zu erzählen? Falle ich Ihnen mit meiner Bitte lästig, so nehmen Sie an, ich habe nichts gesagt.«

Der Herr hakte mich wie einen alten Bekannten ein. »Nein, ganz und gar nicht, durchaus nicht. Wissen Sie, was? Bleiben wir ein wenig hinter den andern zurück. Ich will Ihnen das erzählen; es ist eine traurige Geschichte. Wir haben noch Zeit genug, bis wir beim Friedhof angelangt sind. Sehen Sie dort oben die Bäume? Dort liegt er. Der Weg ist steil.«

Und er hob an: »Sie müssen wissen, dass die junge Frau, Madame Paul Hamot, die Tochter eines reichen Kaufmanns hier aus der Stadt gewesen ist. Ein Herr Fontanelle. Als sie noch ein Kind war, erst elfjährig, hatte sie ein entsetzliches Erlebnis: ein Knecht hat sie missbraucht. Sie ist daran fast gestorben, so übel hat sie der Schuft zugerichtet; er hat sich dann durch seine Roheit selber verraten. Es fand ein grauenvoller Prozess statt, und es kam dabei an den Tag, dass das arme verängstigte Kind seit einem Vierteljahr das Opfer der schandbaren Praktiken dieses Unholds war. Der Kerl wurde zu lebenslänglicher Zwangsarbeit verurteilt.

Das Mädchen wuchs heran, gebrandmarkt mit

dem Mal der Schande, gemieden, ohne Spielgefährten, kaum dass die Erwachsenen einmal zärtlich zu ihm waren. Sie hätten geglaubt, sich die Lippen zu besudeln, wenn sie die Kleine auch nur auf die Stirn geküsst hätten.

Sie war für die Stadt sozusagen zu einem Ungeheuer, einer Sehenswürdigkeit geworden. Man raunte sich leise zu: ›Sie wissen doch, die kleine Fontanelle?‹ Auf der Strasse schauten ihr die Leute nach, wenn sie vorbeiging. Nicht einmal Kinderfrauen waren zu finden, die mit ihr spazierengingen, denn die andern Dienstmädchen hielten sich abseits, als gehe eine Ansteckung von dem Kind aus und übertrage sich auf alle, die mit ihm in Berührung kamen.

Es konnte einem in der Seele weh tun, wenn man die arme Kleine auf der Stadtpromenade sah, wo die Kinder jeden Nachmittag miteinander spielten. Sie stand ganz allein neben ihrem Kindermädchen und schaute traurig den andern Kindern zu, die herumtollten. Manchmal gab sie dem übermächtigen Verlangen, mit den andern Kindern mitzuspielen, nach, machte schüchtern, ängstlich und zaghaft ein paar Schritte auf sie zu und mengte sich verstohlen, als wäre sie sich ihrer Unwürdigkeit bewusst, unter eine Gruppe. Und augenblicklich kamen von allen Bänken her die Mütter, die Kindermädchen und Tanten gerannt, packten die kleinen Mädchen, die ihrer Obhut anvertraut waren, an der Hand und schleiften sie roh mit sich fort. Die kleine Fontanelle blieb allein zurück, wusste nicht aus und ein und begriff überhaupt nicht, was ihr geschah. Sie brach in herzzerbrechendes Weinen aus, so weh tat ihr das jedesmal. Dann lief sie zu ihrer Kinderfrau und barg schluchzend ihr Gesichtlein in ihrer Schürze.

Sie wurde grösser, und es kam noch schlimmer. Man hielt die jungen Mädchen von ihr fern wie von einer Pestkranken. Bedenken Sie doch: das junge Ding hatte nichts mehr zu lernen, rein nichts mehr; sie hatte kein Anrecht mehr auf den symbolischen Orangenblütenkranz; sie war, fast noch ehe sie lesen konnte, in das furchtbare Geheimnis eingeweiht worden, das die Mütter erst am Hochzeitsabend unter Zittern ahnen lassen.

Wenn sie auf der Strasse vorbeiging, immer von ihrer Erzieherin begleitet, als hätte man sie aus dauernder Angst vor einem neuen schrecklichen Erlebnis ständig unter Aufsicht halten wollen, wenn sie, sagte ich, auf der Strasse vorbeiging, immer mit niedergeschlagenen Augen, im Gefühl der geheimnisvollen Schande, die auf ihr lastete, schauten ihr die andern jungen Mädchen – sie sind ja weniger naiv, als man gewöhnlich glaubt – tückisch nach, tuschelten miteinander, kicherten hinter ihrem Rücken und wandten geschwind mit unbeteiligter Miene den Kopf weg, wenn sie zufällig ihren Blick auf ihnen ruhen liess.

Man grüsste sie kaum. Nur ein paar Männer nahmen vor ihr den Hut ab. Die Mütter taten, als hätten sie sie nicht gesehen. Einige Gassenjungen riefen ihr ›Madame Baptiste‹ nach; so hiess der Knecht, der sie geschändet und in Verruf gebracht hatte.

Niemand wusste um die heimlichen Qualen, die ihre Seele ausstand, denn sie sprach kaum je mit einem Menschen und lachte niemals. Selbst ihre Eltern waren anscheinend ihr gegenüber befangen, als trügen sie ihr einen Fehltritt nach, der nicht wiedergutzumachen war.

Ein anständiger Mann würde einem entlassenen Sträfling nicht gern die Hand reichen, und wäre er auch sein eigener Sohn, nicht wahr? Herr Fontanelle und seine Frau behandelten ihre Tochter wie einen entlassenen Zuchthäusler.

Sie war hübsch und blass, gross, schlank, anders als andere Mädchen. Sie hätte mir schon gefallen, lieber Herr, wenn nicht diese dumme Geschichte gewesen wäre.

Nun bekamen wir – es ist jetzt etwa anderthalb Jahre her – einen neuen Unterpräfekten, und der brachte seinen Privatsekretär mit, einen komischen Kauz, der allem Anschein nach im Quartier Latin das Leben wacker genossen hatte.

Er sah Mademoiselle Fontanelle und verliebte sich in sie. Man klärte ihn auf. Er gab nur zur Antwort: ›Ach was, das ist gerade eine Garantie für die Zukunft. Mir ist es lieber, es sei vorher passiert, als dass es nachher kommt. Mit dieser Frau kann ich ruhig schlafen.‹

Er warb um sie, hielt um ihre Hand an und heiratete sie. Dann machte er, unverfroren wie er war, Besuche, als wäre es das Selbstverständlichste von der Welt. Ein paar Leute erwiderten sie, andere unterliessen es. Schliesslich geriet die Sache nach und nach in Vergessenheit, und sie fasste allmählich in der Gesellschaft Fuss.

Ich muss noch erwähnen, dass sie ihren Mann anbetete wie einen Gott. Bedenken Sie nur: er hatte ihr die Ehre wiedergegeben, hatte sie in die Gemeinschaft der Menschen zurückgeführt, hatte der öffentlichen Meinung Trotz geboten und sie bezwungen, hatte Beleidigungen aller Art nicht gefürchtet, mit einem Wort, er hatte eine mutige Tat vollbracht, zu der nur wenige Menschen fähig gewesen wären. Sie brachte ihm deshalb eine exaltierte und argwöhnische Leidenschaft entgegen.

Sie erwartete ein Kind, und als ihre Schwangerschaft bekannt wurde, wurde sie auch bei den heikelsten Leuten empfangen, als hätte die Mutterschaft sie endgültig von ihrem Makel gereinigt. Das ist sonderbar, aber es ist nun einmal so...

Alles ging zum besten, bis wir neulich hier in der Stadt Kirchweih hatten. Der Präfekt, umringt von seinem Stab und den Behörden, führte den Vorsitz beim Sängerfest; er hatte eben seine Rede gehalten, und nun begann die Preisverteilung. Sein

Privatsekretär, Paul Hamot, überreichte jedem der Preisträger seine Medaille.

Sie wissen ja, bei solchen Anlässen kommen immer Eifersüchteleien und Rivalitäten vor, und die Leute verlieren dabei jedes Mass.

Alle Damen der Stadt waren auf der Estrade zugegen.

Als die Reihe an ihn kam, trat auch der Dirigent des Gesangvereins des Fleckens Mormillon vor. Sein Chor hatte nur einen zweiten Preis erhalten. Man kann doch nicht jedermann einen ersten Preis verleihen, nicht wahr?

Als der Privatsekretär des Präfekten ihm sein Emblem überreichte, da warf es ihm der Mann ins Gesicht und schrie: ›Du kannst sie für Baptiste behalten, deine Medaille. Du bist ihm ja eigentlich sogar einen ersten Preis schuldig, so gut wie mir!‹

Es standen haufenweise Leute herum und lachten nun schallend auf. Das Volk ist weder barmherzig noch feinfühlig, und alle Blicke wandten sich der armen Dame zu.

Haben Sie jemals gesehen, wie eine Frau wahnsinnig wurde?«

»Nein.«

»Nun, wir haben das miterlebt. Sie sprang dreimal auf und sank wieder auf ihren Sitz zurück, als hätte sie davonlaufen wollen und dann eingesehen, dass sie nicht durch die dichte Menschenmenge würde dringen können.

Irgendwo im Publikum rief eine Stimme: ›Heda! Madame Baptiste!‹ Daraufhin brach ein lauter Lärm los, teils beifällige Heiterkeit, teils Äusserungen des Unwillens.

Es war ein wildes Durcheinander, ein Tumult. Alle Köpfe gerieten in Bewegung. Der Zuruf ging von Mund zu Mund; die Leute stellten sich auf die Zehenspitzen, um sehen zu können, was für ein Gesicht die Unglückliche machte. Es gab Männer, die ihre Frauen hochhoben und sie ihnen zeigten. Einzelne Zuschauer fragten: ›Welche ist es denn? Die in Blau?‹ Ein paar Lausbuben machten das Krähen eines Hahns nach. Einmal da, einmal dort brach schallendes Gelächter los.

Sie rührte sich nicht mehr, sass entgeistert auf ihrem Galasessel, als würde sie der versammelten Menge als Schaustück vorgeführt. Sie konnte nicht fliehen, konnte sich nicht regen noch ihr Gesicht verbergen. Ihre Lider zwinkerten unaufhörlich, als hätte ihr ein grelles Licht in die Augen gebrannt, und sie keuchte wie ein Pferd, das einen steilen Hang hinauf muss.

Es schnitt einem ins Herz, wenn man sie ansah.

Herr Hamot war dem Rüpel an die Kehle gesprungen, und sie wälzten sich mitten in einem unbeschreiblichen Tumult am Boden.

Die Preisverteilung wurde abgebrochen.

Eine Stunde später, als die Hamots auf dem Heimweg waren – die junge Frau hatte seit dem gemeinen Schimpf kein Wort mehr gesprochen, aber sie zitterte am ganzen Leib, als hätte eine Feder alle ihre Nerven zum Zappeln gebracht –, da kletterte die Unselige plötzlich über das Brückengeländer, bevor noch ihr Mann zurechtkam und sie hätte zurückhalten können, und stürzte sich in den Fluss.

Das Wasser ist tief unter den Brückenbogen. Erst nach zwei Stunden konnte man sie wieder herausfischen. Natürlich war sie tot.«

Der Erzähler hielt inne. Dann setzte er hinzu: »Vielleicht war es das Beste, was sie in ihrer Lage tun konnte. Es gibt eben Dinge, die man nicht aus der Welt schaffen kann.

Jetzt verstehen Sie auch, warum die Geistlichkeit den Zutritt zur Kirche verweigert hat. Oh, wenn es ein kirchliches Begräbnis gewesen wäre, die ganze Stadt wäre gekommen! Aber Sie werden begreifen, nachdem nun zu der andern leidigen Geschichte noch der Selbstmord hinzugekommen ist, sind die besseren Familien ferngeblieben. Und zudem ist es hier schwierig, an einem Begräbnis ohne Priester teilzunehmen.«

Wir zogen durch das Tor in den Friedhof ein. Ich wartete, tief ergriffen, bis man den Sarg in die Grube hinabgesenkt hatte; dann trat ich zu dem armen Mann heran, der fassungslos schluchzte, und drückte ihm kräftig die Hand.

Er warf mir durch seine Tränen hindurch einen überraschten Blick zu und sagte: »Haben Sie Dank.« Und ich bedauerte es nicht, dass ich diesem Leichenzug gefolgt war.

Wer weiß?

I

Mein Gott! Mein Gott! Ich bin also endlich so weit, dass ich niederschreiben kann, was ich erlebt habe! Aber werde ich es auch können? Werde ich es über mich bringen? Es ist alles so seltsam, so unerklärlich und unbegreiflich, so irrsinnig!

Wäre ich nicht sicher, dass ich das alles gesehen habe, wüsste ich nicht genau, dass in meinen Folgerungen keinerlei Fehlschluss möglich ist, dass kein Irrtum in meinen Wahrnehmungen vorliegt, keine Lücke in der unerbittlichen Kette meiner Beobachtungen besteht, dann würde ich glauben, ich sei einfach einer Sinnestäuschung zum Opfer gefallen, ich hätte mich von einer rätselhaften Vision narren lassen. Schliesslich, wer weiss!

Heute lebe ich in einer Heilanstalt. Aber ich bin freiwillig hineingegangen, aus Vorsicht, aus Angst! Ein einziger Mensch kennt meine Geschichte. Der Arzt hier. Jetzt will ich sie aufschreiben. Ich weiss selbst nicht recht, warum. Um sie loszuwerden, denn ich fühle sie in mir wie einen unerträglichen Alpdruck.

Folgendes hat sich zugetragen:

Ich bin seit jeher ein Einzelgänger gewesen, ein Träumer, eine Art Sonderling und Grübler, wohlwollend, mit wenigem zufrieden, ohne Bitterkeit gegen die Menschen und ohne Hader gegen den Himmel. Ich habe mich zeitlebens abgesondert und einsam gelebt, aus einer Art Schamgefühl, das mich in Gegenwart anderer beschleicht. Wie kann man das erklären? Ich könnte es nicht. Ich sperre mich nicht dagegen, unter die Menschen zu gehen, mit meinen Freunden zu plaudern oder zu speisen; aber wenn ich sie geraume Zeit in meiner Nähe habe, spüre ich, wie sie alle, auch die nächststehenden, mich müde machen, wie sie mir zum Hals heraushängen und auf die Nerven gehen, und ich empfinde ein mehr und mehr wachsendes Verlangen, den geradezu quälenden Wunsch, sie möchten jetzt fortgehen, oder ich selbst könnte mich davonmachen und allein sein.

Dieser Wunsch ist mehr als ein blosses Bedürfnis, er ist eine zwingende Notwendigkeit. Und würden die Leute, mit denen ich zusammen bin, länger bleiben, müsste ich ihre Gespräche länger mit anhören, geschweige denn gar ihnen ein aufmerksames Ohr leihen, dann würde mir bestimmt etwas Schlimmes zustossen. Doch was? Ach, wer weiss? Vielleicht nur eine Ohnmacht? Ja! Wahrscheinlich!

Ich bin so gern allein, dass ich nicht einmal die Nähe anderer Menschen, die im selben Hause schlafen, ertragen kann. In Paris zu wohnen ist mir unmöglich, weil ich mich dort in einem fort sterbenselend fühle. Ich gehe seelisch zugrunde, und mein Körper wie auch meine Nerven machen wahre Martern durch, so bringt mich die unzählbare Menschenmasse, die rings um mich wimmelt und lebt, herunter, selbst wenn sie schläft. Ach, der Schlaf der andern peinigt mich noch ärger, als was sie sprechen. Und ich kann mich nie ausruhen, wenn ich weiss, ja wenn ich nur spüre, dass hinter einer Wand Menschen atmen, deren Leben durch dieses regelmässige Aussetzen der Vernunft unterbrochen ist.

Warum bin ich so? Wer weiss? Vielleicht ist es sehr einfach zu erklären: Ich werde sehr rasch all dessen überdrüssig, was nicht in meinem Innern vorgeht. Und es gibt viele Menschen, die im gleichen Falle sind wie ich.

Wir sind zweierlei verschieden geartete Menschen auf Erden. Diejenigen, die andere Menschen nötig haben, denen die andern Ablenkung, Beschäftigung, Ruhe bieten, die vom Alleinsein ermattet, erschöpft, völlig entkräftet werden wie durch die Besteigung eines gefährlichen Gletschers oder die Durchquerung der Wüste – und diejenigen, die im Gegenteil durch andere ermüdet, gelangweilt, belästigt, richtig gerädert werden, während die Abgeschiedenheit sie beruhigt und mit Ruhe erquickt und ihrem Denken Unabhängigkeit und ungebundene Phantasie beschert.

Im ganzen genommen handelt es sich hier um ein normales psychisches Phänomen. Die einen haben die Gabe, nach aussen zu leben, die andern, ihr Leben nach innen zu führen. Bei mir ist die Aufmerksamkeit für äussere Dinge nur beschränkt rege und rasch erschöpft, und sobald sie ihre Grenzen erreicht hat, empfinde ich in meinem ganzen Körper und in meinem ganzen Fühlen und Denken ein unerträgliches Unbehagen.

Daraus folgte, dass ich mein Herz früher an unbelebte Gegenstände hängte und jetzt noch hänge. Sie bekommen für mich die Bedeutung von lebenden Wesen, und mein Haus ist (oder war) mir zu einer Welt geworden, in der ich ein abgeschiedenes und tätiges Leben führte, umgeben von lauter Dingen, Möbeln, altvertrauten Nippsachen, die meinen Augen wohltun wie sympathische Gesichter. Ich hatte das Haus nach und nach damit vollgestellt, ich hatte es damit geschmückt und fühlte mich darin zufrieden, getröstet, glücklich wie in den Armen einer liebenswerten Frau, deren gewohnte Zärtlichkeit zu einem stillen und sanften Bedürfnis geworden ist.

Ich hatte dieses Haus in einem schönen Garten erbauen lassen, der es von den Landstrassen absonderte, und zwar vor den Toren einer Stadt, in der ich gelegentlich gesellschaftlichen Umgang finden konnte, wenn ich vielleicht hie und da Verlangen danach verspürte. Alle meine Dienstboten schliefen in einem abgelegenen Gebäude hinten im Gemüsegarten, der von einer hohen Mauer umschlossen war. In der Stille meiner entlegenen Wohnstätte, die verborgen und versunken unter dem Laub der mächtigen Bäume lag, wirkte die dunkle Nacht, die mich umhüllte, so ausruhend und wohltuend auf mich, dass ich jeden Abend stundenlang das Zubettgehen hinauszögerte, um diese Stimmung länger geniessen zu können.

An jenem Tag hatte man im Stadttheater *Sigurd* gespielt. Ich hatte diese herrliche, zauberhafte Oper zum erstenmal gehört und mich sehr daran erfreut.

Ich ging zu Fuss nach Hause, munteren Schrittes, den Kopf voll von Melodien und Tönen, und meine Augen waren noch trunken von anmutigen Bildern. Es war finster, stockfinster, so finster, dass ich kaum die Landstrasse erkennen konnte und ein paarmal fast in den Graben gepurzelt wäre. Von der Stadtgrenze bis zu meinem Haus hat man ungefähr einen Kilometer zu gehen, vielleicht ist es etwas weiter, also rund zwanzig Minuten, wenn man gemächlich geht. Es war ein Uhr morgens, ein Uhr oder auch halb zwei. Der Himmel hellte sich vor mir etwas auf, und der Mond wurde sichtbar, die traurige Mondsichel des letzten Viertels. Der Mond im ersten Viertel, der um vier oder fünf Uhr abends aufgeht, ist hell, fröhlich, silbrig glänzend; aber die Sichel, die nach Mitternacht am Himmel emporsteigt ist rötlich, trüb, beängstigend, ein Mond, der so recht zum Hexensabbat passt. Alle, die in der Nacht unterwegs sind, haben das vermutlich schon beobachtet. Die erstere, und wäre sie fadendünn, wirft einen zwar schwachen, doch frohgemuten Schein, der das Herz erfreut und auf der Erde scharf umrissene Schatten zeichnet. Die zweitgenannte verbreitet kaum ein blasses Licht, das so trüb ist, dass es fast keine Schatten wirft.

Ich nahm in der Ferne die dunkle Masse meines Gartens wahr, und da befiel mich – ich weiss nicht, wie es kam – ein unerklärliches Unbehagen bei der Vorstellung, ich müsse dort hineingehen. Ich ging langsamer. Die Luft war sehr mild. Die mächtige Baumgruppe sah aus wie eine Gruft, unter der mein Haus begraben lag.

Ich öffnete mein Gartentor und betrat die lange Sykomorenallee, die auf das Haus zuführte. Sie wölbte sich über dem Weg wie ein hoher Tunnel und führte durch dichte Gebüsche und um Rasenflächen herum, in denen die Blumenbeete unter der weniger undurchdringlichen Finsternis sich wie ovale Flecken mit verschwommenen Umrissen abhoben.

Als ich näher auf das Haus zukam, wurde mir mit einemmal seltsam beklommen zumute. Ich blieb stehen. Nichts war zu hören. Kein Lufthauch bewegte die Blätter. Was habe ich bloss? dachte ich. Seit zehn Jahren kam ich so nach Hause, ohne dass mich je auch nur im entferntesten die leiseste Unruhe angewandelt hätte. Angst hatte ich nicht. Ich habe mich nachts nie gefürchtet. Hätte ich einen

Menschen, einen Halunken, einen Dieb gesehen, so hätte mich eine rasende Wut gepackt, und ich hätte mich ohne Zögern auf ihn gestürzt. Ausserdem war ich bewaffnet. Ich hatte meinen Revolver bei mir. Aber ich liess ihn, wo er war, denn ich wollte das Angstgefühl nicht in mir aufkommen lassen, das mich beschlich.

Was war es nur? Eine Vorahnung? Das rätselhafte, bange Vorgefühl, das sich der Sinne der Menschen bemächtigt, wenn sie etwas Unerklärliches kommen sehen? Vielleicht. Wer weiss?

Während ich vorwärtsging, überlief es mich allmählich kalt und kälter, und als ich vor der Umfriedungsmauer meiner weitläufigen Behausung mit ihren geschlossenen Läden stand, fühlte ich, dass ich ein paar Minuten warten müsse, ehe ich die Tür aufmachte und hineinging. Ich setzte mich also auf eine Bank unter den Fenstern meines Wohnzimmers. Dort blieb ich sitzen, leicht zitternd, den Kopf gegen die Mauer gelehnt, und schaute in das dunkle Laubwerk. In diesen ersten Augenblicken bemerkte ich nichts Ungewöhnliches ringsum. In meinen Ohren brummte es von Zeit zu Zeit; doch das habe ich oft. Manchmal meine ich Eisenbahnzüge vorbeifahren zu hören, es ist mir, als hörte ich Glocken läuten, als hörte ich eine Menschenmenge vorübergehen.

Bald wurde dieses Brummen deutlicher, präziser, erkennbarer. Ich hatte mich getäuscht. Es war nicht das gewöhnliche Sausen meiner Arterien, das solche Geräusche in meine Ohren übertrug, sondern ein ganz besonderes, freilich sehr verworrenes Geräusch, das ohne jeden Zweifel aus dem Innern meines Hauses kam.

Ich vernahm es durch die Mauer hindurch, dieses unausgesetzte Geräusch. Es war eher ein Scharren als ein Geräusch, ein schwer bestimmbares Rumoren vieler Dinge, als hätte jemand alle meine Möbel leise gerüttelt, vom Platz gerückt und hin und her geschoben.

Oh, ich habe noch ziemlich lange daran gezweifelt, ob ich recht gehört hatte. Doch als ich mein Ohr an einen Laden hielt, um den seltsamen Aufruhr in meiner Wohnung besser wahrzunehmen, war ich schliesslich überzeugt, völlig sicher, dass in meinem Hause etwas Ungewöhnliches und Unbegreifliches vorging. Ich hatte keine Angst, aber ich war... Wie soll ich es in Worte fassen?... Ich war entsetzt und erstaunt zugleich. Ich machte meinen Revolver nicht schussfertig – ich ahnte, ja ich wusste, dass er mir nichts nützen würde. Ich wartete.

Ich wartete lange, ich konnte mich zu nichts entschliessen. Mein Geist war völlig licht, aber ich stand irrsinnige Ängste aus. Ich wartete. Ich war aufgestanden und lauschte noch immer dem Geräusch, das stetig zunahm, das manchmal eine heftige Intensität annahm und fast zu einem ungeduldigen, zornigen Grollen, zu einem geheimnisvollen Aufruhr ausartete.

Dann nahm ich plötzlich, voll Scham über meine Feigheit, meinen Schlüsselbund hervor, suchte den passenden heraus, steckte ihn ins Schloss, drehte ihn zweimal um und stiess die Tür mit aller Kraft auf, so dass der Flügel gegen die Wand prallte.

Der Aufprall knallte wie ein Gewehrschuss, und da antwortete diesem Knall ein fürchterlicher Tumult, der von unten bis oben in meinem Haus losbrach. Das kam so unerwartet, so entsetzlich, so ohrenbetäubend, dass ich ein paar Schritte zurückwich und, obwohl ich deutlich fühlte, dass es nutzlos war, meinen Revolver aus dem Futteral zog.

Noch immer wartete ich, oh, nur eine kleine Weile. Jetzt vernahm ich deutlich ein sonderbares Trampeln auf den Stufen meiner Treppe, auf den Parkettböden, den Teppichen, ein Getrappel, das nicht von Schuhsohlen, nicht von menschlichem Schuhwerk herrührte, sondern von Krücken, von Krücken aus Holz und Eisen, die wie Zimbeln dröhnten. Und dann sah ich auf einmal unter meiner Tür einen Lehnstuhl, meinen grossen Armstuhl, in dem ich zu lesen pflegte. Er kam im Schlendergang herausgewackelt und ging durch den Garten davon. Hinter ihm her kamen andere, die Sessel aus meinem Wohnzimmer, dann die niedrigen Ruhebetten, die wie Krokodile auf ihren kurzen Beinen fortkrochen. Dann hüpften alle meine Stühle wie Ziegen munter hopsend vorbei, und zuletzt die kleinen Hocker, die wie Kaninchen vorüberhoppelten.

Oh! wie aufregend! Ich verkroch mich in ein dichtes Gebüsch, kauerte mich darin nieder und schaute gespannt dem Vorbeizug meiner Möbel zu. Denn sie machten sich alle davon, eines hinter dem andern, rasch oder langsam, je nach Grösse und Gewicht. Mein Klavier, mein grosser Flügel, galoppierte vorbei wie ein durchgehendes Pferd, und in seinem Innern klirrten leise die Saiten. Die kleinsten Ausstattungsgegenstände flitzten über den Sand gleich Ameisen, die Bürsten, Kristallfläschchen, Schalen, und schillerten im Mondenschein wie Leuchtkäferchen. Die Stoffe krochen daher, legten sich dann wie Seepolypen, Lachen gleich, breit hin. Ich sah meinen Schreibtisch herauskommen, ein seltenes, wertvolles, zierliches Möbel aus dem letzten Jahrhundert. Darin verwahrte ich alle meine Briefe, die ich erhalten hatte, die ganze Geschichte meines Herzens, eine alte Geschichte, unter der ich so schwer gelitten hatte! Und darin waren auch Fotografien.

Plötzlich hatte ich keine Angst mehr. Ich stürzte mich auf meinen Schreibtisch und packte ihn, wie man einen Dieb packt, wie man eine Frau festhält, wenn sie davonlaufen will. Aber er rannte unaufhaltsam weiter, und trotz all meinem Kraftaufwand und ungeachtet meines Zorns konnte ich nicht einmal seinen Lauf etwas aufhalten. Wie ich mich nun verzweifelt gegen diese fürchterliche Kraft anstemmte, schlug ich bei diesem wütenden Ringen lang auf den Boden hin. Da kugelte er mich vor sich her, schleifte mich durch den Sand, und schon begannen die Möbel, die hinter ihm kamen, über mich hinwegzugehen; sie trampelten auf mir herum, dass meine Beine ganz zerquetscht und wund wurden. Als ich ihn dann fahrenliess, rannten die andern alle über mich hinweg wie eine Kavallerieattacke über einen vom Pferd gestürzten Soldaten.

Halb wahnsinnig vor Entsetzen, konnte ich mich schliesslich aus der grossen Allee abseits schleppen und mich aufs neue unter den Bäumen verstecken, und so sah ich zu, wie die winzigsten, die geringsten, die bescheidensten Dinge verschwanden, Sachen, von denen ich überhaupt nichts mehr wusste, kurz, alles, was mein Eigentum gewesen war.

Dann hörte ich weit hinten in meinem Haus, das jetzt hohl klang wie alle leeren Häuser, ein fürchterliches Getöse zuschlagender Türen. Sie fielen im ganzen Hause krachend ins Schloss, von oben bis unten, bis schliesslich die Tür des Vestibüls, die ich Unsinniger diesem Auszug selbst geöffnet hatte, sich als letzte geschlossen hatte.

Jetzt ergriff auch ich die Flucht und rannte stadtwärts, und erst, als ich in den Strassen Leuten begegnete, die zu dieser späten Stunde auf dem Heimweg waren, fand ich mein kaltes Blut wieder. Ich klingelte an der Tür eines Hotels, wo ich bekannt war. Ich hatte mit den Händen den Staub von meinen Kleidern geklopft und erzählte nun, ich hätte meinen Schlüsselbund verloren, und daran sei auch der Schlüssel zum Gemüsegarten gewesen, wo meine Dienstboten in einem Haus für sich schliefen, hinter der Umfriedungsmauer, die mein Obst und mein Gemüse vor Dieben schütze.

Ich vergrub mich bis zu den Augen in dem Bett, das man mir gab. Aber ich fand keinen Schlaf und wartete auf den grauenden Morgen, während ich dem rasenden Pochen meines Herzens lauschte. Ich hatte Weisungen gegeben, mein Gesinde, sobald es tagte, zu benachrichtigen, und so klopfte denn mein Kammerdiener schon um sieben Uhr früh an meine Tür.

Sein Gesicht sah ganz verstört aus.

»Es ist heute nacht etwas Schreckliches passiert«, sagte er.

»Was denn?«

»Man hat das ganze Mobiliar gestohlen, alles, alles ohne Ausnahme, sogar die kleinsten Dinge.«

Diese Nachricht freute mich. Warum? Wer weiss? Ich war vollkommen Herr meiner selbst, ich war sicher, dass ich alles, was ich mit angesehen hatte, für mich behalten könne, dass ich es verhehlen, in meinem Bewusstsein begraben könne wie ein furchtbares Geheimnis. Ich antwortete also:

»Dann sind es bestimmt die gleichen Diebe gewesen, die mir auch meine Schlüssel gestohlen haben. Man muss sofort die Polizei benachrichtigen. Ich stehe gleich auf und bin in ein paar Minuten auch dort.«

Die Untersuchung zog sich über fünf Monate hin. Sie führte zu keinerlei Ergebnissen, man fand nichts, nicht das kleinste meiner Möbel und Kunstgegenstände noch die leiseste Spur der Diebe. Ja, zum Donnerwetter! Hätte ich gesagt, was ich wusste... Hätte ich es gesagt... dann hätte man mich eingesperrt und nicht die Diebe! Mich, als den Menschen, der so etwas hatte sehen können.

Oh, ich war klug und schwieg. Aber mein Haus habe ich nicht wieder möbliert. Das hätte ja keinen Sinn gehabt. Es hätte immer wieder von vorne angefangen. Ich wollte nicht mehr dorthin zurück. Ich ging auch nicht mehr dorthin zurück. Ich habe mein Haus nicht wiedergesehen.

Ich fuhr nach Paris, wohnte in einem Hotel und konsultierte mehrere Ärzte über meinen Nervenzustand, der mich seit jener beklagenswerten Nacht sehr beunruhigte.

Sie rieten mir, auf Reisen zu gehen. Ich befolgte ihren Rat.

II

Ich machte zunächst einen Abstecher nach Italien. Die Sonne tat mir gut. Ein halbes Jahr lang reiste ich ohne festes Ziel von Genua nach Venedig, von

Venedig nach Florenz, von Florenz nach Rom, von Rom nach Neapel. Dann streifte ich durch Sizilien, ein Land, das wegen seiner Naturpracht und seiner Bauwerke, um all der Überreste aus der Zeit der Griechen und Normannen willen bewundernswert ist. Ich fuhr nach Afrika hinüber und durchquerte gemächlich die grosse gelbe und schweigende Wüste, in der Kamele, Gazellen und wandernde Araber umherziehen. In ihrer leichten, klaren Luft kann es weder tagsüber noch nachts spuken.

Ich kehrte über Marseille nach Paris zurück, und trotz der provenzalischen Lebensfreude stimmte mich das trübere Licht des Himmels traurig. Ich verspürte bei meiner Heimkehr nach Europa das beängstigende Gefühl, das ein Kranker empfindet, der sich geheilt glaubt, bis ihn ein dumpfer Schmerz warnt, dass der Herd des Übels nicht erloschen ist.

Dann fuhr ich nach Paris. Schon nach einem Monat wurde es mir dort langweilig. Es war Herbst, und ich beschloss, noch vor Einbruch des Winters eine kleine Reise durch die Normandie zu machen, da ich sie noch gar nicht kannte.

Selbstverständlich ging ich zuerst nach Rouen, und acht Tage lang wanderte ich wohltuend abgelenkt, entzückt, begeistert in dieser mittelalterlichen Stadt, diesem erstaunlichen Museum ausserordentlicher Baudenkmäler, umher.

Als ich nun aber eines Abends gegen vier Uhr in eine unwahrscheinlich seltsame Gasse einbog, in der ein tintenschwarzer Bach, Eau de Robec genannt, dahinfloss, wurde meine völlig durch das sonderbare, altertümliche Aussehen der Häuser gefesselte Aufmerksamkeit auf einmal durch den Anblick einer ganzen Reihe von Trödlerläden abgelenkt, die einer neben dem andern folgten.

Ah, sie hatten ihren Aufenthaltsort gut gewählt, diese schmierigen Händler mit allerhand altem Ramsch, in diesem phantastischen Gässchen über dem finsteren Wasserlauf, unter diesen spitzigen Ziegel- und Schieferdächern, auf denen immer noch dieselben alten Wetterfahnen knarrten wie in früheren Zeiten.

Hinten in den dunklen Läden sah man haufenweise geschnitzte Truhen, Fayencen aus Rouen, Nevers, Moustiers, buntbemalte Statuen, andere aus Eichenholz, Christusbilder, Madonnen, Heilige, Kirchenzierat, Messgewänder, Chorröcke, sogar heilige Gefässe und ein altes Tabernakel aus vergoldetem Holz, das ausser Gebrauch war. Oh, was für seltsame Höhlen waren doch in diesen hohen Häusern, diesen grossen Häusern, die vom Keller bis zum Dachboden vollgepfropft waren mit Dingen aller Art, deren Zeit vorüber schien, die ihre ursprünglichen Besitzer, ihr Jahrhundert, ihre Zeit, ihre Moden überlebt hatten und jetzt von neuen Geschlechtern als Kuriosität gekauft werden sollten.

In dieser Hochburg der Antiquitätenhändler erwachte meine Liebe zu schönen Möbeln und Gegenständen wieder. Ich ging von Laden zu Laden, überquerte mit zwei langen Schritten die Brücken aus vier morschen Brettern, die über den übelriechenden Wasserlauf der Eau de Robec führten.

Barmherziger Himmel! Was für ein Schrecken durchfuhr mich! Einer meiner schönsten Schränke stand vor mir, am Rande eines Gewölbes, das mit den verschiedenartigsten Gegenständen vollgestopft war und aussah wie der Eingang zu den Katakomben eines Friedhofs für alte Möbel! An allen Gliedern zitternd, ging ich näher heran. Ich zitterte so schrecklich, dass ich ihn nicht anzurühren wagte. Ich streckte die Hand aus, zögerte aber. Und doch: er war es wirklich! Ein Louis-XIII-Schrank, ein einzigartiges Stück, das jeder, der es nur einmal gesehen hatte, sogleich wiedererkennen musste. Als ich dann unwillkürlich meine Augen über die dunklen Tiefen des Gewölbes hinschweifen liess, da gewahrte ich drei meiner Lehnstühle mit Petit-Point-Bezügen, dann noch weiter hinten meine beiden Henri-II-Tische, die so grosse Raritäten waren, dass oft Leute aus Paris gekommen waren, um sie sich anzusehen.

Man stelle sich meine seelische Verfassung vor!

Und ich ging weiter hinein, halb gelähmt, halb tot vor Erregung, aber ich ging vorwärts, denn ich bin nicht feige, ich ging weiter, immer weiter, wie ein Ritter in uralten Zeiten in eine Zauberhöhle eindrang. Schritt um Schritt fand ich alles wieder, was mir gehört hatte, meine Leuchter, meine Bücher, meine Gemälde, meine Stoffe, meine Waffen, alles, ausser dem Schreibtisch mit meinen Briefen. Den sah ich nirgends.

Ich ging weiter, stieg in dunkle Gänge hinab und hernach in die oberen Stockwerke hinauf. Ich war allein. Kein Mensch war in diesem weitläufigen, wie ein Labyrinth verwinkelten Haus zu sehen.

Die Nacht brach herein, und ich musste mich in der Finsternis auf einen meiner Stühle setzen, denn ich wollte auf keinen Fall weggehen. Von Zeit zu Zeit rief ich: »Hallo! Hallo! Ist niemand da?«

Ich war bestimmt schon über eine Stunde da, als ich Schritte hörte, leichte, langsame Schritte, ich weiss nicht, wo. Es fehlte nicht viel, und ich wäre davongelaufen. Doch dann ermannte ich mich und rief von neuem, und nun gewahrte ich einen Lichtschimmer im anstossenden Zimmer.

»Wer ist da?« sagte eine Stimme.

Ich antwortete: »Ein Käufer.«

Die Stimme erwiderte:

»Es ist reichlich spät, um einfach so in einen Laden hereinzukommen.«

Ich versetzte:

»Ich warte seit mehr als einer Stunde auf Sie.«

»Sie hätten ja morgen wieder vorbeikommen können.«

»Morgen bin ich nicht mehr in Rouen.«

Ich wagte nicht weiterzugehen, und er kam und

kam nicht. Ich sah immer den Schein seines Lichts, das einen Wandteppich beleuchtete, auf dem zwei Engel über den Gefallenen eines Schlachtfeldes schwebten. Auch dieser Teppich gehörte mir. Ich sagte:

»Was ist? Kommen Sie bald?«

Er antwortete:

»Ich warte auf Sie.«

Da stand ich auf und ging zu ihm hinüber.

Mitten in einem geräumigen Zimmer stand ein ganz winziges Männchen. Es war ganz klein und sehr dick, dick wie eine gespenstische Erscheinung, ein grauenhafter Nachtmahr.

Er hatte einen spärlichen Bart mit ungleich langen, schütteren, gelblichen Haaren, und nicht ein einziges Haar auf dem ganzen Kopf! Nicht ein einziges Haar! Da er seine Kerze mit ausgestrecktem Arm hochhielt, um mich sehen zu können, erschien mir sein Schädel wie ein kleiner Mond in diesem grossen, mit alten Möbeln vollgestopften Raum. Das Gesicht war verrunzelt und aufgedunsen, die Augen nicht wahrnehmbar.

Ich handelte drei Stühle ein, die eigentlich mir gehörten, und zahlte auf der Stelle eine erkleckliche Summe. Dann gab ich nur die Nummer meines Zimmers im Hotel an. Sie sollten am nächsten Morgen vor neun Uhr dort abgeliefert werden.

Dann ging ich hinaus. Er begleitete mich äusserst höflich bis zur Haustür.

Ich begab mich unverzüglich zum Hauptpolizeikommissar und erzählte ihm, wie mir mein Mobiliar gestohlen worden war und was ich soeben entdeckt hatte.

Er verlangte sofort telegraphisch Auskunft bei der Staatsanwaltschaft, die die Untersuchung dieses Diebstahls durchgeführt hatte, und bat mich, die Antwort abzuwarten. Eine Stunde später traf sie ein. Sie lautete für mich sehr zufriedenstellend.

»Ich werde den Mann festnehmen und sofort verhören lassen«, sagte der Kommissar zu mir, »denn er könnte Verdacht geschöpft haben und Ihr Eigentum verschwinden lassen. Wollen Sie inzwischen zu Abend essen und in etwa zwei Stunden wieder hierherkommen? Dann ist er hier, und ich kann ihn in Ihrem Beisein einem neuen Verhör unterziehen.«

»Sehr gern, Herr Kommissar. Ich danke Ihnen herzlich.«

Ich ging zum Abendessen ins Hotel und ass mit besserem Appetit, als ich gedacht hatte. Ich war trotz allem zufrieden. Er war dingfest gemacht.

Zwei Stunden später ging ich wieder zu dem Polizeikommissar. Er erwartete mich.

»Tja, lieber Herr«, sagte er, als er mich erblickte. »Ihr Mann ist unauffindbar. Meine Leute haben ihn nicht festnehmen können.«

Ah! Ich fühlte, wie mir die Sinne schwanden.

»Aber Sie haben doch sein Haus gefunden?« fragte ich.

»Gewiss. Es wird sogar überwacht und scharf im Auge behalten, bis er zurückkommt. Was ihn betrifft, so ist er verschwunden.«

»Verschwunden?«

»Ja, verschwunden. Er verbringt gewöhnlich seine Abende bei seiner Nachbarin, ebenfalls einer Trödlerin, einer sonderbaren Hexe, der Witwe Bidoin. Sie hat ihn heute abend nicht gesehen und kann keinerlei Auskunft über ihn geben. Wir müssen bis morgen warten.«

Ich ging. Ach, wie düster, beklemmend, wie gespenstisch kamen mir die Strassen von Rouen vor!

Ich schlief schlecht, wachte immer wieder, von Alpdrücken gequält, aus unruhigem Schlummer auf.

Da ich aber nicht wollte, dass es aussah, als wäre ich sehr beunruhigt oder hätte es besonders eilig, wartete ich bis zehn Uhr am nächsten Morgen und ging erst dann zur Polizei.

Der Händler war nicht wieder aufgetaucht. Sein Laden blieb geschlossen.

Der Kommissar sagte mir:

»Ich habe alle notwendigen Schritte unternommen. Die Staatsanwaltschaft ist über den Fall im Bilde. Wir gehen jetzt zusammen in diesen Laden, lassen ihn öffnen, und Sie können mir dann alles zeigen, was Ihr Eigentum ist.«

Wir nahmen eine Droschke und fuhren hin. Vor der Tür des Ladens standen Polizisten und ein Schlosser. Man brach die Tür auf.

Als wir eintraten, sah ich weder meinen Schrank noch meine Tische, nichts, rein gar nichts von allem, was zum Mobiliar meines Hauses gehörte, nichts war mehr vorhanden, während ich am vergangenen Abend keinen Schritt machen konnte, ohne auf eines meiner Möbel zu stossen.

Überrascht warf mir der Kommissar zuerst einen misstrauischen Blick zu.

»Mein Gott, Herr Kommissar«, sagte ich, »das Verschwinden meiner Möbel fällt seltsam auf die Minute mit der Flucht des Händlers zusammen.«

Er lächelte und meinte:

»Sie haben recht. Sie hätten gestern keine Möbel kaufen und bezahlen sollen, die Ihnen gehörten. Das hat ihn stutzig gemacht.«

Ich erwiderte:

»Was mir unbegreiflich scheint, ist der Umstand, dass überall da, wo gestern noch meine Möbel standen, jetzt andere Möbel hingestellt sind.«

»Oh!« gab der Kommissar zur Antwort, »er hatte die ganze Nacht Zeit und fraglos auch Komplicen. Das Haus hat vermutlich eine geheime Verbindung mit den Nachbarhäusern. Seien Sie unbesorgt, ich werde mich sehr aktiv mit der Sache befassen. Der Gauner wird uns nicht lange entkommen. Wir bewachen ja seine Räuberhöhle.«

Ach, mein Herz, mein Herz! Mein armes Herz, wie wild es klopfte!

Ich blieb vierzehn Tage in Rouen. Der Mann tauchte nicht wieder auf. Mich nahm das nicht wunder! Wer hätte diesem Menschen auch etwas anhaben oder ihn gar erwischen können?

Am sechzehnten Tag aber erhielt ich frühmorgens von meinem Gärtner, der mein ausgeplündertes und seither leerstehendes Haus hütete, folgenden seltsamen Brief:

Verehrter Herr,
ich habe die Ehre, Ihnen mitzuteilen, dass in der vergangenen Nacht etwas vorgefallen ist, was kein Mensch begreifen kann, die Polizei sowenig wie unsereiner. Alle unsere Möbel sind wieder da, ausnahmslos alle, alle bis auf die kleinsten Gegenstände! Das Haus sieht jetzt genauso aus, wie es am Tag vor dem Diebstahl ausgesehen hatte. Man könnte darüber den Verstand verlieren. Das ist in der Nacht vom Freitag zum Samstag vor sich gegangen. Die Wege sind zerwühlt, wie wenn man alles vom Gartenzaun bis zur Haustür geschleift hätte. So hat es auch am Tag ausgesehen, als die Möbel verschwanden.
Wir erwarten Sie. Ihr ergebener Diener
Raudin, Philippe.

Ah, nein! Nein, nein, nein! Ich gehe nicht dorthin zurück!

Ich brachte den Brief dem Kommissar von Rouen.

»Eine sehr geschickte Rückerstattung«, meinte er. »Stellen wir uns tot. Wir werden den Mann demnächst einmal schnappen.«

Aber man hat ihn nicht geschnappt. Nein, sie haben ihn nicht geschnappt, und jetzt habe ich Angst vor ihm, als wäre er ein reissendes Tier, das man auf meine Fersen gehetzt hat.

Unauffindbar! Er ist unauffindbar, dieses Ungetüm mit dem Mondschädel! Man wird ihn nie festnehmen. Er wird nicht wieder in sein Haus kommen. Was kann ihm schon daran liegen! Nur ich kann ihm begegnen, und ich will nicht.

Ich will nicht! Ich will es nicht! Nein, ich will nicht!

Und wenn er zurückkommt, wenn er in seinen Laden zurückkehrt, wer kann ihm schon beweisen, dass meine Möbel bei ihm waren? Nur ich kann gegen ihn zeugen, und ich fühle wohl, dass meine Aussage verdächtig wird.

Ach, nein! Dieses Leben war nicht länger zu ertragen. Und ich konnte das Geheimnis der Vorgänge, die ich mit angesehen habe, nicht länger für mich behalten. Ich konnte nicht weiterleben wie andere Menschen, mit der dauernden Angst, ähnliche Dinge würden sich vielleicht erneut abspielen.

Ich habe also den Arzt aufgesucht, der diese Heilanstalt leitet, und habe ihm alles erzählt.

Er hat mich lange ausgefragt und schliesslich gesagt:

»Wären Sie damit einverstanden, für einige Zeit hierzubleiben?«

»Sehr gerne.«

»Besitzen Sie Vermögen?«

»Ja.«

»Wünschen Sie einen Pavillon für sich allein?«

»Ja.«

»Möchten Sie Freunde empfangen?«

»Nein, Herr Doktor, nein, keinen Menschen. Der Mann aus Rouen könnte mich aus Rachsucht bis hierher verfolgen...«

Und jetzt bin ich allein, allein, ganz allein, seit drei Monaten. Ich bin einigermassen ruhig. Nur vor etwas habe ich Angst... Wenn der Trödler wahnsinnig würde... und wenn man ihn in diese Irrenanstalt brächte... Sogar Gefängnisse sind nicht sicher...

Der Horla

....
8. Mai. – Welch ein wunderschöner Tag! Den lieben langen Morgen lag ich im Gras vor meinem Haus unter der mächtigen Platane, die das Anwesen völlig überdeckt, ihm Schatten spendet und Schutz bietet. Ich lebe gerne in dieser Gegend, ich liebe sie, weil ich hier verwurzelt bin, weil hier die tiefen, zarten Wurzeln verankert sind, die einen Menschen an das Land ketten, wo seine Vorfahren geboren und gestorben sind, die ihn mit all dem verbinden, was man denkt und was man ist, mit Brauchtum und Sitten so gut wie mit Speise und Trank, mit den landläufigen Redensarten und der besondern Klangfarbe und Sprechweise der Bauern, mit dem Geruch der Erdscholle, der Dörfer und sogar der Luft.

Ich liebe mein Haus, in dem ich gross geworden bin. Aus meinen Fenstern sehe ich hinab auf die Seine, die hinter der Landstrasse meinem Garten entlang fliesst, beinah auf meinem Grund und Boden, die grosse, breite Seine, die von Rouen hinunter nach Le Havre strömt, über und über mit vorbeifahrenden Schiffen bedeckt.

Linker Hand, weit hinten, liegt Rouen, die grosse

Stadt mit ihren blauen Dächern, ausgebreitet unter dem Gewimmel von spitzigen gotischen Türmen. Zahllos sind sie, schlank und zierlich oder breit und gedrungen, und über alle hinaus ragt der gusseiserne Dachreiter der Kathedrale empor. Und überall sind Glocken, die im blauen Dunst des schönen Morgens läuten und bis zu mir herüber ihr sanftes, fernes, dröhnendes Klingen senden, ihren ehernen Gesang, den mir der Wind zuträgt, bald stärker und dann wieder schwächer, je nachdem die Brise anschwillt oder abnimmt.

Wie wohlig war mir an diesem Morgen zumute! Wie war das Leben schön!

Gegen elf Uhr glitt ein langer Schiffszug, gezogen von einem Schleppdampfer, der kaum grösser aussah als eine Fliege und vor Anstrengung keuchte und röchelte und eine dicke Rauchsäule ausspie, vor meinem Gartengitter vorbei.

Nachher fuhren zwei englische Schoner flussabwärts, deren rote flatternde Wimpel sich vom blauen Himmel abhoben, und dann segelte ein prachtvoller brasilianischer Dreimaster vorüber, ein schneeweisses, blitzsauberes und funkelglänzendes Fahrzeug. Ich winkte ihm zu, warum, weiss ich nicht, so freute mich der Anblick dieses schmucken Schiffs.

11. Mai. – Seit ein paar Tagen habe ich leichtes Fieber. Ich fühle mich nicht recht wohl, oder vielmehr: ich bin missgelaunt und traurig gestimmt.

Woher kommen wohl solche geheimnisvollen Einflüsse, die unser Glücksgefühl in Niedergeschlagenheit und unser Selbstvertrauen in Trostlosigkeit verwandeln? Man hat das Gefühl, die Luft, die unsichtbare Luft sei erfüllt von nicht wahrnehmbaren Gewalten und Mächten, deren rätselhafte Nähe wir spüren. Ich erwache munter und fröhlich, am liebsten möchte ich singen. – Weshalb nur? – Ich gehe dem Wasser entlang, und auf einmal, nach einem kurzen Spaziergang, kehre ich todestraurig und verzweifelt nach Hause zurück, als erwarte mich dort irgendein Unheil. – Warum? – Hat ein kalter Frostschauer meine Haut gestreift, meine Nerven zerrüttet und meine Seele verdüstert? Ist vielleicht die Form der Wolken daran schuld oder die Färbung des Tageslichts, die Farbe der Dinge, die immerzu wechselt und sich verändert? Hat sie mein Denkvermögen getrübt, meine Gedanken verwirrt, als sie durch meine Augen einging? Kann man das wissen? Alles, was uns umgibt, alles, was wir sehen, ohne dass wir es bewusst wahrnehmen, alles, was wir flüchtig berühren, woran wir streifen, ohne dass wir es zur Kenntnis nehmen, alles, was wir anrühren, ohne es greifbar zu spüren, alles, was wir antreffen, ohne es zu erkennen, hat auf uns, auf unsere Organe und durch sie auf unsere Vorstellungen und sogar auf unser Gemüt eine sofortige überraschende und unerklärliche Wirkung.

Wie ist es doch tief, dieses Mysterium des Unsichtbaren! Mit unseren unzulänglichen Sinnen vermögen wir es nie zu ergründen, sei es mit unseren Augen, die nicht das allzu Grosse und nicht das allzu Kleine wahrnehmen können, die weder Dinge, die zu nahe, noch solche, die zu entfernt sind, schauen können, weder die Bewohner eines Sterns noch die Inwohner eines Wassertropfens... Auch nicht mit unseren Ohren, die uns täuschen und trügen, denn sie übermitteln uns die Schwingungen der Luft als tönende Klänge. Sie sind zauberkundige Feen, die das Wunder vollbringen, diese Bewegung in Laute zu verwandeln, und lassen durch diese Metamorphose die Musik entstehen, die das stumme Weben der Natur zum Singen und Klingen bringt... Nicht mit unserm Geruchssinn, der schwächer ist als die Witterung eines Hundes... Nicht mit unserem Geschmack, der ja kaum das Alter eines Weines unterscheiden kann!

Ach, hätten wir doch andere Organe, die für uns andere Wunder vollbrächten, wie viele Dinge könnten wir rings um uns noch entdecken!

16. Mai. – Ich bin krank, so viel ist sicher! Dabei war ich im vergangenen Monat so wohlauf, so gesund fühlte ich mich! Ich habe Fieber, qualvoll zehrendes Fieber, oder vielmehr ein fieberhaftes Gereiztsein, unter dem mein Gemüt ebensoschwer leidet wie mein Körper. Ununterbrochen habe ich das grässliche Gefühl einer drohenden Gefahr, jenes schaurige Angstgefühl eines Unglücks, das bevorsteht, oder des nahenden Todes, diese Vorahnung, die fraglos darauf hindeutet, dass mich eine unbekannte Krankheit befallen hat und nun in meinem Blut und meinem Fleisch keimt.

18. Mai. – Ich habe meinen Arzt aufgesucht, denn ich konnte nicht mehr schlafen. Er stellte fest, mein Puls sei zu rasch, die Augen seien erweitert, meine Nerven hochgradig gereizt, doch fand er keinerlei besorgniserregende Symptome. Ich soll mich kalt duschen und Brom schlucken.

25. Mai. – Keine Veränderung. Mein Zustand ist wirklich sonderbar beängstigend. Je näher der Abend vorrückt, um so quälender befällt mich eine unbegreifliche Unrast, ein Unruhegefühl, als berge die Nacht für mich eine fürchterliche Drohung. Ich schlinge rasch mein Essen hinunter, und dann versuche ich zu lesen. Aber ich verstehe kein Wort von dem Gelesenen. Ich kann kaum die Buchstaben unterscheiden. Nun wandere ich in meinem Wohnzimmer auf und ab, unter dem lastenden Druck einer unklaren, unüberwindbaren Angst; ich fürchte mich vor dem Schlaf, vor dem Zubettgehen.

Gegen zehn Uhr gehe ich hinauf in mein Schlafzimmer. Sobald ich es betreten habe, drehe ich den Schlüssel zweimal um und stosse den Riegel vor. Ich habe Angst... wovor?... Bisher fürchtete ich mich nie, vor gar nichts... Ich mache meine Kästen sperrangelweit auf und schaue unters Bett. Ich lausche, horche... worauf?... Wie seltsam, dass ein einfaches Unwohlsein, eine Kreislaufstörung vielleicht die Überreizung eines Nervenstrangs, eine leichte Verdauungsstörung, eine ganz belanglose, kleine Beeinträchtigung im unvollkommenen und so heiklen Funktionieren unseres lebenden Organismus aus dem heitersten Menschen einen melancholischen Schwarzseher, aus einem beherzten Mann einen memmenhaften Hasenfuss machen kann? Hierauf lege ich mich ins Bett und warte auf den Schlaf, wie man etwa dem Henker entgegenbangt. Ich erwarte ihn voll Todesangst, und voll Entsetzen schaudere ich seinem Kommen entgegen. Und mein Herz klopft rasend, meine Beine zittern, und mein ganzer Leib bebt und zuckt in den warmen Leintüchern, bis zu dem Augenblick, da ich mit einmal in Schlaf falle, so etwa, wie man in einen brackigen Wasserstrudel stürzt und darin ertrinkt. Ich fühle ihn nicht mehr herankommen, wie früher stets, diesen arglistigen Schlaf, der in meiner Nähe versteckt auf der Lauer liegt, mich im nächsten Augenblick schon beim Kopf packen, mir die Augen schliessen und mich gänzlich auslöschen und zunichte machen wird.

Ich schlafe – lange – zwei, drei Stunden. Dann würgt mich ein Traum, nein – ein Alpdruck. Ich fühle genau, wie ich daliege, dass ich schlafe... Ich spüre und weiss es... Und dabei spüre ich auch, wie sich jemand an mich heranschleicht, mich betrachtet, betastet, auf mein Bett steigt, auf meine Brust kniet, meinen Hals mit seinen Händen umkrallt und dann zudrückt... mit aller Kraft zudrückt, um mich zu erwürgen.

Ich wehre mich dagegen und bin doch wehrlos, gebunden von der entsetzlichen Ohnmacht, die uns in den Träumen lähmt. Ich will schreien und kann doch nicht. Ich will mich bewegen und bin ausserstande, es zu tun. Unter entsetzlichem Kraftaufwand und mit äusserster Anstrengung, keuchend und nach Luft ringend, versuche ich mich umzudrehen, dieses Wesen abzuschütteln, das mich erdrückt und erstickt – und ich kann es einfach nicht.

Und plötzlich wache ich auf, halb wahnsinnig vor Angst, mit Schweiss bedeckt. Ich zünde eine Kerze an. Ich bin allein.

Nach diesem Anfall, der sich Nacht für Nacht wiederholt, schlummere ich endlich ein und schlafe dann ruhig bis zum Morgen.

2. Juni. – Mein Zustand hat sich noch verschlimmert. Was habe ich nur? Das Brom hilft nichts. Die Duschen sind wirkungslos. Letzthin wollte ich meinen ohnehin doch so abgematteten Körper so recht müde laufen und machte einen Spaziergang in den Wald bei Roumare. Zuerst glaubte ich, die frische Luft, die milde, lind-leichte Witterung, erfüllt vom Wohlgeruch des satten Laubs und der Kräuter, lasse neues Blut in meine Adern einströmen und beschere meinem Herzen frische Kraft. Ich schlug einen langen, breiten Jagdweg ein und wandte mich dann La Bouille zu, über einen schmalen Pfad, der zwischen langen Reihen von übermässig hohen Bäumen hinführt, so dass sich zwischen mir und dem Himmel ein dichtes grünes, beinah schwarzes Laubdach ausbreitete.

Ein Schauer erfasste mich plötzlich, nicht etwa ein Kälteschauer, vielmehr ein seltsamer, sonderbarer Angstschauer.

Ich schritt rascher aus, weil mir nicht recht geheuer war so ganz allein in diesem Wald. Ich hatte Angst, grundlose, dumme, lächerlich einfältige Angst in dieser tiefen Waldeinsamkeit. Auf einmal war mir, als folge mir jemand, als bleibe mir jemand dicht auf den Fersen, ganz nahe, ganz dicht hinter mir, so dass er mich beinahe berührte.

Ich drehte mich jäh um. Ich war allein. Hinter mir sah ich nur die schnurgerade, breite Baumallee, leer, hoch und furchterregend leer. Und auch auf der andern Seite zog sie sich hin, so weit man sehen konnte, völlig gleich, erschreckend leer und öde.

Ich schloss die Augen. Weshalb? Und dann fing ich an, mich auf einem Absatz zu drehen, rasend schnell, wie ein Kreisel. Erst als ich taumelte, stolperte und fast hingeschlagen wäre, öffnete ich die Augen wieder. Die Bäume tanzten rundum, der Boden schwankte und wogte. Ich musste mich niedersetzen. Und dann, ja, dann wusste ich nicht mehr, wo ich hergekommen war. Ein beklemmendes Gefühl! Seltsam! Eine sonderbare Wahnvorstellung! Ich wusste es einfach nicht mehr. Schliesslich ging ich auf der Seite weiter, die zu meiner Rechten lag, und gelangte wieder auf den Weg, der mich mitten in den Wald hineingeführt hatte.

3. Juni. – Die Nacht war grauenvoll. Ich werde für ein paar Wochen verreisen. Eine kleine Reise wird mich bestimmt wiederherstellen.

2. Juli. – Ich bin wieder daheim. Ich bin gesund, geheilt. Übrigens habe ich eine wunderschöne Wanderung gemacht. Ich habe den Mont Saint-Michel besucht, den ich noch nicht kannte.

Welch ein erhabener Anblick, wenn man – wie ich – gegen Abend in Avranches ankommt! Die Stadt liegt auf einer Anhöhe. Man führte mich in den öffentlichen Park ganz am Ende der Stadt. Ich stiess vor Staunen und Überwältigung einen lauten Schrei aus. Eine mächtige Bucht dehnte sich vor mir aus, so weit mein Auge blickte, zwischen zwei breit auseinanderliegenden Küstenarmen, die sich in blauer Ferne im Dunst verloren. Und inmitten dieser unabsehbaren gelben Bucht ragte unter einem goldlichten, klaren Himmel, finster und spitz, ein eigenartig geformter Berg mitten aus den Sanddünen empor. Die Sonne war eben untergegangen, und auf dem blutroten Horizont hob sich der phantastische Felsen scharfumrissen ab, mit seinem überirdisch-grossartigen Bauwerk zuoberst auf dem Gipfel.

Sobald der Morgen graute, machte ich mich auf

den Weg dorthin. Es war Ebbezeit, wie am Abend zuvor, und ich sah, je näher ich herankam, wie sich die überwältigend eindrucksvolle Abtei vor mir immer jäher und himmelnaher auftürmte. Ich hatte mehrere Stunden Wegs zu gehen, bis ich zu dem ungeheuren Steinblock gelangte, der das Städtchen, überragt von der grossen Kirche, trägt. Ich erklomm die enge, steile Gasse und betrat das wundersamste gotische Bauwerk, das je auf Erden zu Gottes Preis und Ehre aufgeführt ward, einen Bau, weit und geräumig wie eine Stadt, mit zahllosen niedrigen Sälen, die unter Gewölben und hohen Galerien, gestützt von zierlichen, schlanken Säulen, gleichsam erdrückt werden. Ich trat in dieses riesengrosse Kleinod aus Granit, das luftig-leicht wirkt wie eine Brabanter Spitze, überdeckt mit Türmchen und schlanken Dachreitern, zu denen enggewundene Treppen emporführen, ein wahres Gewimmel von Türmen und Zinnen, die in den blauen Himmel der Tage und in den schwarzen Himmel der Nächte ihre bizarren Köpfe hinausrecken, starrend von wunderlich seltsamen Tiergestalten, Schimären, Teufelsfratzen, riesengrossen ungeheuerlichen Blumen, und untereinander durch zierliche, feingemetzte Bogen, mit reichem Bildwerk verziert, verbunden.

Als ich zuoberst angelangt war, sagte ich zu dem Mönch, der mich begleitete: »Wie müssen Sie sich hier wohl fühlen, Pater!«

»Viel Wind«, gab er mir zur Antwort, und nun entspann sich ein Gespräch zwischen uns, während wir dem heranflutenden Meer zuschauten, das immer höher stieg, über den Sand wogte und ihn mit einem stahlblauen Panzer überzog.

Und der Mönch erzählte mir Geschichten, eine um die andere, alle die alten Sagen, die an diesem Orte spielten, Legenden, Mären und immer wieder Heiligenlegenden.

Eine von ihnen machte mir tiefen Eindruck. Die Leute hierzulande, die Einwohner des Berges, behaupten, man höre nächtlicherweile in den Sanddünen sprechen, dann sei das Meckern von zwei Ziegen zu vernehmen; die eine Stimme töne laut, die andere schwach und leise. Ungläubige Zweifler versichern, das seien nichts weiter als Schreie von Meervögeln, die zuweilen anzuhören seien wie Blöken oder Gemecker, manchmal aber menschlichen Klagelauten ähnlich klängen. Dahingegen schwören verspätet heimkehrende Fischer, sie seien zwischen Ebbe und Flut, zwischen zwei Gezeiten, einem alten Schäfer begegnet, der auf den Dünen rund um das weltabgelegene Städtchen umherirrte. Seinen Kopf könne man nie sehen, er habe stets seinen Mantel darüber gedeckt. Vor sich her treibe er einen Ziegenbock mit einem Männerantlitz und eine Ziege mit einem Frauenkopf. Beide hätten langes weisses Haar und sprächen in einem fort miteinander, zankten sich in einer unverständlichen

Sprache und hörten dann plötzlich auf zu reden, um dafür aus Leibeskräften zu meckern.

»Glauben Sie daran?« fragte ich den Mönch.

Er murmelte: »Ich weiss nicht.«

»Gäbe es auf Erden andere Geschöpfe, als wir sind«, entgegnete ich, »wie wär's möglich, dass wir sie nicht längst schon kennen? Wieso hätten Sie diese Wesen nicht auch schon zu Gesicht bekommen? Und warum sollte ich sie noch nie gesehen haben?«

Da antwortete er: »Sehen wir denn den hunderttausendsten Teil dessen, was west und ist? Sehen Sie, zum Beispiel der Wind, die gewaltigste Kraft, die es in der Natur gibt, der Männer zu Boden wirft, Häuser zum Einsturz bringt, Bäume entwurzelt, das Meer zu himmelhohen Wogenbergen aufwühlt, Dämme einreisst und grosse Schiffe auf die Klippen treibt, der Wind, der tötet, der pfeift und stöhnt und brüllt... Haben Sie ihn jemals zu Gesicht bekommen? Können Sie ihn sehen? Und doch ist er da.«

Vor dieser einfachen, herzenseinfältigen Beweisführung verstummte ich. Dieser Mann war ein Weiser, oder vielleicht ein Schwachkopf. Bestimmt hätte ich das nicht sagen können. Aber ich erwiderte nichts darauf. Was er da sagte, das hatte ich mir schon oftmals überlegt.

3. Juli. – Ich habe schlecht geschlafen. Sicherlich ist hier irgendein fieberhafter, krankmachender Einfluss spürbar, denn mein Kutscher leidet unter den gleichen Angstzuständen wie ich. Als ich gestern nach Hause kam, war mir seine eigenartige Blässe aufgefallen. Ich fragte ihn:

»Was fehlt Ihnen, Johann?«

»Was mir fehlt? Ich kann nicht mehr schlafen, kann mich nicht mehr ausruhen. Meine Nächte fressen meine Tage auf. Seit der gnädige Herr abgereist ist, hat mich das befallen, als wäre ich verhext.«

Den andern Bediensteten geht es soweit gut. Aber ich habe entsetzliche Angst, es könne mich wieder befallen.

4. Juli. – Es ist soweit. Ich bin wieder krank. Meine Angstträume sind erneut aufgetreten. Heute nacht habe ich gespürt, wie jemand auf mir kauerte, seinen Mund auf den meinen presste und mir das Leben von meinen Lippen saugte. Ja, er sog es aus meiner Kehle wie ein Blutegel. Dann hob er sich von mir, gesättigt und vollgesogen, und ich erwachte so wund, so zerschlagen und todmüde, dass ich mich nicht mehr regen konnte. Wenn das noch ein paar Tage so weitergeht, reise ich bestimmt wieder ab.

5. Juli. – Habe ich den Verstand verloren? Was sich ereignet hat, was ich letzte Nacht mit angesehen habe, ist so sonderbar, so rätselhaft und merkwürdig, dass sich mein Kopf nicht mehr zurechtfindet, wenn ich daran denke!

Wie ich jetzt allabendlich zu tun pflegte, hatte ich meine Tür verriegelt und den Schlüssel umgedreht. Dann trank ich ein halbes Glas Wasser, weil ich durstig war, und dabei bemerkte ich ganz zufällig, dass die Flasche bis hinauf zum Kristallstöpsel mit Wasser gefüllt war.

Hierauf ging ich zu Bett und fiel in Schlaf, in den grauenvollen Schlaf, den ich nachgerade genugsam kannte, und zwei Stunden später wurde ich durch einen noch grauenhafteren Schock aus diesem bleischweren Alp gerissen.

Stellt euch einen Mann vor, den man im Schlaf ermordet und der mit einem Messer in der Lunge aufwacht, röchelnd, blutbesudelt, der nicht mehr atmen kann und mit dem Tode ringt und gar nicht begreift, was mit ihm geschieht... So war mir zumute.

Als ich endlich wieder bei Verstand und Besinnung war, bekam ich erneut Durst. Ich zündete eine Kerze an und trat zu dem Tisch, auf dem meine Wasserkaraffe stand. Ich hob sie auf und neigte sie über mein Glas. Kein Tropfen Wasser floss heraus... Sie war leer. Sie war vollkommen leer! Zuerst wurde ich gar nicht klug daraus und konnte es nicht begreifen. Dann auf einmal befiel mich eine so fürchterliche Erregung, dass ich mich setzen musste, oder vielmehr auf einen Stuhl hinsank. Alsbald aber fuhr ich mit einem Satz wieder auf und blickte um mich. Dann setzte ich mich erneut, vor

Staunen und Angst fast von Sinnen, vor die durchsichtige Kristallflasche. Ich starrte sie mit stieren Augen unverwandt an und suchte das Rätsel zu lösen. Meine Hände zitterten. Jemand hatte also dieses Wasser ausgetrunken? Wer denn? Ich etwa? Ja, zweifellos hatte ich's getan! Ich allein konnte es getan haben! Dann war ich also ein Nachtwandler, ich lebte, ohne es zu wissen, dieses geheimnisvolle Doppelleben, das Zweifel aufkommen lässt, ob zwei Wesen in uns wohnen oder ob ein fremdes nicht erkennbares und unsichtbares Wesen in manchen Augenblicken, wenn unsere Seele benommen und empfindungslos ist, unseren in Banden liegenden Körper belebt, der diesem fremden Wesen wie uns selbst gehorcht, ja noch mehr als uns selber.

Ach, wer wird meine entsetzliche Todesangst begreifen? Wer wird die Erregung eines Menschen verstehen können, der geistig gesund und hellwach, bei Verstand und Besinnung ist und voll Entsetzen durch das Glas einer Karaffe hindurch sieht, dass ein bisschen Wasser daraus verschwunden ist, während er schlief? Und ich blieb da sitzen, bis es Tag wurde, und wagte nicht wieder ins Bett zu gehen.

6. Juli. – Ich werde wahnsinnig! Heute nacht hat wieder jemand meine ganze Wasserflasche leergetrunken. Oder vielmehr: ich habe sie ausgetrunken!

War ich es aber wirklich? Bin ich's gewesen? Wer denn könnte es sonst gewesen sein? Wer? O mein Gott! Werde ich verrückt? Wer kann mich retten?

10. Juli. – Ich habe eben ganz erstaunliche Versuche angestellt.

Ganz entschieden, ich bin verrückt! Und doch...!

Am sechsten Juli stellte ich vor dem Zubettgehen Wein, Milch, Wasser, Brot und Erdbeeren auf meinen Tisch.

Jemand hat – oder besser: ich habe alles Wasser und ein wenig Milch getrunken. Weder Wein noch Brot noch die Erdbeeren hat man angerührt.

Am siebenten Juli habe ich denselben Versuch nochmals vorgenommen, mit dem gleichen Ergebnis.

Am achten Juli liess ich das Wasser und die Milch weg. Nun rührte man gar nichts an.

Endlich am neunten Juli stellte ich nur das Wasser und die Milch auf den Tisch, wickelte aber die Karaffen sorgfältig in weisse Musselintücher und machte die Stöpsel mit Schnüren fest. Dann rieb ich mir Lippen, Bart und Hände mit Graphitstaub ein und ging hierauf zu Bett.

Der unbezwingliche Schlaf übermannte mich wieder, dem bald das grauenvolle Erwachen folgte. Ich hatte mich überhaupt nicht bewegt. Sogar meine Leintücher und die Kissen wiesen nicht den kleinsten Flecken auf. Ich lief zum Tisch. Die Tücher, mit denen ich die Flaschen umwickelt hatte, waren weiss geblieben. Vor Angst zitternd, löste ich die Schnüre auf. Das ganze Wasser war ausgetrunken! Die ganze Milch hatte man getrunken! Ach, mein Gott...!

Ich werde noch heute nach Paris fahren.

12. Juli. – Paris. Ich hatte also in den letzten Tagen den Verstand verloren. Ich muss ein Spielball meiner überreizten Phantasie gewesen sein, es sei denn, ich bin wirklich somnambul oder einem jener Einflüsse erlegen, deren Vorkommen man zwar festgestellt hat, die man jedoch bis jetzt nicht erklären kann, den sogenannten Suggestionen nämlich. Auf jeden Fall war ich dem Wahnsinn nahe, und ein vierundzwanzigstündiger Aufenthalt in Paris hat genügt, um mich wieder ins Gleichgewicht zu bringen.

Gestern erledigte ich Besorgungen und machte Besuche, und das brachte frische, neubelebende Luft in meine Seele und in mein Gemüt. Zum Abschluss des Abends ging ich ins Theater. Man spielte ein Stück von Alexandre Dumas dem Jüngeren. Dieser aufgeweckte, mächtige Geist hat mich dann vollends gesund gemacht. Sicher ist eins: die Einsamkeit ist für geistige Arbeiter gefährlich. Unsereiner braucht Menschen um sich, Menschen, die denken und reden. Bleiben wir längere Zeit allein und auf uns selber angewiesen, so bevölkern wir die leere Öde mit Gespenstern.

Ich bin höchst vergnügt und in heiterster Stimmung über die Boulevards ins Hotel zurückgegangen. Während ich mir so durch das dichte Menschengedränge einen Weg bahnte, dachte ich nicht ohne höhnische Untergefühle an meine Angstzustände, an meine Bedenken und Mutmassungen der vergangenen Woche, denn ich hatte wirklich und allen Ernstes geglaubt, ein unsichtbares Wesen wohne unter meinem Dach. Wie ist unser Kopf doch schwach und gerät in Verwirrung und ausser sich, sobald nur ein geringfügiges unbegreifliches Vorkommnis uns zustösst!

Anstatt dass wir dann schlicht und einfach den Schluss ziehen: Ich begreife es nicht, weil mir die Ursache unfassbar ist, ersinnen wir alsbald allerlei schreckenerregende Mysterien und übersinnliche Mächte.

14. Juli. – Feier der Republik. Ich bin durch die Strassen spazierengegangen. Die Knallfrösche, Raketen und Fahnen machten mir Spass wie einem kleinen Kind. Es ist doch eigentlich reichlich dumm, wenn man an einem amtlich festgelegten Datum, auf ein Regierungsdekret hin, fröhlich ist. Das Volk ist eine stumpfsinnige Herde, die sich bald stupidgeduldig, dann aber wieder grausam und blutrünstig-aufständisch benimmt. Man sagt ihm: Vergnüge dich! Und folgsam vergnügt es sich. Dann befiehlt man ihm wieder: Geh hin und bekämpfe deinen Nachbarn! Und es geht hin und kämpft. Man gebietet ihm: Gib deine Stimme dem Kaiser. Und es stimmt für den Kaiser. Und hernach sagt man ihm: Gib deine Stimme der Republik! Und es stimmt für die Republik.

Seine Führer sind die gleichen Dummköpfe; aber anstatt Menschen zu gehorchen, folgen sie Grundsätzen, die ja nicht anders als albern, unfruchtbar und falsch sein können, eben weil es Grundsätze sind, das heisst Vorstellungen und Gedanken, die für sicher und unwandelbar gelten, und dies in einer Welt, wo man gar nichts mit Sicherheit weiss, ist doch sogar das Licht eine Illusion, sind doch auch Laute und Töne pure Illusion.

15. Juli. – Gestern habe ich Dinge gesehen, die mich tief verwirrten.

Ich speiste bei meiner Kusine, Madame Sablé, deren Gatte das 76. Jägerregiment in Limoges befehligt. Ausser mir waren noch zwei junge Frauen da, von denen die eine einen Arzt, den Doktor Parent, geheiratet hat, der sich viel mit nervösen Erkrankungen und den merkwürdigen Manifestationen befasst, zu denen augenblicklich die Experimente über Hypnose und Suggestion Anlass bieten.

Er erzählte uns lange und eingehend von den erstaunlichen Ergebnissen, die gewisse englische Forscher und auch die Ärzte der Schule von Nancy erzielt haben.

Die Tatsachen, die er vorbrachte, schienen mir derart seltsam und unglaublich, dass ich erklärte, das glaube ich einfach nicht.

»Wir sind im Begriff«, behauptete er aufs bestimmteste, »eines der wichtigsten Geheimnisse der Natur zu lüften, ich meine damit eines ihrer wichtigsten Geheimnisse auf dieser Erde. Denn sie birgt sicherlich noch andere, die unvergleichlich viel wichtiger sind, dort in weiter, weiter Ferne, auf den Sternen. Seitdem der Mensch denkt, seit er seine Gedanken äussern und aufschreiben kann, fühlt er, wie ihn ein Geheimnis spürbar umgibt, das aber für seine groben und unvollkommenen Sinne undurchdringlich bleibt. Und er versucht, durch Aufbietung seiner ganzen Intelligenz die Ohnmacht seiner Organe wettzumachen. Als sich seine Intelligenz noch im Rudimentärzustand befand, nahm dieses Vertrautsein mit den unsichtbaren Phänomenen banal furcht- und schreckenerregende Gestalten an. Daraus entstanden dann die im Volk verbreiteten abergläubischen Vorstellungen vom Übersinnlichen, die Sagen von umgehenden Geistern, von Kobolden, Gnomen, Gespenstern, ja ich möchte sogar sagen: die Sage von Gott; denn unsere Konzeptionen von einem welterschaffenden Schöpfer, von welcher Religion sie auch immer gekommen sein mögen, sind wohl die stümperhaftesten, stumpfsinnigsten, aberwitzigsten und unglaubhaftesten Ausgeburten, die jemals dem verängstigten Gehirn der Geschöpfe entsprungen sind. Ich kenne keinen treffenderen und wahreren Ausspruch als das Wort Voltaires: Gott hat den Menschen nach seinem Bilde geschaffen, aber der Mensch hat es ihm wahrlich heimgezahlt.

Aber seit etwas mehr als einem Jahrhundert ahnt man anscheinend doch etwas Neues. Mesmer und ein paar andere Männer haben uns auf eine unerwartete Spur geführt, und wir sind tatsächlich, besonders seit etwa vier, fünf Jahren, zu überraschenden Ergebnissen gelangt.«

Meine Kusine, die gleichfalls höchst ungläubig tat, lächelte. Da sagte der Doktor Parent zu ihr: »Soll ich einmal versuchen, Sie einzuschläfern, gnädige Frau?«

»Ja, mir soll's recht sein.«

Sie setzte sich in einen Lehnstuhl, und er fing an, ihr starr und faszinierend in die Augen zu blicken. Ich spürte dabei plötzlich, wie ich leicht verwirrt wurde; mein Herz pochte rasend, und meine Kehle war wie zugeschnürt. Ich sah, dass die Augen der jungen Frau immer schwerer mit dem Schlaf kämpften, wie sich ihr Mund verkrampfte und verzerrte und ihre Brust keuchte.

Zehn Minuten später schlief sie tief und fest.

»Stellen Sie sich hinter ihren Stuhl«, gebot mir der Arzt.

Und ich setzte mich in ihrem Rücken auf einen Sessel. Nun gab er ihr eine Visitenkarte in die Hände und sagte zu ihr: »Da haben Sie einen Spiegel. Was sehen Sie darin?«

Sie antwortete:

»Ich sehe meinen Vetter.«

»Was tut er?«

»Er zwirbelt seinen Schnurrbart.«

»Und jetzt?«

»Er zieht eine Photographie aus der Tasche.«

»Was ist das für eine Photographie?«

»Seine eigene.«

Das stimmte. Die Photographie hatte man mir am gleichen Abend erst ins Hotel geschickt.

»Wie ist er auf dieser Photographie abgebildet?«

»Er steht da und hält seinen Hut in der Hand.«

Sie sah also in dieser Karte, in diesem weissen Karton, genauso deutlich wie in einem Spiegel.

Die jungen Frauen standen Todesängste aus und baten immer wieder: »Genug! Es ist genug! Hören Sie auf!«

Doch der Doktor sagte befehlend: »Morgen stehen Sie um acht Uhr auf. Dann gehen Sie zu Ihrem Vetter ins Hotel und bitten ihn, er möge Ihnen fünftausend Franken vorstrecken; Ihr Gatte wolle das Geld von Ihnen haben und werde es bei seiner nächsten Reise fordern.«

Hierauf weckte er sie.

Als ich ins Hotel zurückging, dachte ich über diese seltsame Zusammenkunft nach, und es kamen mir allerhand Zweifel, nicht etwa an der unbedingten, über allen Argwohn erhabenen Zuverlässigkeit und Redlichkeit meiner Kusine, die ich von Kindsbeinen auf wie meine eigene Schwester kannte, sondern an einem möglichen Täuschungstrick des Arztes. Hielt er nicht vielleicht in seiner Hand einen Spiegel verborgen, den er der eingeschläferten Frau gleichzeitig mit der Visitenkarte vorhielt? Die berufsmässigen Zauberkünstler wenden noch ganz andere merkwürdige Finten an.

Ich ging also nach Hause und legte mich ins Bett.

Heute vormittag nun wurde ich aber von meinem Diener gegen halb neun Uhr geweckt. Er meldete mir:

»Madame Sablé ist da und wünscht Sie sofort zu sprechen.«

Ich kleidete mich eilig an und empfing sie.

Sie war schrecklich verstört, als sie sich setzte. Ohne ihren Schleier zu lüften und mit niedergeschlagenen Augen stammelte sie:

»Lieber Vetter, ich muss Sie um eine grosse Gefälligkeit bitten.«

»Was steht zu Diensten, liebe Kusine?«

»Es fällt mir sehr schwer, es Ihnen zu sagen, und doch muss es sein. Ich brauche dringend fünftausend Franken.«

»Aber das ist doch nicht Ihr Ernst? Sie brauchen...?«

»Ja, ich, oder vielmehr mein Mann. Er benötigt sie und hat mich beauftragt, sie ihm zu beschaffen.«

Ich war so verblüfft, dass ich nur noch irgend etwas Unverständliches, Zusammenhangloses als Antwort stammeln konnte. Ich fragte mich, ob sie sich wirklich nicht über mich lustig mache, ob sie nicht mit dem Doktor einen mutwilligen Streich abgekartet, einen Scherz verabredet habe, den sie nun höchst ungezwungen und äusserst geschickt spielte.

Als ich sie aber aufmerksam ins Auge fasste, schwanden alle meine Zweifel. Sie zitterte vor Angst, so peinlich war ihr dieser Schritt, so schmerzlich und schwer kam er sie an, und ich spürte, dass ein verhaltenes Schluchzen sie am Halse würgte.

Ich wusste, dass sie sehr reich war. Und so sagte ich zu ihr:

»Aber Sie wollen mir doch nicht weismachen, dass Ihr Mann keine fünftausend Franken flüssig hat? Überlegen Sie doch einmal! Sind Sie ganz sicher, dass er Ihnen den Auftrag gegeben hat, mich um das Geld zu bitten?«

Sie zögerte sekundenlang, als koste es sie grosse Anstrengung, in ihrer Erinnerung danach zu forschen. Schliesslich antwortete sie:

»Ja... ja... ich bin ganz sicher.«

»Hat er Ihnen geschrieben?«

Wiederum zögerte sie und dachte angestrengt nach. Ich erriet, wie qualvoll ihre Überlegung sein musste. Sie wusste es nicht. Das einzige, was sie wusste, war, dass sie von mir fünftausend Franken für ihren Gatten borgen müsse. Sie log also sogar.

»Ja, er hat mir geschrieben.«

»Wann denn? Gestern haben Sie mir doch gar nichts davon gesagt.«
»Ich habe seinen Brief erst heute erhalten.«
»Können Sie mir den Brief zeigen?«
»Nein... nein... nein... er enthielt allerlei vertrauliche Mitteilungen, Intimitäten... die allzu persönlich sind... Ich habe... ich habe ihn verbrannt.«
»Dann macht Ihr Mann also Schulden?«
Sie zögerte wieder, dann flüsterte sie:
»Ich weiss nicht.«
Unvermittelt erklärte ich ihr nun rundheraus:
»Leider kann ich momentan keine fünftausend Franken entbehren, liebe Kusine.«
Sie stiess einen unterdrückten Schmerzensschrei aus.
»Oh, bitte, bitte, treiben Sie das Geld auf!«
Sie steigerte sich in eine schreckliche Aufregung hinein, faltete die Hände und flehte mich an. Ich hörte, wie ihre Stimme eine völlig andere Klangfarbe bekam; sie weinte und stammelte, gepeinigt und gehetzt, im Banne des bindenden Befehls, den sie erhalten hatte und gegen den es kein Widerstreben gab.
»Oh! Oh! Ich bitte Sie, flehe Sie kniefällig an... Wenn Sie wüssten, wie ich leide!... Ich muss das Geld heute noch haben.«
Sie tat mir leid.
»Sie sollen es binnen kurzem bekommen, das verspreche ich Ihnen bestimmt.«

Da jubelte sie wie ein Kind:

»Oh! Dank! Haben Sie tausend Dank! Wie gut Sie sind!«

Ich fragte sie nun:

»Erinnern Sie sich noch, was gestern abend in Ihrem Salon vorgefallen ist?«

»Ja.«

»Wissen Sie noch, dass Sie Doktor Parent eingeschläfert hat?«

»Gewiss.«

»Nun denn, er hat Ihnen befohlen, mich heute am frühen Vormittag aufzusuchen und mich um ein Darlehen von fünftausend Franken zu bitten, und in diesem Augenblick gehorchen Sie seiner Suggestion.«

Sie dachte eine Weile angestrengt nach, dann gab sie mir zur Antwort:

»Aber wenn doch mein Mann das Geld braucht...«

Eine geschlagene Stunde lang versuchte ich sie zu überzeugen, aber alles war umsonst.

Als sie fortgegangen war, begab ich mich eilends zum Doktor. Er wollte gerade ausgehen und hörte mich lächelnd an. Dann fragte er:

»Glauben Sie's jetzt?«

»Ja, ich muss wohl.«

»Kommen Sie mit, wir gehen zu Ihrer Kusine.«

Sie lag todmüde auf einem Ruhebett und schlief beinahe. Der Arzt fühlte ihr den Puls, hob dann eine Hand gegen ihre Augen und blickte sie scharf und starr an. Sie schloss langsam und nach und nach die Lider unter der unwiderstehlichen, zwingenden Gewalt dieser magnetischen Kraft.

Als sie eingeschläfert war, sprach er zu ihr:

»Ihr Mann hat die fünftausend Franken nicht mehr nötig! Sie werden somit vergessen, dass Sie Ihren Vetter gebeten haben, Ihnen das Geld zu leihen; und wenn er Sie je darauf anspricht, verstehen Sie nicht, was er meint.«

Dann weckte er sie auf. Ich zog meine Brieftasche hervor.

»Hier, liebe Kusine, ist das, worum Sie mich heute früh gebeten haben.«

Sie war dermassen überrascht, dass ich nicht weiter darauf zu bestehen wagte. Immerhin versuchte ich, ihrem Gedächtnis nachzuhelfen, doch sie bestritt alles aufs bestimmteste, glaubte am Ende gar, ich mache mich über sie lustig, und es fehlte gar nicht viel, und sie wäre schliesslich allen Ernstes böse geworden.

. . . .

Das also habe ich erlebt! – Ich bin eben nach Hause gekommen und habe nichts essen können, so hat mich dieses Experiment erschüttert und aufgewühlt.

19. Juli. – Manche Bekannte, denen ich dieses Erlebnis erzählte, haben mich ausgelacht. Ich weiss gar nicht mehr, was ich denken soll. Der Weise spricht: Vielleicht.

21. Juli. – Ich war zum Nachtessen in Bougival. Dann habe ich den Abend auf dem Ball der Kahnfahrer verbracht. Es kommt doch entschieden immer drauf an, wo und in welcher Umgebung man sich befindet. Auf der Ile de la Grenouillère ans Übersinnliche zu glauben, wäre schon der Gipfel des Irrsinns... Auf der Höhe des Mont Saint-Michel jedoch! Und gar in Indien! Wir erliegen doch zum Erschrecken leicht dem Einfluss unserer Umgebung. Ich werde nächste Woche nach Hause fahren.

30. Juli. – Seit gestern wohne ich wieder in meinem Haus. Alles geht gut.

2. August. – Nichts Neues. Es ist prachtvolles Wetter. Den ganzen Tag schau' ich zu, wie die Seine vorbeifliesst.

4. August. – Es hat Streit zwischen meinen Dienstboten gegeben. Sie behaupten, jemand zerschlage des Nachts die Gläser in den Schränken. Der Diener bezichtigt die Köchin, die gibt der Wäschebesorgerin die Schuld, und diese wiederum behauptet, die beiden andern hätten es getan. Wer ist nun der Täter? Wer das sagen könnte, müsste schon das Gras wachsen hören!

6. August. – Diesmal bin ich nicht verrückt! – Ich habe es gesehen!... Wirklich gesehen!... Mit eigenen Augen gesehen!... Ich kann nicht mehr zweifeln!... Ich habe es gesehen!... Es friert mich jetzt noch bis unter die Nägel... Die Angst sitzt mir noch jetzt im Mark!... Ich habe es gesehen!...

Ich ging um zwei Uhr im strahlenden Sonnenschein in meinem Garten bei den Rosenbäumchen spazieren, zwischen den Herbstrosenstämmchen, die eben zu blühen anfangen.

Gerade als ich stehenblieb, um eine Géant des Batailles anzuschauen, die drei prachtvolle Blüten trug, da sah ich, sah ganz deutlich, dicht neben mir, wie sich der Stiel einer von diesen Rosen herabbog, als hätte ihn eine unsichtbare Hand abgedreht, und dann brach er ab, wie wenn diese Hand die Blume gepflückt hätte. Dann schwebte die Rose aufwärts, in einem weiten Bogen, dem gleichen, wie ihn ein Arm beschrieben hätte, um sie an einen Mund zu führen, und dann blieb sie in der durchsichtigen Luft gleichsam hängen, unbeweglich, ganz allein, ein grauenerregender roter Fleck, drei Schritte von meinen Augen entfernt.

In namenlosem Entsetzen warf ich mich auf die Blüte und wollte sie mit beiden Händen packen. Doch griff ich ins Leere. Sie war verschwunden. Da wütete ich in rasendem Zorn gegen mich selber; denn es geht einfach nicht an, dass ein vernunftbegabter, ernster Mann solche Halluzinationen hat.

War es aber wirklich eine Halluzination? Ich machte kehrt, um den Blütenstiel zu suchen, und fand ihn auch ohne weiteres an dem Strauch. Er war frisch geknickt, zwischen zwei anderen Rosen, die noch an dem Ästchen blühten.

Da ging ich völlig verstört und innerlich im tiefsten Herzen erregt ins Haus. Denn jetzt bin ich sicher, so sicher wie feststeht, dass Tag und Nacht immer abwechseln, jetzt ist kein Zweifel mehr möglich, dass in meiner unmittelbaren Nähe ein Wesen existiert, das sich von Wasser und Milch nährt, das die Dinge und Gegenstände anrühren, sie wegnehmen und vom Platz rücken kann, ein Wesen, das folglich eine materielle Natur besitzt, wenngleich es für unsere Sinne nicht wahrnehmbar ist, ein Wesen, das gleich mir unter meinem Dache wohnt...

7. *August.* – Ich habe ruhig geschlafen. Er hat das Wasser aus meiner Karaffe getrunken, meinen Schlaf aber hat er nicht gestört.

Ich frage mich, ob ich wahnsinnig bin. Neulich, als ich am hellichten Tag bei schönstem Sonnenschein den Fluss entlang spazierenging, kamen mir Zweifel an meinem Verstand, nicht etwa nur so vage Zweifel, wie sie mich bisher geplagt hatten, sondern greifbar präzise, unumstösslich absolute Zweifel. Ich habe schon Wahnsinnige gesehen, ich habe welche gekannt, die waren klug und verständig, einsichtig, luzid, ja sogar ausgesprochen klarblickend in allen Belangen des Lebens, ausser in einem Punkt. Sie redeten über alles und jedes klar, anpassungsfähig und wendig, gründlich und tiefsinnig, und unversehens prallte ihr Denken auf die Klippe ihres Wahnsinns und zerschellte, zerbarst in Stücke, verzettelte sich und ging unter in dem grausigen und wilden Ozean voller aufpeitschender, himmelhoher Wogen, Nebelschwaden, Sturmgewitter, den man gemeinhin ›Wahnsinn‹ nennt.

Gewiss, ich würde mich für verrückt, für gänzlich und vollkommen verrückt halten, wäre ich nicht bei vollem Bewusstsein, hätte ich nicht genaueste Kenntnis von meinem Zustand, könnte ich ihn nicht durchschauen, erforschen und mit ungeschwächter Hellsichtigkeit zergliedern. Ich wäre somit letztlich bloss ein vernunftbegabter, verständig redender und vernünftig überlegender Mensch, der an Halluzinationen leidet. Vielleicht hat in meinem Gehirn sich irgendeine bisher noch nie aufgetretene Störung vollzogen, eine von jenen Störungen, die heute die Physiologen festzustellen, näher zu bestimmen und zu beschreiben versuchen. Und diese Störung hat möglicherweise in meinem Geist, in der Ordnung und Logik meines Denkens eine tiefe Spaltung ausgelöst. Ähnliche Erscheinungen treten im Traum auf, der uns durch die unwahrscheinlichsten Phantasmagorien führt, ohne dass wir darüber weiter erstaunt sind, weil unser Bewusstsein, das Kontrollorgan, ausgeschaltet ist, während die Phantasie, unsere Befähigung zu ausschweifenden Gedankenausgeburten, wach und in Tätigkeit ist. Ist es nicht möglich, dass eine der winzigkleinen und nicht wahrnehmbaren Tasten in der Klaviatur des Hirns bei mir gelähmt ist? Es gibt ja Menschen, die als Folge eines Unfalls das Namengedächtnis verlieren oder sich an keine Zeitwörter oder Ziffern, oder auch nur an Daten mehr zu erinnern vermögen. Dass alle Parzellen unseres Denkapparates lokalisiert sind, gilt heute als erwiesen. Was ist nun also Erstaunliches daran, dass meine Fähigkeit, die Unwirklichkeit gewisser Halluzinationen zu kontrollieren, augenblicklich bei mir gehemmt oder ausgeschaltet ist?

An all dies dachte ich, während ich dem Flussufer entlang ging. Das Wasser glitzerte und flimmerte im Sonnenschein, die ganze Erde war herrlich und köstlich, mein Herz war erfüllt von Lebenslust, voll Liebe zu den Schwalben, an deren flinkem, pfeilschnellem Fluge sich meine Augen weideten, zu den Gräsern am Flussbord, deren Rauschen und Flüstern mein Ohr beglückte.

Nach und nach beschlich mich indessen ein unerklärliches Unbehagen, durchdrang mich bis zuinnerst in meine Seele. Ein Zwang, so schien es mir, eine geheimnisvoll okkulte Macht lähmte mich, hielt mich auf, hinderte mich am Weitergehen, rief mich zurück, lockte mich rückwärts. Ich verspürte jene schmerzvolle innere Nötigung, nach Hause zu gehen, die einen manchmal quält und bedrückt, wenn man einen geliebten Kranken daheim allein gelassen hat und nun auf einmal das angstvolle Gefühl hat, sein Leiden habe sich plötzlich verschlimmert.

Ich kehrte also, ungern nur und wider meinen Willen, nach Hause zurück, in der sicheren Erwartung, daheim eine schlimme Nachricht, einen Brief oder eine Depesche vorzufinden. Aber es war nichts da; und ich war noch lange überrascht und unruhig, tiefer erschüttert, als wenn ich aufs neue eine phantastische Vision erlebt hätte.

8. August. – Gestern habe ich einen grauenhaft schaurigen Abend verlebt. Er macht sich nicht mehr bemerkbar, aber ich spüre ihn rings um mich, in meiner Nähe, fühle, dass er mich umlauert, beobachtet, in mich eingeht und mich durchschaut, mich beherrscht und noch weit furchterregender ist, weil er sich solchermassen verborgen hält, als wenn er durch übernatürliche Erscheinungen seine unsichtbare und immerwährende Gegenwart kundtäte.

Ich habe trotz allem geschlafen.

9. August. – Nichts. Aber ich ängstige mich.

10. August. – Nichts. Was wird wohl morgen geschehen?

11. August. – Immer noch nichts. Ich kann nicht länger mit dieser Angst und diesem Gedanken, wie sie sich in meiner Seele eingenistet haben, in meinem Hause leben. Ich werde abreisen.

12. August, 10 Uhr abends. – Den ganzen Tag wollte ich fortgehen, konnte es aber nicht. Ich wollte diesen Akt des freien Willens vollbringen, der doch so einfach und leicht zu bewerkstelligen ist: ich brauchte ja bloss aus dem Haus zu gehen, meinen Wagen zu besteigen und nach Rouen zu fahren – ich brachte es nicht fertig, konnte es einfach nicht. Warum?

13. August. – Wenn man von gewissen Krankheiten befallen wird, scheinen alle Triebfedern zerbrochen, alle Kräfte zunichte gemacht, alle Muskeln schlaff geworden, die Knochen erweicht wie Fleisch, und das Fleisch zu Wasser verflüssigt. Genau das Empfinden habe ich in meiner seelischen Verfassung, es ist seltsam, beängstigend und zum Verzweifeln! Ich habe keinerlei Kraft, keinerlei Mut, gar keine Selbstbeherrschung mehr, nicht einmal mehr so viel Macht über mich, dass ich meinen Willen betätigen oder auch nur wecken könnte. Ich kann nicht mehr wollen; dafür aber will jemand für mich, und ich gehorche.

14. August. – Ich bin verloren! Jemand hat Besitz von meiner Seele ergriffen und herrscht über sie! Jemand bestimmt gebieterisch alles, was ich tue, alle meine Regungen, alle meine Gedanken. Ich bin nichts mehr, habe keine Macht mehr über mich selber, ich bin nur noch ein sklavischer und verängstigter Zuschauer all der Dinge, die ich vollbringe. Ich möchte ausgehen, aber ich kann nicht. Er will es nicht, und ich bleibe in sinnlosem Entsetzen, zitternd und verzagt in dem Lehnstuhl sitzen, wo er mich festgebannt hält. Ich möchte nur aufstehen, mich bloss ein wenig erheben, damit ich glauben darf, ich sei noch Herr über mich selbst. Ich kann es nicht! Ich bin an meinem Stuhl festgenietet, und mein Sessel ist am Fussboden angewachsen, so dass keine Kraft der Welt uns von der Stelle zu rücken oder aufzuheben vermöchte.

Dann auf einmal muss ich, muss ich unbedingt und um jeden Preis, zuhinterst in meinen Garten gehen und Erdbeeren pflücken und sie essen. Und ich gehe hin. Ich pflücke Erdbeeren und esse sie! Oh, mein Gott! Mein Gott! Mein Gott! Gibt es einen Gott? Wenn es einen Gott gibt, so erlöse mich, rette mich! Hilf mir! Vergib mir! Gnade und Erbarmen! Rette mich! Oh, wie ich leide! Welche Qual muss ich ausstehen! Welch grauenvolle Todesqual!

15. August. – Sicherlich, so besessen und gebannt handelte meine arme Kusine, als sie zu mir kam und die fünftausend Franken von mir borgen wollte. Sie stand unter dem Zwang eines fremden Willens, der in sie eingegangen war wie eine andere, eine zweite Seele, eine schmarotzende und herrschsüchtige. Will denn die Welt untergehn?

Doch wer ist Der, der mich in seinen Bann zwingt und beherrscht, wer ist Er, dieser Unsichtbare? Wer ist dieser Unerkennbare, dieses schleichende, herumstreichende und nicht zu fassende Wesen von übersinnlicher Art?

Also gibt es unsichtbare Wesen! Weshalb haben sie sich dann seit Erschaffung der Welt noch nie in so erkennbarer und deutlicher Art manifestiert wie bei mir? Ich habe noch nie etwas dem Ähnliches gelesen, was in meinen vier Wänden geschehen ist. Oh, wenn ich mein Haus verlassen könnte, wenn ich fortgehen, fliehen und nie wieder hierher zurückkehren könnte! Dann wäre ich gerettet. Aber ich kann ja nicht.

16. August. – Heute habe ich ihm zwei Stunden lang entrinnen können, wie ein Sträfling, der ganz unverhofft und zufällig die Tür seines Kerkers offen findet. Ich fühlte, dass ich plötzlich frei war und dass Er fort war. Da gab ich Befehl, geschwind anzuspannen, und so entkam ich und gelangte nach Rouen. Was ist es doch für ein beseligendes Glücksgefühl, zu einem Menschen sagen zu können: »Fahren Sie nach Rouen!«

Ich liess vor der Bibliothek haltmachen und bat, mir die umfängliche Abhandlung des Doktors Hermann Herestauss über die unbekannten Bewohner der antiken und heutigen Welt zu leihen.

Dann aber, gerade als ich wieder meinen Wagen besteigen und sagen wollte: »Zum Bahnhof!« – da schrie ich, ja, ich schrie es mit so lauter Stimme, dass sich die Leute auf der Strasse umdrehten: »Nach Hause!« und sank vor Angst halb ohnmächtig auf das Polster meines Wagens. Er hatte mich wiedergefunden und aufs neue von mir Besitz ergriffen.

17. August. – Ach, was für eine Nacht! Welch eine Nacht! Und doch will mich bedünken, ich müsste eigentlich von Herzen froh sein. Bis ein Uhr morgens habe ich gelesen. Hermann Herestauss, Doktor der Philosophie und Theologie, hat die Geschichte und die Manifestationen aller unsichtbaren Wesen, die um den Menschen herumlauern, oder von denen er träumt, beschrieben. Er beschreibt ihre Herkunft, ihren Wirkungsbereich, ihre Macht. Doch keines von ihnen allen gleicht dem, das mich verfolgt und quält. Es ist, als ob der Mensch, seit er denkt, ein neues Wesen geahnt und gefürchtet hätte, das stärker ist als er, seinen Nachfolger in dieser Welt, und als hätte er ihn nahe gefühlt und, da er die Wesenheit und Natur dieses künftigen Meisters nicht voraussehen konnte, in seinem Entsetzen das ganze phantastische Volk der okkulten Wesen geschaffen, der nebelhaften Phantome, der Ausgeburten seiner Angst.

Ich las also bis um ein Uhr früh und setzte mich dann ans offene Fenster, um meine Stirne und meine Gedanken im ruhigen Nachtwind zu kühlen.

Es tat gut, die Luft war lind und mild, ein laues Lüftlein wehte. Wie hätte ich früher eine solche Nacht genossen!

Eine mondlose Nacht. Die Sterne flimmerten am tiefschwarzen Himmel mit flackerndem Blinken. Wer bewohnt diese Welten? Was für Gestalten, welche Lebewesen, welche Tiere und Pflanzen sind dort zu finden? Was wissen die Geschöpfe in diesen himmelfernen Welten mehr als wir? Was vermögen sie mehr als wir? Was sehen sie, und wir kennen es nicht? Wird nicht eines von ihnen eines Tags den Weltenraum durchmessen und auf unserer Erde erscheinen, um sie zu erobern, wie einstmals die Normannen übers Meer gefahren kamen, um die schwächsten Völker zu versklaven?

Wir sind ja so anfällig, so schwächlich, so wehrlos, unwissend und klein, wir Menschlein auf diesem Kotspritzer, der in einem Wassertröpfchen schwimmt.

Unter solchen Träumereien schlummerte ich im kühlen Nachtwind ein.

Als ich nun etwa vierzig Minuten geschlafen hatte, schlug ich die Augen wieder auf, ohne mich zu rühren oder irgend zu bewegen, aufgeschreckt durch eine unerklärliche Erregung, ein seltsam unbestimmtes, rätselhaftes Angstgefühl. Zunächst sah ich gar nichts, dann plötzlich wollte mir sein, eine Seite des aufgeschlagenen Buches auf dem Tisch habe sich ganz von selbst umgewendet. Kein Lufthauch war durch das Fenster hereingekommen. Ich starrte ganz überrascht darauf hin und wartete. Nach etwa vier Minuten sah ich, ja, ich sah mit eigenen Augen, wie eine andere Seite sich aufhob und auf die vorhergehende niederfiel, als hätte sie ein Finger umgeblättert. Mein Lehnstuhl war leer, schien jedenfalls leer. Doch war mir bewusst, dass Er da war, dass Er an meinem Platz sass und las. Mit einem wütenden Sprung, dem Sprung einer wilden Bestie, die ihren Bändiger anspringt und ihm die Gedärme mit einem Pratzenhieb zerfetzen will, setzte ich quer durch mein Zimmer, um ihn zu fassen, zu packen, ihn zu umschlingen und ihm den Garaus zu machen!... Aber noch ehe ich meinen Sessel erreichen konnte, stürzte er um, wie wenn jemand vor mir geflohen wäre... Mein Tisch schwankte, die Lampe fiel um und erlosch, und mein Fenster schloss sich, als hätte sich ein ertappter Einbrecher in die Nacht hinausgeschwungen und sich dabei mit beiden Händen an den Fensterflügeln festgehalten.

Er hatte also die Flucht ergriffen! Er hatte Angst gehabt, Angst vor mir! Er fürchtete sich vor mir!

Dann... dann... konnte ich also... morgen... oder später einmal, irgendwann einmal... dann werde ich ihn also in die Hände bekommen, ihn darniederhalten und mit meinen Fäusten auf dem Boden zerdrücken! Beissen nicht auch die Hunde zuweilen ihre Herren und erwürgen sie?

18. August. – Ich habe den ganzen Tag nachgedacht. O ja, ich werde ihm gehorchen, allen seinen Einflüsterungen und Wünschen nachgeben, ihm stets seinen Willen tun, ich will unterwürfig, fügsam und feige kuschen. Er ist der Stärkere. Aber es wird eine Stunde kommen...

19. August. – Ich weiss... ich weiss... jetzt weiss ich alles! Ich habe in der ›Revue du Monde Scientifique‹ folgendes gelesen: »Eine recht seltsame Nachricht kommt uns aus Rio de Janeiro zu. Danach wütet ein Wahnsinn, ein epidemisch auftretender Wahnsinn, vergleichbar den ansteckenden Wahnsinnsepidemien, die im Mittelalter die Völker Europas befielen, zur Zeit in der Provinz Sao Paolo. Die Bevölkerung verlässt, verrückt vor Angst, die Häuser, die Dörfer liegen verlassen da, die Kulturen veröden unbestellt und liegen brach; die Leute behaupten, sie würden verfolgt, besessen, beherrscht, wie Vieh in Menschengestalt, von unsichtbaren, wenn auch spür- und greifbaren Wesen, von einer Art von Vampiren, die ihnen im Schlaf das Leben aussaugen und überdies Wasser und Milch trinken, ohne anscheinend andere Nahrung anzurühren.

Professor Don Pedro Henriquez ist in Begleitung mehrerer gelehrter Ärzte nach der Provinz Sao Paolo abgereist, um an Ort und Stelle Herkunft und Auftreten dieser überraschenden Wahnsinnsepidemie zu studieren und dem Kaiser die Massnahmen vorzuschlagen, die ihm am ehesten geeignet scheinen, um diese dem Irrsinn verfallene Bevölkerung wieder zur Vernunft zu bringen.«

Aha! Ich weiss noch gut, wie damals der schmukke brasilianische Dreimaster unter meinen Fenstern seineaufwärts vorbeisegelte. Es war am 8. Mai letzthin. Ich fand ihn so hübsch, so blitzweiss, so lustig! Und das Wesen war darauf! Es kam von dorther, wo seine Rasse aufgekommen ist! Und er hat mich gesehen! Mein Haus, das auch so grellweiss ist, hat ihm in die Augen gestochen, und er ist vom Schiff aufs Ufer herabgesprungen. Oh, mein Gott!

Jetzt weiss ich, errate ich alles. Des Menschen Herrschaft ist vorbei.

Er ist gekommen, Er, den schon in frühester Zeit die kindlich unbefangenen Völker voll Schrecken und Entsetzen fürchteten, Er, den die Priester angstvoll beschwörten und austrieben, den die Hexer und Zauberleute in finsteren Nächten anriefen, ohne dass er ihnen dazumal schon erschienen wäre, Er, dem die zeitweiligen Herren der Welt ahnungsvoll alle ungeheuerlichen oder anmutigen Gestalten verliehen, den sie als Gnomen, Geister, Elfen, Genien, Irrlichter, als Feen und Kobolde umgehen sahen. Nach den grobschlächtigen und plump-vergröbernden Verkörperungen der primitiven Angstvorstellungen haben weitblickende und scharfsichtige Männer ihn deutlicher vorausgeahnt. Mesmer hatte ihn vorausahnend bereits gekannt, und die Ärzte haben schon seit zehn Jahren eindeutig und klar die Natur seiner Macht erkannt, noch ehe Er sie selbst ausgeübt hatte. Sie haben mit dieser Waffe des neuen Weltenherrn gespielt, der Herrschaft eines geheimnis- und rätselvollen Willens über die Menschenseele, die so versklavt wurde. Das nannten sie Magnetismus, Hypnose, Suggestion... was weiss ich? Ich habe gesehen, wie sie sich, kleinen Kindern gleich, mit dieser schauerlichen Macht vergnügten. Weh uns! Wehe dem Menschen! Er ist gekommen, der... der... wie heisst er denn?... der... Es ist mir, als schreie er mir seinen Namen zu, und ich verstehe ihn nicht... der... ja... Er schreit ihn... Ich horche... ich kann nicht... schreit ihn noch einmal... der... Horla... Jetzt habe ich's verstanden... der Horla... er ist's!... der Horla... Er ist gekommen!...

Weh, der Geier hat die Taube zerrissen, der Wolf hat das Lamm gefressen. Der Löwe hat den Büffel mit den spitzen Hörnern verschlungen. Der Mensch hat den Löwen getötet, getötet mit dem Pfeil, dem Schwert, dem Feuergewehr. Aber der Horla wird den Menschen zu dem machen, wozu wir das Pferd und den Ochsen gemacht haben: zu seiner Sache, seinem Besitztum, seinem Diener und zu seiner Nahrung, einzig und allein durch die Übermacht seines Willens. Wehe über uns!

Und doch lehnt sich das Tier mitunter gegen seinen Bezwinger auf und tötet den, der es gezähmt hat... Auch ich will... Ich kann es... Aber ich muss ihn kennen, ihn spüren und berühren, ihn sehen! Die Gelehrten behaupten, das Auge des Tieres unterscheide sich vom unsrigen, es sehe nicht scharf und deutlich wie das unsre... Und mein Auge vermag den neuangekommenen Gebieter, der mich bedrängt und quält, nicht wahrzunehmen.

Warum? Oh, jetzt erinnere ich mich wieder an die Worte des Mönchs auf dem Mont Saint-Michel: »Sehen wir denn nur den hunderttausendsten Teil all dessen, was existiert? Sehen Sie, da ist zum Beispiel der Wind, die gewaltigste Kraft der Natur, der Wind, der Menschen umwirft, Gebäude einreisst, Bäume entwurzelt, das Meer zu himmelhohen Wogen aufpeitscht, Felsküsten zermürbt und die grossen Meeresschiffe auf die Klippen wirft, der Wind, der tötet, der pfeift und heult und ächzt, der brüllt und tost. Haben Sie ihn je gesehen? Und können Sie ihn überhaupt sehen? Und doch existiert er!«

Und weiter überlegte ich: Mein Auge ist so schwach, so unvollkommen, dass es nicht einmal die harten Körper wahrnimmt, sobald sie durchsichtig sind wie das Glas!... Versperrt mir ein Spiegel, der kein bisschen trüb ist, den Weg, lässt es mich daranprallen, wie der Vogel, der sich in ein Zimmer verfliegt, an den Scheiben sein Köpfchen einrennt. Tausenderlei Dinge täuschen es ausserdem und führen es irre. Was ist also Erstaunliches dabei, wenn es einen neuen, unbekannten Körper nicht wahrnehmen kann, durch den das Licht hindurchscheint?

Ein neues, nie bisher gesichtetes Wesen! Warum denn nicht? Er musste über uns kommen, das ist gewiss! Warum wären wir die letzten? Wir können ihn nicht sehen, wie alle andern, die vor unserer Zeit erschaffen worden sind? Seine Natur ist eben vollkommener, sein Körper feiner organisiert und vollendeter gebildet als der unsere, der doch so schwach, so misslich und ungeschickt gebaut und angelegt, mit Organen behaftet, die immerfort überanstrengt und überspannt werden, gleich Federn, die allzu verwickelt sind. Unser Körper lebt ja wie eine Pflanze und wie ein Tier, er nährt sich mühsam von Luft, Gras und Fleisch, er ist eine belebte Maschine, die Krankheiten, Deformationen, ja der Zersetzung verfallen kann, eine kurzatmige, stössige, schlecht regulierte, lachhaft naive und verworrene Maschine, die sinnreich schlecht gebaut ist, ein zugleich plumpes und delikates Werk, ein Rohbau, ein unvollendeter Entwurf zu einem Wesen, das wohl einmal vollkommen weise und vollendet schön werden könnte.

Wir sind ein paar, wenige, so wenige Geschöpfe auf dieser Welt, von der Auster bis hinauf zum Menschen. Weshalb sollte nicht eines mehr Platz haben, nachdem die Periode abgeschlossen ist, die jeweils zwischen dem Auftreten der unterschiedlichen Gattungen liegt?

Weshalb nicht eines mehr? Warum keine andern Bäume mit riesengrossen Blüten? Mit Blumen, die leuchtende Farben haben und ganze Gegenden mit ihrem starken Duft erfüllen? Warum keine andern Elemente als Feuer, Luft, Erde und Wasser? – Vier sind sie, bloss ihrer vier, diese Nährväter der Lebewesen! Wie kümmerlich und kläglich! Warum nicht vierzig, vierhundert, viertausend?! Wie armselig, schäbig, erbärmlich und elend ist alles! Wie kärglich und geizig geschenkt, wie dürftig erdacht, wie plump gemacht! Ah, der Elefant, das Nilpferd, wie viel Anmut ward an sie verschwendet! Und welche Eleganz an das Kamel!

Aber, wird man einwenden, der Falter! Eine Blume, die fliegt! Ich erträume einen Schmetterling, der so gross wäre wie das All, mit Flügeln, für deren Form, Schönheit, Farbe und Bewegung mir die Worte fehlen. Aber ich sehe ihn vor mir... Er flattert von Stern zu Stern, spendet ihnen Kühlung, balsamische Düfte mit dem wohllautenden und leichten Hauch seines Fluges... Und die Völker dort oben sehen verzückt und hingerissen zu, wenn er vorüberfliegt!...

....

Was habe ich denn? Er ist's, der Horla, der mich heimsucht, er gibt mir alle diese aberwitzigen Gedanken ein! Er ist in mir, er wird meine Seele. Ich muss ihn töten, ich werde es tun!

19. August. – Ich werde ihn töten. Ich habe ihn gesehen! Gestern abend hab' ich mich an den Tisch gesetzt; und ich tat, als schreibe ich hingegeben und aufmerksam. Ich wusste wohl, dass er dann kommen würde, dass er um mich herumstreichen würde, ganz nahe, so nahe, dass ich ihn vielleicht berühren und packen konnte. Und dann?... Dann fände ich vielleicht die Kraft der Verzweiflung. Dann vermöchten meine Hände, meine Knie, meine Brust, meine Stirn, meine Zähne ihn zu erwürgen, zu zermalmen, zu zerfleischen, in Stücke zu reissen.

Und ich belauerte ihn mit allen meinen überreizten, aufs äusserste gespannten Organen.

Ich hatte meine beiden Lampen angezündet und dazu noch die acht Kerzen auf dem Kamin, als hätte ich ihn in diesem hellen Licht entdecken können.

Mir gegenüber stand mein Bett, ein altes harthölzernes Säulenbett; rechts der Kamin; linker Hand die Tür, die sorgfältig abgeschlossen war, nachdem ich sie geraume Zeit hatte offenstehen lassen, um ihn zu mir hereinzulocken. Hinter mir stand in meinem Rücken ein hoher Spiegelschrank, den ich täglich zum Rasieren und auch zum Ankleiden benütze. Ich hatte mir angewöhnt, jedesmal, wenn ich daran vorbeiging, mich von Kopf bis Fuss darin zu betrachten.

Ich tat also, wie wenn ich schriebe, um ihn zu täuschen. Denn auch er belauerte mich. Und mit einemmal spürte ich, war ich ganz sicher, dass er über meine Schulter hinweg mitlas, dass er da war und mein Ohr streifte.

Ich fuhr mit ausgestreckten Händen auf, so schnell, dass ich fast hingefallen wäre. Und was sah ich?... Es war taghell im Zimmer, und ich sah mich nicht im Spiegel!... Er war leer, klar, tief, voll Licht! Doch mein Spiegelbild war nicht darin!... Und dabei stand ich davor, gerade gegenüber! Ich sah das grosse, klar spiegelnde Glas von oben bis zuunterst. Und das starrte ich mit weitaufgerissenen, angstvoll geweiteten Augen an und wagte nicht näher zu gehen, einen Schritt vorwärts zu tun, ich wagte keine Bewegung mehr zu machen, und doch spürte ich deutlich, dass er da war, dass er mir aber auch diesmal wieder entwischen werde, Er, dieses Wesen, dessen unsichtbarer Leib mein Spiegelbild aufgezehrt hatte.

Ein tödliches Entsetzen packte mich. Dann, auf einmal, lichtete sich gleichsam der trübe Nebel im Spiegel, und ich konnte mich allmählich in einem Dunsthauch, wie durch einen Wassertümpel hindurch, wieder sehen. Und es war mir, das Wasser fliesse langsam, ganz langsam von links nach rechts, und mein Bild trete von Sekunde zu Sekunde immer deutlicher hervor. Es sah aus wie das Ende einer Sonnenfinsternis. Was mich verdeckte, schien keine festumrissenen Ränder zu besitzen, sondern eine Art milchigtrübe Durchsichtigkeit, die nach und nach immer klarer wurde.

Endlich konnte ich mich wieder ganz sehen, wie bisher jeden Tag, wenn ich mich im Spiegel betrachtete.

Ich hatte Ihn gesehen! Noch jetzt steckt mir das Entsetzen in allen Knochen, immer noch schaudere ich zusammen.

20. August. – Wie kann ich ihn töten? Wie? Ich kann ihn ja nicht fassen, kann ihn nicht greifen!

Gift! Aber Er würde es ja sehen, wenn ich Gift ins Wasser mischte! Und hätten unsere Gifte überhaupt eine Wirkung auf seinen unsichtbaren, unwahrnehmbaren Körper? Nein... nein... bestimmt nicht... Dann aber?... Was dann?...

21. August. – Ich habe aus Rouen einen Schlosser kommen lassen und bei ihm für mein Zimmer eiserne Rolläden in Auftrag gegeben, wie sie in Paris an gewissen Privathäusern im Erdgeschoss zu finden sind, als Schutz gegen Diebe und Einbrecher. Er muss mir auch eine ebensolche Tür anfertigen. Ich habe mich als Hasenfuss hingestellt, doch das ist mir gleich.

10. September. – Rouen, Hotel Continental. Es ist vollbracht... Es ist getan... Ist er aber tot? Meine Seele ist zutiefst aufgewühlt und erschüttert von alldem, was ich erlebt habe.

Als gestern der Schlosser den eisernen Fensterladen und die Eisentür angebracht hatte, liess ich beide bis um Mitternacht weit offen, obschon es allgemach recht kalt wurde.

Plötzlich spürte ich, dass Er da war, und eine tolle Freude, ein wildes Triumphgefühl packte mich. Langsam erhob ich mich, ging auf und ab, bald rechtshin, dann wieder linksherum, lange und immer wieder, damit Er nichts ahne. Dann zog ich meine Schuhe aus und schlüpfte gemächlich und gleichmütig in meine Pantoffeln. Nun liess ich den eisernen Laden herunter, ging dann ruhigen Schrittes zur Tür und verschloss auch die, und drehte zweimal den Schlüssel um. Hierauf kehrte ich zum Fenster zurück und machte es mit einem Hängeschloss fest, dessen Schlüssel ich in die Tasche steckte.

Nun wurde mir auf einmal bewusst, dass Er voll Unruhe um mich herumschlich, dass auch Er jetzt Angst hatte, dass Er mir befahl, ihm aufzumachen. Fast hätte ich nachgegeben; doch liess ich mich nicht erweichen noch einschüchtern, sondern stellte mich mit dem Rücken an die Tür, öffnete sie einen Spalt weit, gerade so weit, dass ich rücklings hinausschlüpfen konnte. Da ich sehr gross bin, kam ich mit dem Kopf oben am Türbalken an. Ich war ganz sicher, dass Er nicht hatte entweichen können, und ich schloss ihn ganz allein ein, ganz allein! Wie jubelte ich in meinem Herzen! Ich hatte ihn in meiner Gewalt! Dann rannte ich die Treppe hinunter und holte in meinem Wohnzimmer, das gerade unter meinem Schlafzimmer lag, die beiden Lampen, goss das ganze Öl auf den Teppich, auf die Möbel, überallhin. Nun steckte ich das Ganze in Brand und brachte mich in Sicherheit, nachdem ich zuvor noch das grosse Eingangstor gut verschlossen und den Schlüssel zweimal umgedreht hatte.

Ich versteckte mich zuhinterst im Garten in einem Lorbeergehege. Wie lange es dauerte! Wie unerträglich lang ging es! Alles war pechschwarz, stumm, reglos. Kein Lüftlein ging, kein Stern war am Himmel zu sehen, Berge von Wolken, die man nicht sah, die aber schwer, so schwer auf meiner Seele lasteten.

Ich blickte unverwandt auf mein Haus und wartete. Wie lange es währte! Schon glaubte ich, das Feuer sei von selbst wieder erloschen, oder Er habe es gelöscht, da zersprang eines der Fenster im Erdgeschoss unter dem Druck der Feuersbrunst, und eine Flamme, eine mächtige rote und gelbe Flamme schoss lang, weich, liebkosend an der Hausmauer hoch und bedeckte sie bis hinauf zum Dach. Ein Feuerschein lief über die Bäume hin, durch die Äste, die Blätter, und auch ein Schauer, ein Angstschauer! Die Vögel erwachten, ein Hund fing an zu heulen. Mir schien, der Tag graue eben. Zwei andere Fenster barsten bald darauf, und ich sah, dass der ganze untere Teil meines Hauses nur noch ein lichterloh brennender Glutofen war. Doch da gellte ein Schrei, ein grauenvoller Schrei, schrill, herzzerreissend durch die Nacht, eine weibliche Stimme, die in Todesängsten um Hilfe schrie, und zwei Mansardenfenster wurden aufgerissen. Ich hatte meine Dienstboten vergessen! Ich sah ihre verstörten, angstverzerrten Gesichter, sah, wie sie verzweifelt winkten und die Arme verwarfen!...

Da rannte ich voll Entsetzen und halb irrsinnig vor Schrecken und Grauen ins Dorf und brüllte, dass mir die Stimme überschlug: »Zu Hilfe! Zu

Hilfe! Es brennt! Es brennt!« Ich begegnete Leuten, die bereits herbeigelaufen kamen, und ich kehrte mit ihnen um. Ich wollte auch zuschauen!

Das Haus war jetzt nur noch ein grauenvoller und prachtvoller Feuerbrand, ein ungeheuerlicher flammender Holzstoss, der weithin das Land erhellte, eine Feuerlohe, in der Menschen verbrannten und wo auch Er brannte, Er, Er, mein Gefangener, das neue Wesen, der neue Herr, der Horla!

Jählings krachte das ganze Dach zusammen und verschwand zwischen den Hauswänden, und ein Vulkan von lodernden Flammen schoss funkensprühend himmelhoch empor. Durch die offenen Fensterlöcher sah ich hinein in den Glutofen, sah ich dieses flammenzüngelnde Feuerbecken und sagte mir, da drinnen liege Er, in diesem lodernden, glutverzehrten Ofen, tot...

Tot? Wer weiss?... Sein Körper? Sein Leib, durch den das Tageslicht hindurchschien, war er nicht vielleicht unzerstörbar für die Vernichtungsmittel, die unsere Körper töten?

Wenn Er nun nicht tot wäre?... Vielleicht hat die Zeit allein Macht über das unsichtbare und furchtbare Wesen? Warum besässe Er diesen durchsichtigen, nicht erkennbaren Körper, diesen Geisterleib, wenn er, auch Er, Krankheiten, Wunden, Bresten und Übel, Siechtum und vorzeitige Vernichtung zu fürchten hätte?

Vorzeitige Vernichtung? Die ganze entsetzensvolle Angst, das Todesgrauen des Menschen kommt nur von ihr! Nach dem Menschen tritt der Horla auf! – Auf das Geschöpf, das sterben kann, alle Tage, zu jeder Stunde, allminütlich, ein Opfer jedes beliebigen Unfalls, ist nun Der gefolgt, der erst an seinem vorbestimmten Tag sterben muss, zu seiner Stunde, seiner Minute, weil Er an die Grenzen seines Daseins gerührt hat!

Nein... nein... es ist kein Zweifel möglich, jeder Zweifel ist ausgeschlossen... Er ist nicht tot... Dann... dann... werde ich mich umbringen müssen! Dann muss ich sterben!

Guy de Maupassant,
nicht nur ein Vorläufer

Jede Generation muss ihn neu entdecken, obwohl er immer da war – seit seinem kometenhaften Aufstieg am literarischen Himmel des 19. Jahrhunderts, berühmt, berüchtigt, verehrt und geschmäht, Prügeljunge all derer, die den Sack hauen und den Esel meinen. Ein Pornograph, wie manche meinten (und noch meinen), ein genialer Gesellschaftskritiker und Chronist des Fin-de-siècle, wie heute für die Literaturgeschichte feststeht. Das Eifern und Geifern der Moral-Unken ist etwas gemässigter (oder hypokriter?) geworden: sie haben jetzt ihren Henry Miller, sie haben Nabokov, D. H. Lawrence und Günter Grass entdeckt, und ihr Hunger nach Entrüstung ist für die nächsten paar Jahre mit Futter versorgt. Doch immer noch verziehen altjüngferliche Wesen beiderlei Geschlechts die Mundwinkel, rümpfen die respektive Nase und können sich nicht darin genug tun, über den schlüpfrigen, unmoralischen Maupassant zu zetern, dessen Erzählungen im Dreck wühlten und den guten Sitten, ja der Sitte überhaupt abträglich seien. Nichts ist ja zäher als ein schlechter Ruf, der sich auf perfide Vorurteile gründet und sie scheinbar bestätigt.

Inzwischen ist zumindest die urteilsfähige Leserschaft zur Erkenntnis gekommen, dass die angebliche Unmoral Maupassants – wenn sie überhaupt besteht – bestimmt nicht bei ihm zu suchen ist. Stendhals berühmter Ausspruch, ein Roman sei gleichsam ein Spiegel, in dem sich die Umgebung reflektiere, hat bis heute nichts von seiner Bedeutung verloren. Nur dass sich das widergespiegelte Bild, in Harnisch gebracht, des alten Gesetzes erinnert hat, wonach der Angriff die beste Verteidigung sei, und blindwütig auf den Spiegel einschlägt. Das ist nicht sehr erwachsen gehandelt; Kinder schlagen bekanntlich, was ihnen weh tut. Wahrheit kann schmerzen, aber es ist kindisch, sie nicht sehen zu wollen.

Die Gesellschaft des ausgehenden 19. Jahrhunderts lebte in einer Unzahl von Konventionen, die, einer spanischen Wand ähnlich, alles verbargen, was man nicht sehen durfte: die ganze Sexualsphäre, den krassen Egoismus und die brutalen Züge des Geschäftslebens, die Rücksichtslosigkeit der Politik, die daran ging, Kolonien auszubeuten, die Rechtlosigkeit der Frau und demgegenüber die Privilegien des Mannes, der für sich ganz selbstverständlich eine doppelte Moral beanspruchte. Man schloss die Augen vor den echten Lebensproblemen, man machte sich und den andern etwas vor, nicht nur etwas, nein, fast alles. Man glaubte an den schönen Schein und hasste die ungeschminkte Wirklichkeit – wenigstens nach aussen. Man gab sich moralisch und lebte sich heimlich aus. Man tat prüde und feierte Orgien im Chambre séparée. Man hatte Gott auf den Lippen und trug weidlich dazu bei, seiner zu spotten. Die Lebenslüge, von Ibsen gegeisselt, von den Franzosen mit der Methode Descartes' analysiert und mit den Mitteln einer geschmeidig-

ten klassischen Sprache dargestellt, bot Stoff genug für den scharfen, im Labyrinth des Lebens geschulten Beobachter. Der Boden war gut vorgeackert, die Ernte konnte eingebracht werden. Die Geräte, vervollkommnet, erprobt und geschliffen, waren bereit. Stendhal, direkter Nachfahr der Aufklärer, Bewunderer Napoleons und Demokrat mit aristokratischen Hintergedanken, hatte den neuen Roman geschaffen und einem neuen, unbeschönigten Psychologismus den Weg gewiesen. Nicht mehr das Exemplarische allein war literaturfähig, auch das Banale, Alltägliche war fortan darstellenswert.

Der Weg war frei für die Balzac, Flaubert, Zola und Maupassant. Ihre Wirklichkeit bestand ebenbürtig neben der künstlichen Traumwelt der Romantiker. Balzac türmte seine gewaltigen Blöcke der Comédie humaine auf, Zola reihte Band um Band seiner »Natur- und Sozialgeschichte einer Familie im Zweiten Kaiserreich«, Les Rougon-Macquart, zur losen Einheit, Flaubert schuf in seinen Romanen den Typus des »unbeteiligten« Erzählwerks, des künstlerisch durchgestalteten Tatsachenberichts, in dem der Autor zur impassibilité angehalten war, also zu jener inneren Neutralität und Unbeteiligtheit, die für uns Heutige fast selbstverständlich geworden ist.

Auch sprachlich und stilistisch steht Flaubert am Anfang der modernen Literatur. Was man – es war abschätzig gemeint – als seinen »Sprachsadismus« bezeichnet hat, ist lediglich das saubere Bemühen um den adäquaten Ausdruck für die Dinge, ist nichts anderes als *die versachlichte Darstellung innerer und äusserer Vorgänge. Neben Balzac mit seinen gleich glühender Lava in wilden Eruptionen aufs Papier geschleuderten Satzungetümen – Übersetzer wissen davon ein Lied zu singen –, neben Stendhals eigenwilligem, unnachahmlichem Stil voller grammatischer und syntaktischer Verstösse gegen die französische* clarté *wirkt Flauberts antiromantischer, allem Emotionalen feindlicher Stil gefühlsarm und beinahe trocken. Er ist so kondensiert, so abgewogen und so phrasenlos, dass der (unbefangene) Leser der* Education sentimentale *kaum gewahr wird, dass er sich durch den vollkommensten Roman des 19. Jahrhunderts hindurcharbeitet.*

Gustave Flaubert hat nicht nur sein eigenes Werk hinterlassen – und darum musste er hier erwähnt werden. Er hat jahrelang seinen Schützling Maupassant »angelernt«; ihm haben wir es zu danken, dass der bedeutendste Novellist Frankreichs im 19. Jahrhundert sich zur Meisterschaft entwickeln konnte.

Flaubert war in seiner Jugend eng mit Alfred Le Poittevin, Maupassants Onkel mütterlicherseits, befreundet gewesen und hatte auf den Neffen einen guten Teil der Zuneigung übertragen, die er für den Onkel empfunden hatte. Maupassant erwiderte diese Sympathie und liess sich willig bei seiner heimlichen Schriftstellerei beraten. Zehn Jahre lang schrieb Maupassant Gedichte und Erzählungen, ohne – abgesehen von zwei, drei kurzen Geschichten – eine Zeile davon zu veröffentlichen. Der grosse Flaubert, der gegen sich selbst so unerbittlich streng war, ermutigte den jungen Autor mit unermüdlicher Geduld, half ihm mit seinem Rat und liess ihm keine Schwäche durch.

1880 war es so weit. Maupassant gab einen Band Verse heraus, und im gleichen Jahr erschien auch seine erste Erzählung Boule de suif *in den Soirées de Médan, einer Sammlung von Novellen, die Zola, Huysmans, Hennique und Paul Alexis mit Maupassant gemeinsam herauszugeben beschlossen hatten. Maupassant kündigte den Band mit einem programmatischen Artikel im* Gaulois *an.* Boule de suif *machte ihn mit einem Schlag berühmt und verschaffte ihm Zugang zu verschiedenen Zeitungen; zuerst war es* Le Gaulois, *bald darauf der* Gil-Blas. *Viele Jahre lang veröffentlichte Maupassant jede Woche einen Artikel oder eine Novelle, es sind insgesamt Hunderte und aber Hunderte, dazu sechs Romane und einige Bände Reisetagebücher.*

Maupassants Leben verlief recht monoton. Vom Vater her Lothringer, von der Mutter her Normanne, war er zeitlebens ein eingefleischter Normanne gewesen, ein Bauer und Naturmensch, ein Freiluftgeschöpf, eine Kraftnatur, von einer animalischen Sinnlichkeit besessen, ein Weiberbock, ein athletischer Sportler, ein unmässiger Esser und Trinker, der sich in der freien Natur beim Bootrudern, beim Camping und in der ungezwungenen Geselligkeit mit seinen Freunden austobte und von der langweiligen Büroarbeit im Marineministerium und später im Erziehungsministerium erholte. Doch hinter die-

sem robusten Äusseren, hinter dieser Lebensgier und diesem hemmungslosen Geniessen verbarg sich ein recht anfälliges Gemüt. Auf Zeiten, kürzere und längere, von Hochstimmung und fast unbegreiflicher Fruchtbarkeit folgten schwere Depressionen und Tage tiefster Verzweiflung. Ein Lebemann, dem alle Frauen zu Gebote standen, der sich die leichte Beute skruppellos, ja zynisch aneignete, litt schwer unter der Inhaltlosigkeit, der Sinnlosigkeit seines Daseins. Wo Trost oder Kraft finden? Bei Schopenhauer, seinem philosophischen Vorbild? In der Arbeit? Wenn die Arbeit zur Selbstbetäubung geleistet wird, wenn man dabei Vergessen sucht, kann sie natürlich nicht Hilfe bringen. Liebe? Maupassant hat nie geheiratet, er hat, ausser seiner Mutter, auch keine Frau geliebt. Alle seine unzähligen Liebschaften sind anonym geblieben, flüchtige Abenteuer, die er manchmal geradezu roh abbrach, rasende sinnliche Exzesse ohne jede seelische Bindung. Dieser Nihilismus, diese fast unmenschliche Distanz den Mitmenschen gegenüber ist keineswegs Pose oder vorgefasste Attitüde. Er ist ohne Glauben, ohne Fundament, ohne Halt irgendwelcher Art, immerfort besessen vom Gedanken an den Tod. Für ihn ist die Natur blind, grausam und perfid. Ihr Gesetz heisst: zeugen, um zu vernichten. Die Menschen können wohl ihre tükkische Natur unter einem sozialen oder mondänen Firnis verstecken; sie bricht doch immer wieder durch. Das Homo homini lupus *des Plautus ist die Lebensweisheit dieses Glaubenslosen. Den Menschen darzustellen, wie er ist, als Räuber, Lügner, Mörder und Totschläger, als gewissenlosen, gewalttätigen, herzlosen Egoisten, das ist seine literarische Aufgabe, die er erfüllen muss, ob er will oder nicht. Er kann die Menschheit nicht besser schildern, als sie ist, und er sieht sie so, wie sie sich durch ihr Verhalten zu erkennen gibt. Unter dem dünnen Lack der anerzogenen nächstenfreundlichen Empfindungen schimmert deutlich das Troglodytische des primitiven Rechts des Stärkeren durch. Zwar werden die Methoden des gegenseitigen Misstrauens und des Kampfs ums Dasein verfeinerter, zumindest da, wo es sich um individuelle Auseinandersetzungen handelt (im Grossen geht es ja nur noch um den Sieg der technisch wirksamer ausgerüsteten Partei), Keule und Wurfstein sind längst durch »geistige« Waffen ersetzt worden, aber die kalte Fühllosigkeit, mit der man Partner und Gegner niederzwingt, ist noch immer die gleiche wie zur Zeit der Höhlenbewohner und Pfahlbauer. Daran ändert keine wohlproportionierte Ethik, keine gut organisierte Kirche etwas. Im Tiefsten bleibt der Mensch ein böses Wesen.*

Die heutigen Existentialisten, ob sie sich nun zu einer Religion bekennen, also einen Kompromiss eingegangen sind, oder als Atheisten auftreten, haben seit Maupassants nihilistischer Verzweiflung nicht viel Neues gebracht. Sie haben dasselbe noch kühler, noch distanzierter ausgesprochen, in einem Raum – sprachlich und gedanklich –, der fast luftleer geworden ist. Camus und vor ihm Kafka haben diese eisige Wärme (eisig wegen der kalten Unbestechlichkeit allen zivilisatorischen Be-

schwichtigungsversuchen gegenüber, Wärme aber, weil gerade solche tief ergriffene Denker ja besonders stark unter dem Fassadenhaften der Gesellschaftsmoral leiden – man denke nur an Camus' Aufsatz über die Todesstrafe oder an Kafkas »Brief an den Vater«). In Deutschland finde ich sie bei einer ganzen Anzahl von Kulturkritikern und -philosophen: bei Enzensberger, bei Adorno (in seinen Minima moralia*), bei Manès Sperber und in manchen Aufsätzen von Böll. Die gläubigen Vorkämpfer des Fortschritts und des (imaginären) Altruismus sind ihnen deswegen gram. Es ist nicht einzusehen, weshalb man einem Menschen verübeln kann, dass er zu seiner Einsicht steht, weshalb man ihn als Spielverderber betrachtet, nur weil das Spiel, das er »verdirbt«, blutig ernst geworden ist.*

Wir haben uns nur scheinbar von Maupassant entfernt. In Wahrheit liegt bei ihm dasselbe Problem vor: die amoralische Beurteilung der Welt. Er richtet nicht, er stellt fest. Er erkennt und kleidet seine Erkenntnisse in Parabeln, denen er die Form von Novellen und Erzählungen gibt. Der Tenor all dieser Parabeln – und darin ist er ein später Abkömmling der grossen Moralisten des 17. und 18. Jahrhunderts, eines La Rochefoucauld, eines Chamfort, eines Rivarol – ist äusserster Skeptizismus gegen alle schönen Bemäntelungen und kalte Verachtung für jede aufgeplusterte Moral. Müssig zu fragen, ob Maupassant heute noch aktuell sei, scheint mir. Das ist eine reine Frage der Kostümierung: Seine Frauen, ohne cul de Paris *und ohne* Froufrou*, sind heutige Französin-*

nen, moderne Europäerinnen. Die Maison Tellier, *ihrer zeitlichen Attribute entkleidet, könnte, was die sentimentale Sachlichkeit ihrer Insassinnen betrifft, irgendein Bordell des heutigen Frankreich sein. Der trübe Nimbus des »gefallenen Weibes« existiert ja nur im Blickfeld der Berufsbekehrer. Die Franzosen waren da seit jeher nüchterner, erdnäher, unsentimental. Man lese nur Paul Léautaud und seine kleinen autobiographischen Romane, man lese irgendeinen Franzosen – sogar Paul Valéry hat den furchtbaren Satz geschrieben:* Il ne faut demander au ciel que l'euphorie, et les moyens de s'en servir. *»Man soll den Himmel nur um die Euphorie bitten und um die Mittel, sich ihrer zu bedienen.«*

*

»Ich bin wie ein Meteor im literarischen Leben aufgegangen, und ich werde daraus verschwinden wie ein Blitz«, hatte Maupassant einmal an José-Maria de Heredia geschrieben. 1850 geboren, hatte er 1880 seine erste Arbeit veröffentlicht und war mit einem Schlag berühmt. Zehn Jahre lang brach seine Produktivität nicht ab, Buch um Buch erschien, dreissig Bände, dazu zahlreiche chroniques, Tagesberichte, *in Zeitungen. Doch seine dem Anschein nach so robuste, unverwüstliche Gesundheit nahm ab, die Anfälle von Lebensüberdruss traten immer häufiger und stärker auf, und schliesslich erwies sich die Internierung in einem Nervensanatorium als unumgänglich. Am 6. Juli 1893 starb er in der Anstalt des*

Dr. Blanche in Passy, nach jahrelangem, tierischem Dahinvegetieren. Die Brüder Goncourt – und andere – haben in ihren Tagebüchern erschütternde, nicht wiederzugebende Einzelheiten aufgezeichnet. Wie ein Meteor am literarischen Himmel aufgeleuchtet – jäh wieder daraus verschwunden wie ein Blitz.

Aber Maupassant steht am Anfang einer neuen Erzählungsform, der Kurzgeschichte. *Sie wurde von den Amerikanern aufgenommen und mit der gleichen Unerbittlichkeit und zähen Konsequenz weiterentwickelt, die schon er daran gewandt hatte. Die wesentlichen Elemente der Kurzgeschichte, die sich wohl aus der Anekdote, also dem knappen, pointierten Faktum mit deutlich ablesbarer Moral, herleiten lässt, sind – zwar nicht überall, aber doch in manchen Geschichten – bei Maupassant vorgebildet worden. Die raffinierte Technik der modernen (nicht mehr nur der amerikanischen)* short story, *das Aussparen, die Unterkühlung der Erzählweise, die Vielschichtigkeit des Ablaufs, der Zeitebenen – all dies ist bei Maupassant gewiss erst in (grossartigen) Ansätzen vorhanden. Doch steht sein Werk schon in mancher Hinsicht vollkommen da, ein Werk, das eine neue Zeit einleitet: die Zeit des bewusst amoralischen, tendenzfreien, neutralen Erzählens. Je weiter die Desillusionierung der Welt fortschreitet, desto härter und sachlicher wird sie der Schriftsteller bewältigen müssen, bis sie wohl dereinst nicht mehr mit Worten und Sätzen zu fassen sein wird.*

Vivre, bien sûr, c'est un peu le contraire d'exprimer, *sagt Albert Camus (*Noces*). Einstweilen haben wir noch die Wahl zwischen Leben und Darstellung. Maupassant konnte noch beides. Spätere Generationen können vielleicht beides nicht mehr.*

Walter Widmer